Biblioteca Economica Newton

83

In copertina: Georg F. Kersting, *Davanti allo specchio* (1827)

Titolo originale: *Pride and Prejudice*
Traduzione di I. Castellini e N. Rosi

Quarta edizione: maggio 2007
© 1996 Newton & Compton editori s.r.l.
© 2006 Newton Compton editori s.r.l.
Roma, Casella postale 6214

ISBN 978-88-8183-291-0

www.newtoncompton.com

Jane Austen

Orgoglio e pregiudizio

A cura di Riccardo Reim

Edizione integrale

Biblioteca Economica Newton

Biblioteca Economica Newton, sezione dei Paperbacks
Pubblicazione settimanale, 24 maggio 2007
Direttore responsabile: Raffaello Avanzini
Registrazione del Tribunale di Roma n. 16024 del 27 agosto 1975
Fotocomposizione: Centro Fotocomposizione s.n.c., Città di Castello (PG)
Stampato per conto della Newton Compton editori s.r.l., Roma
presso la Legatoria del Sud s.r.l., Ariccia (Roma)

Introduzione

La bocca piccola dalle labbra sottili serrate, il naso diritto, gli occhi scuri, acutissimi e singolarmente vivi che spiccano nell'ovale un po' aguzzo del volto: così ci si presenta Jane Austen nel piccolo ritratto a matita schizzato dall'amatissima sorella Cassandra[1]. *Ritrattino modesto, nato di certo a uso e consumo familiari, e per di più incompiuto, dove solo il viso appare lavorato con una certa affettuosa diligenza: la scrittrice è raffigurata seduta a braccia conserte, il busto che si indovina non proprio perfettamente armonioso poggiato alla spalliera della seggiola, il capo di tre quarti, chiuso in una cuffietta pieghettata da cui spuntano alcuni riccioli bruni a illegiadrire la fronte spaziosa: lo sguardo, serissimo e penetrante, è «altrove», intento a osservare qualcosa e qualcuno con educata ma profonda curiosità. Una delle innumerevoli signorine di buona famiglia come se ne vedono talvolta nelle* conversation pieces *dipinte da Zoffany o da Copley? Una garbata zitellina di provincia pacatamente rassegnata a trascorrere una piatta esistenza tra visite, festicciole, passeggiate e qualche rara incursione nella capitale?... Sì e no. Di questa enigmatica Miss – enigmatica, come è stato detto, «per troppa luce meridiana di quieta vita borghese*[2], *sorella esemplare, zia affettuosissima e al tempo stesso autrice di romanzi che sono da annoverare tra gli esiti più alti dell'intera narrativa inglese, esiste, a dire il vero, un altro «ritratto»; un ritratto biografico stavolta, di pugno del fratello Henry, scritto nel 1817 e stampato l'anno successivo nella prima edizione di* Northanger Abbey *e* Persuasion, *prezioso per ciò che (a dispetto dell'intenzione modestamente – e a tratti fastidiosamente – agiografica) vi si può leggere in filigrana sul carattere di Jane: «Se c'è al mondo chi ritiene che un temperamento perfettamente sereno non possa conciliarsi con una fervida fantasia e un'autentica passione per l'arguzia, sarebbe smentito per sempre da tutti coloro che hanno avuto la felicità di conoscere l'autrice delle opere che seguono. Le debolezze e le piccole manie altrui non sfuggivano mai alla sua pronta e acuta capacità di osservazione, ma neppure di fronte ai vizi veri e propri si abbandonava a commenti puramente malevoli [...] In quei casi dove non esistevano*

---

[1] Il disegno è attualmente conservato alla National Portrait Gallery di Londra.
[2] A. Bertolucci, «Introduzione» a J. Austen, *Orgoglio e pregiudizio*, trad. it. di I. Maranesi, Milano, Garzanti 1975, più volte ristampato.

scusanti, il silenzio era per lei un rifugio sicuro. Non pronunciò mai una frase frettolosa, sciocca o severa. In breve, il suo carattere era raffinato come la sua ironia»[3]. Viene in mente quello che, molti anni dopo, scriverà su di lei Virginia Woolf: «Finché Pride and Prejudice non dimostrò quale splendida gemma si nascondesse in quel rigido astuccio, il suo posto in società non era molto più riguardevole di quello di un attizzatoio o di un parafuoco [...] Ma ora la cosa è molto diversa [...], Jane è sempre un attizzatoio, sì, ma un attizzatoio di cui tutti hanno paura [...] Un bello spirito, una disegnatrice di caratteri che però non parla, è davvero qualcosa che fa paura»[4]. Quella «disegnatrice», infatti, era così supremamente oggettiva che (è sempre la Woolf a parlare) «mai, nemmeno all'emotiva età di quindici anni, scrisse qualcosa per un suo senso di colpa, e in un uno spasimo di pietà cancellò un sarcasmo, o lasciò impreciso un contorno in una nebbia rapsodica [...] Sta solo canticchiando tra sé un motivetto, provando alcune battute della musica di Pride and Prejudice e di Emma. Ma noi sappiamo che non c'è nessun altro capace di cantare in quel modo. Non occorre neppure che alzi la voce. Ogni sillaba ci giunge nettamente distinta attraverso le porte del tempo»[5].

«E cosa potrei mai farmene, mio carissimo E., dei tuoi bozzetti così vigorosi e virili, ricchi di tanto spirito e tanto ardore? Come farei a congiungerli a quel pezzettino di avorio, largo due pollici, su cui lavoro col più fine dei pennelli, in modo da produrre il minimo degli effetti col massimo dello sforzo?»[6] Con questa ironica, pungente letterina Jane Austen si difende scherzosamente dall'accusa – non si capisce bene quanto scherzosa anch'essa – di aver rubacchiato idee e immagini dai manoscritti di un giovane parente. Nulla di particolarmente interessante, certo: interessantissima e di singolare precisione è invece la definizione che Miss Austen dà della propria scrittura, di quel suo concentrarsi sul microcosmo che la circonda (il «pezzettino di avorio largo due pollici») riuscendo a estrarne con impareggiabile grazia e sobrietà (il «minimo effetto col massimo sforzo») quella che Attilio Bertolucci ha felicemente definito «una commedia umana limitata nell'estensione, non nella profondità»[7]. Ed è davvero una finissima, nitida miniatura su avorio questo suo secondo romanzo – secondo per pubblicazione –, uscito nel 1813: Pride and Prejudice è forse

---

[3] *Northanger Abbey*, primo romanzo veramente compiuto della Austen, uscì postumo insieme a *Persuasion*, ultimo romanzo della scrittrice. Il breve scritto di Henry Austen è pubblicato in Italia nel volume J. Austen, *L'Abbazia di Northanger*, a cura di M. Skey, trad. it. di L.G. Romano, Theoria, Roma 1982.

[4] V. Woolf, *The Common Reader*, London 1923; trad. it. *Per le strade di Londra*, a cura di L. Bacchi Wilcock e J. R. Wilcock, Milano, Il Saggiatore, 1981.

[5] V. Woolf, *The Common Reader*, London, The Hogarth Press, 1932; trad. it. *Le donne e la scrittura*, Milano, La Tartaruga, 1981.

[6] Il brano è riportato nel *Poscritto* alla nota biografica del fratello Henry.

[7] Bertolucci, op. cit.

l'opera più popolare e tradotta di Jane Austen, senz'altro la più inec-
cepibile per il perfetto equilibrio della struttura narrativa e lo stile ter-
so e smagliante («estremo limite dell'antiromantico, oltre il quale non
c'è più arte, ma mero discorso logico»[8], *divenuta sopra tutte le altre*
emblematica della «cristallina precisione» austeniana. «È persino
troppo leggero, luminoso, scintillante, manca un po' di ombre...» così
ebbe a giudicarlo l'autrice, ma non si può, almeno stavolta, essere
d'accordo con lei: «sarebbe come accusare Mozart di leggerezza,
senza rendersi conto della profondità che lo accompagna e ne è, per
così dire, parte integrante»[9]. *Romanzo «provinciale» (ad eccezione di*
un breve, concitato intermezzo londinese), Pride and Prejudice *è popo-*
lato da una serie di figure e figurine che sembrano anticipare, più che
altrove, certi personaggi di Thackeray e di Dickens: madri ciarliere e
arruffone, ufficiali dalle affascinanti uniformi, signorine assennate e
ragazzette sventate, governanti fedeli, aristocratiche signore dal pi-
glio imperioso, zie apprensive, qualche pericoloso vilain *a caccia di*
dote, timide ereditiere, reverendi pedanti e ossequiosi, padri di poco
cervello, giovanotti innamorati e compitissimi sfilano davanti ai nostri
occhi tra cene, riunioni e balli (quanti balli! «Il punto debole della Au-
sten è il ballo», notava Mario Praz[10]*) con i loro affari di cuore deci-*
frati in una casistica dei sentimenti con un «casto e contenuto linguag-
gio che sarebbe andato a genio al Manzoni»[11]. *Un piccolo mondo in*
via di estinzione, tutto urbanità e nature methodised, *«un'isola nell'in-*
sulare Britannia» dove l'autrice, regista espertissima, riesce a cavare
«infinite variazioni da una scala limitata»[12] *senza darci mai alcun so-*
spetto di angustia. «Tre o quattro famiglie in un villaggio di campa-
gna, questo è l'argomento su cui lavorare»[13]*: ammirando la sua «lin-*
da stesura notarile»[14] *sempre percorsa da un implacabile* sense of hu-
mor, *la sua miracolosa misura, la sua assoluta mancanza di sbavatu-*
re, non possiamo non pensare che questa strana figlia del secolo di
Rousseau e di Prévost (nella quale Natura e Ragione si identificano
come in Boileau) è, con il suo «pezzettino di avorio» tanto minuscolo
da risultare invisibile ai più, «grande come il più gran romanziere che
abbia mai dato fondo a cielo e terra»[15].

RICCARDO REIM

[8] M. Praz, *La letteratura inglese*, nuova ediz. aggiornata, Firenze, Sansoni-Accademia, 1967, vol.
[9] Bertolucci, op. cit.
[10] Praz, op. cit.
[11] *Ibidem*.
[12] *Ibidem*.
[13] La frase è in una lettera della Austen: la riporta P. Rogers nella sua *The Oxford Illustrated History of English Literature*, Oxford, Oxford University Press, 1987; trad. it. *Storia della letteratura inglese*, a cura di P. Faini, Roma, Lucarini, 1990, vol. I.
[14] Bertolucci, op. cit.
[15] Praz, op. cit.

Nota biobibliografica

CRONOLOGIA DELLA VITA E DELLE OPERE

1775. Il 16 dicembre, a Steventon nello Hampshire, nasce Jane Austen, settimo-genita del reverendo George Austen, pastore del luogo, e di sua moglie, Cassandra Leigh.
1785-86. Frequenta, assieme alla sorella maggiore Cassandra, la Abbey School di Reading.
1795. Scrive *Elinor e Marianne* e *Lady Susan*.
1796. Inizia a scrivere *First Impressions* (lo finirà nell'agosto del 1797).
1797. Inizia a scrivere *Sense and Sensibility*.
1798-99. Scrive *Northanger Abbey* (inizialmente l'opera è intitolata *Susan*, poi *Catherine*).
1801. A causa del ritiro del reverendo Austen dalla sua attività ecclesiastica, la famiglia si trasferisce a Bath, dove la scrittrice ambienterà alcuni dei suoi romanzi.
1805. Muore il reverendo George Austen. La Austen scrive *The Watson* e *Lady Susan* (opere ambedue incompiute).
1807. La famiglia Austen si trasferisce, con grande gioia di Jane, che detestava Bath, a Southampton.
1809. La famiglia si trasferisce a Chawton, nello Hampshire, in una casa di proprietà del fratello Edward.
1811. Inizia a scrivere *Mansfield Park*. Pubblica *Sense and Sensibility*.
1813. Viene pubblicato *Pride and Prejudice*. Seconda edizione di *Sense and Sensibility*.
1814. Inizia a scrivere *Emma*. Pubblica *Mansfield Park*.
1815. Inizia a scrivere *Persuasion*. Pubblica *Emma* e, in Francia, *Sense and Sensibility* con il titolo *Raison et Sensibilité*.
1816. Seconda edizione di *Mansfield Park* che esce in Francia, nello stesso anno, con il titolo *Le Parc de Mansfield*. Viene pubblicato in Francia anche *Emma*, con il titolo *La nouvelle Emma*.
1817. Inizia a scrivere *Sanditon* ma, a causa della malattia che la porterà alla morte, non lo terminerà. Il 18 luglio muore a Winchester, dove si era recata, assieme alla sorella Cassandra, per tentare di curare la sua malattia (forse una forma del morbo di Addison). È sepolta nella Cattedrale.

BIBLIOGRAFIA

L'edizione critica delle opere di Jane Austen è quella a cura di R.W. Chapman, *The Novel of Jane Austen, The text based on collation of the early edition, with notes, indexes and illustrations from contemporary sources*, Oxford, Oxford University Press, 1923, 5 voll. Comprende i sei romanzi principali (o «canonici») dell'autrice, le cui prime edizioni in volume seguono la cronologia qui indicata:

Sense and Sensibility, London, T. Egerton, 1811 (ma composto negli anni 1795-97).
Pride and Prejudice, London, T. Egerton, 1813.
Mansfield Park, London, T. Egerton, 1814.
Emma, London, John Murray, 1815.
Northanger Abbey, London, 1818 (postumo; ma composto negli anni 1798-99).
Persuasion, London, John Murray, 1818 (postumo; ma composto negli anni 1815-16).

Ai cinque volumi sopra citati dell'edizione Chapman, ne fu aggiunto un sesto nel 1954 – *Minor Works* – che comprende tre quaderni di opere giovanili (*Volume the First, Volume the Second, Volume the Third*) e i romanzi incompiuti *Lady Susan, The Watson, Sanditon*.

Traduzioni italiane di *Orgoglio e pregiudizio*

Pride and Prejudice è indubbiamente l'opera di Jane Austen che ha riscosso maggiore fortuna presso i lettori italiani. Tra le numerosissime traduzioni (purtroppo non tutte integrali: in alcune – soprattutto quelle per le collane «rosa» – il romanzo è drasticamente ridotto a meno della metà) vanno ricordate:
Orgoglio e presunzione, trad. di G. Caprin, Milano 1932.
Orgoglio e pregiudizio, anon., Torino 1934.
Orgoglio e pregiudizio, trad. di I. Castellini e N. Rosi, Roma 1945.
Orgoglio e prevenzione, anon., Milano 1946.
Orgoglio e pregiudizio, trad. di A. Migliorini, Milano 1956.
Orgoglio e pregiudizio, trad. di V. Bellacomba, Torino 1959.
Orgoglio e pregiudizio, trad. di M. P. Baldoni, Milano 1968.
Orgoglio e pregiudizio, trad. di I. Maranesi, Milano 1975.
Orgoglio e pregiudizio, trad. di M. L. Agosti Castellani, Milano 1982.
Orgoglio e pregiudizio, nuova versione di G. Caprin, Milano 1983.

Traduzioni italiane delle opere di Jane Austen

Tutte le opere di Jane Austen sono state pubblicate in varie edizioni italiane e in ottime traduzioni. Vanno particolarmente segnalate: *Emma*, a cura di Mario Praz, Milano, Garzanti («I grandi libri»), 1965 e *L'Abbazia di Northanger*, a cura di O. De Zordo, trad. di A. Banti, Firenze, Giunti («Classici Giunti»), 1994.

La Newton & Compton ha inoltre pubblicato, nella collana «Classici BEN» *L'Abbazia di Northanger*, cura e trad. di E. Grillo, pref. di R. Reim, Roma 1994; *Ragione e sentimento*, cura e trad. di P. Meneghelli, Roma 1995; *Emma*, trad. di P. Meneghelli, intr. di O. De Zordo, Roma 1996; *Persuasione*, a cura di O. De Zordo, Roma 1998 e, nella collana «I Mammut», *Tutti i romanzi*, a cura di O. De Zordo, trad. di J. Castellini, F. Fantaccini, E. Grillo, M.F. Melchiorri, P. Meneghelli, N. Rosi, Roma 1997.

Le opere complete di Jane Austen sono in corso di pubblicazione presso Theoria (Roma-Napoli), in nove volumi curati da Malcom Skey.

Principali contributi critici

La bibliografia riguardante Jane Austen è sterminata. Si rimanda pertanto al repertorio bibliografico più completo che è quello compilato da David Gilson, *A Bibliography of Jane Austen*, Oxford, 1982.

La bibliografia critica in lingua italiana è piuttosto scarsa. Si rimanda pertanto alle pagine dedicate a Jane Austen in M. Praz, *Storia della letteratura inglese*, Firenze, Biblioteca Universale Sansoni, 1937.
AA.VV., *I grandi romantici inglesi*, Firenze, Sansoni, 1961.

Elena Grillo

Orgoglio e pregiudizio

Capitolo primo

È cosa ormai risaputa che a uno scapolo in possesso di un vistoso patrimonio manchi soltanto una moglie.

Questa verità è così radicata nella mente della maggior parte delle famiglie che, quando un giovane scapolo viene a far parte del vicinato – prima ancora di avere il più lontano sentore di quelli che possono essere i suoi sentimenti in proposito – è subito considerato come legittima proprietà di una o dell'altra delle loro figlie.

«Caro Mr Bennet», disse un giorno una signora al marito, «hai sentito che Netherfield Park è finalmente affittato?»

Mr Bennet rispose che non lo sapeva affatto.

«Oramai non ci sono più dubbi», ribatté la signora, «perché è venuta qui poco fa Mrs Long e mi ha raccontato ogni cosa.»

Mr Bennet non rispose.

«Non hai voglia di sapere chi lo ha preso?», esclamò sua moglie impaziente.

«Sei tu che hai voglia di dirmelo, e non ho nulla in contrario a sentirlo.»

Come incoraggiamento poteva bastare.

«Dunque, mio caro, devi sapere che Mrs Long dice che Netherfield è stato affittato a un ricchissimo giovane dell'Inghilterra del Nord, che arrivò lunedì con un tiro a quattro per vedere il posto; ne fu talmente entusiasta da prendere immediatamente tutti gli accordi con Mr Morris; prenderà possesso della proprietà prima di San Michele e una parte della servitù arriverà per la fine della settimana ventura.»

«Come si chiama?»

«Bingley.»

«È sposato o scapolo?»

«Oh, scapolo, scapolo, grazie a Dio. Scapolo e, per di più, ricchissimo: quattro o cinquemila sterline di rendita. Che fortuna per le nostre ragazze!»

«Perché? che c'entrano loro?»

«Come sei noioso, caro Bennet!», rispose sua moglie. «Puoi immaginare che spero ne sposi una, no?»

«È questo il suo proposito nello stabilirsi qui?»

«Proposito! che sciocchezze! che modi di parlare son questi! Nulla però *gli può impedire* di innamorarsi di una di loro e di sposarla; per cui, appena arriva, devi recarti immediatamente a fargli visita.»

«Non ne vedo proprio la ragione. Puoi andare tu con le ragazze, oppure puoi mandarle da sole, cosa ancora migliore dato che, essendo tu graziosa come loro, Mr Bingley potrebbe, fra tutte, preferire te.»

«Caro, tu vuoi adularmi. Non nego di essere stata graziosa ai miei tempi, ma non pretendo di essere adesso più niente di raro. Quando una donna ha cinque figliole da marito, è meglio che rinunci a pensare alla propria bellezza.»

«Questo accade soltanto quando a una donna non rimane più molta bellezza.»

«Ti ripeto, mio caro, che quando Mr Bingley diventerà nostro vicino, dovrai farti un dovere di andarlo a conoscere.»

«Mi stai chiedendo un po' più di quanto possa prometterti, ti assicuro.»

«Ma così poco ti premono le nostre figlie? Pensa che partito sarebbe per una di loro! Sir William e Lady Lucas hanno già deciso di fargli visita, e la ragione non può essere che questa, perché, come sai, generalmente non si recano dai nuovi arrivati. Davvero dovrai andare anche tu, perché a noi sarebbe impossibile farlo, se tu non ci hai precedute.»

«Mi sembri più che scrupolosa. Sono certo che Mr Bingley sarà felicissimo di vederti; e io, a mezzo tuo, gli manderò due righe per assicurarlo del mio cordiale consenso al suo matrimonio con quella delle nostre ragazze che sceglierà; e sarà mia premura mettere una buona parola per la mia piccola Lizzy.»

«Spero che non farai una cosa simile. Lizzy non vale più delle altre e non è certo bella come Jane, né ha il carattere brioso di Lydia. Ma tu hai sempre avuto una preferenza per lei.»

«Nessuna di loro vale molto», rispose Mr Bennet, «sono tutte sciocchine e ignoranti come le altre ragazze; ma Lizzy è un po' più sveglia delle sue sorelle.»

«Come puoi insultare così le tue figlie? Lo fai apposta per irritarmi. Non hai nessuna pietà dei miei poveri nervi.»

«Ti sbagli, cara. Ho un profondo rispetto per i tuoi nervi. Sono miei vecchi amici. Sono almeno vent'anni che te ne sento parlare.»

«Ah, tu non sai davvero quello che soffro.»

«Ma spero che ormai ti farai forza, e che vivrai abbastanza lungamente per vedere stabilirsi nei dintorni molti giovani con quattromila sterline di rendita.»

«A cosa servirebbe che ne venissero venti, se tu non vuoi degnarti di far loro nemmeno una visita?»

«Sta pur certa, cara, che quando saranno venti, andrò a far visita a tutti.»

Mr Bennet era un tale impasto di vivacità e di sarcasmo, di riserbo e di estrosità, che a sua moglie non erano bastati ventitré anni di esperienza per comprenderne il carattere. Lei era invece meno difficile a capirsi. Era una donna di intelligenza mediocre, di poca cultura e di carattere volubile. Quando era scontenta, si immaginava di essere nervosa. Il grande scopo della sua vita era di dar marito alle figlie; le sue uniche distrazioni, le visite e i pettegolezzi.

Capitolo secondo

Mr Bennet fu tra i primi a recarsi in visita da Mr Bingley. Benché fino all'ultimo momento avesse garantito a sua moglie che non vi sarebbe mai andato, aveva avuto l'intenzione di farlo fin da quando Mr Bingley s'era stabilito a Netherfield. Mantenne però il più assoluto riserbo e ne parlò soltanto la sera dopo la visita.

Stava osservando la seconda delle sue figliole che si provava un cappellino, quando le disse a bruciapelo:

«Spero che piacerà a Mr Bingley, Lizzy».

«Non potremo essere certo in grado di sapere che cosa piace a Mr Bingley», disse sua moglie risentita, «dato che, non conoscendoci, non ci onorerà di un invito.»

«Ma dimentichi, mamma», disse Elizabeth, «che lo troveremo ai ricevimenti e che Mrs Long ha promesso di presentarcelo.»

«Non credo che Mrs Long lo farà mai. Ha due nipoti anche lei. È una donna egoista e ipocrita; non la stimo affatto.»

«Tanto meno io», disse Mr Bennet. «E sono lieto di vedere che non conti su di lei per ottenere un piacere.»

Mrs Bennet non si degnò di rispondere, ma, non potendo più dominarsi, incominciò a strapazzare una delle figlie.

«Per amor di Dio! Kitty, non tossire a quel modo! Abbi pietà dei miei poveri nervi. Li metti proprio alla tortura.»

«Kitty è veramente indiscreta con i suoi raffreddori», disse il padre. «Li ha sempre al momento meno opportuno.»

«Non tossisco per mio divertimento», ribatté Kitty stizzosamente. «Quando è il prossimo ballo, Lizzy?»

«Domani a quindici.»

«Proprio così!», esclamò la madre. «E Mrs Long non torna che il giorno prima, così sarà impossibile che ce lo presenti, perché non lo conoscerà neppure lei.»

«Allora, mia cara, il vantaggio è tutto dalla tua parte: sarai tu che potrai presentare Mr Bingley alla tua amica.»

«Impossibile, Mr Bennet, impossibile, poiché non lo conosco; perché ti diverti a tormentarmi?»

«Apprezzo la tua prudenza. Infatti come ci si può arrischiare a dire di conoscere un uomo dopo appena quindici giorni che gli siamo stati presentati? Ma poiché, se non lo faremo noi, lo farà qualcun altro, e poiché, dopo tutto, anche Mrs Long e le sue nipoti devono correre questo rischio, dal momento che essa giudicherà il nostro agire molto corretto, se non ti vuoi prestare tu, me ne incaricherò io.»

Le ragazze rimasero di stucco e spalancarono gli occhi. Mrs Bennet si accontentò di mormorare: «Sciocchezze, sciocchezze!».

«Che significa questa tua esclamazione? Vuoi dire che le presentazioni e la responsabilità che ne deriva, sono sciocchezze? *Non posso* essere d'accordo con te. Che ne dici tu, Mary, che sei la ragazza più riflessiva della famiglia, che leggi dei libroni e prendi anche degli appunti?»

Mary avrebbe voluto dire qualcosa di molto profondo, ma non sapeva come esprimerlo.

«Mentre Mary raccoglie le idee», continuò suo padre, «torniamo a Mr Bingley.»

«Sono stufa di Mr Bingley!», esclamò la moglie.

«Mi dispiace. Ma perché non dirmelo prima? Se lo avessi saputo soltanto questa mattina, non sarei davvero andato da lui! È un peccato. Ma ormai che la cosa è fatta, non possiamo più evitarne la conoscenza.»

Si era immaginato lo stupore con il quale sarebbero state accolte le sue parole; e la sorpresa di Mrs Bennet sorpassò forse quella delle figlie, anche se, dopo il primo moto di gioia, si affrettò a dichiarare che, quanto a lei, non aveva mai dubitato che avrebbe voluto compiacerla.

«Come sei stato buono, Mr Bennet! Ma ero certa che alla fine ti avrei persuaso. Sapevo che vuoi troppo bene alle tue figlie per trascurare una conoscenza simile. Come sono contenta! Pensare che ci sei andato fin da stamattina e non ne hai parlato che adesso!»

«E ora, Kitty, puoi tossire quanto vuoi», disse Mr Bennet, lasciando la camera, per sottrarsi agli entusiasmi di sua moglie che minacciavano di soffocarlo.

«Che ottimo padre avete, ragazze mie», disse questa, appena la porta si chiuse. «Non so proprio come potrete ringraziarlo per la sua bontà; come me per la mia, del resto. Alla nostra età, non è affatto gradevole conoscere ogni giorno gente nuova, ma, per il vostro bene, si farebbe qualunque cosa. Lydia, amor mio, nonostante tu sia la più giovane, sono certa che Mr Bingley ti inviterà per qualche ballo alla prossima festa.»

«Oh!», disse Lydia sicura di sé, «non sto certo in pena per questo, perché, anche se sono la minore, sono la più alta.»

Il resto della serata trascorse in piacevoli congetture: Mr Bingley, non si sapeva quando, avrebbe certamente restituito la visita a Mr Bennet. Anzi, fu addirittura deciso che sarebbe stato bene invitarlo a pranzo.

Capitolo terzo

Tutti i tentativi fatti da Mrs Bennet, coadiuvata dalle sue cinque figlie, non valsero a ottenere dal marito una soddisfacente descrizione di Mr Bingley. Lo attaccarono in vario modo: con domande esplicite, con abili insinuazioni e per vie traverse; ma egli seppe eludere la tattica di tutte quante, e dovettero finire per accontentarsi di una notizia di seconda mano, avuta dalla loro vicina, Lady Lucas. Le sue informazioni furono assai incoraggianti. Sir William aveva subito simpatizzato con lui. Era giovane, straordinariamente bello, molto simpatico, e, per completare il tutto, aveva intenzione di intervenire alla prossima festa con una folta schiera di amici. Non poteva darsi nulla di meglio! Amare il ballo era già il primo passo per innamorarsi; il cuore della signora Bennet si apriva alle più rosee speranze.

«Se potessi vedere una delle mie ragazze felicemente stabilita a Netherfield», disse Mrs Bennet a suo marito, «e tutte le altre ugualmente bene accasate, non avrei più nulla da desiderare.»

Dopo alcuni giorni Mr Bingley ricambiò la visita a Mr Bennet, e rimase con lui per dieci minuti nella sua biblioteca. Aveva sperato di poter vedere le signorine, della cui bellezza aveva tanto sentito parlare; ma non vide che il padre. In compenso le signore furono più fortunate, perché, da una finestra del piano superiore, poterono constatare che il giovane indossava una giacca azzurra e che montava un cavallo morello.

Poco tempo dopo gli mandarono un invito per il pranzo; e Mrs Bennet aveva appena finito di decidere le varie portate che avrebbero messo in maggior valore i suoi meriti di padrona di casa, quando giunse una risposta che rimandava ogni cosa. Mr Bingley doveva recarsi in città il giorno seguente ed era quindi nell'impossibilità di accettare l'onore del loro invito... ecc. ecc.

Mrs Bennet rimase male. Non poteva capire quali affari lo richiamassero in città così presto dopo il suo arrivo all'Hertfordshire, e già temeva che fosse di quelli che sono abituati a correre da un posto all'altro e che non si sarebbe mai stabilito tranquillamente a Netherfield, come sarebbe stato suo dovere. Lady Lucas placò le sue ansie, suggerendo che forse era andato a Londra per radunare gli amici per il ballo; e ben presto si venne infatti a sapere che con Mr Bingley sarebbero venuti al ricevimento dodici signore e sette uomini. Il cruccio delle ragazze a sentire il numero delle signore fu grande, ma il giorno prima del ballo ebbero la consolazione di sapere che, invece di dodici, sei soltanto lo avrebbero accompagnato da Londra: le sue cinque sorelle e una cugina. Quando poi il gruppo fece il suo ingresso nella sala, era composto di cinque sole persone: Mr Bingley, le sue due sorelle, il marito della maggiore e un altro giovanotto.

Mr Bingley era alto e distinto, con un aspetto simpatico e modi semplici e disinvolti. Le sorelle erano belle ed eleganti. Il cognato, Mr Hurst, si distingueva soltanto per il suo fare di gentiluomo, mentre l'amico, Mr Darcy, attirò ben presto l'attenzione di tutta la sala per la sua alta e snella figura, il volto dai lineamenti bellissimi, il nobile aspetto, e per la notizia, che circolò dopo soli cinque minuti dalla sua entrata, che possedeva diecimila sterline di rendita. Gli uomini dichiararono che era un tipo virile; le signore che era molto più bello di Mr Bingley, e per tutta la prima parte della serata fu circondato da una viva ammirazione, finché i suoi modi, disgustando tutti quanti, ne minarono la popolarità, perché quando si venne a scoprire che era orgoglioso e che dimostrava di sentirsi superiore sia alla compagnia, sia a quella sorta di divertimenti, tutta la sua tenuta del Derbyshire non bastò a far dimenticare il suo contegno scontroso e antipatico, per nulla degno di quello dell'amico.

Mr Bingley si era fatto subito presentare alle persone più importanti che erano in sala; allegro e schietto, non perse una sola danza; si dolse che il ballo terminasse così presto e parlò di darne uno egli stesso a Netherfield. Qualità tanto simpatiche parlavano di per sé. Il contrasto con il suo amico si mostrò ancora più evidente. Mr Darcy ballò una volta sola con Mrs Hurst, e una con Miss Bingley, rifiutando di essere presentato alle altre signore, e passò il resto della sera errando qua e là per la sala o parlando ogni tanto con qualcuno del suo gruppo. Da quel momento fu giudicato per sempre: era il più orgoglioso, il più antipatico uomo che si potesse vedere, e tutti speravano che non sarebbe mai più tornato. La più accanita contro di lui era Mrs Bennet, la cui antipatia verso il suo contegno in genere era maggiormente inasprita da un risentimento particolare, dovuto al fatto che aveva disprezzata una delle sue figlie.

Per la scarsità dei cavalieri, Elizabeth era stata costretta a rimanere seduta per due giri di danza, durante le quali Mr Darcy le era stato abbastanza vicino perché ella avesse potuto afferrare una sua conversazione con Mr Bingley, il quale aveva smesso di ballare qualche minuto per indurre il suo amico a prender parte alle danze.

«Suvvia, Darcy», gli aveva detto, «vorrei proprio che tu ballassi. Mi dà veramente fastidio vederti lì impalato a quel modo. Faresti molto meglio a muoverti.»

«Per nulla al mondo. Lo sai che detesto il ballo se non conosco bene la mia compagna, e in una riunione simile mi sarebbe addirittura insopportabile. Le tue sorelle sono impegnate, e non c'è una sola signora in tutta la sala con la quale ballerei senza sacrificio.»

«Davvero, se fossi in te non farei tanto il difficile», esclamò Bingley. «In fede mia, non ho mai incontrato tante ragazze simpatiche come questa sera; e molte sono addirittura deliziose.»

«Tu balli con la sola bella ragazza che ci sia», disse Mr Darcy guardando la maggiore delle signorine Bennet.

«È la più bella creatura che abbia mai visto! Ma c'è una delle sue sorelle, seduta proprio dietro di te, che è assai graziosa, e, sono certo, anche molto simpatica. Lascia che io chieda alla mia dama di presentartela.»

«A chi alludi?», disse Darcy e, volgendosi, fissò per un attimo Elizabeth, finché, sorprendendone lo sguardo, ritrasse il suo, dicendo freddamente: «È passabile, ma non abbastanza bella per tentarmi, e non sono affatto in vena di consolare le signorine trascurate dagli altri giovanotti. Faresti meglio a tornare dalla tua bella e a bearti dei suoi sorrisi, perché con me perdi il tuo tempo».

Mr Bingley seguì il consiglio. Mr Darcy si allontanò, ma a Elizabeth rimasero nell'animo sentimenti tutt'altro che cordiali verso di lui. Tuttavia raccontò con molto brio la storia alle sue amiche, perché il suo carattere allegro e spiritoso sapeva cogliere spassosamente il lato comico delle cose.

In ogni modo fu una serata piacevole per tutta la famiglia. Mrs Bennet aveva visto la figlia maggiore particolarmente apprezzata dal gruppo di Netherfield: Mr Bingley l'aveva fatta ballare due volte, e anche le sue sorelle erano state cortesi con lei. Jane era soddisfatta come sua madre, anche se in tono più riservato; Elizabeth godeva della felicità di Jane. Mary si era sentita presentare a Miss Bingley come la più colta ragazza dei dintorni, e Catherine e Lydia erano state così fortunate da non rimanere mai senza cavalieri, cosa che – per il momento – era tutto quanto esse chiedevano a un ballo. Tornarono dunque tutti di buon umore a Longbourn, villaggio dove risiedevano, e del quale erano la famiglia più importante. Trovarono Mr Bennet ancora alzato; quando aveva un libro tra le mani, perdeva la nozione del tempo, e questa volta aveva contribuito a farlo rimanere alzato anche una buona dose di curiosità per gli eventi di una serata che aveva suscitato tante belle aspettative. Aveva quasi sperato che le illusioni di sua moglie sul forestiero fossero andate deluse, ma scoprì ben presto che non era affatto così.

«Oh, caro Mr Bennet», disse appena entrata, «abbiamo avuto una serata deliziosa e un magnifico ballo. Avrei voluto che ci fossi stato anche tu. Jane è stata talmente ammirata! Non c'era nessuno che potesse starle a pari. Tutti dicevano che era uno splendore, e Mr Bingley l'ha trovata bellissima e ha danzato con lei per due volte! *Pensa*, nientemeno: ha danzato con lei per due volte! Ed è stata l'unica signorina invitata per la seconda volta. Per prima ha invitato Miss Lucas. Immaginati la mia delusione quando l'ho visto rivolgersi a lei! Tuttavia non è sembrato affatto che l'ammirasse: d'altra parte nessuno potrebbe ammirarla, lo sai bene; è sembrato invece assai colpito da Jane quando l'ha vista ballare. Ha chiesto chi era, si è fatto presentare e l'ha invitata per le due danze seguenti. Poi le due terze le ha ballate con Miss King, le due quarte con Mary Lucas, le due quinte ancora con Jane, le due seste con Lizzy, e il *boulanger*...»

«Se avesse avuto pietà *di me*», esclamò a questo punto suo marito con impazienza, «non avrebbe ballato neppure la metà! Per l'amor di Dio, non parlarmi più delle sue dame! Gli si fosse storto un piede al primo ballo!»

«Oh, mio caro», continuò Mrs Bennet, «tu sapessi quanto è simpatico! Ed è così bello! E anche le sue sorelle sono delle signore squisite. Non ho mai visto abiti più eleganti! Sono sicura che il pizzo della gonna di Mrs Hurst...»

Ma qui fu di nuovo interrotta. Mr Bennet protestò contro ogni discorso sulla moda: sua moglie dovette ripiegare su un altro argomento, e raccontò con molta amarezza e alquanta esagerazione la sconveniente scortesia di Mr Darcy.

«Ti posso però assicurare», aggiunse, «che Lizzy non perde molto a non essere di suo gusto, perché è un uomo odioso e detestabile cui non vale proprio la pena di piacere: così sprezzante e pieno di sé, da rendersi addirittura insopportabile. Passeggiava in su e in giù, credendosi chissà chi! Non abbastanza bella per ballare con lui! Avrei voluto che tu fossi stato presente, mio caro, per trattarlo come si meritava. Detesto quell'uomo!»

Capitolo quarto

Non appena Jane ed Elizabeth rimasero sole, la prima, che fino allora era stata assai misurata sulle sue lodi per Mr Bingley, disse alla sorella quanto ne fosse rimasta colpita.

«È proprio quello che dovrebbe essere un giovane», disse; «intelligente, con un buon carattere, allegro. Non ho mai incontrato nessuno con modi così avvincenti, semplici e pieni di educazione.»

«Ed è anche bello», rispose Elizabeth. «Hai ragione, non gli manca veramente nulla per essere il tipo del giovanotto ideale.»

«Sono stata così lusingata del suo secondo invito! Non mi sarei mai aspettata una cortesia simile.»

«Non te l'aspettavi? Io sì, per te. È proprio in questo che siamo tanto diverse noi due. Ti stupisci *sempre* che la gente sia gentile con te, io *mai*. Non c'era niente di più naturale che ti invitasse per la seconda volta. Non poteva fare a meno di accorgersi che eri la più bella di tutta la sala. Non è davvero il caso di avere della gratitudine per la sua galanteria. In ogni modo è molto simpatico e sono d'accordo che ti piaccia. Hai ammirato persone ben più inconcludenti.»

«Ma... Lizzy!»

«Oh, lo sai bene che sei troppo incline ad apprezzare la gente. Non vedi mai i difetti di nessuno: per te sono tutti buoni e simpatici. Non ti ho mai sentito parlar male di anima viva.»

«Cerco di non esser facile alla critica, ma dico sempre quello che penso.»

«Lo so; ed è *questo* che mi sorprende. Tu, così piena di buon senso, essere tanto onestamente cieca per le follie e le sciocchezze degli altri! Ostentare il candore, è cosa abbastanza comune; direi che non si vede far altro; ma essere come te, candida non per progetto o per ostentazione, ma per natura, scoprire il lato buono di ogni carattere e renderlo ancora migliore, e non rilevare mai il cattivo, in niente e in nessuno, questo è proprio una tua prerogativa. E, dimmi un po', ti piacciono anche le sorelle di Mr Bingley? I loro modi non sono però da paragonarsi ai suoi.»

«No, a prima vista, almeno. Ma a starci un po' insieme sono simpatiche. Miss Bingley verrà ad abitare con suo fratello e dirigerà la casa, e penso di non sbagliarmi giudicando che sarà una vicina molto piacevole.»

Elizabeth ascoltava in silenzio, ma senza essere convinta; il contegno delle signorine Bingley al ricevimento non era stato tale da accattivarsi la simpatia generale: più pronta nei suoi giudizi e con un carattere meno arrendevole della sorella, non era troppo disposta ad ammirarle. Erano delle vere signore, non mancavano di allegria e sapevano rendersi amabili, ma si capiva che erano orgogliose e piene di sé. Erano piuttosto belle; avevano ricevuto una educazione perfetta in uno dei primi collegi di Londra, avevano una sostanza di ventimila sterline e l'abitudine di spendere più di quello che avrebbero dovuto; frequentavano gente della migliore società e si credevano in diritto di pensare molto bene di loro stesse e molto meno bene degli altri. Appartenevano a una rispettabile famiglia dell'Inghilterra del Nord, cosa della quale si ricordavano più volentieri che non del fatto che la loro ricchezza e quella del fratello erano frutto del commercio.

Mr Bingley aveva ereditato una sostanza di quasi centomila sterline da suo padre, il quale, pur avendo avuto l'intenzione di acquistare una tenuta, non aveva vissuto abbastanza per attuare il proprio progetto. Anche Mr Bingley ci pensava, e sembrava aver fatto talvolta anche la scelta della contea; ma dato che ormai era provvisto di una bella casa, chi conosceva il suo carattere adattabile era convinto che avrebbe passato il resto dei suoi giorni a Netherfield, lasciando alla futura generazione la cura di comprare nuove terre.

Le sue sorelle desideravano ardentemente vederlo padrone di una tenuta; pure, anche se per ora era soltanto in una villa affittata, Miss Bingley non si mostrò restìa a occuparsene e anche Mrs Hurst, che aveva sposato un uomo più elegante che ricco, era dispostissima a considerare come sua la casa del fratello, quando le faceva comodo. Mr Bingley era diventato maggiorenne appena da due anni, quando un'informazione fortuita lo aveva spinto a visitare Netherfield House. La vide e in mezz'ora si innamorò della località e della casa dentro e fuori; soddisfatto delle lodi che gli faceva il proprietario, la fissò immediatamente.

Con Darcy era legato da una solida amicizia, nonostante la grande diversità dei loro temperamenti. Bingley si era accattivato l'affetto di Darcy per la semplicità e la duttilità della sua natura aperta, pur così differente da quella dell'amico. Si sentiva sicuro dell'amicizia di Darcy e teneva le sue opinioni nella più alta considerazione. E per quanto Bingley non fosse privo di intelligenza, Darcy gli era infinitamente superiore. Nello stesso tempo, però, era altero, sostenuto e sprezzante, e i suoi modi, nonostante la perfetta educazione, non erano attraenti. Sotto questo aspetto Bingley valeva molto più dell'amico ed era certo di essere bene accolto dovunque andasse, mentre Darcy finiva sempre con l'urtare qualcuno. È logico che giudicassero le riunioni di Meryton ciascuno secondo la propria mentalità: Bingley non aveva mai incontrato gente più simpatica e ragazze tanto carine; tutti erano stati pieni di attenzioni e di cortesia verso di lui; non aveva trovato né formalismi né sussiego: in poco tempo aveva conosciuto tutti; quanto a Miss Bennet, non esisteva creatura più angelica! Darcy invece aveva visto solo una sfilata di gente brutta e assolutamente priva di eleganza; non una sola persona lo aveva interessato o si era occupata di lui o gli era riuscita gradita. Riconosceva che Miss Bennet era bella, ma trovava che sorrideva troppo.

Anche Mrs Hurst e sua sorella convennero su questo punto, pur ammirandola e trovandola così simpatica che avrebbero avuto piacere di conoscerla meglio. E poiché Miss Bennet venne classificata come una ragazza graziosa, Mr Bingley si sentì autorizzato da un così profondo giudizio a pensare di lei quello che più gli piaceva.

Capitolo quinto

A poca distanza da Longbourn abitava una famiglia con la quale i Bennet erano legati da particolare amicizia. Sir William Lucas aveva fatto una discreta fortuna nel commercio a Meryton, e per un discorso rivolto al Sovrano, nel periodo in cui era sindaco, era stato elevato all'onore della nobiltà. Onore che aveva mostrato di apprezzare anche troppo. Arrivato a questo punto, si era sentito in dovere di provare disgusto per gli affari, nonché per la vita in una piccola città commerciale. Così, aveva abbandonato gli uni e l'altra, trasferendosi con la famiglia in una casa a quasi un miglio da Meryton, che da allora fu detta Lucas Lodge, dove poteva compiacersi amabilmente della sua nuova e importante posizione, e, non più costretto dagli affari, dedicarsi soltanto al piacere di essere gentile con tutti. La soddisfazione della posizione raggiunta, lungi dal renderlo altero, lo spingeva a ostentare una grande cortesia verso ciascuno. Di carattere inoffensivo per natura, cordiale e compiacente, la presentazione a Corte lo aveva fatto diventare un modello di gentilezza.

Lady Lucas era una brava donna, di intelligenza piuttosto limitata, ma non per questo meno preziosa vicina per Mrs Bennet. Avevano molti figli. La maggiore, di ventisette anni, una ragazza giudiziosa e intelligente, era intima amica di Elizabeth.

Niente di più naturale che le signorine Lucas e Bennet trovassero necessario incontrarsi dopo il ballo per scambiarsi le proprie impressioni; e la mattina dopo il ricevimento le Lucas andarono a Longbourn.

«Hai iniziato bene la serata, Charlotte», disse la signora Bennet con voluta amabilità. «Fosti la prima ad essere scelta da Mr Bingley.»

«Sì, ma poi lui diede indubbiamente prova di preferire la seconda.»

«Vuoi alludere a Jane, perché ballò due volte con lei? Certo, mostrò apertamente la sua ammirazione; e pareva realmente sincero; ne era addirittura infatuato. Ho sentito dire qualcosa, non so di preciso di che cosa si trattasse... a proposito di Mr Robinson...»

«Parli forse del discorso che ho sentito io per caso, tra lui e Mr Robinson? Non ve l'ho raccontato? Mr Robinson gli chiese se gli piacevano le nostre riunioni di Meryton e se non gli sembrava che ci fossero parecchie belle signore e signorine, chiedendogli quale fosse secondo lui la più graziosa. E lui, pronto, rispose immediatamente: "Oh, senza dubbio la maggiore delle signorine Bennet: è impossibile dare un giudizio diverso in proposito".»

«Dici davvero? Più esplicito di così... si direbbe quasi... ma può ancora finire tutto in nulla!»

«La conversazione che ho sentito io, invece, era ben diversa da quella sorpresa da te, Eliza», disse Charlotte. «Mr Darcy è meno simpatico del suo amico, non ti pare? Povera Eliza, essere giudicata *appena* passabile!»

«Ti prego, non mettere in testa a Lizzy di essere seccata della sua scortesia; è un uomo talmente antipatico che sarebbe una disgrazia essere notate da lui. Mrs Long mi disse che l'altra sera è rimasto vicino a lei per mezz'ora senza aprir bocca.»

«Davvero? Non ci sarà dell'esagerazione? Ho veduto io Mr Darcy che le parlava.»

«Sì, quando lei si decise finalmente a chiedergli se Netherfield gli piaceva e lui non poté fare a meno di risponderle; ma pare che si mostrasse piuttosto infastidito dal fatto che gli venisse rivolta la parola.»

«Miss Bingley mi ha detto», raccontò Jane, «che non parla mai molto, tranne con gli amici intimi, con i quali però è particolarmente cortese.»

«Non posso crederlo. Se avesse avuto un minimo di gentilezza, avrebbe parlato con Mrs Long. Ma mi figuro come saranno andate le cose; tutti dicono che è divorato dalla superbia, e certo avrà sentito dire che Mrs Long non possiede una carrozza, e che era venuta al ballo in una vettura a noleggio.»

«Il fatto che non abbia parlato con Mrs Long», disse Miss Lucas, «per me non ha molta importanza, ma avrei voluto che avesse ballato con Eliza.»

«Un'altra volta, Lizzy, se fossi in te», disse sua madre, «sarei io a non voler ballare *con lui*.»

«Credo, mamma, di poterti assicurare che non ballerò mai con lui.»

«Tuttavia», disse Miss Lucas, «il suo orgoglio non è così criticabile come in altri casi, perché ha qualche attenuante. Non fa meraviglia che un giovane intelligente, con un bel nome, ricco, al quale tutto arride ed è favorevole, abbia una grande opinione di sé. Direi quasi che ha un certo diritto di essere orgoglioso.»

«È verissimo», rispose Elizabeth, «e potrei scusare facilmente il suo orgoglio, se non avesse ferito il mio.»

«L'orgoglio», osservò Mary che teneva a dimostrare la profondità dei suoi pensieri, «è un difetto assai comune. Da tutto quello che ho letto, sono convinta che è assai frequente; che la natura umana vi è facilmente incline e che sono pochi quelli tra noi che non provano un certo compiacimento a proposito di qualche qualità – reale o immaginaria – che suppongono di possedere. Vanità e orgoglio sono ben diversi tra loro, anche se queste due parole vengono spesso usate nello stesso senso. Una persona può essere orgogliosa senza essere vana. L'orgoglio si riferisce soprattutto a quello che pensiamo di noi stessi; la vanità a ciò che vorremmo che gli altri pensassero di noi.»

«Se io fossi ricco come Mr Darcy», esclamò uno dei piccoli Lucas che era venuto con le sue sorelle, «non starei tanto a badare al mio orgoglio. Terrei una muta di cani da caccia e berrei una bottiglia di vino al giorno.»

«Vorrebbe dire bere assai più del ragionevole», disse Mrs Bennet, «e se io ti vedessi, ti toglierei la bottiglia.»

Il ragazzo protestò che non sarebbe stata capace di far questo; la signora invece continuò a sostenere di sì; e la discussione si protrasse scherzosa per tutto il resto della visita.

Capitolo sesto

Le signore di Longbourn, poco tempo dopo, si recarono a trovare quelle di Netherfield. La visita fu subito resa, come di dovere. La grazia di Miss Bennet conquistò tutta la simpatia di Mr Hurst e di Miss Bingley, che, pur trovando la madre intollerabile e le sorelle minori insipide e insignificanti, espressero alla maggiore il desiderio di vederla più spesso. Jane accolse con grande piacere questo segno di cortesia, ma Elizabeth, notando l'aria di condiscendenza e di superiorità che usavano verso tutte loro, sua sorella compresa, non riusciva a trovarle simpatiche. Pure, la loro gentilezza verso Jane aveva un certo valore, perché non poteva essere che il riflesso dell'ammirazione del loro fratello per lei. Ad ogni nuovo incontro la sua predilezione per la piccola Jane appariva infatti sempre più evidente, e per Elizabeth non era meno evidente che anche Jane si abbandonava a quella simpatia che aveva provato per lui fin dal primo momento, simpatia che era già sulla buona strada per diventare un vero e proprio amore. Vedeva anche, e se ne compiaceva, che nessun altro poteva accorgersi di questo, perché Jane univa a una grande profondità di sentire un temperamento così calmo e una così uniforme serenità di contegno, che la salvaguardava da ogni commento maligno. Ne parlò con la sua amica, Miss Lucas.

«Forse, può essere comodo riuscire a non tradirsi davanti alla gente», rispose Charlotte. «Ma essere troppo prudenti può costituire anche uno svantaggio. Se una donna nasconde i suoi sentimenti con tanta cura anche all'oggetto amato, può perdere l'occasione di conquistarlo, e in questo caso sarebbe una ben magra consolazione pensare che nessuno ne ha saputo mai nulla. Vi è tanta parte di gratitudine e addirittura di vanità in quasi tutti i sentimenti, che è più prudente saper far vibrare tutte queste corde all'unisono. Ognuno di noi s'innamora spontaneamente, ma sono ben poche le persone dal cuore tanto generoso da amare senza essere incoraggiate. In nove casi su dieci, a una donna conviene mostrare ancora più affetto di quello che prova. A Bingley tua sorella piace di sicuro, ma, se non lo incoraggia, questo sentimento rischia di rimanere una pura e semplice simpatia.»

«Ma lo incoraggia, almeno per quanto è possibile alla sua natura riservata. Se mi accorgo io della sua preferenza per Bingley, sarebbe proprio uno stupido a non capirlo lui pure.»

«Ma lui, Eliza, non conosce il carattere di Jane come te.»

«Se una ragazza ha del tenero per un uomo e non lo nasconde, tocca a lui capirlo.»

«Forse se ne potrebbe render conto se la vedesse di più. Ma benché Bingley e Jane si incontrino spesso, non stanno mai a lungo insieme, e vedendosi sempre fra tanta gente, non possono passare il tempo a parlare tra di loro. Jane dovrebbe dunque approfittare di ogni mezz'ora che lui le dedica. Quando sarà sicura di averlo conquistato, potrà concedersi di innamorarsi a modo suo.»

«Il tuo piano sarebbe perfetto», rispose Elizabeth, «se si trattasse solo di fare un bel matrimonio; e se io avessi in mente di cercarmi un marito ricco, o un marito qualsiasi, lo adotterei senz'altro. Ma Jane non pensa a questo, non agisce per progetto. Per ora non si è neppur resa conto del suo sentimento, né sa se è un sentimento ragionevole. Ha conosciuto Bingley solamente quindici giorni fa. Ha ballato quattro volte con lui a Meryton; lo ha visto una mattina a casa sua, e dopo di allora, ha pranzato in sua compagnia quattro volte. Non può bastare per farsi un giudizio su di lui.»

«Non è esatto. Se avesse soltanto pranzato con lui, si sarebbe soltanto potuta accertare se ha più o meno appetito, ma devi ricordare che hanno passato insieme quattro sere; e quattro sere possono significare parecchio.»

«Sì, in quelle quattro sere hanno potuto assicurarsi che tutti e due preferiscono il *Ventuno* al *Mercante in Fiera*; ma non credo che abbiano avuto modo di approfondire argomenti più importanti.»

«Insomma», disse Charlotte, «auguro di cuore ogni successo a Jane, e per conto mio credo che se lo sposasse anche domani, avrebbe la stessa probabilità di essere felice che se ne studiasse il carattere per un anno. La felicità nel matrimonio è solo una questione di fortuna. Ammettendo anche che due si conoscano da sempre, e abbiano dei caratteri identici, non è detto che questo basti a renderli felici. Si scopriranno sempre abbastanza diversi, dopo il matrimonio, per provare la loro parte di guai, ed è assai meglio conoscere il meno possibile i difetti della persona con cui si ha da passare tutta la vita.»

«Sei proprio divertente, Charlotte, ma non direi che è una teoria troppo pratica. Sai benissimo che non ci sarebbe da fidarsi, e sono convinta che neppure tu agiresti in questo modo.»

Occupata com'era a osservare la corte che Mr Bingley faceva a sua sorella, Elizabeth non si era neppure accorta di essere diventata lei stessa oggetto di interesse per l'orgoglioso amico di lui. Mr Darcy, che in principio si era appena degnato a trovarla graziosa; al ballo non l'aveva ammirata affatto e negli incontri seguenti l'aveva guardata unicamente per criticarla. In un primo tempo si era limitato ad affermare a se stesso e ai suoi amici che il volto di lei non era niente di straordinario, poi aveva cominciato a scoprire che quel volto rivelava invece una rara intelligenza, grazie anche a due magnifici occhi neri profondi ed espressivi. A questa scoperta ne seguirono altre ugualmente mortificanti per lui. Nonostante il suo senso critico avesse notato più di un difetto nei tratti irregolari di lei, dovette convenire che aveva una figura snella e flessuosa e benché avesse sostenuto che il suo comportamento non era il più adatto a una persona che frequentava la buona società, pure era incantato dalla sua spontanea vivacità. Ma Elizabeth non se ne rendeva affatto conto: egli era per lei soltanto l'uomo che restava antipatico a tutti e che non l'aveva trovata abbastanza bella per invitarla a ballare.

Darcy cominciò a desiderare di conoscerla meglio e, come primo passo per arrivare a parlarle direttamente, prestò attenzione quando discorreva con gli altri. Elizabeth lo notò. Si trovavano dai Lucas, dove c'era molta gente.

«Che cosa salta in mente a Mr Darcy», disse a Charlotte, «di stare ad ascoltare tutto quello che dicevo, mentre parlavo col colonnello Forster?»

«Questa è una domanda che dovresti fare a lui.»

«Se ricomincia, gli farò vedere che capisco le sue intenzioni. Ha degli occhi troppo beffardi, e, se non lo attacco io per prima, finirò per avere paura di lui.»

Poco dopo Mr Darcy si avvicinò, senza aver tuttavia l'aria di voler parlare con loro, e Miss Lucas sfidò la sua amica, che, messasi d'impegno, si rivolse immediatamente a lui, dicendogli:

«Non vi sono sembrata abbastanza eloquente, un momento fa,

quando cercavo di indurre il colonnello Forster a dare un ballo per noi a Meryton?».

«Avete dimostrato una rara energia; ma si trattava di un soggetto che desta sempre l'ardore di una donna.»

«Siete severo con le donne.»

«Fra poco toccherà a te», disse Miss Lucas. «Vado ad aprire il piano, Eliza, e sai che cosa ti aspetta...»

«Sei un bel tipo di amica! Vorresti farmi sempre suonare e cantare davanti a tutti e a chiunque! Se fossi particolarmente fiera delle mie attitudini musicali, saresti proprio preziosa, ma a dire la verità non ho nessun desiderio di espormi davanti a chi è abituato ad ascoltare i migliori esecutori.»

Ma siccome Miss Lucas insisteva, aggiunse: «Va bene, visto che sei proprio decisa, ti accontento...». E guardando con gravità Mr Darcy, aggiunse: «C'è un vecchio detto, che qui tutti conoscono e che suona così: "Serba il tuo fiato per raffreddare la zuppa"; io serberò il mio per cantare meglio».

Cantava in modo gradevole, se non alla perfezione. Dopo una o due canzoni, e prima ancora che potesse acconsentire alle richieste rivoltele perché continuasse, la sostituì al piano sua sorella Mary che, come l'unica bruttina della famiglia, si era dedicata appassionatamente agli studi e a tutto quello che serve per brillare in società, e aveva la manìa di fare sfoggio della sua bravura.

Mary non aveva né gusto né talento, e tutta la sua applicazione era servita solo a darle un tono pedante e presuntuoso che avrebbe fatto sfigurare anche una abilità maggiore della sua. Elizabeth, semplice e naturale, era stata ascoltata con molto maggior piacere, per quanto avesse suonato molto meno bene della sorella. Mary, finito un lungo concerto, fu ben contenta di essere ringraziata e lodata per delle arie irlandesi e scozzesi richiestele dalle sorelle, che, con alcune delle Lucas e due o tre ufficiali, si erano messe a ballare allegramente a un'estremità del salone.

Mr Darcy stava lì vicino, indignato di un tal modo di trascorrere la serata che escludeva per lui ogni possibilità di conversazione, ed era così immerso nei suoi pensieri da non accorgersi di Sir William Lucas, fino a che questi non gli rivolse la parola:

«Che divertimento garbato, per i giovani, non è vero, Mr Darcy? Non c'è niente di paragonabile al ballo. Lo considero come una delle forme di svago più raffinate della società elegante».

«Senza dubbio, e ha, fra l'altro, il vantaggio di essere in voga anche tra le società meno raffinate del mondo. Qualunque selvaggio sa ballare.»

Sir William si accontentò di sorridere. «Il vostro amico danza alla perfezione», continuò dopo una pausa, vedendo Bingley unirsi al gruppo, «e non dubito che siate voi pure un cultore di questa arte, Mr Darcy.»

«Credo che mi avrete visto ballare a Meryton.»

«Sì, certo, e quella vista fu per me un vero godimento. Ballate spesso a Corte?»

«Mai, Sir.»

«Non vi sembra cosa che si confaccia a quel luogo?»

«È una cosa che evito sempre, quando mi è possibile.»

«Avrete casa a Londra, immagino?»

Mr Darcy assentì con un cenno del capo.

«Anch'io, un tempo, avevo pensato di stabilirmi nella capitale, perché adoro la buona società, ma non ero sicuro che il clima cittadino si confacesse a Lady Lucas.»

Tacque sperando in una risposta, ma il suo vicino non era disposto a dargliene, per cui, vedendo Elizabeth che si dirigeva in quel momento verso di loro, credette di fare un gesto molto galante chiamandola:

«Cara Miss Eliza, perché non ballate? Mr Darcy, permettete che vi presenti questa signorina come una delle migliori dame. Certo, davanti a una simile bellezza, non rifiuterete più di ballare». E, prendendo una mano di Elizabeth, voleva metterla addirittura in quella di Mr Darcy che, anche se sorpreso, non sembrava affatto riluttante, quando ella si ritrasse con prontezza, dicendo a Sir William con un certo turbamento:

«Davvero, Sir, non ho la più lontana intenzione di ballare. Vi prego di credere che non ero venuta qui a cercare un cavaliere».

Mr Darcy, con lo stile della più perfetta correttezza, le chiese l'onore di poterla invitare, ma inutilmente. Elizabeth era decisa a rifiutare, né le insistenze di Sir William valsero a scuotere la sua determinazione.

«Ballate così bene, Miss Eliza, che è una vera crudeltà privarci del piacere di contemplarvi, e sebbene il signore non sembri apprezzare questo genere di divertimento, sono sicuro che non vorrà rifiutarsi di compiacerci per una mezz'ora.»

«Mr Darcy è la cortesia in persona», disse Elizabeth sorridendo.

«Certamente, ma in questo caso, cara Miss Eliza, non c'è da meravigliarsi della sua arrendevolezza, perché chi rifiuterebbe una damina simile?»

Elizabeth sorrise maliziosamente, allontanandosi. La sua fermezza non le aveva nuociuto agli occhi di Darcy che stava pensando a lei con una certa simpatia, quando fu avvicinato da Miss Bingley:

«Indovino l'oggetto dei vostri pensieri».

«Non credo.»

«Voi state pensando a come sarebbe insopportabile dover trascorrere molte sere a questo modo e in un ambiente simile; e condivido pienamente il vostro modo di vedere. Non mi sono mai annoiata tanto! Sono tutti così insulsi e così rumorosi! Tutta gente da nulla, eppure che importanza si danno! Come vorrei sentire le vostre critiche!»

«Vi assicuro che siete in errore. I miei pensieri erano molto più piacevoli. Meditavo sulla gioia squisita che possono dare due begli occhi nel volto di una donna graziosa.»

Miss Bingley lo fissò stupita e gli chiese quale dama avesse avuto il dono di ispirargli tali riflessioni.

Mr Darcy rispose intrepidamente:

«Miss Eliza Bennet».

«Miss Eliza Bennet!», ripeté Miss Bingley. «Possibile! Da quanto tempo siete un suo ammiratore? E, ditemi, a quando gli auguri?...»

«Era proprio la domanda che mi aspettavo. L'immaginazione femminile è veloce: dall'ammirazione passa all'amore, dall'amore al matrimonio in un momento solo. Ero sicuro che mi avreste fatto gli auguri.»

«Se dite sul serio, considererò la cosa come già avvenuta. Avrete una suocera adorabile, e che naturalmente sarà sempre con voi a Pemberley.»

Egli la lasciò dire con perfetta indifferenza, mentre lei ricamava da sola sull'argomento: vedendolo così tranquillo, si persuase che nella cosa c'era molto di vero e insistette a lungo nei suoi motteggi e nei suoi scherzi pungenti.

Capitolo settimo

Il patrimonio di Mr Bennet era costituito per la massima parte da una tenuta che rendeva duemila sterline l'anno; tenuta che – disgraziatamente per le figlie – era vincolata, in mancanza di eredi maschi, a un diritto di trasmissione che delegava unico erede un lontano parente; e la sostanza della madre, anche se abbastanza notevole per la loro posizione, non era certo bastante a sopperire alla mancanza di quella paterna. Il padre di lei, che era stato avvocato a Meryton, le aveva lasciato 4.000 sterline. Aveva una sorella sposata a un certo Mr Philips, antico sostituto di loro padre e che ne aveva ereditato lo studio, e un fratello commerciante a Londra in un importante ramo d'affari.

Il villaggio di Longbourn era a un miglio da Meryton, distanza assai comoda per le signorine, che, due o tre volte alla settimana, cedevano alla tentazione di andarvi, sia per trovare la zia, sia per fermarsi da una modista che si trovava proprio sulla loro strada. Le più assidue in queste gite erano le più giovani, Catherine e Lydia, che, avendo delle testoline più vuote di quelle delle sorelle, se la giornata non prometteva di meglio, intraprendevano la passeggiata a Meryton per occupare le ore del mattino e per fornire gli argomenti alla conversazione della sera, perché, se la vita in campagna offriva pochi diversivi, trovavano sempre il modo di sapere qualche novità dalla zia. Ora poi stavano facendo ampia provvista sia di notizie che di felicità, per il recente arrivo nei dintorni di un reggimento che doveva fermarsi per tutto l'inverno, con il quartier generale proprio a Meryton.

Le loro visite a Mrs Philips diventarono una inesauribile fonte di novità. Ogni giorno imparavano il nome di un nuovo ufficiale e dei suoi amici; riuscirono a scoprire dove abitavano e finalmente conobbero gli ufficiali stessi. Mr Philips li andò a trovare tutti, mettendo così le nipotine all'apice della felicità. Non parlavano d'altro, e perfino la grande ricchezza di Mr Bingley, che destava tanto interesse nella loro mamma, scomparve ai loro occhi dinanzi alle fiammanti uniformi.

Una mattina, dopo aver ascoltato un fiume di parole su questo argomento, Mr Bennet osservò freddamente:

«Da quanto mi risulta dal vostro modo di parlare, credo che siate due tra le più stupide ragazze dei dintorni. Lo sospettavo da tempo, ma ora ne sono proprio convinto».

Catherine, sconcertata, non rispose; ma Lydia, con assoluta indifferenza, proseguì nel cantare le lodi del capitano Carter, esprimendo la speranza di vederlo in giornata, dato che l'indomani sarebbe andato a Londra.

«Sono veramente sorpreso, caro», disse la signora Bennet, «che tu sia così pronto a dar delle sciocche alle tue ragazze. Se mi piacesse disprezzare i figli di qualcuno, non sceglierei proprio i miei.»

«Se le mie figliole sono delle stupide, spero di conservare abbastanza buon senso per riconoscerlo.»

«Sì, ma c'è il fatto che sono tutte molto intelligenti.»

«Mi auguro che sia questo il solo punto in cui non andiamo d'accordo. Avrei sperato che il nostro modo di pensare coincidesse nei minimi particolari, ma purtroppo questa volta non ho le tue medesime opinioni e sono convinto di non sbagliarmi asserendo che le nostre due ultime figliole sono molto più sciocche delle altre ragazze in genere.»

«Caro Bennet, non puoi aspettarti che le tue figlie siano ragionevoli come i loro genitori. Quando avranno la tua età, sono sicura che non penseranno agli ufficiali, come non ci pensiamo noi. Ricordo ancora i tempi in cui apprezzavo anch'io una bella divisa, e in fondo al cuore la apprezzo sempre; e se un giovane elegante colonnello con cinque o seimila sterline di rendita chiedesse una delle mie ragazze, non sarei io a dirgli di no; l'altra sera da Sir William, il colonnello Forster era veramente elegante nella sua uniforme.»

«Mamma», esclamò Lydia, «la zia dice che il colonnello Forster e il capitano Carter non vanno più tanto spesso da Miss Watson; ora li vede di sovente nella libreria di Clarke.»

L'entrata di un domestico che portava un biglietto per Miss Bennet, impedì alla madre di rispondere; il biglietto veniva da Netherfield e il domestico attendeva risposta. Gli occhi della signora Bennet sfa-

villarono di contentezza, e, mentre la figlia leggeva, chiese impetuosamente:

«E così, Jane, chi ti scrive? che c'è di nuovo? che cosa dice? Via,
Jane, spicciati, raccontaci; presto, amor mio!».

«È di Miss Bingley», disse Jane, e lesse ad alta voce:

Cara amica,
  se non avrai pietà di noi, venendo a pranzare con Louisa e con me quest'oggi, correremo il rischio di odiarci per il resto della nostra vita, perché
un'intera giornata di *tête-à-tête*, tra due donne, finisce sempre in una dispu-
ta. Ricevendo questo, vieni appena ti è possibile. Mio fratello e gli altri signori sono a pranzo con gli ufficiali. Sempre tua

Caroline Bingley

«Con gli ufficiali!», esclamò Lydia. «Mi stupisce che la zia non ce
l'abbia detto.»

«Fuori a pranzo...», disse la signora Bennet, «che peccato!»

«Posso prendere la carrozza?», chiese Jane.

«No, cara, faresti meglio ad andarci a cavallo, perché sembra che
voglia piovere e così dovrai per forza fermarti là per la notte.»

«Sarebbe un'ottima idea», disse Elizabeth, «se fosse certo che non
le offriranno di farla riaccompagnare a casa.»

«Oh, non c'è pericolo, perché i signori avranno preso la vettura di
Mr Bingley per andare a Meryton, e gli Hurst non hanno carrozza
propria.»

«Veramente preferirei andare in carrozza.»

«Ma, cara, sono certa che tuo padre non può cedere i cavalli. Ne
hanno bisogno alla fattoria, non è vero Bennet?»

«I cavalli in fattoria occorrerebbero assai più spesso di quanto non
li possano avere.»

«Ma se glieli lasci oggi», disse Elizabeth, «è proprio quello che la
mamma desidera.»

Tanto fece e tanto disse, che il padre dovette convenire che i cavalli
erano impegnati; così Jane fu costretta ad andare a cavallo, mentre
sua madre la accompagnava alla porta con i più lieti pronostici di un
pessimo tempo. Le sue speranze si avverarono: Jane era appena partita che incominciò a piovere dirottamente. Le sue sorelle erano in
pena per lei, ma la mamma era raggiante. La pioggia continuò inin-
terrotta per tutta la sera; Jane non sarebbe tornata di certo.

«Ho avuto proprio una buona idea», ripeté la signora Bennet a varie
riprese, come se la pioggia fosse tutto merito suo. Soltanto al mattino seguente, però, ne poté conoscere i fortunati sviluppi. Avevano
appena terminata la colazione, quando arrivò il seguente biglietto
per Elizabeth:

Cara Lizzy,
  questa mattina sto proprio poco bene; cagione, credo, di tutta la pioggia
presa ieri. Le mie gentili amiche non mi lasciano tornare a casa fintanto che

non sia guarita. Vogliono che mi veda Mr Jones, per cui non allarmatevi se sentite dire che è venuto a visitarmi; del resto tranne un po' di male alla gola e di emicrania, non ho niente di grave. Vostra ecc.

«E ora, mia cara», disse Mr Bennet, quando Elizabeth ebbe terminato di leggere il biglietto ad alta voce, «se tua figlia si ammalasse gravemente, se morisse, sarebbe una bella consolazione sapere che è stato per accalappiare Mr Bingley dietro tuo ordine.»

«Oh, non c'è pericolo che muoia. Non si muore per dei raffreddori da nulla. La cureranno bene. Finché rimane là, va tutto benissimo. Andrei a trovarla, se avessi la carrozza.»

Elizabeth, che si sentiva inquieta per davvero, decise di andare da Jane anche senza vettura, e dato che non sapeva andare a cavallo, non le rimaneva altra alternativa che quella di andare a piedi. Dichiarò che sarebbe andata ugualmente.

«Come puoi pensare a una cosa simile», esclamò la madre, «con tutto quel fango! Non saresti neppure presentabile, una volta arrivata.»

«Sarò sempre presentabile per Jane, che è l'unica persona che mi preme vedere.»

«Sarebbe un'allusione a me», disse suo padre, «perché ti dia i cavalli?»

«No davvero. Non ho paura di camminare. Dopotutto per un motivo così grave non è neppure una grande distanza; tre miglia solamente. Sarò di ritorno per l'ora di pranzo.»

«Ammiro la forza del tuo affetto», osservò Mary, «ma tutti gli impulsi del sentimento dovrebbero essere controllati dalla ragione; secondo me, lo sforzo deve essere sempre proporzionato al motivo che lo ha originato.»

«Ti accompagneremo fino a Meryton», dissero Lydia e Catherine. Elizabeth accettò la proposta e le tre ragazze partirono insieme.

«Se facciamo presto», disse Lydia mentre camminavano, «forse riusciremo a vedere il capitano Carter prima che parta.»

Si separarono a Meryton; le due più giovani si fermarono in casa della moglie di un ufficiale, ed Elizabeth continuò la strada da sola, attraversando un campo dopo l'altro con passo veloce, scavalcando steccati a saltando pozzanghere con impaziente premura, finché si trovò in vista della casa con le caviglie stanche, le calze inzaccherate e il volto acceso per tutto quel moto.

Fu introdotta nella sala di soggiorno dove erano riuniti tutti tranne Jane, e dove il suo apparire creò una vera sorpresa. Mrs Hurst e Miss Bingley non volevano quasi credere che avesse fatto tre miglia tutta sola, così di buon mattino e con quel tempo orrendo, ed Elizabeth comprese che in cuor loro la schernivano. Tuttavia fu accolta con grande gentilezza, e nei modi di Mr Bingley vi era qualcosa di più: premura e soddisfazione. Mr Darcy non disse quasi nulla e Mr Hurst non aprì bocca. Il primo era combattuto tra l'ammirazione per lo splendido incarnato che il moto aveva dato al volto di Elizabeth e il dubbio se valesse la pena di venire da sola così da lontano per un motivo del genere. Il secondo pensava soltanto alla sua colazione.

Quando chiese di sua sorella, non ottenne una risposta molto consolante. Miss Bennet aveva dormito male, e, benché fosse alzata, aveva un po' di febbre e non stava abbastanza bene per lasciare la camera. Elizabeth fu subito accompagnata da lei, e Jane, che nella sua lettera non aveva ceduto alla tentazione di confessare quanto desiderasse la sua visita, fu felice di vederla. Non poteva però parlare molto, e quando Miss Bingley le lasciò sole, non riuscì a dire quasi nulla; si limitò ad esprimere la sua gratitudine per la straordinaria bontà che le avevano dimostrato. Elizabeth ascoltò in silenzio.

A colazione finita, furono raggiunte dalle sorelle; e perfino Elizabeth incominciò ad apprezzarle vedendo tutta la sollecitudine e l'affetto che prodigavano a Jane. Venne il farmacista, e, dopo aver esaminato l'ammalata, disse, come era da aspettarsi, che aveva preso un violento raffreddore e che doveva cercare di curarlo; le consigliò di tornare a letto e promise di mandarle alcune medicine.

Jane seguì prontamente il consiglio, perché la febbre andava aumentando e la testa le doleva.

Elizabeth non lasciò la camera neppure per un momento, né le signore stettero a lungo assenti, dato che gli uomini erano fuori e non avevano niente di meglio da fare.

Quando suonarono le tre, Elizabeth sentì che era ora di muoversi, ed espresse a malincuore la sua intenzione. Miss Bingley le offrì la carrozza, e, dietro la loro insistenza, l'avrebbe accettata, quando Jane mostrò un tale dispiacere per la sua partenza, che Miss Bingley fu costretta a mutare l'offerta della carrozza in un invito di ospitalità a Netherfield.

Elizabeth acconsentì con gratitudine: fu spedito un domestico a Longbourn per avvertire la famiglia e per procurarsi qualche abito di ricambio.

Capitolo ottavo

Alle cinque le due signore andarono a vestirsi e alle sei e mezza Elizabeth fu chiamata per il pranzo. Tutti le chiesero gentilmente di sua sorella, e lei notò con piacere che l'interesse di Bingley era assai più vivo di quello degli altri, ma non poté dare notizie troppo buone. Jane non migliorava affatto. Nel sentir questo, le signore espressero due o tre volte il loro dispiacere, commentando quanto fosse noioso un brutto raffreddore, e come anche loro odiassero essere ammalate; dopo di che non ci pensarono più, e la loro indifferenza per Jane, quando non era presente, confermò Elizabeth nella sua antica antipatia verso di loro.

Il fratello era l'unico del gruppo che le andasse a genio. La sua preoccupazione per Jane era evidente, e le sue attenzioni verso di lei, Elizabeth, confortandola un poco, le impedivano di sentirsi un'intrusa come credeva di essere considerata dagli altri. Infatti, tranne Bingley, nessuno si occupava di lei. Miss Bingley si dedicava completamente a Mr Darcy, e sua sorella non meno di lei; quanto a Mr Hurst, che aveva per vicino, era un uomo indolente che pensava solo a mangiare, bere e giocare a carte, e che, dopo avere osservato che preferiva un cibo semplice a qualsiasi intingolo, non trovò altro da dirle.

Terminato il pranzo, Eliza tornò subito da Jane ed era appena uscita dalla camera, che Miss Bingley cominciò a criticarla.

I suoi modi furono giudicati pessimi, un insieme di orgoglio e di impertinenza; non sapeva discorrere, mancava di stile, era priva di gusto e di bellezza. Anche Mrs Hurst era della stessa opinione, e aggiunse:

«In fondo, non ha proprio altra qualità, se non quella di essere una buona camminatrice. Non potrò mai dimenticare la sua apparizione di stamani. Sembrava una mezza selvaggia!».

«Davvero, Louisa, per poco non ce la facevo a trattenermi dal ridere. E che esagerazione accorrere a quel modo! Sgambare così per i campi, soltanto perché sua sorella aveva preso un raffreddore! Con quei capelli, tutti scarruffati, al vento!»

«Sì; e le sue gonne! Avrai osservato, immagino, la sua sottana coperta di fango per venti centimetri buoni, e il mantello che avrebbe dovuto nasconderla e che non serviva affatto allo scopo!»

«Può darsi che la tua descrizione sia esatta», disse Bingley, «ma io non me ne sono accorto affatto. Miss Elizabeth Bennet, stamani quando è entrata, mi è parsa graziosissima. E la sua gonna infangata è sfuggita proprio alla mia attenzione.»

«Non certo alla vostra, Mr Darcy», disse Miss Bingley, «e sono convinta che non vi piacerebbe affatto vedere vostra sorella andare in giro in quello stato.»

«No davvero.»

«Camminare per tre miglia, o quattro, o cinque, o quelle che sono, con il fango fin oltre le caviglie, e sola, tutta sola! Che ha creduto di fare? Non è altro che l'ostentazione di un'odiosa forma di orgogliosa indipendenza che tradisce tutta l'indifferenza dei provinciali al decoro.»

«Dimostra anche un profondo affetto per sua sorella, il che la rende simpatica», disse Bingley.

«Temo, Mr Darcy», sussurrò Miss Bingley, «che questa avventura avrà un poco raffreddato la vostra ammirazione per i begli occhi di Elizabeth.»

«Tutt'altro», rispose lui, «erano anzi più brillanti dopo la passeggiata.» Queste parole furono seguite da una breve pausa, e Mrs Hurst riprese:

«Ho molta simpatia per Jane Bennet, che è veramente una cara ragazza e desidero con tutto il cuore che faccia un buon matrimonio. Ma con una madre e un padre simili e dei parenti così volgari, temo non le sarà facile».

«Mi pare di averle sentito dire che un loro zio è avvocato a Meryton.»

«Sì, e ne hanno un altro che dicono abbia qualche negozio dalle parti di Cheapside...»

«Magnifico!», aggiunse la sorella, e tutt'e due risero di cuore.

«Anche se avessero tanti zii da riempire *tutta* Cheapside», esclamò Bingley, «non sarebbero per questo meno graziose né meno simpatiche.»

«Dobbiamo però convenire che questo diminuisce indubbiamente la loro probabilità di sposare degli uomini della buona società», rispose Darcy.

Bingley non rispose; ma le sue sorelle annuirono cordialmente e continuarono per qualche tempo a schernire il volgare parentado delle loro amiche.

Tuttavia, con una ripresa d'affetto, lasciando la camera da pranzo, si recarono da Jane e rimasero con lei fino a quando furono chiamate per il caffè. Jane stava ancora poco bene, ed Elizabeth non volle lasciarla che tardi, sulla sera, quando la vide addormentata, e le parve cosa gentile verso i suoi ospiti, più che piacevole in se stessa, scendere in sala. Entrando, trovò la compagnia intenta al gioco, e fu subito invitata a prendervi parte, ma, temendo che le poste fossero troppo alte, rifiutò con la scusa che, non volendo lasciare a lungo sola sua sorella, nel poco tempo che poteva trattenersi si sarebbe distratta leggendo. Mr Hurst la guardò con stupore.

«Preferite leggere a giocare?», chiese. «Che cosa strana!»

«Miss Eliza Bennet», disse Miss Bingley, «disprezza le carte. È una grande lettrice e non si diletta d'altro.»

«Non merito né questa lode, né questo biasimo», esclamò Elizabeth. «Non sono una grande lettrice, e ci sono anche molte altre cose che mi piacciono.»

«Sono certo che vi piace assistere vostra sorella», disse Bingley, «e che questo piacere sarà presto accresciuto vedendola ristabilirsi.»

Elizabeth lo ringraziò dal fondo del cuore, e si avviò verso un tavolo sul quale c'erano alcuni libri. Egli si offrì immediatamente di andarne a cercare degli altri: tutti quelli che poteva offrir la sua biblioteca.

«Vorrei che la mia biblioteca fosse più ricca, per il vostro piacere e a onor mio, ma sono così pigro che i pochi libri che ho sono sempre troppi per quello che ne faccio.»

Elizabeth lo assicurò che le bastavano quelli che si trovavano in sala.

«È strano», disse Miss Bingley, «che mio padre abbia lasciato così pochi libri. La vostra biblioteca di Pemberley, Mr Darcy, è meravigliosa!»

«È naturale che lo sia», egli rispose, «perché è l'opera di molte generazioni.»

«E voi stesso l'avete molto accresciuta, comperando sempre nuovi libri.»

«Non posso capire come, ai nostri giorni, si possa trascurare la biblioteca di famiglia.»

«Trascurare! Non c'è pericolo che voi trascuriate nulla per migliorare quella nobile dimora. Charles, quando costruirai la tua casa, mi auguro che riesca bella anche soltanto la metà di Pemberley!»

«Magari!»

«Ma ti consiglierei di comprare il terreno da quelle parti, e di prendere Pemberley come modello. Il Derbyshire è la più bella contea dell'Inghilterra.»

«Sarei felice di comprare Pemberley stesso, se Darcy la vendesse.»

«Parlavo di cose possibili, Charles.»

«In fede mia, Caroline, sarebbe più facile acquistare Pemberley che copiarla.»

Elizabeth si interessava talmente alla conversazione che non riusciva a prestare attenzione al suo libro, per cui, messolo da parte, si accostò al tavolino dove sedette tra Mr Bingley e sua sorella maggiore per osservare il gioco.

«È cresciuta ancora da questa primavera Miss Darcy?», chiese Miss Bingley. «Si farà alta come me?»

«Credo di sì. È già grande come Miss Elizabeth Bennet, o forse di più.»

«Come vorrei rivederla! Non ho mai incontrato una ragazza più carina. Un contegno, dei modi così perfetti! Ed è così colta per la sua età; suona il pianoforte in maniera incantevole.»

«Sono sempre meravigliato», disse Bingley, «della pazienza che hanno tutte le ragazze nel coltivarsi!»

«Tutte le ragazze! Ma, Charles, che cosa intendi dire?»

«Sì, tutte, o almeno così mi sembra. Tutte dipingono, o ricoprono paraventi, o ricamano borse. Non ne conosco una che non possegga queste abilità; e la prima cosa che mi dicono, parlandomi di una signorina, è che ha un'educazione perfetta ed è molto colta.»

«La tua lista delle abilità femminili», disse Darcy, «è anche troppo esatta purtroppo. Si usa la parola "colta" per definire una signorina che spesso sa soltanto ricoprire un paravento o ricamare una borsa. Tuttavia non sono affatto d'accordo con te nell'affermare che tutte le donne in genere meritino i tuoi complimenti. Nell'intera cerchia delle mie conoscenze non saprei trovarne più di una mezza dozzina che siano veramente colte.»

«Nemmeno io», confermò Miss Bingley.

«È segno che vi fate un'idea molto alta di come dovrebbe essere una donna», disse Elizabeth.

«Sì, secondo me, una donna deve possedere molte qualità.»

«Oh, certo!», esclamò la sua vivace interlocutrice, «nessuna donna può essere considerata veramente colta se non sorpassa di gran lunga la misura comune. Una donna deve possedere una conoscenza profonda della musica, del canto, del disegno e della danza, conoscere le lingue moderne, e, oltre a questo, deve avere nel suo aspetto e nel suo modo di muoversi, nella sua voce e nella sua maniera di parlare, qualcosa che la distingua veramente.»

«Non solo», continuò Darcy, «ma deve aggiungere a tutto questo qualcosa di ancor più importante: sapere coltivare la sua mente con delle profonde letture.»

«Non c'è da meravigliarsi se conoscete soltanto sei donne di questo genere; è già strano che ne conosciate una.»

«Siete così severa verso il vostro sesso?»

«Io non ho mai incontrato una donna simile. Mai ho visto tanta cultura, gusto, applicazione ed eleganza, come quelle da voi descritte, riunite in una persona sola.»

Mrs Hurst e Miss Bingley protestarono tutte e due contro la severità di questo giudizio, e stavano già per asserire di conoscere parecchie signore che rispondevano a questa descrizione, quando Mr Hurst le richiamò all'ordine, lamentandosi aspramente per la loro disattenzione al gioco. Troncata così ogni conversazione, Elizabeth poco dopo lasciò la sala.

«Eliza Bennet», disse Miss Bingley quando la porta si richiuse dietro di lei, «è una di quelle ragazze che cercano di farsi belle agli occhi dell'altro sesso svalutando il proprio; ed è un fatto che, con molti uomini, vi riescano. Ma, secondo me, è un mezzuccio meschino, un artificio volgare.»

«Vi è senza dubbio della meschinità in ogni artificio di cui le signore si servono per accattivarsi gli uomini», rispose Darcy, al quale era rivolta principalmente questa osservazione. «Tutto quello che si presenta sotto la veste della furberia è spregevole.»

Questa risposta non soddisfece troppo Miss Bingley che preferì lasciar cadere l'argomento.

Elizabeth ritornò soltanto per avvertire che sua sorella stava peggio, e che non poteva lasciarla. Bingley insistette perché fosse chiamato subito Mr Jones, mentre le sue sorelle, convinte che un medico di campagna non potesse essere di grande aiuto, raccomandarono di mandare un espresso in città per un medico di valore. Ma Elizabeth non volle sentirne parlare, e propendeva più per la proposta di Mr Bingley. Fu quindi deciso che, se Miss Bennet non migliorava, l'indomani mattina di buon'ora si sarebbe chiamato Mr Jones. Bingley era proprio costernato; le sue sorelle si dichiararono desolate; ma questo non impedì loro di distrarsi e mitigare il proprio dolore cantando dopo cena dei duetti, mentre Bingley trovò invece conforto nell'impartire ordini alla governante perché l'ammalata e sua sorella fossero circondate di ogni cura.

Capitolo nono

Elizabeth passò gran parte della notte in camera di sua sorella, e al mattino ebbe la gioia di dare una risposta confortante alle domande che le pervennero assai di buon'ora da parte di Mr Bingley tramite una donna di servizio, e un po' più tardi dalle sue sorelle, a mezzo di due eleganti cameriere addette alla loro persona. Ma nonostante questo miglioramento, Elizabeth chiese di mandare un biglietto a Longbourn, desiderando che sua madre venisse a trovare Jane e giudicasse personalmente la situazione. Il biglietto fu spedito immediatamente, e il desiderio esaudito con grande prontezza. Mrs Bennet, accompagnata dalle due figlie minori, arrivò a Netherfield poco dopo colazione.

Non si può mettere in dubbio che, se la signora Bennet avesse trovato Jane in pericolo, ne sarebbe stata profondamente desolata, ma, data la lievità della malattia, non provava alcun desiderio che sua figlia si rimettesse prontamente, perché una volta guarita, avrebbe dovuto lasciare Netherfield. Non volle quindi nemmeno ascoltare la proposta di Jane di essere trasportata a casa, e anche il farmacista, arrivato in quel momento, giudicò la cosa sconsigliabile. Dopo aver trascorso un po' di tempo con Jane, accogliendo un vago invito di Miss Bingley, la madre e le tre figlie la seguirono in sala da pranzo. Bingley le accolse esprimendo la speranza che Mrs Bennet non avesse trovato sua figlia peggio di quanto si aspettava.

«Purtroppo sì», fu la sua risposta, «è ancora troppo malata per poter essere trasportata a casa. Mr Jones dice di non pensarci nemmeno. Saremo proprio costretti ad approfittare ancora della vostra cortesia.»

«Trasportarla!», esclamò Bingley, «non è neppure il caso di parlarne. Sono sicuro che mia sorella non acconsentirebbe mai a lasciarla partire.»

«Potete esser sicura, Madam», disse Miss Bingley con fredda cortesia, «che Miss Bennet avrà tutte le cure fino a quando starà con noi.»

Mrs Bennet si profuse in ringraziamenti.

«Non so proprio», aggiunse, «che ne sarebbe di lei se non avesse trovato amici tanto gentili, perché sta proprio poco bene e soffre parecchio, sebbene con molta pazienza, com'è del resto sua abitudine, perché ha, posso dirlo con cognizione, il miglior carattere che io conosca. Dico spesso alle mie altre figliole che non valgono nulla in confronto *a lei*. Come è bella questa camera, Mr Bingley, e che graziosa veduta sul viale! Non conosco altra villa in campagna paragonabile a Netherfield. Spero che, anche se avete concluso un affitto breve, non penserete di lasciarla tanto presto.»

«Sono sempre piuttosto precipitoso nelle mie decisioni», egli rispose, «e così, se venissi nella determinazione di lasciare Netherfield, probabilmente me ne andrei in cinque minuti. Tuttavia, per ora, mi considero qui come se mi ci fossi stabilito per sempre.»

«Questo risponde esattamente all'idea che mi sono fatta di voi», disse Elizabeth.

«Incominciate a capirmi, non è vero?», esclamò Bingley rivolto alla ragazza.

«Oh sì, vi capisco perfettamente.»

«Vorrei che fosse un complimento, ma ho paura che l'esser capito così a prima vista significhi che sono una persona di ben poco valore.»

«Non è detto che un carattere chiuso e complicato sia più stimabile di uno come il vostro.»

«Lizzy», interruppe sua madre, «ricordati dove sei e non lasciarti andare a parlare a vanvera come ti lasciamo fare a casa.»

«Non sapevo che foste un'osservatrice di caratteri», continuò in fretta Bingley. «Dev'essere uno studio interessante.»

«Sì, ma i caratteri complicati sono i *più* divertenti. Hanno almeno questo vantaggio.»

«La campagna», disse Darcy, «offre generalmente pochi soggetti per uno studio del genere. Ci si muove sempre nel cerchio della solita invariata e limitata società.»

«Ma la stessa gente cambia talmente, che c'è sempre qualcosa di nuovo da osservare.»

«È proprio così», esclamò Mrs Bennet, offesa di quell'apprezzamento sul modo di vivere in campagna. «Vi assicuro che anche in mezzo a noi c'è altrettanta animazione che in città.»

Tutti rimasero sorpresi a quest'uscita, e Darcy, dopo averla fissata un istante, volse altrove lo sguardo silenziosamente. Mrs Bennet, sicura di averlo totalmente sconfitto, continuò trionfante:

«Per conto mio, non vedo proprio in che cosa Londra sia tanto superiore alla provincia, se non per i negozi e i luoghi pubblici. In campagna si sta molto meglio: non è vero, Mr Bingley?».

«Quando sono in campagna non vorrei mai andarmene», rispose, «ma mi avviene lo stesso quando sono in città. Tutte e due hanno i loro vantaggi, e sono ugualmente felice tanto in un posto come nell'altro.»

«Questo dipende dal vostro buon carattere; ma quel signore», disse guardando Darcy, «aveva l'aria di pensare che la campagna non valga un gran che.»

«Ma ti sbagli, mamma», disse Elizabeth arrossendo per sua madre. «Non hai compreso Mr Darcy: voleva dire che in campagna non si trova una società così varia come in città; e devi riconoscere che è vero.»

«Certamente, cara, nessuno dice che ci sia; ma quanto a vedere tanta gente, non credo esista un posto nel quale si possano coltivare le relazioni come questo. Basti pensare che noi frequentiamo e siamo invitate a pranzo in ben ventiquattro case.»

Bingley mantenne la sua gravità solo per un riguardo verso Elizabeth; le sue sorelle, con minor delicatezza, lanciarono a Mr Darcy un sorriso molto espressivo. Elizabeth, per cambiare il corso dei pensieri di sua madre, chiese se Charlotte Lucas era stata a Longbourn dopo la loro partenza.

«Sì, è venuta a trovarci ieri con suo padre. Che persona simpatica è Sir William, non è vero Mr Bingley? Un vero uomo di mondo. Tanto semplice e cortese! Trova sempre una parola per tutti. Questa, secondo me, è la vera educazione; ma chi si dà tante arie e non apre mai bocca, mostra proprio di esserne sprovvisto.»

«Charlotte si è fermata a pranzo?»

«No, volle tornare a casa. Credo fosse attesa per preparare il pasticcio di fegato. Io, vede, Mr Bingley, ho sempre della servitù che sa il suo mestiere e le mie figliole sono state educate ben diversamente, ma ognuno ha il suo modo di vedere, e le Lucas sono delle ottime ragazze. Peccato che non siano belle! *Non si può dire* che Charlotte sia proprio una nullità e del resto è la nostra amica prediletta.»

«Sembra una signorina molto simpatica», disse Bingley.

«Oh, sì! Ma dovete convenire che è proprio brutta. Lo riconosce anche Lady Lucas, e spesso mi invidia la bellezza di Jane... non si vede spesso una bellezza simile. Lo dicono tutti e questo giudizio non è davvero frutto della mia parzialità. Aveva appena quindici anni quando un signore, che si trovava da mio fratello Gardiner a Londra, era talmente innamorato di lei che mia cognata credeva si dichiarasse prima della nostra partenza. Non lo fece. Forse la trovò troppo giovane. Tuttavia scrisse per lei alcuni versi, ed erano proprio graziosi.»

«E così terminò il suo amore», disse Elizabeth con impazienza. «Non sarà l'unico, credo, che avrà fatto la stessa fine. Mi domando chi sarà stato il primo a scoprire l'efficacia della poesia per spegnere l'amore!»

«Ho sempre pensato che la poesia fosse il nutrimento dell'amore», disse Darcy.

«Forse di un amore deciso e vigoroso. Quello che è già forte, trae nutrimento da ogni cosa. Ma se si tratta soltanto di una tenue, pallida inclinazione, sono sicura che un buon sonetto ne ha subito ragione.»

Darcy sorrise e la pausa che seguì fece tremare Elizabeth per il timore che sua madre si esponesse di nuovo al ridicolo. Avrebbe voluto parlare, ma non sapeva pensare a nulla da dire, e dopo un breve silenzio, Mrs Bennet riprese a ringraziare Mr Bingley per la sua bontà verso Jane e a scusarsi per il disturbo che arrecava Lizzy. Mr Bingley rispose con cortese naturalezza, e obbligò sua sorella minore a essere gentile a sua volta e a dire quello che l'occasione richiedeva. Costei fece la sua parte senza troppa buona grazia, ma la signora

Bennet se ne accontentò ugualmente e poco dopo ordinò la carrozza. A questo segnale, la figlia minore si fece avanti. Le due ragazze non avevano fatto che bisbigliare tra loro durante l'intera visita e il risultato fu che la minore dovette ricordare a Mr Bingley la promessa fatta di dare un ballo a Netherfield.

Lydia era una ragazza di quindici anni, forte e ben sviluppata, con una bella carnagione e un carattere spigliato; era la preferita dalla madre, che, per questa predilezione, l'aveva condotta in società troppo presto. Era molto vivace e molto disinvolta; tale disinvoltura era aumentata fino a diventare sfacciataggine da quando era oggetto delle attenzioni degli ufficiali, attirati dagli ottimi pranzi di suo zio e dal suo fare tutt'altro che riservato. Era quindi indicata per fare la richiesta a Mr Bingley a proposito del ballo; e infatti gli rammentò a bruciapelo la sua promessa, aggiungendo che sarebbe stata una vera vergogna se non l'avesse mantenuta. La risposta a questo improvviso attacco suonò deliziosamente agli orecchi della madre:

«Vi assicuro che sono prontissimo a mantenere la mia promessa; e appena vostra sorella sarà guarita, fisserà lei stessa la data del ballo. Non vorreste certamente ballare mentre è ancora malata».

Lydia si dichiarò soddisfatta. «Oh, senza dubbio sarà molto meglio aspettare che Jane stia bene, e così sarà anche più facile che per allora sia tornato a Meryton il capitano Carter. E, quando avrete dato il vostro ballo», aggiunse, «insisterò perché ne diano uno anche gli ufficiali. Dirò al colonnello Forster che sarebbe una vergogna, se non lo dessero.»

La signora Bennet e le figlie se ne andarono, ed Elizabeth tornò subito da Jane, lasciando che le due signore e Mr Darcy commentassero il contegno suo e della sua famiglia. Ma quest'ultimo, nonostante tutto lo spirito di Miss Bingley a proposito di certi «begli occhi», non poté essere indotto a unirsi a loro nelle critiche.

Capitolo decimo

Il giorno dopo trascorse press'a poco come il precedente. Mrs Hurst e Miss Bennet avevano passato alcune ore del mattino con la malata, che, sebbene lentamente, andava ristabilendosi, e la sera Elizabeth raggiunse in sala la compagnia. Il tavolino da gioco però non apparve. Mr Darcy scriveva, e Miss Bingley, seduta accanto a lui, seguiva i progressi della sua lettera cercando di attirare continuamente la sua attenzione con la scusa di alcuni messaggi per sua sorella. Mr Hurst e Mr Bingley facevano una partita a picchetto e Mrs Hurst seguiva il loro gioco.

Elizabeth prese un lavoro di cucito divertendosi un mondo a osservare quello che accadeva tra Darcy e la sua compagna. I continui commenti che lei faceva sulla sua calligrafia, o la regolarità delle sue righe, o la lunghezza della sua lettera, e l'assoluta indifferenza con cui venivano accolte le sue frasi, formavano uno strano dialogo che rispondeva perfettamente all'opinione che Elizabeth si era formata di loro due.

«Come sarà contenta Miss Darcy di ricevere una così lunga lettera!»

Nessuna risposta da parte di Darcy.

«Scrivete con una rara velocità.»

«Vi sbagliate: scrivo piuttosto adagio.»

«Quante lettere avrete da scrivere nel corso di un anno! E anche lettere d'affari! Quanto a me, le troverei detestabili!»

«Per fortuna tocca scriverle a me e non a voi.»

«Vi raccomando, dite a vostra sorella che ho un gran desiderio di rivederla.»

«Glielo scrissi già una volta, come mi avete pregato.»

«Ho paura che la vostra penna non vada bene. Lasciate che ve l'accomodi io: sono abilissima nel preparare la penna.»

«Grazie, ma le preparo sempre da me.»

«Come fate a scrivere così diritto?»

Silenzio.

«Dite a vostra sorella che mi rallegro dei suoi progressi sull'arpa; e scrivetele anche, vi prego, che sono addirittura entusiasta del suo delizioso disegno, e che lo trovo molto superiore a quelli di Miss Grantley.»

«Potrei rimandare i vostri entusiasmi alla mia prossima lettera? Non ho più abbastanza posto per esprimerli come meritano.»

«Oh, non fa nulla. La vedrò in gennaio. Ma le scrivete sempre lettere così lunghe e così belle, Mr Darcy?»

«Generalmente sono lunghe; non sta a me dire se sono belle.»

«Ho sempre pensato che chi scrive a lungo con facilità non può scrivere male.»

«Darcy non merita davvero questo complimento, Caroline», esclamò suo fratello, «perché non si può proprio dire che scriva facilmente. Sceglie troppo le parole. Non è così, Darcy?»

«Il mio stile è molto diverso dal tuo.»

«Oh», esclamò Miss Bingley, «Charles scrive con incredibile trascuratezza. Dimentica metà delle parole e scarabocchia le altre.»

«Le mie idee si succedono con una tale rapidità che non faccio a tempo ad esprimerle, ecco perché spesso le mie lettere non trasmettono nessuna idea a quelli che le leggono.»

«La vostra modestia, Mr Bingley», disse Elizabeth, «disarma ogni critica.»

«Nulla è più ingannevole dell'apparente modestia. Spesso non è che indifferenza alle opinioni altrui, e spesso è una forma indiretta di vanagloria.»

«E a quale delle due forme attribuisci la mia modestia?»

«La vanagloria, perché in realtà sei fiero dei difetti del tuo stile che attribuisci alla rapidità dei tuoi pensieri e alla tua indifferenza al modo di esprimerli, cosa che, se non bella, trovi per lo meno interessante. La facoltà di fare tutto velocemente è una qualità sempre molto apprezzata da chi la possiede, anche se va a scapito del modo di fare le cose. Quando, stamattina, dicevi a Mrs Bennet che se ti decidessi a lasciare Netherfield, lo faresti in cinque minuti, sembrava quasi che te ne vantassi; eppure che cosa c'è di tanto apprezzabile in una precipitazione che lascerebbe per forza metà delle cose in sospeso, e non porterebbe alcun vantaggio né a te, né agli altri?»

«È una vera indegnità», esclamò Bingley, «ricordare la sera le sciocchezze dette al mattino! Eppure, parola d'onore, ho creduto dire la verità sul mio carattere, e lo credo tuttora. Non è che volessi apparire inutilmente impulsivo al solo scopo di farmi bello agli occhi delle signore.»

«Sono certo che tu ne eri convinto; ma non sono altrettanto sicuro che partiresti con la velocità di cui parlavi. La tua condotta, come quella di tutti gli uomini, dipenderebbe per metà dal caso, e se, quando tu fossi già a cavallo, un amico ti dicesse: "Bingley, faresti meglio a restare fino alla settimana prossima", probabilmente cederesti, forse ti fermeresti, e magari basterebbe un'altra parola per trattenerti un mese intero», concluse Darcy.

«Con questo», disse Elizabeth, «avete soltanto provato che Mr Bingley non conosce se stesso, e lo avete messo in una luce molto migliore di quanto non abbia fatto lui da solo.»

«Vi sono molto grata di convertire le parole del mio amico in un elogio del mio carattere. Ma ho paura che la vostra interpretazione sia ben lontana da quello che intendeva dire quel signore, perché lui mi stimerebbe molto di più se in una circostanza simile, io rispondessi con un secco rifiuto e fuggissi il più lontano possibile.»

«Mr Darcy dunque troverebbe che la vostra impetuosità sarebbe scusata dalla vostra ostinazione?»

«In fede mia, non so spiegare esattamente la cosa; Darcy stesso si difenda come meglio sa.»

«Tu vorresti che spiegassi delle opinioni che ti piace attribuirmi, ma che non sono le mie. Tuttavia in questo caso, e secondo il tuo modo di esporre le cose, devo ricordare, Miss Bennet, che l'amico che supponiamo voglia indurre Bingley a rimanere a casa rimandando i suoi progetti di partenza, ha espresso soltanto un desiderio senza avvalorarlo con alcuna ragione per dimostrarne l'opportunità.»

«Ma per voi accondiscendere prontamente alla *persuasione* di un amico non rappresenta un merito? Cedere senza convinzione non depone favore dell'intelligenza né dell'uno, né dell'altro.»

«Mi sembra, Mr Darcy, che voi non lasciate alcun margine all'ascendente dell'amicizia e dell'affetto. La deferenza verso un amico può spesso bastare per acconsentire subito alla sua domanda, senza aspettare di conoscere gli argomenti che può esporre in suo favore.

Non parlo di un caso come quello da noi supposto riguardo Mr Bingley: forse sarà meglio aspettare che si verifichi, prima di discutere se il suo modo di comportarsi sia giusto o meno. Ma in genere, quando tra due amici uno prega l'altro di cambiare una decisione non troppo importante, biasimereste la persona che cede a quella preghiera senza attendere di essere persuasa?»

«Non vi parrebbe meglio, prima di continuare l'argomento, definire con maggior precisione il grado di importanza della domanda, come il grado di intimità tra i due amici?»

«Ma certo», esclamò Bingley, «precisiamo con cura tutti i particolari, non dimenticando la statura degli amici e la loro figura, perché, vedete, Miss Bennet, ogni cosa ha il suo peso più di quanto possiate credere. Vi assicuro che se Darcy non fosse tanto più alto di me, non lo ascolterei con la stessa deferenza! Non conosco persona più terribile di lui in certe circostanze e in certi luoghi: a casa sua specialmente, e la domenica sera soprattutto, quando non ha niente da fare.»

Mr Darcy sorrise, ma Elizabeth, accorgendosi che era piuttosto offeso, si trattenne dal ridere. Miss Bingley, con fare risentito, fece rilevare a suo fratello che stava dicendo un mucchio di sciocchezze.

«Mi accorgo a che cosa miri, Bingley», disse il suo amico, «non ami la discussione e così ci riduci al silenzio.»

«Forse hai ragione. Le discussioni somigliano troppo alle liti. Se tu e Miss Bennet vorrete differire la vostra fino a quando sarò fuori dalla camera, ve ne sarò gratissimo, e così potrete dire di me tutto quello che vorrete.»

«Non mi chiedete certo un sacrificio», disse Elizabeth, «e Mr Darcy farebbe meglio a terminare la sua lettera!»

Mr Darcy seguì il suo consiglio e finì la lettera. A cosa fatta, chiese a Miss Bingley e a Elizabeth di fare un po' di musica. Miss Bingley andò prontamente al pianoforte, e, dopo aver chiesto cortesemente a Elizabeth di prodursi per prima – invito che lei, con altrettanta cortesia ma con maggior fermezza, respinse, – sedette al piano.

Mrs Hurst cantò con sua sorella, ed Elizabeth, che scorreva alcuni quaderni di musica, non poté fare a meno di accorgersi che gli occhi di Mr Darcy la fissavano di frequente. Era difficile supporre che un uomo così importante l'ammirasse, e tuttavia era ancora più strano che la guardasse per antipatia. Finì quindi col pensare di aver attirato la sua attenzione perché ci fosse in lei qualche cosa che, secondo le sue rigide idee, fosse inopportuna o riprovevole. Ma questa supposizione non l'afflisse: aveva troppo poca simpatia per lui perché potesse starle a cuore la sua approvazione.

Cantata qualche romanza italiana, Miss Bingley variò il programma con una vivace aria scozzese, e, poco dopo, Mr Darcy, avvicinandosi a Elizabeth, le disse:

«Non vi piacerebbe, Miss Bennet, cogliere l'occasione per ballare un *reel*?».

Essa sorrise, senza rispondere. Sorpreso per il suo silenzio, rinnovò la domanda.

«Oh», disse lei, «avevo sentito, ma non sapevo risolvermi sulla risposta. So che desideravate che dicessi di sì per poter disprezzare i miei gusti; ma sono sempre felice quando posso sventare uno di questi tranelli e privare chi vuol punzecchiarmi del piacere di esercitare a mie spese la sua premeditata ironia. Così mi sono decisa a dirvi che non desidero affatto ballare un *reel*: e ora disprezzatemi pure, se volete.»

«Non oso davvero.»

Elizabeth, che si aspettava di averlo offeso, fu stupita della sua gentilezza; in realtà vi era in lei un misto di dolcezza e di malizia che le rendeva difficile offendere qualcuno, e Darcy non era mai stato affascinato da nessuna donna come da lei in quel momento: sentiva che se non ci fosse stata l'inferiorità della sua famiglia, avrebbe potuto correre qualche pericolo.

Miss Bingley vedeva o sospettava abbastanza per essere gelosa, e il suo vivo interessamento alla salute di Jane era alimentato anche dal desiderio di liberarsi di Elizabeth. Cercava di provocare Darcy, per rendergli invisa la loro ospite, parlandogli della probabilità di un matrimonio tra Lizzy e lui, e facendo ironiche previsioni sulla felicità di quell'unione.

«Spero», disse la mattina seguente, mentre passeggiavano nel bosco, «che, quando avrà luogo il lieto evento, darete a vostra suocera qualche suggerimento sull'opportunità di frenare la lingua, e che, se vi sarà possibile, cercherete di correggere le sorelle minori dalla manìa di correre dietro agli ufficiali. E, se posso toccare un argomento così delicato, dovreste anche moderare quel non so che, tra l'orgoglio e l'impertinenza, che distingue l'oggetto dei vostri pensieri.»

«Avete altro da proporre per il piano della mia futura felicità domestica?»

«Oh, sì! Fate collocare i ritratti dello zio e della zia Philips nelle gallerie di Pemberley. Metteteli ben vicini a quello del vostro prozio, il giudice. Appartengono alla stessa professione, non vi pare? Soltanto in due rami diversi. Quanto al ritratto di Elizabeth, è inutile tentare di farlo fare, perché chi saprebbe riprodurre degnamente quegli splendidi occhi?»

«Non è facile davvero cogliere la loro espressione, ma si potrebbe sempre copiare il loro colore e il loro taglio, e le belle ciglia così lunghe e così fini.»

A questo punto si imbatterono in Mrs Hurst che, proprio con Elizabeth, spuntava da un altro viale.

«Non sapevo che foste andate voi pure a passeggio», disse Miss Bingley, un po' confusa, temendo che avessero udito.

«Ci avete proprio tradito», rispose Mrs Hurst, «scappando via senza avvertirci.»

E, prendendo il braccio libero di Mr Darcy, lasciò che Elizabeth proseguisse da sola. Nel sentiero infatti non c'era posto che per tre. Mr Darcy, accorgendosi della loro scortesia, disse immediatamente: «Questo sentiero è troppo stretto per camminare in quattro, è meglio andare nel viale».

Ma Elizabeth, che non aveva nessuna voglia di restare con loro, rispose ridendo:

«No, no, rimanete come siete. Formate un bellissimo gruppo, delizioso a vedersi, e un quarto guasterebbe tutto il pittoresco! Arrivederci».

E scappò via allegramente, compiacendosi in cuor suo al pensiero di tornare a casa tra un giorno o due. Jane si era rimessa così bene da poter lasciare la camera per qualche ora quella sera stessa.

Capitolo undicesimo

Quando, dopo pranzo, le signore si alzarono, Elizabeth corse da sua sorella, e vedendola ben coperta e riparata dal freddo, la accompagnò in sala dove fu accolta dalle sue amiche con grandi proteste di gioia: Elizabeth non le aveva mai viste così amabili come in quell'ora che precedette l'apparizione degli uomini. Avevano una conversazione piacevole, sapevano descrivere a meraviglia un ricevimento, riportare un aneddoto con brio e prendere in giro le loro conoscenze con molto spirito.

Ma, non appena entrarono in sala i signori, Jane cessò di essere il personaggio principale; gli occhi di Miss Bingley si volsero immediatamente a Mr Darcy, e questi era appena entrato, che lei aveva già qualche cosa da dirgli. Darcy si rivolse cortesemente a Miss Bennet per rallegrarsi con lei; perfino Mr Hurst accennò un lieve inchino dicendo che «era ben lieto», ma tutto il calore e l'eloquenza si espressero nell'accoglienza di Mr Bingley che, mostrando tutta la sua felicità, colmò Jane di premure. La prima mezz'ora si dedicò a riattizzare il fuoco nel timore che la ragazza potesse risentire del cambiamento di ambiente e la fece spostare all'altro lato del camino perché fosse più lontana dalla porta. Poi sedette accanto a lei, non parlando quasi con nessun altro. Elizabeth, che lavorava nell'angolo opposto, osservava ogni cosa con vivo compiacimento.

Preso il tè, Mr Hurst ricordò a sua cognata il tavolo da gioco, ma inutilmente. Miss Bingley infatti aveva saputo, in via privata, che Darcy non amava le carte e così, anche quando formulò più apertamente la sua domanda, Mr Hurst ebbe un netto rifiuto. Lo assicurò che nessuno aveva voglia di giocare, e il silenzio generale sembrò darle ragione. A Mr Hurst non rimase che stendersi su di un sofà e addormentarsi. Darcy prese un libro, Miss Bingley fece lo stesso, e Mrs Hurst, occupata a gingillarsi con i suoi braccialetti e i suoi anelli, prendeva parte di quando in quando alla conversazione di suo fratello con Miss Bennet.

Miss Bingley badava assai più a seguire la lettura di Mr Darcy che non al proprio libro: ogni momento gli rivolgeva una domanda o guardava a che pagina era arrivato, ma non riuscì a trascinarlo nella conversazione; egli rispondeva, poi continuava a leggere. Stanca finalmente del tentativo di interessarsi da sola al libro che aveva preso unicamente perché era il secondo volume di quello scelto da Darcy, con un grande sbadiglio disse: «Che delizia passare la sera così! Nessun piacere è paragonabile alla lettura. Ci si stanca di tutto, ma non di leggere! Quando avrò una casa, non sarò contenta senza una magnifica biblioteca».

Nessuno rispose. Sbadigliò un'altra volta, e, messo il libro da parte, girò intorno lo sguardo in cerca di distrazione, e, sentendo che suo fratello parlava di un ballo con Miss Bennet, si volse improvvisamente verso di lui dicendo:

«A proposito, Charles, pensi davvero di dare un ballo a Netherfield? Prima di deciderti, ti consiglierei di informarti dei desideri delle persone presenti; non credo di sbagliarmi nel pensare che c'è tra noi chi considera un ballo più un castigo che un piacere».

«Se alludi a Darcy», rispose il fratello, «è libero di andare a letto prima che incominci; quanto al ballo è già cosa combinata, e appena S. Nicola avrà fatto la sua apparizione, manderò gli inviti.»

«Come mi piacerebbero di più i balli», replicò la sorella, «se si svolgessero in altro modo! Ma sono invece così insopportabilmente noiosi nella loro monotonia! Sarebbe certo più ragionevole se, invece delle danze, fosse all'ordine del giorno la conversazione.»

«Senza dubbio più ragionevole, Caroline cara, ma non si tratterebbe più di un ballo.»

Miss Bingley non rispose, e poco dopo si alzò, mettendosi a passeggiare per la stanza. Aveva una figura elegante e si muoveva con grazia, ma, sebbene tutto questo suo darsi da fare fosse dedicato a Darcy, lui si ostinò nel prestare un'impassibile attenzione al suo libro.

La ragazza non si dette per vinta e fece un ultimo tentativo dicendo a Elizabeth:

«Miss Eliza, non vorreste seguire il mio esempio e muovervi un po'? Vi assicuro che fa proprio bene dopo essere stata tanto tempo ferma».

Elizabeth, benché sorpresa, acconsentì subito. Miss Bingley aveva finalmente raggiunto il suo scopo perché Mr Darcy, non meno stupito di Elizabeth nel constatare questa improvveduta cortesia proprio dove non se l'aspettava, alzò gli occhi e inconsciamente chiuse il libro. Fu subito invitato a raggiungerle, ma egli rifiutò, osservando che, visto che potevano avere solo due motivi per passeggiare insieme, egli, unendosi a loro, avrebbe mandato a vuoto sia l'uno che l'altro.

«Che cosa vorrà dire?», Miss Bingley moriva dalla curiosità di capire a che cosa avesse voluto alludere, e chiese a Elizabeth se le riusciva di indovinarlo.

«Niente affatto», rispose Elizabeth, «ma ha voluto certo criticarci, e il miglior modo per deluderlo è di non chiedergli spiegazioni.»

Miss Bingley però, incapace com'era di dare una delusione a Mr Darcy, si ostinò nel chiedergli quali fossero quei due motivi.

«Non ho nessuna difficoltà a spiegarmi», disse Darcy appena lei lo lasciò parlare. «O avete scelto quel modo di passare la sera perché, essendo in grande confidenza, vi volete scambiare dei segreti, oppure perché sapete che, passeggiando, il vostro personale risalta in tutta la sua eleganza; nel primo caso farei da terzo incomodo, nel secondo posso ammirarvi molto meglio dal mio posto accanto al fuoco.»

«Orrore!», esclamò Miss Bingley, «Non ho mai sentito discorso più odioso! Come lo castigheremo per le sue parole?»

«Niente di più facile, se ne avete proprio l'intenzione», disse Elizabeth. «C'è sempre modo di tormentare qualcuno. Stuzzicatelo, prendetevi gioco di lui. Data la confidenza che c'è tra voi, non vi dovrebbe essere difficile.»

«No, parola d'onore, vi assicuro che non saprei da che parte incominciare. La nostra intimità non mi ha ancora insegnato tanto. Stuzzicare un carattere così fermo, una tale presenza di spirito! In questo ci vincerebbe sempre. Quanto a burlarci di lui, ci renderemmo ridicole a farlo senza un motivo. Non si può che ammirare Mr Darcy.»

«Non si può ridere di Mr Darcy? È un raro privilegio; e spero sia veramente raro, perché sarei desolata di aver parecchie conoscenze di questo genere. Mi piace tanto poter ridere un po' degli amici!»

«Miss Bingley esagera», disse Darcy. «Anche il più savio e il migliore degli uomini, perfino la più saggia e la migliore delle sue azioni, può esser messa in ridicolo da chi non abbia altro scopo al mondo che di fare dello spirito.»

«Esistono veramente simili persone», rispose Elizabeth, «ma spero di non essere tra quelle. Credo di non farmi mai gioco delle cose serie e buone. Le stramberie e le sciocchezze, le stravaganze e le incoerenze mi divertono, lo riconosco, e, quando mi capita, ne rido volentieri. Ma penso che questi difetti non si possano proprio attribuire a voi.»

«Non tutti forse. Ad ogni modo ho sempre cercato di evitare quelle debolezze che espongono spesso al ridicolo anche le persone più serie.»

«Come la vanità e l'orgoglio?»

«Sì, la vanità è una debolezza vera e propria e come tale da evitarsi. E l'orgoglio... uno spirito che sia veramente superiore saprà controllare il proprio orgoglio.»

Elizabeth si voltò per nascondere un sorriso.

«E ora che avete terminato l'esame di Mr Darcy», chiese Miss Bingley, «potrei saperne l'esito?»

«Sono assolutamente convinta che Mr Darcy è privo di difetti. Lo riconosce apertamente lui stesso.»

«No», disse Darcy, «non ho mai preteso tanto. Ho la mia parte di difetti, ma spero di non mancare di discernimento. Non garantisco del mio carattere. Credo per esempio di essere poco arrendevole, e comunque troppo poco per piacere alla gente. Non so dimenticare presto, come dovrei, gli errori e i vizi degli altri, né tanto meno le offese che mi vengono fatte. I miei sentimenti non mutano a ogni più lieve sollecitazione. Forse si potrebbe dire di me che serbo rancore. Una volta persa la mia stima, è persa per sempre.»

«Questo è davvero un difetto!», esclamò Elizabeth. «Un risentimento implacabile getta una vera ombra anche sopra il carattere più bello. Ma avete scelto bene il vostro difetto. Non è tale da *poterne ridere*. Siete al riparo dai miei strali.»

«Credo che in ogni carattere ci sia una tendenza o un difetto particolare, una disposizione naturale che neppure l'educazione riesce a reprimere.»

«E il vostro difetto è una tendenza a vedere *tutti in cattiva luce*.»

«Il vostro», rispose Darcy con un sorriso, «quello di misconoscere tutti volontariamente.»

«Facciamo un po' di musica», esclamò Miss Bingley, stanca di una conversazione cui non prendeva parte. «Louisa, ti dispiace se sveglio Mr Hurst?»

Sua sorella non fece obiezioni; il pianoforte fu aperto, e Darcy, dopo qualche momento di riflessione, non ne fu scontento. Incominciava a capire che occuparsi troppo di Elizabeth poteva essere veramente un pericolo.

Capitolo dodicesimo

Il giorno dopo Elizabeth, d'accordo con le sue ospiti, scrisse alla madre pregandola di mandare la carrozza nel pomeriggio. Mrs Bennet però, che aveva contato di vedere prolungarsi il soggiorno delle figlie a Netherfield fino al giovedì seguente, il che avrebbe voluto dire un'intera settimana per Jane, non poteva rassegnarsi ad accoglierle prima. Così non mandò una risposta soddisfacente, o per lo meno, non quale la desiderava Elizabeth, impaziente di tornare a casa. Mrs Bennet scrisse che non poteva avere la carrozza a sua disposizione prima di giovedì, aggiungendo nel poscritto che, se Mr Bingley e le sue sorelle avessero insistito per trattenerle, lei non avrebbe avuto nulla in contrario a che si fermassero ancora un poco. Ma Elizabeth era fermamente decisa a non restare più a lungo, né si aspettava di esserne pregata; al contrario, temendo di essere giudicate importune prolungando la visita senza ragione, propose allora a Jane di chiedere a Mr Bingley per cortesia in prestito la carrozza, confermando la loro intenzione di lasciare Netherfield la mattina stessa.

Questo annuncio provocò molte espressioni di rimpianto, e le insistenze perché rimanessero almeno fino al giorno seguente furono abbastanza vive da convincere Jane: così la loro partenza fu rimandata all'indomani. Miss Bingley si pentì allora di aver proposto questo ritardo, perché ormai l'antipatia e la gelosia che provava per una delle sorelle sorpassava di molto il suo affetto per l'altra.

Il padrone di casa, invece, si mostrò sinceramente desolato sentendo che partivano così presto, e, a più riprese, cercò di persuadere Miss Bennet che era una imprudenza, che non si era ancora ristabilita abbastanza bene; ma Jane sapeva esser ferma quando sentiva di aver ragione.

La notizia fece piacere a Mr Darcy. Elizabeth era stata anche troppo a Netherfield. Lo attraeva più di quanto avrebbe voluto. Miss Bingley cominciava a essere sgarbata con lei e più pungente del solito con lui. Così si propose, molto accortamente, di non lasciarsi più sfuggire nessun segno di ammirazione, nulla che potesse destare in lei la speranza di poter influire sulla sua felicità, convinto che se la ragazza si era già messa in mente una idea simile, il suo modo di comportarsi verso di lei in quell'ultima giornata avrebbe avuto abbastanza peso per confermare quell'illusione o per farla svanire. Fermo in questo proposito, non le rivolse quasi la parola per tutto quel sabato e, benché avessero avuto l'occasione di trovarsi soli per mezz'ora, rimase coscienziosamente chino sul suo libro, senza guardarla nemmeno.

La separazione, che era ormai gradita a tutti o quasi, avvenne la domenica, dopo il Servizio del mattino. La gentilezza di Miss Bingley verso Elizabeth subì un rapido crescendo, come il suo affetto per Jane; e quando si lasciarono, dopo avere assicurato quest'ultima del piacere che le avrebbe sempre fatto vederla sia a Longbourn che a Netherfield e averla abbracciata teneramente, arrivò perfino a stringere la mano alla seconda. Elizabeth si congedò da tutta la compagnia con il più lieto animo.

La madre non le accolse troppo cordialmente: fu sorpresa di vederle arrivare; le biasimò di aver dato tanto disturbo; era sicura che Jane si sarebbe raffreddata di nuovo. In compenso il babbo, nonostante la forma laconica del suo compiacimento, fu veramente felice di rivederle; si era reso conto del posto che esse tenevano nella piccola cerchia familiare. Infatti, di sera, quando tutti erano riuniti, la conversazione, durante l'assenza di Jane e di Elizabeth, aveva perso molto della sua vivacità e quasi tutto il suo interesse.

Trovarono Mary immersa, come al solito, nello studio dell'armonia e della natura umana: dovettero ammirare nuovi brani copiati da lei e ascoltare una serie di considerazioni su trite sentenze morali. Catherine e Lydia avevano invece ben altre notizie da raccontare. Al reggimento si erano fatte e dette molte cose dallo scorso mercoledì: parecchi ufficiali avevano pranzato dallo zio; un soldato era stato gravemente punito, e si mormorava che il colonnello Forster stesse per sposarsi.

Capitolo tredicesimo

«Spero, mia cara», disse Mr Bennet a sua moglie il mattino seguente durante la prima colazione, «che avrai ordinato un buon pranzo per oggi, perché ho ragione di aspettarmi che un nuovo ospite venga ad accrescere la nostra compagine familiare.»

«Chi intendi dire, caro? Che io sappia non aspettiamo nessuno, a meno che Charlotte Lucas non ci venga a trovare; ma penso, in questo caso, che i miei pranzi siano sempre abbastanza buoni per lei. Non credo che a casa sua ne abbia spesso di migliori.»

«La persona alla quale alludo è un gentiluomo forestiero.»

Gli occhi di Mrs Bennet sfavillarono. «Un gentiluomo forestiero? Non può essere che Mr Bingley. Come mai, Jane, non hai detto nulla? Furbacchiona! Bene, mi farà gran piacere vedere Mr Bingley. Ma... buon Dio! Che disgrazia! Oggi è impossibile avere del pesce. Lydia, amor mio, suona il campanello: devo parlare subito con Hill.»

«*Non è* Mr Bingley», disse suo marito, «è qualcuno che non ho mai visto in vita mia.»

Questa affermazione sollevò lo stupore generale; Mr Bennet ebbe così il piacere di essere interrogato con ansia dalla moglie e dalle cinque figlie contemporaneamente.

Dopo aver stuzzicato per qualche tempo la loro curiosità, si spiegò:

«Un mese fa, ricevetti questa lettera, e risposi quindici giorni dopo, perché mi sembrava cosa piuttosto delicata e che richiedesse la mia attenzione. Viene da mio cugino, il quale, alla mia morte, potrà mettervi alla porta di questa casa quando vorrà».

«Oh, caro!», esclamò la moglie, «non ne posso neppure sentir parlare. Non nominarmi quell'essere odioso. Niente è più ingiusto che la tua proprietà sia trasmessa ad altri, piuttosto che alle tue figliole, e, se io fossi in te, da un pezzo avrei tentato di fare qualcosa in proposito.»

Jane ed Elizabeth cercarono di spiegarle la natura del vincolo. Avevano già tentato di farlo altre volte, ma era un argomento sul quale Mrs Bennet non voleva intender ragioni, e continuò a divagare amaramente contro la crudeltà di una legge che poteva disporre di una proprietà a discapito di una famiglia di cinque figlie, in favore di un uomo che non interessava a nessuno.

«È certamente un'iniquità», disse Mr Bennet, «ma nulla può redimere Mr Collins dalla colpa di essere l'erede di Longbourn. Però, se avrai la pazienza di ascoltare la sua lettera, il suo modo di esprimersi servirà forse a placarti.»

«No, sono sicura che non mi placherò affatto e mi sembra che lo

scriverti sia stato da parte sua un'impertinenza di più, una vera ipocrisia. Odio i falsi amici. Perché non mantenere il disaccordo, come
fece suo padre prima di lui?»

«Non lo so davvero; sembra anzi che lui stesso abbia avuto qualche
scrupolo filiale a questo proposito, come sentirete.»

Hunsford, presso Westerham, Kent, 15 ottobre

Caro Signore,

Io screzio che esisteva tra voi e il mio defunto, onorato Genitore, mi ha
sempre turbato e, da quando ebbi la sventura di perderlo, ho spesso desiderato di colmare l'abisso aperto tra di noi; per qualche tempo fui trattenuto
dai miei scrupoli, temendo potesse sembrare poco rispettoso verso la sua
memoria riappacificarmi con qualcuno verso il quale egli aveva creduto
bene di essere in disaccordo.

«Sentito, Mrs Bennet?»

Tuttavia, ora mi sono deciso a questo passo, perché, avendo preso gli ordini sacri a Pasqua, ebbi la fortuna di venir favorito dal patrocinio della nobilissima Lady Catherine de Bourgh, vedova di Sir Lewis de Bourgh, la cui
generosità e benevolenza mi ha prescelto per l'importante direzione di questa parrocchia, dove sarà mia precipua cura condurmi col maggior rispetto
verso Sua Signoria, e adempiere a tutti i riti istituiti dalla Chiesa Anglicana.
Inoltre, come ecclesiastico, considero mio precipuo dovere promuovere e
portare la benedizione della pace in tutte le famiglie che si trovano nel cerchio della mia influenza; mi lusingo che la mia presente iniziativa sia alta-
mente apprezzabile; e che la circostanza di essere io il futuro erede della tenuta di Longbourn, sarà gentilmente trascurata da parte vostra e non vi in-
durrà a respingere il ramo d'ulivo che vi tendo.
Non posso fare a meno di angustiarmi all'idea di essere causa di danno per
le vostre amabili figliole, e chiedo di volermene scusare, accettando le fer-
me proteste del desiderio che nutro di risarcirle, per quanto stia in me. Ma di
ciò parleremo in seguito. Se non avete nulla in contrario a ricevermi in casa
vostra, mi propongo di avere il piacere di venire a ossequiare voi e la vostra
famiglia, lunedì 18 novembre alle quattro, e di abusare della vostra ospitalità fino al sabato della settimana seguente, cosa che posso fare senza inconvenienti, poiché Lady Catherine non ha nulla in contrario a una mia eventuale assenza per una domenica, previa assicurazione che un altro ministro
si assuma i doveri della giornata. Resto, caro signore, con i più rispettosi
omaggi alla vostra signora e figliole, il vostro amico

William Collins

«Alle quattro, dunque, possiamo aspettarci questo signore desideroso di fare la pace», disse Mr Bennet, ripiegando la lettera. «Si direbbe, in fede mia, un giovane assai coscienzioso e garbato, e sono
sicuro che potrà divenire una preziosa conoscenza per noi, soprattutto se Lady Catherine sarà tanto indulgente da lasciarlo tornare.»

«Dimostra della buona volontà in quello che dice a proposito delle ragazze, e se è disposto a riparare in qualche modo non sarò certo io a scoraggiarlo.»

«Anche se è difficile immaginare», disse Jane, «in che modo possa compensarci, come crede di dover fare, tale desiderio gli fa veramente onore.»

Elizabeth fu soprattutto colpita dalla sua straordinaria deferenza verso Lady Catherine e dalla sua benevola intenzione di battezzare, maritare e seppellire i suoi parrocchiani, quando ne fosse richiesto.

«Deve essere un bell'originale, mi pare», disse. «Non so proprio figurarmelo. Ha uno stile molto pomposo. E perché scusarsi di essere il futuro erede? Non possiamo supporre che vi rinuncerebbe, anche se potesse. Vi sembra una persona ragionevole?»

«No, cara, non credo. Spero anzi di scoprire proprio il contrario. Vi è nella sua lettera un misto di servilità e di presunzione che promette bene. Sono impaziente di vederlo.»

«Nella forma», disse Mary, «la sua lettera non manca di pregio. Forse l'immagine del ramo d'ulivo non è molto nuova, ma la trovo espressa bene.»

A Catherine e a Lydia non interessavano né la lettera né lo scrivente. Era quasi impossibile che il cugino potesse apparire in una fiammante uniforme, e da qualche settimana la compagnia di qualsiasi uomo che non si fregiasse dei colori del reggimento aveva perso per loro ogni attrattiva. Quanto alla loro madre, la lettera di Mr Collins aveva notevolmente diminuito la sua antipatia per lui, ed era pronta a riceverlo con un'equanimità che sorprendeva il marito e le figlie.

Mr Collins arrivò puntualmente e fu accolto con grande cortesia da tutta la famiglia. Veramente Mr Bennet non aprì quasi bocca, ma in compenso parlarono le signore, e Mr Collins non sembrava aver bisogno di incoraggiamento, né essere silenzioso per natura. Era alto, un po' pesante per i suoi venticinque anni; aveva un aspetto grave e imponente e maniere cerimoniose. Non appena seduto si rallegrò con Mrs Bennet per le sue graziose figlie; disse che aveva sentito parlare molto della loro bellezza, ma che, in questo caso, la fama era inferiore alla realtà, e aggiunse che non dubitava di vederle concludere tutte, col tempo, degli splendidi matrimoni. Questa galanteria non parve del gusto di qualcuna delle sue ascoltatrici, ma Mrs Bennet, per la quale ogni complimento era ben accetto, rispose prontamente:

«Siete davvero molto gentile, e mi auguro di cuore che abbiate ragione, altrimenti si troverebbero a mal partito. Le cose sono disposte in modo così strano...».

«Alludete forse alla successione della proprietà?»

«Ah, Sir, proprio a quella. È una cosa ben triste per le mie povere ragazze, dovete convenirne. Non che io intenda farne colpa a voi, perché so che in questo mondo tutto dipende dalla fortuna. Non si sa mai dove vanno a finire le proprietà quando sono ereditate soltanto dal ramo maschile.»

«Sono sensibile, Madam, al danno che ne deriva alle mie graziose cugine, e avrei molto da dire in proposito, se non temessi di apparire ardito e precipitoso. Ma posso assicurare le signorine che sono venuto qui preparato ad ammirarle. Per ora non voglio dire di più, ma forse, quando ci conosceremo meglio...»

Fu interrotto dal segnale del pranzo e le ragazze si scambiarono occhiatine e sorrisetti di complicità. Né esse erano l'unico oggetto della sincera ammirazione di Mr Collins. La sala, la camera da pranzo con tutto il suo arredamento, vennero esaminate e lodate, e i suoi elogi avrebbero toccato il cuore di Mrs Bennet, se costei non avesse pensato che egli considerasse ogni oggetto come sua futura proprietà. Anche il pranzo fu vivacemente apprezzato: a quale delle graziose cugine era da attribuirsi una così eccellente cucina? Ma qui fu rimesso a posto da Mrs Bennet, che gli assicurò con fare piuttosto seccato che potevano concedersi il lusso di tenere un'abile cuoca e che le sue figliole non avevano nulla a che vedere con la cucina. Mr Collins si scusò per il suo sbaglio. Con tono più dolce Mrs Bennet dichiarò allora di non essersi offesa, ma l'altro continuò a scusarsi per un buon quarto d'ora.

Capitolo quattordicesimo

Durante il pranzo Mr Bennet non parlò quasi mai; però, ritiratasi la servitù, credette venuto il momento di scambiare quattro chiacchiere con il suo ospite, e portò quindi la conversazione sopra un argomento nel quale si aspettava di vederlo brillare, cominciando col rilevare che era stato molto fortunato nella sua protettrice. Sembrava infatti che la condiscendenza di Lady Catherine ai suoi desideri e le premure per il suo benessere fossero veramente eccezionali.

Mr Bennet non avrebbe potuto toccare un tasto migliore. Mr Collins si fece quanto mai eloquente nelle lodi della sua nobile patronessa. Quel soggetto sembrava infondere una solennità anche maggiore ai suoi modi; e con aria d'importanza asserì che mai in vita sua aveva visto un tratto simile in una persona d'alto rango, una tale affabilità e condiscendenza, come quelli di cui era oggetto da parte di Lady Catherine. Si era degnata di approvare tutti e due i sermoni che aveva già avuto l'onore di tenere davanti a lei. Lo aveva anche invitato due volte a pranzo a Rosings, e anche sabato scorso lo aveva mandato a chiamare per fare il quarto a carte la sera. Lady Catherine da molti era giudicata orgogliosa; quanto a lui, non aveva riscontrato in lei che affabilità. Gli parlava come a qualsiasi altro gentleman; e non era affatto contraria che frequentasse la società dei dintorni, né che lasciasse ogni tanto la parrocchia per una o due settimane per visitare i suoi parenti. Aveva perfino accondisceso a consigliarlo di sposarsi presto, purché scegliesse con giudizio; e una volta era venuta a trovarlo nel suo modesto Rettorato, dove aveva approvato tutte le modifiche da lui ordinate, e si era perfino degnata di suggerirne lei stessa qualcuna per le camerette superiori.

«Tutto questo è molto corretto e garbato da parte sua», disse Mrs Bennet, «e sono convinta che è una signora assai simpatica. Peccato che, in genere, le grandi dame non siano come lei. Abita vicino a voi, Sir?»

«Il giardino che circonda la mia umile dimora è separato soltanto da un sentiero da Rosings-Park, la residenza di Sua Signoria.»

«Avete detto che è vedova? Non ha famiglia?»

«Ha una figlia soltanto, unica erede di Rosings e di altre grandi proprietà.»

«Ah!», esclamò Mrs Bennet, facendo cenni di assenso col capo, «allora è meglio provvista di molte ragazze. E che genere di signorina è? È bella?»

«È veramente assai graziosa. Lady Catherine stessa dice che in fatto di avvenenza Miss de Bourgh supera le più belle del suo sesso, perché vi è nei suoi tratti qualcosa che denota la nobiltà dei suoi natali. Purtroppo è di salute delicata, per cui non poté proseguire gli studi fino a quella perfezione che non avrebbe mancato di raggiungere, secondo quanto mi disse la signora che si è occupata della sua educazione e che vive tuttora con loro. Miss de Bourgh è di una estrema cortesia e spesso accondiscende a venire col suo carrozzino e i suoi *poney* fino alla mia modesta dimora.»

«È già stata presentata a corte? Non ricordo di aver letto il suo nome tra quelli delle dame presentate.»

«Disgraziatamente la sua salute delicata non le consente di vivere in città; ciò che ha privato, come ebbi a dire un giorno a Lady Catherine, la Corte d'Inghilterra di uno dei suoi più brillanti ornamenti. Sua Signoria parve compiacersi di questa idea; quanto a me, come potete credere, sono felice di porgere ad ogni occasione uno di quei delicati complimenti che sono così accetti alle signore. Ho spesso fatto notare a Lady Catherine che sua figlia sembra nata per essere una duchessa, e che quel rango così elevato, lungi dall'innalzarla, sarebbe piuttosto onorato da lei. Questo è il genere di cortesie che piacciono a Sua Signoria e che io credo sia mio particolare dovere di prodigarle.»

«È giusto», disse Mr Bennet, «ed è una fortuna che possediate il dono di adulare con delicatezza. Posso chiedervi se questi complimenti nascono così all'improvviso o se sono preparati e studiati in precedenza?»

«Sorgono così, per caso, e se anche talvolta mi diverto a comporre e preparare di queste frasi eleganti che possono adattarsi alle varie circostanze, cerco sempre di dar loro l'aria più spontanea che mi sia possibile.»

Mr Collins rispondeva pienamente all'aspettativa di Mr Bennet. Il cugino era l'uomo ridicolo che si era immaginato, e lui si divertiva un mondo ascoltandolo col suo fare impassibile, non cercando – tranne per qualche furtiva occhiata a Elizabeth – di dividere con altri il proprio divertimento.

Tuttavia, all'ora del tè ne ebbe abbastanza e fu ben contento di ricondurre il suo ospite nella stanza di soggiorno, dove, una volta finito il tè, lo invitò a leggere ad alta voce alle signore. Mr Collins acconsentì ben volentieri. Gli porsero un libro, ma, mentre faceva per prenderlo, arretrò e, chiedendo scusa, asserì che non leggeva mai romanzi. Kitty lo fissò stupita e Lydia fece un'esclamazione di meraviglia. Gli portarono altri libri, e lui dopo aver alquanto ponderato, scelse i Sermoni di Fordyce. Aveva appena iniziato a leggere, che Lydia si mise a sbadigliare a bocca aperta e non aveva ancora terminato tre pagine, che lo interruppe:

«Sapete, mamma, che lo zio Philips parla di licenziare Richard? E, se lo fa, lo prenderà il colonnello Forster. Me lo disse la zia, sabato. Domattina andrò a Meryton per saperne qualcosa e per sentire se Mr Denny è tornato dalla città».

Le due sorelle maggiori la pregarono di tacere, ma Mr Collins, offeso, deposto il libro, disse:

«Ho spesso osservato che i libri seri interessano poco le signorine, sebbene siano proprio scritti per loro. Confesso che mi sorprende, perché non potrebbe esserci nulla di più adatto e di più utile per la loro istruzione. Ma non annoierò più a lungo la mia giovane cugina».

Rivoltosi quindi a Mr Bennet, gli propose di giocare con lui a *trictrac*. Mr Bennet accettò la sfida, dicendo che faceva benissimo ad abbandonare le ragazze alle loro stupide distrazioni. Mrs Bennet e le figliole chiesero scusa con insistente gentilezza per l'interruzione di Lydia, promettendo che, se avesse ripreso a leggere, non si sarebbe rinnovata. Mr Collins, però, pur assicurando che non serbava alcun rancore alla sua giovane cugina, né interpretava come un affronto il suo modo di fare, sedette a un altro tavolo con Mr Bennet, preparandosi a giocare a *tric-trac*.

Capitolo quindicesimo

Mr Collins era privo d'intelligenza, e questa mancanza naturale non era stata attenuata dall'educazione o dal vivere in società; aveva trascorso gran parte della sua gioventù sotto la guida di un padre avaro e ignorante; e, benché avesse frequentato una delle Università, ne aveva seguito i corsi senza trarne alcun profitto. Doveva la sua eccessiva umiltà alla tirannia con la quale era stato educato da suo padre, ma ormai questa umiltà era controbilanciata da una grande presunzione, propria delle persone di debole carattere che si trovano d'un tratto favorite da un'improvvisa prosperità. Per un caso fortunato era stato raccomandato a Lady Catherine de Bourgh, mentre la curia di Hunsford era vacante; e la reverenza che egli provava per il rango della sua patronessa, unita a una notevole fiducia in se stesso, nella propria autorità di ministro e nei suoi diritti di rettore, avevano fatto di lui uno strano impasto di orgoglio e di servilismo, di boria e di umiltà.

Ora che possedeva una bella casa e un reddito più che sufficiente, aveva intenzione di sposarsi, e nel cercare di riconciliarsi con la famiglia di Longbourn aveva in mente di trovare lì una moglie, pensando di sceglierne una tra le figlie, se le avesse trovate belle e amabili come avevano fama di essere. Era questo il suo piano per riparare, o ricompensarle, come diceva, di essere l'erede della proprietà di loro padre; e si compiaceva del progetto e lo trovava conveniente e straordinariamente generoso da parte sua.

Questo piano non mutò dopo averle viste. L'incantevole volto di Miss Jane Bennet lo confermò nelle sue vedute, rafforzò le sue rigide convinzioni sui diritti della primogenitura, e durante quella prima sera *fu lei* la prescelta. Il mattino seguente portò un cambiamento, perché in un quarto d'ora di *tête-à-tête* con Mrs Bennet, prima di colazione, avendo iniziato la conversazione col parlare della sua casa parrocchiale e arrivando quindi alla naturale conclusione della sua speranza di trovarne a Longbourn la futura padrona, la stessa Mrs Bennet, fra compiacenti sorrisi e un generico incoraggiamento, alluse all'inutilità di pensare proprio a quella Jane che lui aveva prescelta. Quanto alle figliole *minori*, non toccava a lei dirlo, non poteva proprio essere sicura, ma per lo meno *ignorava* che vi fosse nessun impegno; per la *maggiore*, doveva *ammettere*, le sembrava giusto far sapere che facilmente si sarebbe presto fidanzata.

A Mr Collins non rimaneva che passare da Jane a Elizabeth, cosa che fece immediatamente, mentre Mrs Bennet riattizzava il fuoco. Elizabeth, che veniva subito dopo Jane sia per bellezza che per età, le successe naturalmente.

Mrs Bennet chiuse in cuor suo le mezze confidenze ricevute e sperò di veder presto sposate due delle figlie; e l'uomo che il giorno prima non poteva neppur sentire nominare, salì di molto nelle sue buone grazie.

L'intenzione espressa da Lydia di recarsi a Meryton non fu dimenticata. Tutte le sorelle, tranne Mary, decisero di accompagnarla; le avrebbe scortate Mr Collins, dietro invito di Mr Bennet, il quale era impaziente di liberarsi del cugino e di riavere a sua disposizione la biblioteca dove questi lo aveva seguito, apparentemente assorto nel più voluminoso *in-folio* della sua raccolta, ma in verità non facendo che parlare della sua casa e del suo giardino di Hunsford. Questa cosa indisponeva moltissimo Mr Bennet, abituato a fare i propri comodi e a godersi la pace della sua biblioteca e che, come diceva Elizabeth, anche se si aspettava di trovare stravaganza e presunzione in ogni altra camera della casa, era sicuro di esserne al riparo almeno lì dentro. Per cui si affrettò con sollecita cortesia a incoraggiare Mr Collins a seguire le signorine nella passeggiata, e questi, che in realtà preferiva le passeggiate alla lettura, fu assai soddisfatto di chiudere il libro e uscire.

Tra l'ampollosa vacuità delle sue frasi e il cortese assentire delle cugine, arrivarono fino a Meryton, dove però non gli fu possibile riuscire a farsi ascoltare dalle più giovani. I loro occhi erravano per la strada in cerca degli ufficiali, e soltanto un bel cappellino o una nuova mussola in una vetrina potevano riuscire ad arrestare i loro sguardi.

L'attenzione delle ragazze fu ben presto attirata da un giovane signore che non conoscevano, dall'aspetto molto distinto, che passeggiava con un ufficiale dall'altro lato della via. L'ufficiale era proprio quello stesso Mr Denny, sul cui ritorno Lydia era venuta ad informarsi; egli s'inchinò al loro passaggio. Tutti rimasero colpiti dall'aspetto del forestiero, domandandosi chi poteva essere; Kitty e Lydia, determinate a scoprirlo ad ogni costo, traversarono la strada col pretesto di acquistare qualcosa in una bottega di fronte. Avevano appena raggiunto il marciapiede, quando i due signori, tornando sui loro passi, le raggiunsero. Mr Denny si avvicinò immediatamente chiedendo il permesso di presentare loro il suo amico, Mr Wickham, venuto con lui il giorno prima dalla città e che, era lieto di annunciare, avrebbe fatto parte del loro reggimento. Era proprio quello che ci voleva, perché al giovane non mancava che un'uniforme per essere del tutto affascinante. Il suo aspetto rispondeva per lui; aveva ciò che vale anche più della bellezza: un portamento elegante, una figura alta e snella e un modo di fare simpatico e cordiale.

Non appena presentato, Mr Wickham iniziò una conversazione animata, ma assai corretta e priva di qualsiasi presunzione; e il gruppo era ancora fermo, assorto in piacevoli chiacchiere, quando si udì uno scalpitìo di cavalli e Darcy e Bingley apparvero all'imbocco della via. Riconoscendo le signore, i due amici si diressero subito verso di loro scambiando le usuali cortesie: Bingley parlava più di tutti e Jane era il principale oggetto delle sue attenzioni. Stava appunto recandosi a Longbourn, disse, per informarsi della sua salute. Mr Darcy confermava il tutto con un inchino, più che mai determinato a non degnare di un'occhiata Elizabeth, quando il suo sguardo fu improvvisamente attratto dal forestiero, ed Elizabeth che sorprese per caso il contegno dei due mentre si fissavano, fu assai stupita dell'effetto provocato da quell'incontro.

Tutti e due avevano cambiato colore: uno era diventato bianco, l'altro rosso. Mr Wickham, dopo un istante, toccò il suo cappello, saluto che Mr Darcy si degnò appena di ricambiare. Che cosa poteva significare tutto ciò? Era impossibile immaginarlo, ma impossibile anche non desiderare di saperlo.

Poco dopo, Mr Bingley, che sembrava non aver notato nulla, prese congedo e si allontanò a cavallo con il suo amico.

Mr Denny e Mr Wickham accompagnarono le signore fino alla porta di casa di Mr Philips, dove si congedarono, nonostante le insistenze di Lydia perché entrassero e quelle di Mr Philips che, dalla finestra aperta del salotto, assecondò l'invito ad alta voce.

Mrs Philips era sempre contenta di vedere le sue nipoti; le due maggiori, data la loro recente assenza, furono accolte con particolari espansioni. Stava esprimendo vivacemente la sua sorpresa per il loro improvviso ritorno a casa, – ritorno del quale non avrebbe saputo nulla, poiché non era stata la loro carrozza a ricondurle, se casualmente non avesse incontrato per la strada il garzone della farmacia il quale le aveva detto che Mr Jones non mandava più medicine a Netherfield poiché le signorine Bennet erano partite, – quando Jane richiamò la sua attenzione per presentarle Mr Collins. Lo accolse con la più grande cortesia, ed egli la ricambiò con altrettanto se non maggior garbo, scusandosi per essersi preso la libertà di venire in casa sua prima di essere conosciuto, libertà tuttavia che confidava potesse essere giustificata dalla sua parentela con le signorine che lo raccomandavano alla sua benevolenza.

Mrs Philips fu ridotta al silenzio da questo eccesso di urbanità; ma la sua contemplazione di quel forestiero fu ben presto interrotta da esclamazioni e domande su quell'altro, del quale tuttavia poté dire alle sue nipoti solo quanto già sapevano: che era stato condotto da Londra da Mr Denny, e che sarebbe entrato come sottotenente nel reggimento di stanza a Meryton. Lo stava osservando da mezz'ora, disse, mentre passeggiava su e giù per la strada. Occupazione nella quale Lydia e Kitty l'avrebbero imitata se Mr Wickham fosse riapparso, ma disgraziatamente nessuno passò sotto la finestra, tranne alcuni ufficiali che, paragonati al forestiero, erano diventati «stupidi e antipatici». Alcuni di essi dovevano pranzare con i Philips il giorno dopo, e la zia promise di indurre suo marito a far visita a Mr Wickham, per poter invitare lui pure, a patto che la famiglia di Longbourn fosse venuta per la sera. La cosa fu combinata e Mrs Philips promise un'animata tombola, e, sul tardi, una cenetta calda. Con questa seducente prospettiva, si separarono con gran soddisfazione. Mr Collins, nel lasciare la casa, rinnovò le sue scuse e fu rassicurato, con grande affabilità, che non erano affatto necessarie.

Sulla via del ritorno, Elizabeth narrò a Jane quello che era accaduto fra i due signori, ma, sebbene Jane fosse disposta a difendere l'uno o l'altro, o tutti e due, se fossero stati nel torto, non poteva, più di sua sorella, spiegarsi una simile condotta.

Una volta a casa, Mr Collins entrò sempre più nelle grazie di Mrs Bennet, lodando i modi e la cortesia di Mrs Philips. Dichiarò che, ad eccezione di Lady Catherine e di sua figlia, non aveva visto mai una signora così compita; perché, non soltanto lo aveva ricevuto con estrema bontà, ma, pur avendolo conosciuto solo in quel momento, lo aveva incluso nell'invito per la sera seguente. Certo, tutte queste cortesie e questi riguardi erano forse dovuti al fatto di essere parenti; nondimeno, non aveva mai incontrato in vita sua persona più cortese.

Capitolo sedicesimo

Nessuno si oppose all'impegno preso dalle ragazze con la zia, ed essendo stati respinti energicamente gli scrupoli di Mr Collins a lasciare soli per una sera i signori Bennet, la carrozza accompagnò lui e le cinque cugine per l'ora fissata a Meryton. Le ragazze, entrando nel salotto, ebbero il piacere di sentire che Mr Wickham aveva accettato l'invito di loro zio ed era già arrivato. Avuta questa informazione, quando furono tutti seduti, Mr Collins poté guardarsi intorno a suo agio ammirando la casa dei suoi ospiti, e fu così favorevolmente impressionato dalla vastità e dalla mobilia della sala, da dichiarare che gli pareva di essere nel salottino estivo di Rosings, quello dove prendevano la prima colazione. Il paragone non parve dapprima dar troppa soddisfazione a Mrs Philips, ma, quando essa seppe che casa era Rosings e chi ne fosse la proprietaria, quando ebbe ascoltato la descrizione di una soltanto delle sale di Lady Catherine, e saputo che un semplice camino era costato ottocento sterline, comprese tutta la portata del complimento e non si sarebbe offesa neppure di un paragone con la stanza della governante.

Mr Collins fu piacevolmente occupato nel descrivere tutte le grandezze di Lady Catherine e della sua sontuosa abitazione con eventuali digressioni in lode della propria umile dimora e dei miglioramenti che vi andava facendo, fino a quando furono raggiunti dai due gentiluomini: Mrs Philips era un'ascoltatrice attenta, che, attraverso quanto udiva, si andava formando un'opinione sempre più favorevole di lui e della sua importanza, ripromettendosi già in cuor suo di raccontare alla prima occasione ogni cosa alle sue amiche.

Ma alle ragazze, alle quali le verbosità del cugino non importavano affatto, e che non avevano nulla da fare se non desiderare un pianoforte o contemplare le porcellane allineate sul camino, l'attesa sembrò molto lunga. Finalmente ebbe fine. I signori si avvicinarono e quando Mr Wickham entrò, Elizabeth sentì che l'ammirazione con la quale lo aveva osservato la prima volta non era affatto esagerata. Gli ufficiali di quel reggimento erano tutti assai distinti, e i migliori erano presenti al ricevimento degli zii, eppure Wickham li superava tutti nella persona, nel contegno e nel comportamento, quanto *gli altri* potevano essere superiori al rubicondo e pesante zio Philips, dall'alito greve di Porto, che li seguiva in sala.

Tutti gli sguardi femminili si appuntarono verso Mr Wickham, ed Elizabeth fu la donna fortunata presso la quale venne finalmente a sedersi: discorreva con tale garbo e piacevolezza, parlava con fare così brillante, anche soltanto per dire che era una sera umida e che si annunciava facilmente una stagione piovosa, da far sembrare interessanti gli argomenti più comuni e banali.

Di fronte a simili rivali, che attiravano l'attenzione del bel sesso, Mr Collins ricadde nell'ombra; per le signorine non rappresentava assolutamente nulla, ma di quando in quando trovava in Mrs Philips una cortese ascoltatrice e, grazie alle sue attenzioni, fu largamente provvisto di caffè e di pasticcini.

Quando le tavole da gioco furono portate in sala, egli si sdebitò sedendosi al tavolo del *whist*.

«Non so giocare molto bene», disse, «ma sarò lieto di perfezionarmi, perché, data la mia posizione sociale...» Mrs Philips gli era grata per la sua condiscendenza, ma non fino al punto di poter sopportare anche le sue spiegazioni.

Mr Wickham non sapeva giocare al *whist*, e, con grande piacere, fu accolto all'altro tavolo tra Elizabeth e Lydia. Dapprima corse il rischio che Lydia lo accaparrasse completamente, perché era un'infaticabile parlatrice, ma essendo altrettanto appassionata per la tombola, ben presto, troppo avvinta dal gioco, troppo ansiosa di scommettere, dando in esclamazioni eccitate a ogni premio, non poté più dedicarsi a nessuno in particolare.

Così, pur adattandosi alle esigenze del gioco, Mr Wickham poté parlare con Elizabeth, dispostissima ad ascoltarlo, benché non potesse sperare di sentire da lui quello che più le premeva di sapere, e cioè come mai conoscesse Mr Darcy. Non osava neppure nominarlo. La sua curiosità venne appagata proprio quando meno se lo aspettava. Fu Mr Wickham a toccare l'argomento: si informò se Netherfield era molto lontano da Meryton, e ottenuta la risposta, chiese con fare esitante da quanto tempo Mr Darcy vi abitava.

«Da quasi un mese», disse Elizabeth, e per non lasciare cadere il discorso, aggiunse: «Credo che abbia una grande proprietà nel Derbyshire».

«Sì», rispose Wickham, «una tenuta grandiosa. Rende diecimila sterline nette. Nessuno lo sa meglio di me, perché conosco intimamente la sua famiglia e lui, fin dall'infanzia.»

Elizabeth non poté nascondere la sua sorpresa.

«Avete ragione di stupirvi, Miss Bennet, se, come è probabile, avete notato il nostro incontro, più che freddo, di ieri. Conoscete bene Mr Darcy?»

«Quel tanto che mi basta!», esclamò Elizabeth con calore. «Ho passato quattro giorni nella stessa casa con lui e lo trovo più che antipatico.»

«Non ho diritto di giudicare se sia più o meno simpatico. Non sarei in grado di farlo. Lo conosco da troppo tempo e troppo bene per poter essere un giudice imparziale. Ma credo che il vostro giudizio così reciso su di lui, stupirebbe in genere la gente e forse, fuori di qui non avreste il coraggio di esprimerlo con tanta energia. Qui siete in casa vostra.»

«Vi assicuro che non dico niente di più di quanto direi in ogni altra casa dei dintorni, eccettuato Netherfield. Non è affatto benvoluto nell'Hertfordshire. Sono rimasti tutti disgustati dal suo orgoglio. Non sentirete nessuno parlare di lui con maggiore benevolenza.»

«Non potrei dire che mi dispiaccia», disse Wickham, dopo una breve interruzione, «che egli o qualsiasi altro venga giudicato come merita, ma non credo che a lui questo accada spesso. Il mondo è abbagliato dalla sua ricchezza e dalla sua posizione, o intimidito dal suo fare altezzoso, e lo giudica come lui vuole apparire.»

«A me, per quel poco che l'ho conosciuto, è parso un uomo di pessimo carattere.»

Wickham si accontentò di scuotere il capo.

«Mi chiedo», disse appena poté parlarle di nuovo, «se si tratterrà ancora a lungo in campagna.»

«Non lo so proprio; ma, quando ero a Netherfield, non sentii mai accennare a una eventuale partenza. Spero che i vostri progetti di entrare nel reggimento non verranno modificati dalla sua presenza qui.»

«Oh, no! Non toccherebbe certo a me andarmene per via di Mr Darcy. Se desidera evitarmi non ha che da partire. Non siamo in buoni rapporti, e incontrarlo mi dà sempre noia, ma non ho nessun motivo di fuggirlo se non quello che potrei proclamare di fronte a chiunque, e che cioè so di essere stato trattato malissimo da lui, e che rimpiango amaramente che egli sia quello che è. Suo padre, Miss Bennet, il defunto Mr Darcy, era uno dei migliori uomini che sia vissuto, e l'amico più fidato che io abbia mai avuto; e non posso trovarmi con l'attuale Mr Darcy, senza esser rattristato fin nel profondo dell'anima dai più commoventi ricordi. La condotta di quest'ultimo a mio riguardo è stata scandalosa, eppure credo che potrei perdonargli tutto, tranne di avere deluso le speranze di suo padre e di averne disonorata la memoria.»

L'interesse di Elizabeth si faceva sempre più vivo, e ascoltava con grande attenzione, ma, per delicatezza, non poteva chiedere di più.

Mr Wickham prese a discorrere di argomenti più generali: Meryton, i dintorni, la società, esprimendo tutto il suo entusiasmo per quanto aveva già veduto, e specialmente per la gente incontrata, con una cortese e assai significativa galanteria.

«È appunto il desiderio di un ambiente stabile e della buona società», aggiunse, «che mi ha indotto a entrare in questo reggimento che sapevo essere uno dei più stimati e distinti, e il mio amico Denny ha finito col tentarmi, parlandomi dell'attuale destinazione e di tutte le accoglienze e conoscenze che Meryton gli aveva procurato. Confesso che ho bisogno della vita di società. Sono un uomo deluso, e il mio animo non sopporta più la solitudine. Devo avere qualche cosa che mi occupi, e stare tra la gente mi è ormai indispensabile. Benché non fossi destinato alla vita militare, le circostanze mi hanno costretto ad abbracciare questa carriera. La mia professione avrebbe dovuto essere quella ecclesiastica, e a quest'ora dovrei essere in possesso di un importante beneficio, se così fosse piaciuto a quel signore del quale parlavamo.»

«Davvero?»

«Sì, il defunto Mr Darcy mi aveva, nel suo testamento, destinato il primo posto vacante della migliore tra le parrocchie che dipendevano da lui. Era il mio padrino e mi voleva un gran bene. Non posso dire come fosse buono. Desiderava provvedere a me con generosità; credeva di averlo fatto, ma quando il posto si rese vacante, il beneficio venne dato ad altri.»

«Santo cielo!», esclamò Elizabeth, «ma *come* poté accadere? Come poté esser trasgredito il suo desiderio? E perché non avete tentato le vie legali per far riconoscere il vostro diritto?»

«C'era nella formula del lascito un'irregolarità che non dava adito a sperare in nessuna soluzione legale. Nessun uomo d'onore avrebbe potuto mettere in dubbio l'intenzione del testatore, eppure Mr Darcy preferì dubitarne, o la trattò come fosse soltanto una raccomandazione condizionata, e asserì che io avevo perso ogni diritto al lascito per la mia leggerezza e prodigalità, insomma una scusa come un'altra. Quello che è certo è che quel beneficio restò vacante due anni fa, proprio quando avevo l'età per assumerlo, e che fu dato a un altro; ed è altrettanto sicuro che io non ho fatto nulla per meritare di perderlo. Ho un carattere focoso e impulsivo, e forse qualche volta ho espresso troppo apertamente la mia opinione *su* Mr Darcy, e *davanti* a lui. Non so ricordare nulla di più grave. Ma il fatto è che siamo di carattere assai diverso e che egli mi odia.»

«È uno scandalo! Meriterebbe di essere svergognato pubblicamente.»

«Un giorno o l'altro *lo sarà*; ma non *da me*. Fino a quando ricorderò il padre, non potrò mai né sfidare, né accusare il figlio.»

Elizabeth non poteva fare a meno di apprezzare questi suoi sentimenti, e lo trovava più bello che mai mentre andava esprimendoli.

«Ma che motivo poteva avere?», chiese dopo una pausa. «Che cosa può averlo indotto ad agire con tanta perfidia?»

«Un'assoluta, decisa antipatia per me; antipatia che, fino a un certo punto, può essere dovuta alla gelosia. Se il defunto Mr Darcy mi avesse voluto meno bene, forse suo figlio mi avrebbe sopportato; ma credo che fin dai suoi primi anni egli rimanesse inasprito dall'insolito affetto di suo padre per me. Il suo carattere non sopportava quella specie di rivalità latente tra noi, e la preferenza che mi veniva spesso dimostrata.»

«Non avrei mai creduto Mr Darcy capace di tanta malvagità, e, sebbene non mi sia mai piaciuto, non pensavo così male di lui. Lo credevo sprezzante dei suoi simili, ma non l'avrei supposto capace di scendere a vendette così basse, di rendersi colpevole di una simile ingiustizia, e di tale mancanza di umanità.»

Dopo qualche istante di riflessione, continuò: «Ricordo come un giorno a Netherfield si sia vantato di esser capace di un risentimento implacabile, e di non saper perdonare. Deve avere un carattere spaventoso».

«Non voglio pronunciarmi in proposito», rispose Wickham, «non potrei essere equanime.»

Elizabeth fu di nuovo assorta nei suoi pensieri, poi esclamò: «Trattare in tal modo il figlioccio, l'amico, il favorito di suo padre!» e avrebbe voluto aggiungere: «un giovane come voi, il cui solo aspetto denota tanta amabilità», ma si accontentò di continuare: «il suo compagno d'infanzia, legato a lui, come mi avete detto, da una così profonda intimità».

«Siamo nati nella stessa parrocchia, abbiamo giocato nello stesso parco; trascorremmo insieme la maggior parte della nostra fanciullezza nella stessa casa, dividendo giochi e trastulli, oggetto delle stesse cure paterne. Mio padre, che aveva iniziato la sua carriera in quella professione alla quale vostro zio, Mr Philips, fa tanto onore, lasciò ogni cosa per rendersi utile al defunto Mr Darcy, e dedicò tutto il suo tempo ad amministrare la tenuta di Pemberley. Aveva tutta la stima di Mr Darcy, ed era suo intimo amico. Mr Darcy asseriva spesso di dovere moltissimo alla sua attività e alla cura che egli aveva dei suoi beni, e quando, poco prima che mio padre morisse, Mr Darcy gli promise spontaneamente che avrebbe provveduto a me, sono convinto che non lo facesse soltanto per affetto, ma anche per debito di gratitudine verso di lui.»

«Che stranezza!», esclamò Elizabeth, «che cosa abominevole! Stupisco che, almeno per orgoglio, l'attuale Mr Darcy non abbia agito rettamente verso di voi! Se non per altri motivi, almeno per questo; lo credevo troppo fiero, per essere disonesto; perché questo suo modo di procedere non può essere definito che disonesto.»

«È strano davvero», rispose Wickham, «perché quasi tutte le sue azioni possono essere attribuite all'orgoglio, e l'orgoglio è stato spesso il suo migliore consigliere. Questo sentimento più di ogni altro lo ha indirizzato alla virtù. Egli, nella sua condotta verso di me, non ha saputo nemmeno essere coerente ed è stato trascinato da impulsi più forti dell'orgoglio.»

«Un così abbominevole orgoglio può dunque avergli mai giovato?»

«Sì, perché lo ha spesso indotto a essere liberale e generoso, a profondere largamente il suo denaro, a essere ospitale, ad assistere i suoi coloni e a soccorrere i poveri. Tanto hanno potuto l'orgoglio familiare e l'orgoglio filiale, perché è assai fiero della memoria di suo padre. Restare degno del suo nome, non degenerare dagli esempi lasciati dalla sua famiglia; non perdere il prestigio di Pemberley-House, sono motivi potenti. Questo suo orgoglio del nome e della casata, unito a *una specie* di affetto fraterno, lo rende oggi un tutore assai buono e premuroso per sua sorella, e lo sentirete generalmente citare come il più affezionato e il migliore dei fratelli.»

«Che tipo di ragazza è questa Miss Darcy?»

Egli scosse il capo. «Vorrei poterla definire attraente perché mi spiace parlare male di una Darcy. Ma assomiglia troppo a suo fratello, è molto altera. Da bambina era dolce e affettuosa e mi voleva un gran bene; ho dedicato a lei ore intere per divertirla. Ma adesso non rappresenta più niente per me. È una bella ragazza di quindici o sedici anni, e, a quanto si dice, molto istruita. Dopo la morte di suo padre si è stabilita a Londra, dove vive con una signora che sorveglia la sua educazione.»

Dopo pause frequenti e vari tentativi di toccare altri argomenti, Elizabeth non poté trattenersi dal tornare al primo.

«Quello che più mi sorprende è la sua intimità con Mr Bingley, che ha un ottimo carattere. Come mai Mr Bingley, che credo sia una buonissima persona, può essere tanto amico di un uomo simile? Come possono andare d'accordo? Conoscete Mr Bingley?»

«Per nulla.»

«È un giovane attraente, di buona indole, e assai amabile. Certo, deve ignorare la vera natura di Mr Darcy.»

«È assai probabile, perché, quando vuole, Mr Darcy può piacere. Non gli mancano le qualità. Quando gli pare che ne valga la pena, sa essere socievole, e con i suoi pari è molto diverso da come si mostra con gli inferiori. Il suo orgoglio non lo abbandona mai, ma con i ricchi è di vedute larghe, giusto, sincero, ragionevole e anche simpatico, quando si degna di fare tali concessioni alla ricchezza e alla migliore società.»

Finita la partita di *whist*, i giocatori si raccolsero intorno all'altro tavolo, e Mr Collins prese posto tra Elizabeth e Mrs Philips. Questa gli chiese come era andato il gioco. Non aveva avuto un gran successo, aveva perso tutti i punti, ma quando Mrs Philips espresse il suo rammarico, egli l'assicurò con molta serietà che questo non aveva per lui la minima importanza: non dava alcun peso al danaro, e la pregò di non preoccuparsene.

«So benissimo, signora», disse, «che, sedendo al tavolo da gioco, bisogna essere pronti a correre tali rischi; fortunatamente non sono in condizioni di dover guardare a cinque scellini! Non tutti certo potrebbero dire altrettanto, ma, grazie a Lady Catherine de Bourgh, sono ben lontano dal dovermi preoccupare di simili inezie.»

Questo discorso attrasse l'attenzione di Mr Wickham che, dopo avere osservato Mr Collins per alcuni istanti, chiese a bassa voce a Elizabeth se il loro parente conoscesse intimamente la famiglia de Bourgh.

«Lady Catherine de Bourgh», rispose lei, «gli concesse ultimamente un benefizio. Non so bene chi le abbia presentato Mr Collins, ma so che non la conosce da molto tempo.»

«Non ignorate certo che Lady Catherine de Bourgh e Lady Anne Darcy erano sorelle; essa è quindi la zia di Mr Darcy.»

«Non lo sapevo davvero. Non conosco la parentela di Lady Catherine de Bourgh. Non avevo nemmeno mai sentito parlare di lei fino a ieri sera.»

«Sua figlia, Miss de Bourgh, erediterà una immensa ricchezza, e si pensa che lei e suo cugino uniranno le due proprietà.»

Questa informazione fece sorridere Elizabeth, che pensò subito alla povera Miss Bingley. Tutte le sue attenzioni, tutto il suo affetto per la sorella di Darcy, e le lodi che prodigava a lui stesso, sarebbero riuscite vane se lui era già destinato a un'altra.

«Mr Collins parla con entusiasmo tanto di Lady Catherine come di sua figlia; ma da alcuni particolari che ci ha raccontato a proposito di Sua Signoria, sospetto che la gratitudine lo accechi e che, benché sua patronessa, costei debba essere una donna arrogante e piena di sé.»

«Credo che lo sia veramente», rispose Wickham; «non la vedo da diversi anni, ma ricordo che non mi è mai piaciuta e che i suoi modi erano altezzosi e prepotenti. Ha fama di essere donna energica e intelligente, ma credo che tale fama sia dovuta in parte al suo rango e alla sua ricchezza, in parte al suo fare autoritario, e per il resto all'orgoglio di suo nipote al quale basta che qualcuno appartenga alla propria famiglia, per essere ritenuto una persona di valore.»

Elizabeth riconobbe che aveva saputo rendere esattamente la situazione, e continuarono a parlare insieme con reciproca soddisfazione, finché la cena, interrompendo il gioco, permise anche alle altre signore di condividere con Elizabeth le attenzioni di Mr Wickham. La cena era troppo rumorosa perché fosse possibile tenere una vera e propria conversazione, ma i modi affabili di Mr Wickham conquistarono tutti. Ogni cosa che diceva era ben detta, qualunque cosa faceva era fatta con grazia. Elizabeth uscì con la mente piena di lui. Non poteva pensare che a Mr Wickham e a ciò che le aveva raccontato, ma non ebbe neppure il tempo di nominarlo, perché né Lydia né Mr Collins stettero zitti un momento. Lydia parlò ininterrottamente della tombola, del suo vincere e perdere, e Mr Collins non ebbe parole che per descrivere tutte le cortesie di Mrs Philips, affermando di non rimpiangere affatto le perdite subite al *whist*, per enumerare tutte le portate della cena, per ripetere a più riprese che temeva di essere d'ingombro alle sue cugine. Ne ebbe fin troppe da dire durante il tragitto fino a Longbourn.

Capitolo diciassettesimo

Il giorno dopo Elizabeth riferì a Jane quello che Mr Wickham le aveva narrato. Jane la ascoltò stupita e turbata; non poteva credere che Mr Darcy fosse così indegno della stima di Mr Bingley, e d'altra parte non era nel suo carattere dubitare della veridicità di un giovane dall'apparenza così simpatica come Wickham. La possibilità che egli fosse stato realmente vittima di tanta perfidia bastava a destare tutta la sua compassione; non le restava quindi altra via che pensare bene di tutti e due i giovani, difendere la condotta di ciascuno, e attribuire a un caso o a un errore quello che non si poteva spiegare altrimenti.

«Tutti e due», ella disse, «sono stati ingannati in un modo o nell'altro; come, non ci è dato sapere. Forse persone che avevano interesse a farlo li hanno calunniati l'uno con l'altro. Insomma, è impossibile per noi immaginare le cause o le circostanze che possono averli separati senza che nessuno dei due sia nel torto.»

«Verissimo, mia cara Jane, ma dimmi: cosa troverai da dire in difesa di quelle persone interessate alle quali forse risale la colpa di tutto? Prova a scusare *anche loro*, altrimenti saremo costrette a pensar male di qualcuno.»

«Ridi pure di me quanto vuoi, non potrai scuotere la mia opinione. Cara Lizzy, provati a pensare in che orrenda luce metterebbe Mr Darcy il fatto di aver trattato in quel modo l'amico di suo padre, la persona alla quale il defunto aveva promesso di provvedere. Nessun uomo dotato di un po' di umanità, nessun uomo che abbia stima di se stesso, ne sarebbe capace. Possono dunque i suoi più intimi amici ingannarsi su di lui a quel modo? Oh, no!»

«Mi è più facile credere che Mr Bingley si illuda, anziché pensare Mr Wickham capace di inventare la storia dell'altra sera citando nomi, fatti così, apertamente. Se non è vero, Mr Darcy non ha che da contraddirlo. E poi tutto nel suo volto esprimeva la verità.»

«È un caso molto complicato e... doloroso. Non si sa proprio che cosa pensare.»

«Scusami, io so esattamente che cosa pensare.»

Ma Jane era certa di una cosa sola: se Mr Bingley si era davvero ingannato sul conto del suo amico, avrebbe sofferto molto una volta che il fatto fosse venuto in luce.

Jane ed Elizabeth furono richiamate dal boschetto dove si svolgeva questo colloquio proprio dall'arrivo di alcune delle persone di cui stavano parlando. Mr Bingley e le sue sorelle venivano a invitarle personalmente per il tanto atteso ballo di Netherfield, che era stato fissato per il martedì prossimo. Le due signore si mostrarono lietissime di riabbracciare la loro cara amica, dissero che pareva fosse trascorso un secolo da quando si erano viste l'ultima volta, e le chiesero ripetutamente che cosa avesse fatto dopo la loro separazione. Non si occuparono quasi del rimanente della famiglia, evitando per quanto fu loro possibile Mrs Bennet, parlarono appena a Elizabeth, e per niente a tutte le altre sorelle. Se ne andarono quasi subito alzandosi improvvisamente dalle loro sedie, e tanto frettolosamente da cogliere il fratello quasi di sorpresa; parevano ansiose di evitare i convenevoli di Mrs Bennet.

La prospettiva del ballo a Netherfield riuscì assai gradita a tutti i membri femminili della famiglia. Mrs Bennet era oltremodo lusingata e considerava il ballo né più né meno che un omaggio alla sua figlia maggiore, ed era rimasta molto colpita dal fatto che Mr Bingley fosse venuto a invitarle personalmente, invece di rimettersi al cerimoniale di un formale biglietto. Jane sognava già la felicità di passare una sera in compagnia delle sue amiche e accanto al loro fratello; Elizabeth pensava con gioia che avrebbe spesso ballato con Mr Wickham, e sperava di veder confermato tutto quello che aveva saputo dal contegno e dagli occhi di Mr Darcy. La felicità che si prospettavano Lydia e Catherine non dipendeva invece né da una singola persona, né da un solo evento, perché, anche se tutte e due, come Elizabeth, avevano l'intenzione di ballare, per metà della sera almeno, con Mr Wickham, questi non era il solo cavaliere al quale aspirassero, e, dopo tutto, un ballo era sempre un ballo. Perfino Mary assicurò la sua famiglia che non era affatto restia a prendervi parte.

«Quando posso avere a mia disposizione le mattinate», disse, «mi basta. Non considero un sacrificio accettare qualche volta un invito per la sera. La società ha i suoi diritti, e anche io, come tutti, desidero una parentesi di riposo e di divertimento.»

Elizabeth era talmente di buon umore che, sebbene non le accadesse spesso di rivolgere la parola a Mr Collins quando non era strettamente necessario, non poté trattenersi dal chiedergli se intendeva accettare l'invito di Mr Bingley, e se riteneva opportuno prender parte a quello svago serale. Rimase abbastanza sorpresa nello scoprire che egli non nutriva alcuno scrupolo al riguardo, e che era ben lontano dal temere un rimprovero, sia dall'Arcivescovo come da Lady Catherine de Bourgh, se si fosse azzardato a ballare.

«Vi assicuro», disse, «che non credo possa esservi alcunché di male in un ballo di questo genere, offerto da un gentiluomo a gente rispettabile; sono anzi così alieno dal rifiutarmi di ballare io stesso, che spero di essere onorato da un giro con tutte le mie cugine nel corso della serata, e colgo appunto quest'occasione per sollecitare da voi, Miss Elizabeth, le due prime danze, preferenza che spero mia cugina Jane attribuirà alla sua particolare posizione e non a una mancanza di rispetto verso di lei.»

Elizabeth si trovò così presa in trappola! Aveva sperato di essere invitata da Mr Wickham proprio per quelle prime due danze; e doverle invece promettere a Mr Collins! La sua gentilezza verso di lei non avrebbe potuto essere più inopportuna! Tuttavia non c'era modo di esimersi. Del resto, la sua felicità e quella di Mr Wickham non avrebbero subito che un lieve ritardo; accettò quindi la proposta di Mr Collins con la miglior buona grazia possibile, sebbene tanta galante premura le fosse doppiamente sgradita perché sembrava nascondere qualche secondo fine. A un tratto fu colpita dal pensiero di essere lei la prescelta tra le sorelle come degna di diventare la padrona del Rettorato di Hunsford, e di fare il quarto a un tavolo di Rosings, quando fossero mancate visite più importanti. Quest'idea divenne presto convinzione: le premurose attenzioni di Mr Collins verso di lei avevano un crescendo impressionante e i tentativi di complimentarla per il suo spirito o la sua vivacità erano sempre più frequenti. Più sorpresa che compiaciuta di questo inaspettato effetto della propria grazia, non passò molto tempo prima che sua madre le desse a capire che l'eventualità di un simile matrimonio l'avrebbe trovata assai favorevole.

Elizabeth finse di non raccogliere l'allusione, sicura che una risposta da parte sua non avrebbe fatto altro che provocare una grave discussione. C'era ancora speranza che Mr Collins non si dichiarasse, e fintanto che non lo faceva, era inutile litigare in proposito.

Se non ci fosse stato da prepararsi e da discutere per il ballo di Netherfield, le due più giovani Bennet si sarebbero trovate in uno stato pietoso, perché tra il giorno dell'invito e quello del ballo ci fu un tale susseguirsi di piogge dirotte da impedire anche una sola passeggiata a Meryton. Niente zia, niente ufficiali, nessuna notizia. Perfino le scarpine da ballo furono mandate per procura!

Anche la pazienza di Elizabeth fu messa a dura prova dal tempo che interruppe ogni progresso nella sua amicizia con Mr Wickham; e soltanto la prospettiva di ballo del martedì poté rendere sopportabili a Catherine e a Lydia un venerdì, un sabato, una domenica e un lunedì simili.

Capitolo diciottesimo

Fino al momento di entrare nella sala di Netherfield e avere invano cercato Mr Wickham nel gruppo vivace delle uniformi, Elizabeth non aveva mai dubitato che avrebbe potuto mancare. Si era vestita con maggior cura del solito e si era preparata, nello stato d'animo più battagliero, per muovere all'attacco di quanto ci fosse ancora da conquistare nel cuore di lui, confidando che non ci fosse da espugnare più di quel tanto che il breve spazio di una serata consentisse. Improvvisamente fu colta dal terribile sospetto che, per compiacere Mr Darcy, egli fosse stato volontariamente escluso dall'invito fatto agli altri ufficiali.

Mr Denny – al quale Lydia si era rivolta per le informazioni del caso – asserì che Mr Wickham era stato costretto a recarsi in città il giorno prima e che non era ancora tornato; aggiunse però con un sorriso significativo:

«Ma non credo che i suoi affari lo avrebbero trattenuto proprio ora, se non avesse desiderato evitare un certo signore».

Quest'ultima parte dell'informazione, che Lydia non udì fu però afferrata da Elizabeth e la confermò nella convinzione che, se anche la sua prima supposizione era errata, Darcy non era per questo meno responsabile dell'assenza di Mr Wickham. La cosa acuì talmente la sua antipatia per lui, da farle rispondere con appena il garbo necessario alle cortesi domande che le rivolse, poco dopo, avvicinandosi. Le sembrava quasi di offendere Wickham nel dare ascolto a Darcy, nell'essere paziente e tollerante con lui. Decisa a non rivolgergli la parola, si volse da un'altra parte con tanto cattivo umore da non riuscire a vincersi neppure con Mr Bingley, la cui cieca parzialità la spazientiva.

Elizabeth però non sapeva conservare a lungo il broncio, e benché tutte le sue prospettive di felicità fossero sfumate, la delusione non durò a lungo nel suo spirito e, dopo aver raccontato tutti i suoi dispiaceri a Charlotte Lucas, che non vedeva da una settimana, si dedicò a osservare quanto fosse ridicolo e goffo suo cugino e a farlo notare all'amica. Le due prime danze con lui però riaccesero le sue angustie: furono un vero martirio. Mr Collins, impacciato e cerimonioso, chiedeva perennemente scusa invece di badare ai movimenti, e non sapendo tenere il tempo, le fece provare tutta la vergogna e l'infelicità che può causare a una perfetta dama un pessimo cavaliere. Liberarsi di lui fu una delizia.

Ballò poi con un ufficiale ed ebbe almeno il conforto di poter così parlare di Wickham e di sentire che era benvoluto da tutti al reggimento. Terminate anche queste danze, tornò da Charlotte Lucas e stava appunto discorrendo con lei, quando si sentì rivolgere la parola da Mr Darcy, il quale la colse così all'improvviso, invitandola, che, prima di rendersene conto, aveva accettato. Egli si allontanò subito, lasciandola irritatissima contro se stessa per essersi fatta prendere tanto alla sprovvista.

Charlotte cercò di consolarla:

«Sono sicura che lo troverai piacevolissimo».

«Dio me ne guardi! Sarebbe una vera disgrazia! Trovare simpatico un uomo che si è decisi a odiare! Non augurarmi questo malanno!»

Nondimeno, quando ripresero le danze e Darcy si avvicinò per reclamare la promessa, Charlotte non poté fare a meno di bisbigliarle di non fare la stupida, e di non permettere che un semplice capriccio per Wickham la rendesse antipatica a un uomo che lo valeva cento volte.

Elizabeth non rispose e prese il suo posto nella quadriglia, stupita di essere innalzata all'onore di stare di fronte a Mr Darcy, e leggendo negli occhi dei suoi vicini la sua stessa meraviglia. Per qualche tempo non si scambiarono una parola, ed essa cominciava già a credere che il loro silenzio sarebbe durato per le due danze intere, decisa com'era a non essere lei la prima a romperlo, quando, immaginando che nulla avrebbe contrariato tanto il suo compagno, quanto l'essere costretto a parlare, fece qualche osservazione a proposito del ballo. Darcy rispose brevemente, per ricadere subito nel silenzio. Dopo una breve pausa, gli si rivolse per la seconda volta, dicendo:

«*Tocca a voi*, ora, parlare, Mr Darcy. Io ho accennato al ballo, voi ora dovreste fare qualche osservazione sulla grandezza della sala, o sul numero delle coppie».

Egli sorrise, assicurandola che avrebbe detto tutto quello che avrebbe potuto farle piacere.

«Benissimo. Per ora mi basta questa risposta. Forse, tra poco, vi farò notare che i balli privati sono assai più divertenti di quelli pubblici. Ma per il momento possiamo rimanere silenziosi.»

«Avete dunque delle regole di conversazione, quando ballate?»

«Qualche volta si è costretti a scambiare poche parole, no? Parrebbe strano tacere stando insieme per mezz'ora; eppure ci sono dei casi in cui la conversazione dovrebbe ridursi a scambiare il minor numero di parole possibile.»

«Esprimete un vostro desiderio, o credete di assecondare il mio?»

«Quello di tutti e due», rispose Elizabeth maliziosamente, «perché mi sono accorta che sotto molti aspetti noi ci somigliamo. Siamo tutti e due poco sociévoli, inclini a essere taciturni, senza alcun desiderio di parlare se non per dire qualche cosa di straordinario che stupisca tutta la sala, e sia degno di passare ai posteri come storico.»

«Non direi che sia un ritratto molto esatto di voi; quanto a me, non posso essere io a giudicare. Ma voi dovete esser certa che questa definizione mi si adatti a meraviglia.»

«Non tocca a me commentare i miei detti.»

Darcy non rispose, e tacquero ancora mentre proseguiva la contraddanza, fino a quando lui le chiese se andava spesso a Meryton con le sorelle. Lei rispose annuendo, e, incapace di resistere alla tentazione, aggiunse:

«Quando ci incontraste l'altro giorno, avevamo appena fatto una conoscenza».

L'effetto fu immediato. La nativa fierezza parve accentuarsi sul volto di Darcy, velando di un'ombra i suoi tratti; tuttavia non disse nulla, ed Elizabeth, pur rimproverandosi la propria debolezza, non seppe proseguire. Fu lui finalmente, che, con fare sostenuto, disse:

«Mr Wickham è dotato di modi così insinuanti che di sicuro sa *farsi* degli amici. È meno certo che sia altrettanto capace di *conservarli*».

«Ha avuto la sfortuna di perdere la *vostra* amicizia», rispose Elizabeth con calore, «e in modo da esserne probabilmente danneggiato per sempre.»

Darcy non rispose e sembrò desideroso di cambiare argomento. In quel punto comparve accanto a loro Sir William Lucas con l'intenzione di attraversare la quadriglia per raggiungere l'altro lato della sala, ma vedendo Mr Darcy, si fermò, con un inchino cortese, congratulandosi con lui tanto per il suo modo di ballare quanto per la sua dama.

«È un vero diletto osservarvi, Mr Darcy. Non si vede spesso ballare con uno stile così perfetto. Si riconosce a prima vista che appartenete alla più distinta società. Tuttavia concedetemi di rilevare come la vostra graziosa compagna vi faccia molto onore e lasciatemi sperare di avere spesso questo piacere, soprattutto se un evento tanto desiderato avrà luogo, cara Miss Eliza.» E guardò con intenzione sua sorella e Mr Bingley. «Quante congratulazioni quel giorno! Che ne dite Mr Darcy? Ma non voglio interrompervi, Sir, non mi sareste certo grato se vi distraessi ancora dall'incantevole conversazione di questa signorina i cui occhi luminosi stanno già rimproverandomi.»

Quest'ultima frase non fu forse neppur sentita da Mr Darcy, ma l'allusione di Sir William al suo amico sembrò fargli molta impressione e il suo sguardo si fermò con un'espressione assai grave sopra Bingley e Jane che ballavano insieme. Si riprese quasi subito, e volgendosi alla sua dama, disse: «L'interruzione di Sir William mi ha fatto dimenticare di che cosa stavamo discorrendo».

«Non credo che parlassimo affatto. Sir William non poteva interrompere, in tutta la sala, due persone che avessero meno da dirsi di noi. Abbiamo già tentato due o tre argomenti senza alcun successo, e non so proprio di che cosa potremmo ancora parlare.»

«Che ne direste se parlassimo di libri?», chiese lui sorridendo.

«Libri? Oh, no! Sono sicura che non leggiamo gli stessi, o per lo meno, non con gli stessi sentimenti.»

«Mi dispiace che siate di questo avviso, ma, se è vero, non ci mancherebbero ugualmente soggetti di conversazione; potremmo confrontare le nostre contrastanti opinioni.»

«No, non posso parlare di libri in una sala da ballo; ci sono troppe cose che mi distraggono.»

«Vi curate solo del presente, quando siete in questo ambiente?»

«Sì, sempre», rispose Elizabeth, senza sapere che cosa diceva, perché i suoi pensieri vagavano lontano, come dimostrò chiaramente pochi momenti dopo, quando esclamò: «Ricordo di avervi sentito dire una volta, Mr Darcy, che vi era difficile perdonare; che, una volta destato, il vostro rancore era implacabile. Immagino dunque che sarete assai cauto perché non venga provocato facilmente».

«Lo sono», egli disse con voce sicura.

«E non vi lasciate mai accecare dai pregiudizi?»

«Spero di no.»

«Quelli che non cambiano mai di opinione dovrebbero essere sicuri di giudicare rettamente fin dal principio.»

«Posso chiedervi a che cosa tendono tutte queste domande?»

«Soltanto a rendermi conto del vostro carattere», disse lei cercando di vincere la gravità con la quale parlava. «Sto cercando di studiarlo.»

«E a che punto siete arrivata?»

Elizabeth scosse il capo. «Non faccio un passo avanti. Sento parlare di voi sotto aspetti così differenti da rimanere sempre più perplessa.»

«Sono convinto», rispose lui gravemente, «di venire giudicato nei modi più diversi, e desidererei, Miss Bennet, che non vi formaste un'opinione su di me, per ora: probabilmente non riuscirebbe né a mio né a vostro vantaggio.»

«Ma se non ci riesco ora, può darsi che non ne abbia più l'occasione.»

«Non desidero affatto guastarvi un passatempo», disse Darcy freddamente. Elizabeth tacque; ballarono la seconda danza e si separarono in silenzio, scontenti tutti e due, sebbene in misura diversa, perché Darcy nutriva già per lei un sentimento abbastanza forte per poterle perdonare, mentre tutta la sua collera si riversava su di un altro.

Si erano appena separati, quando Miss Bingley, avvicinandosi, le disse con fare sprezzante:

«E così, Miss Eliza, sento che siete entusiasta di George Wickham; vostra sorella mi ha parlato di lui facendomi una serie di domande, e ho scoperto che quel giovanotto, fra le altre informazioni, ha dimenticato di dirvi che era il figlio del vecchio Wickham, l'amministratore del defunto Mr Darcy. Permettete quindi che, come amica, vi raccomandi di non credere a tutte le sue affermazioni. È falso che Mr Darcy lo abbia trattato male, anzi egli è stato straordinariamente generoso verso di lui, benché George Wickham si sia condotto in una maniera infame. Non conosco i particolari, ma so benissimo che Mr Darcy non è minimamente da biasimare, che non può sentir neppur nominare George Wickham e che, sebbene mio fratello non potesse fare a meno di includerlo nell'invito fatto agli ufficiali, è stato ben contento di constatare che ha avuto il buon senso di non farsi vedere. Lo stesso suo venire a Meryton fu di per sé un gesto insolente e mi chiedo come possa aver avuto il coraggio di compierlo. Mi rincresce, Miss Eliza, di dovervi rivelare le colpe del vostro prediletto, ma veramente, data la sua origine, non c'era da aspettarsi di meglio.»

«Direi che per voi la sua colpa più grave sta nella sua origine», disse Elizabeth irritata, «perché non vi ho sentito accusarlo d'altro se non di essere il figlio dell'amministratore di Mr Darcy, e vi posso assicurare che di questo mi informò lui stesso.»

«Vogliate scusarmi», rispose Miss Bingley andandosene con un sorriso ironico, «mi spiace di aver parlato così, ma l'ho fatto a fin di bene!»

«Insolente che non sei altro!», disse Elizabeth dentro di sé. «Ti sbagli se credi di influenzarmi con un attacco così volgare. Non depone che contro la tua cieca ignoranza e la malizia di Mr Darcy.» Cercò poi sua sorella maggiore che, anche con Bingley, si era informata sullo stesso argomento. Jane la accolse con un sorriso così lieto, un'espressione talmente raggiante, che bastavano a dimostrare tutta la sua felicità per come si svolgeva la serata. Elizabeth intuì subito i suoi sentimenti, e l'interesse per Wickham, il proprio risentimento contro i nemici di lui come ogni altro pensiero, scomparvero di fronte alla speranza che Jane stesse per raggiungere la felicità.

«Desideravo sapere», disse con un volto non meno sorridente di quello della sorella, «che cosa hai sentito a proposito di Mr Wickham. Ma forse eri troppo piacevolmente occupata per pensare ad altro; in questo caso, sei già sicura del mio perdono.»

«No», disse Jane, «non ho dimenticato, ma non ho nulla di buono da dirti. Mr Bingley non conosce la storia per esteso e ignora le circostanze che hanno particolarmente offeso Mr Darcy, ma è pronto a giurare sulla condotta, la probità e l'onore del suo amico, ed è assolutamente convinto che Mr Wickham non meritava altro trattamento di quello ricevuto; mi spiace doverti dire che da quanto asseriscono sia Mr Bingley che sua sorella, Mr Wickham non appare affatto un giovane rispettabile. Temo che sia stato assai imprudente e che abbia meritato di aver perso la stima di Mr Darcy.»

«Mr Bingley non lo conosce personalmente?»

«No, non l'aveva mai visto prima dell'altra mattina.»

«La sua opinione si basa quindi su quello che afferma Mr Darcy. Tanto basta. Ma che dice del lascito?»

«Non ricorda bene le circostanze, sebbene le abbia sentite raccontare più di una volta, ma crede che fosse soltanto condizionale.»

«Non dubito della sincerità di Mr Bingley», disse Elizabeth con calore, «ma devi perdonarmi se le sue spiegazioni non mi convincono. Difende con molta abilità il suo amico, ma, dato che non conosce tutti i fatti, e ha saputo il resto soltanto da lui stesso, mi limiterò a pensare, di questi due signori, quello che ne pensavo prima.»

Cambiò quindi argomento con un altro più gradito a tutte e due e sul quale non potevano dissentire. Elizabeth ascoltò con gioia le speranze, piene di riserbo, che Jane nutriva nei riguardi di Bingley, e disse quanto poteva per accrescere la sua fiducia. E poiché Mr Bingley si era avvicinato, Elizabeth tornò da Miss Lucas, che stava appunto chiedendole se era stata contenta del suo ultimo cavaliere, quando sopraggiunse Mr Collins che, esultante, le raccontò di avere avuto la fortuna di fare un'importante scoperta.

«Ho saputo», disse, «per uno strano caso, che vi è in sala uno stretto parente della mia protettrice. Ho sentito questo gentiluomo stesso, mentre parlava con la signorina che fa gli onori di casa, fare il nome di Miss de Bourgh come di sua cugina e della madre di lei, Lady Catherine. Sono coincidenze sorprendenti! Chi avrebbe detto che potrò forse conoscere un nipote di Lady Catherine de Bourgh, in questo ricevimento! Che fortuna avere fatto in tempo una tale scoperta, in modo da potergli presentare i miei omaggi, cosa che farò subito, confidando che vorrà perdonarmi di non averlo fatto prima. Del resto sono scusabilissimo per la totale ignoranza in cui ero di questa parentela.»

«Non vorrete presentarvi a Mr Darcy?»

«Lo farò immediatamente. Chiederò il suo perdono per non averlo fatto prima. Mi pare di avere udito che è proprio il nipote di Lady Catherine. Sarò in grado di assicurarlo che, quindici giorni fa, Lady Catherine godeva ottima salute.»

Elizabeth cercò di dissuaderlo da un tale passo, spiegandogli che Darcy avrebbe considerato piuttosto un'impertinenza verso di lui che un atto di ossequio verso Lady Catherine, il fatto di parlargli senza essergli stato presentato, e che, in caso, toccava semmai a Mr Darcy, come più autorevole, fare il primo passo. Mr Collins la ascoltò, già determinato però a fare di testa propria e quando lei ebbe finito, le rispose: «Cara Miss Elizabeth, ho la più alta stima del vostro giudizio su tutto quanto è di vostra competenza, ma permettete che vi dica che c'è una grande differenza tra i rapporti ammessi tra i secolari e quelli che regolano il clero; perché, concedetemi di farvi osservare che io considero la professione ecclesiastica pari in dignità alle più alte cariche, purché si tenga sempre contegno modesto e decoroso. Dovete dunque permettermi di seguire i dettami della mia coscienza in questa occasione, facendo quello che credo il mio dovere. Scusate se non approfitto del vostro consiglio che, in ogni altra evenienza sarà sempre la mia guida, ma in questo caso io mi considero più adatto, per l'educazione e lo studio assiduo, a decidere su quanto va fatto, che non una signorina come voi». E con un profondo inchino la lasciò, per muovere tutto tronfio all'attacco di Mr Darcy.

Elizabeth osservò ansiosamente l'accoglienza che gli fece Mr Darcy. La sorpresa di lui nell'essere abbordato in simile maniera fu evidente. Mr Collins diede inizio al suo discorso con un solenne inchino, e benché Elizabeth non potesse udire una sola parola, le pareva quasi di sentirlo, e dal movimento delle sue labbra riconobbe le espressioni «scuse» «Hunsford» e «Lady Catherine de Bourgh». Le seccava molto vederlo rendersi ridicolo proprio agli occhi di un uomo come Darcy, che lo contemplò con malcelata sorpresa, e finalmente quando gli fu possibile parlare, rispose con distante cortesia. Tutto questo era troppo poco per scoraggiare un Mr Collins, mentre il disprezzo di Mr Darcy sembrava aumentare in proporzione alla lunghezza del secondo discorso che dovette subire, alla fine del quale ringraziò con un breve inchino, allontanandosi in fretta.

Mr Collins ritornò da Elizabeth.

«Vi assicuro», disse, «che non ho motivo di esser malcontento dell'accoglienza ricevuta. Mr Darcy sembrò gradire molto la mia premura. Mi rispose con la migliore cortesia, e mi fece perfino l'onore di dirmi che era così convinto del discernimento di Lady Catherine da essere sicuro che la zia non avrebbe mai conferito un favore che non fosse meritato. Pensiero questo veramente elevato. Insomma, sono proprio soddisfatto.»

Elizabeth, non avendo più nulla a cui interessarsi direttamente, rivolse la sua attenzione a sua sorella e a Mr Bingley, e i pensieri suscitati da queste osservazioni la resero felice quasi quanto Jane. Le pareva già di vederla signora in quella casa, felice come solo un matrimonio d'amore può rendere, e, davanti a questa prospettiva, si sentiva capace di amare perfino le sorelle di Bingley. Si accorse chiaramente che anche i pensieri di sua madre erano dello stesso genere, e cercò di non avvicinarla per paura di sentirli manifestare troppo apertamente. Fu quindi davvero grande la sua desolazione nel trovarsi a cena vicina a lei, e fu ancora più contrariata nel sentire che sua madre non faceva altro che parlare a Lady Lucas, e nel modo più aperto, della sua certezza che Jane avrebbe presto sposato Mr Bingley. Questo soggetto di conversazione era ricco di sviluppi, e la signora Bennet si mostrava instancabile nell'enumerare i vantaggi di quell'unione. Vi erano tante ragioni di compiacimento! Un giovane così simpatico e così ricco, che abitava tre miglia soltanto distante da loro; e poi era un conforto grande il vedere come le due sorelle di Bingley si fossero affezionate a Jane e desiderassero questo matrimonio almeno quanto lei!

Tutto questo rappresentava un vantaggio anche per le sorelle minori, mettendole in grado di conoscere giovani ricchi e della migliore società, e dopotutto era proprio comodo, alla sua età, poter affidare le sue ragazze alla sorella maritata, e non essere quindi obbligata a frequentare divertimenti e balli più di quel che non le facesse piacere, poiché, per quanto fosse necessario adattarsi alle circostanze e far mostra di divertirsi, dato che l'etichetta lo esigeva, nessuno più di lei apprezzava la gioia di starsene a casa propria. Concluse con i migliori auguri a Lady Lucas, perché fosse ugualmente fortunata, sebbene l'espressione trionfante del suo viso mostrasse chiaramente che non credeva affatto a una tale probabilità.

Elizabeth cerò invano di arrestare il fiume delle parole materne, o di persuaderla a esprimere la sua gioia in un bisbiglio meno intelligibile, avendo notato, con sua indicibile mortificazione, che Mr Darcy, seduto di fronte a loro, era in grado di sentire tutto, o quasi, il discorso. Sua madre la sgridò di essere così sciocca.

«Chi è Mr Darcy, perché debba avere paura di lui? Mi pare che non gli dobbiamo nessun riguardo particolare che ci impedisca di dire quello che a lui non garba di sentire.»

«Per amor del cielo, mamma, parlate piano. Che vantaggio c'è nell'offendere Mr Darcy? Non è certo questo il modo di riuscire simpatici al suo amico!»

Ma nulla di quanto poté dire valse a frenare sua madre che continuava a ragionare a voce alta in modo che tutti potessero sentirla. Elizabeth, per la vergogna e il dispetto, arrossiva ogni momento. Non poteva trattenersi dall'osservare Mr Darcy, ma ogni volta che lo guardava si convinceva ancor più di quello che temeva, perché, se anche costui non fissava sempre Mrs Bennet, si capiva che la sua attenzione era invariabilmente appuntata su di lei. L'espressione del suo volto passò gradatamente da un indignato disprezzo a una penosa gravità.

Finalmente Mrs Bennet non ebbe più niente da dire, e Lady Lucas, che da tempo sbadigliava ascoltando a ripetizione il racconto di tutte quelle delizie che non era facile potessero toccare presto anche a lei, passò a consolarsi col prosciutto e il pollo freddo. Elizabeth si sentì rivivere. Ma questo intervallo non durò a lungo perché, appena finita la cena, fu proposto di cantare, e le toccò la mortificazione di vedere che Mary, senza farsi troppo pregare, si preparava ad accontentare la compagnia. Cercò allora, con occhiate significative e ripetuti cenni, di indurla a star zitta, di evitare quella prova di arrendevole compiacenza, ma inutilmente. Mary non volle intendere: era felice dell'occasione che le si offriva di prodursi, e incominciò a cantare. Elizabeth la guardava, divisa tra le più penose sensazioni, enumerando il susseguirsi delle strofe con una impazienza degna di miglior compenso, perché infatti Mary, appena finita la romanza, anziché smettere, al primo invito a continuare, ne attaccò un'altra. I suoi mezzi vocali non erano adatti a un simile sfoggio; la sua voce era debole e suoi modi affettati; Elizabeth si sentiva morire dalla vergogna. Guardò Jane per vedere come sopportava la cosa, ma Jane parlava quietamente con Bingley. Guardò le sorelle di lui e le vide scambiarsi sorrisi ironici e lanciarne a Darcy, che si mantenne però serio e impassibile. Guardò suo padre per pregarlo di intervenire onde evitare che Mary cantasse tutta la sera. Egli afferrò a volo l'accenno e, quando Mary terminò la seconda romanza disse a voce alta: «Molto bene, bambina mia, ma ora ci hai deliziato abbastanza. Lascia che abbiano modo di prodursi anche le altre signorine».

Mary, pur fingendo di non aver sentito, rimase sconcertata, ed Elizabeth, spiacente per lei e per le parole di suo padre, temette di aver peggiorato la situazione.

Fu chiesto ad altri del gruppo di cantare.

«Se avessi la fortuna di saper cantare», disse Mr Collins, «sarei ben lieto di favorire la compagnia, perché considero la musica un piacere innocente e perfettamente compatibile con la professione ecclesiastica. Non voglio con ciò asserire che noi persone del culto saremmo giustificate se dedicassimo troppo tempo alla musica, perché è certo che dobbiamo occuparci di molte altre cose. Il rettore di una parrocchia è sempre occupato. In primo luogo deve pensare a un accordo sulle decime che possa essergli di vantaggio senza danno della sua patronessa. Poi deve scrivere le sue prediche, e il tempo che gli rimane è appena bastante per i suoi doveri verso la parrocchia e per la cura della sua dimora, che deve cercare di migliorare sempre. Né mi sembra meno importante che abbia dei modi concilianti con tutti, e specialmente verso quelli a cui deve la sua posizione. Non potrei infatti esimerlo da tale dovere, né potrei pensare bene di chi omettesse una sola occasione per dimostrare il suo rispetto verso chiunque sia imparentato con la famiglia dei suoi protettori...», e con un inchino a Mr Darcy, concluse il suo discorso pronunciato con voce così forte che poté essere udito da tutti in sala. Parecchi lo guardarono stupiti, molti sorrisero; ma nessuno parve così divertito come Mr Bennet, proprio lui, mentre sua moglie, che lo aveva preso sul serio, si rallegrava con Mr Collins per le sue idee piene di buon senso, e intanto bisbigliava a Lady Lucas che era un giovane di valore e molto intelligente.

A Elizabeth sembrava che se i membri della sua famiglia si fossero messi d'accordo per rendersi sommamente ridicoli nel corso di quella serata, non avrebbero potuto recitare le loro parti né con maggior spirito né con migliore successo; il solo conforto in tanta angustia le veniva dal pensiero che, fortunatamente, parte delle loro esibizioni erano sfuggite a Bingley, il cui carattere ad ogni modo non era tale da lasciarsi impressionare da tante stupidaggini.

Era più che sufficiente che le due sorelle e Mr Darcy avessero avuto l'opportunità di mettere in ridicolo i suoi parenti, e non avrebbe saputo dire che cosa le fosse più intollerabile, se il silenzioso disprezzo di lui, o gli insoliti sorrisi delle signore.

Né il resto della serata fu più divertente. Era assillata da Mr Collins, che, determinato a restarle accanto, pur non riuscendo a ottenere di ballare con lei, impediva che altri lo potessero. Invano Elizabeth lo spingeva a occuparsi di qualcun'altra e gli offriva di presentarlo ad altre signorine. Egli l'assicurò che non gli importava di ballare, che il suo unico scopo era di dedicarsi a lei, e, con le sue delicate attenzioni, di rendersi accetto al suo cuore: era quindi deciso a rimanere con lei tutta la sera. Non c'era modo di salvarsi. L'unico sollievo lo dovette alla sua amica, Miss Lucas, la quale, raggiungendoli spesso, la aiutava a intrattenere Mr Collins.

Mr Darcy non si occupò più di lei, e benché le si trovasse spesso vicino e libero da ogni compagnia, non cercò mai di parlare. Elizabeth immaginò che fosse la conseguenza delle allusioni da lei fatte a Mr Wickham, e ne fu felice.

La famiglia di Longbourn fu l'ultima a partire e, per una delle solite manovre di Mrs Bennet, dovette attendere la carrozza per un altro quarto d'ora, dopo che tutti se ne erano già andati, avendo così agio di notare come alcune persone sospirassero il momento della loro partenza. Mrs Hurst e Miss Bingley non aprivano quasi bocca tranne che per lamentarsi della stanchezza, mostrando un impaziente desiderio di essere finalmente libere. Respinsero ogni velleità di conversazione da parte di Mrs Bennet, gettando un gran gelo su tutta la compagnia, gelo che neppure i lunghi discorsi di Mr Collins, che si rallegrava con Mr Bingley e le sue sorelle per l'eleganza del ricevimento e la loro ospitalità e cortesia verso gli invitati, poterono dissipare. Darcy taceva. Mr Bennet, altrettanto silenzioso, si divertiva a osservare la scena. Mr Bingley e Jane, un po' discosti dagli altri, parlavano fra loro. Elizabeth si manteneva determinatamente in silenzio, come Mrs Hurst e Miss Bingley, e perfino Lydia, esausta, non sapeva dir altro che: «Signore, come sono stanca!», accompagnando la frase con un violento sbadiglio.

Quando, finalmente, si alzarono per prendere congedo, Mrs Bennet espresse con cortese insistenza la speranza di vederli tutti presto a Longbourn, e rivolgendosi a Mr Bingley in particolare, lo assicurò del piacere che avrebbe procurato loro venendo a pranzo familiarmente un giorno qualsiasi, senza bisogno di un invito formale. Bingley si mostrò lietissimo e grato, e promise di venirli a trovare appena tornato da Londra, dove doveva recarsi il giorno dopo, per un breve periodo.

Mrs Bennet, soddisfatta, lasciò la casa con la deliziosa impressione che, calcolando il tempo necessario per fissare la dote, ordinare le carrozze nuove e gli abiti del corredo, nel corso di tre o quattro mesi avrebbe visto sua figlia accasata a Netherfield. Con uguale certezza, e notevole, se non uguale piacere, confidava di aver presto un'altra delle figlie sposata a Mr Collins. Elizabeth le era meno cara delle altre, e, sebbene l'uomo e il partito fossero abbastanza buoni *per lei*, l'importanza dell'uno e dell'altro erano completamente eclissati da Mr Bingley e da Netherfield.

Capitolo diciannovesimo

Il giorno seguente portò un nuovo avvenimento a Longbourn. Mr Collins fece la sua domanda in piena regola. Deciso a non perdere altro tempo, dato che il suo permesso durava soltanto fino al sabato successivo, e senza che alcun dubbio premonitore gli facesse temere quel momento, si accinse al compito come se si trattasse di un affare qualunque, usando solo quelle forme che credeva fossero di prammatica. Trovando Mrs Bennet, Elizabeth e una delle figlie minori riunite poco dopo colazione, si rivolse alla madre in questi termini: «Posso contare, Madam, sulla vostra approvazione, se nel corso della mattina avrò l'onore di chiedere un colloquio privato alla vostra leggiadra Elizabeth?».

Prima che Elizabeth potesse far altro che arrossire per la sorpresa, Mrs Bennet rispose precipitosamente: «Oh, figuratevi! Ma sì, certo. Sono sicura che Lizzy sarà felice. Sono certa che non avrà nulla in contrario. Vieni, Kitty, ho bisogno di te, di sopra». E, raccogliendo il loro lavoro, già si affrettavano a uscire tutte e due, quando Elizabeth esclamò:

«Cara mamma, non ve ne andate. Vi prego di non andarvene. Mr Collins deve scusarmi. Non può aver nulla da dirmi che tutti non possano ascoltare. Me ne andrò io».

«Non dire sciocchezze, Lizzy, desidero che tu rimanga.» E poiché Elizabeth, seccata e imbarazzata, sembrava proprio sul punto di scappare, aggiunse: «Lizzy, insisto perché tu rimanga e ascolti Mr Collins».

Elizabeth non volle opporsi a quest'ordine e riflettendo che, dopo tutto, sarebbe stato meglio esaurire l'argomento al più presto e il più tranquillamente possibile, sedette di nuovo e cercò di nascondere, seguitando a lavorare, i suoi sentimenti, che oscillavano tra l'ansia e lo spasso. Mrs Bennet e Kitty uscirono, e, appena rimasti soli, Mr Collins cominciò:

«Credete, cara Miss Elizabeth, che la vostra modestia, anziché nuocervi, accresce piuttosto le vostre altre perfezioni. Mi sareste piaciuta meno senza questa vostra riluttanza, ma permettetemi di accertarvi che mi sono assicurato l'autorizzazione della vostra rispettabile madre, prima di farvi la mia domanda. Anche se la vostra naturale delicatezza vi porta a dissimulare, non potete certo ignorare lo scopo del mio discorso; le mie attenzioni sono state troppo palesi per passare inosservate. Quasi appena entrato nella vostra casa, vi ho prescelto come la futura compagna della mia vita. Ma, prima di lasciarmi trasportare dai sentimenti, sarebbe forse preferibile che io esponessi le ragioni che ho per sposarmi, e, per di più, di venire, come ho fatto, nell'Hertfordshire allo scopo di scegliermi una moglie».

L'idea che il solenne Mr Collins potesse essere trasportato dai suoi sentimenti, fece quasi scoppiare a ridere Elizabeth, che non poté così approfittare di questa pausa per fermarlo; e quello proseguì:

«Le ragioni che ho per sposarmi sono: prima, che credo esser giusto per ogni ministro della Chiesa che si trovi in una buona posizione, come è il mio caso, di dare l'esempio alla parrocchia sposandosi; seconda, sono convinto che il matrimonio accrescerà notevolmente la mia felicità; terza, e avrei dovuto dire questa ragione per prima, che il matrimonio mi venne consigliato in modo particolare e raccomandato espressamente dalla nobilissima signora che ho l'onore di avere come protettrice. Già due volte, senza che neppure glielo avessi chiesto, essa condiscese a dirmi la sua opinione a questo proposito: e fu proprio sabato sera, prima che io lasciassi Hunsford, mentre facevamo la partita a quadriglia e Mrs Jenkinson metteva a posto lo sgabello di Miss de Bourgh, che mi disse: "Mr Collins, dovete sposarvi. Un pastore come voi deve sposarsi. Scegliete con cura, scegliete una gentildonna per riguardo *a me*, e *per voi* guardate che sia attiva, capace, non allevata con idee grandiose, ma che sappia far figura con un reddito modesto. Questo è il mio consiglio. Trovate una donna simile, appena potete conducetela a Hunsford e verrò a farle visita". Permettetemi a questo proposito di osservare, cara cugina, che non considero la benevolenza di Lady Catherine de Bourgh come uno dei minori vantaggi che sono in grado di offrirvi. Troverete i suoi modi superiori a tutto quello che io potrei dirvi di lei, e credo che apprezzerà molto il vostro spirito e la vostra vivacità; soprattutto se temperati dal silenzio e dal rispetto che il suo rango necessariamente impone. Questo per quanto riguarda le mie idee in genere a favore del matrimonio; mi rimane da spiegare perché mi sono rivolto a Longbourn piuttosto che cercare nei miei dintorni, dove non mancano, vi assicuro, signorine amabilissime. Ma il fatto è che, dovendo ereditare questa proprietà alla morte di vostro padre (possa egli tuttavia vivere ancora cent'anni!), non potevo decidermi a scegliere una moglie se non tra le sue figlie, onde la perdita che esse verranno a subire sia ridotta al minimo, quando il triste evento avrà luogo, cosa che, come ho già detto, speriamo non si avveri per molti anni ancora. Questo è stato il motivo, graziosa cugina, e mi lusingo che non mi abbasserà nella vostra stima. E ora non mi rimane altro che assicurarvi, con le più fervide espressioni, della violenza del mio affetto. Sono assolutamente indifferente alla ricchezza, e a tale proposito non rivolgerò a vostro padre nessuna richiesta, sapendo perfettamente che sarebbe inutile, e che quelle 1000 sterline al quattro per cento che avrete alla morte di vostra madre, sono il massimo che potete aspettarvi. Su questo punto perciò non farò mai parola e potete essere certa che, quando saremo sposati, non udrete mai da me rimproveri ingenerosi».

A questo punto era assolutamente necessario interromperlo.

«Come correte, Sir!», esclamò Elizabeth. «Dimenticate che non vi ho dato la mia risposta. Permettete che lo faccia senza indugio. Accogliete i miei ringraziamenti per l'onore che mi fate. Vi sono assai grata, ma non posso fare altro che rifiutare la vostra proposta.»

«Non è da ora soltanto», riprese Mr Collins, quasi scartando col gesto questa eventualità, «che conosco l'abitudine delle signorine di respingere la prima volta l'uomo che intendono accettare; e può anche accadere che il rifiuto sia ripetuto una seconda e una terza volta. Non sono quindi affatto scoraggiato dalle vostre parole e spero di condurvi all'altare quanto prima.»

«In fede mia, Sir», esclamò Elizabeth, «la vostra speranza è ben strana dopo la mia dichiarazione. Vi assicuro che non sono affatto di quelle signorine, se ve ne sono di tal genere, che hanno il coraggio di arrischiare la loro felicità nella speranza di essere chieste una seconda volta. Il mio rifiuto è assolutamente serio. Non potreste farmi felice e sono convinta di esser l'ultima donna che riuscirebbe a rendere felice voi. Sono persuasa che se la vostra amica, Lady Catherine de Bourgh, mi conoscesse, mi giudicherebbe anche lei completamente inadatta alla situazione.»

«Se fossi sicuro che Lady Catherine pensasse così...», disse Mr Collins con estrema gravità. «Ma non so immaginare che Sua Signoria possa disapprovarvi. E potete essere certa che, quando avrò l'onore di vederla ancora, parlerò nei termini più entusiasti della vostra modestia, della vostra economia e delle vostre amabili qualità.»

«No, davvero, Mr Collins. Non sarà proprio necessario fare le mie lodi. Permettete che mi giudichi da me, e vogliate farmi la cortesia di credere a quello che dico. Vi auguro di essere molto felice e molto ricco, e, rifiutando la vostra mano, faccio tutto quanto è in mio potere per impedirvi di diventare proprio il contrario. Facendomi questa offerta, avete appagato la vostra delicatezza nei riguardi della mia famiglia, e potrete a suo tempo entrare in possesso di Longbourn senza aver nulla da rimproverarvi. Perciò l'argomento può essere considerato definitivamente chiuso.» Così dicendo, si alzò per lasciare la camera, quando Mr Collins le rivolse ancora la parola:

«Quando avrò l'onore di intrattenervi la prossima volta su questo argomento, spero di ricevere una risposta più favorevole, anche se non voglio ora accusarvi di crudeltà, sapendo come sia un'inveterata abitudine del vostro sesso respingere un uomo alla sua prima richiesta, e forse voi stessa avete già detto anche troppo per incoraggiare i miei propositi, secondo tutta la delicatezza dell'animo femminile».

«Davvero, Mr Collins», esclamò Elizabeth accalorandosi, «mi stupite terribilmente. Se quanto vi ho detto può sembrarvi incoraggiante, non so proprio come esprimere il mio rifiuto perché siate veramente persuaso che è vero rifiuto.»

«Concedete, cara cugina, che mi lusinghi che il vostro rifiuto sia soltanto per la forma. Le mie ragioni di ritenere che sarò accettato, sono, in breve, queste: non mi sembra che la mia mano sia indegna di essere accolta da voi, o che il partito che io rappresento non sia più che desiderabile. La mia posizione sociale, le mie relazioni con la famiglia de Bourgh e la mia parentela con la vostra, sono tutte circostanze in mio favore; e dovreste prendere pure in considerazione il fatto che, nonostante le vostre molte attrattive, non è tanto facile che possiate ricevere un'altra domanda di matrimonio. La vostra dote è disgraziatamente così meschina da controbilanciare l'effetto della vostra bellezza e delle vostre qualità. Devo concludere dunque che il vostro rifiuto non è una cosa seria: penso che desideriate accrescere il mio amore tenendolo in sospeso, come usano fare le signorine eleganti.»

«Vi assicuro, Sir, che non pretendo affatto di possedere quel genere di eleganza che consiste nel tormentare una persona rispettabile. Preferirei che mi faceste la cortesia di ritenermi sincera. Vi ringrazio nuovamente per l'onore che mi fate con le vostre rinnovate proposte, ma mi è assolutamente impossibile accettarle. I miei sentimenti me lo vietano sotto ogni aspetto. Potrei esprimermi più chiaramente di così? Vi prego, non vogliate considerarmi come una donna elegante che si diverte a stuzzicarvi, ma come una creatura ragionevole che dice la verità dal profondo del cuore.»

«Siete sempre più affascinante», proruppe Collins con goffa galanteria, «e sono persuaso che quando la mia proposta sarà avallata dall'autorità di tutti e due i vostri eccellenti genitori, non mancherà di essere accettata.»

Elizabeth non diede più alcuna risposta a una così perseverante e voluta cecità e si ritirò immediatamente, determinata, se egli persisteva nel considerare il suo rifiuto come incoraggiamento, a rivolgersi a suo padre perché parlasse lui in modo decisivo, sperando che almeno il suo modo di fare non sarebbe stato interpretato come la civetteria di una signorina elegante.

Capitolo ventesimo

Mr Collins non fu lasciato a lungo in silente contemplazione del suo felice amore, perché Mrs Bennet, che si aggirava nel vestibolo in attesa della fine del colloquio, appena vide Elizabeth aprire la porta e passarle accanto rapidamente, diretta alle scale, entrò in camera da pranzo e si congratulò con se stessa e con lui nei termini più calorosi, per la felice prospettiva di una più stretta parentela.

Mr Collins accolse e ricambiò le felicitazioni con altrettanto entusiasmo, e riferì i particolari del colloquio, del cui risultato poteva dirsi soddisfatto, dato che il rifiuto avuto da sua cugina era da attribuirsi unicamente alla sua modestia e alla naturale ingenuità del suo carattere.

Questo particolare turbò non poco Mrs Bennet. Avrebbe voluto poter essere convinta che sua figlia, respingendo la domanda di Mr Collins, avesse inteso incoraggiarlo, ma non osava crederlo, e non poté fare a meno di dirlo.

«Ma fidatevi di noi, Mr Collins: Elizabeth sarà ricondotta alla ragione. Le parlerò subito. È una ragazza sciocca e caparbia che non conosce il tornaconto, ma glielo farò capire io.»

«Vogliate scusarmi se v'interrompo, Madam», esclamò Mr Collins, «ma se è realmente sciocca e caparbia, non so se sarebbe la moglie più adatta per un uomo nelle mie condizioni, che cerca naturalmente la felicità nel matrimonio. Se quindi essa si ostina a respingere la mia offerta, sarà meglio non costringerla ad accettarla, perché se il suo carattere ha questi difetti, non potrebbe contribuire certo alla mia felicità.»

«Non mi avete affatto compresa», disse Mrs Bennet allarmata: «Lizzy è ostinata soltanto quando si tratta di queste cose. Per tutto il resto, ha il miglior carattere del modo. Andrò immediatamente da Mr Bennet e metteremo subito a posto tutto, vedrete».

Non gli diede il tempo di rispondere, ma, affrettandosi alla ricerca del marito, gridò, aprendo la porta della biblioteca: «Oh, Bennet, abbiamo subito bisogno di te; siamo tutti in subbuglio. Devi venire, e costringere Lizzy a sposare Mr Collins, lei giura di non volerlo, e se non ti affretti, sarà lui a cambiare idea e a non volere più lei».

Mr Bennet, vedendola entrare, sollevò gli occhi dal suo libro e la fissò con una calma che non si alterò neppure davanti a una comunicazione simile.

«Non ho il piacere di comprenderti», disse quando la moglie tacque. «Di che cosa stai parlando?»

«Di Mr Collins e di Lizzy. Lizzy dichiara di non volere Mr Collins, e Mr Collins incomincia a dire che non vuole più Lizzy.»

«E che devo farci io? Mi sembra un caso senza rimedio.»

«Parla tu con Lizzy. Dille che è tuo fermo desiderio che essa lo sposi.»

«Chiamala; le dirò la mia opinione.»

Mrs Bennet suonò il campanello e fu ordinato a Miss Elizabeth di scendere nella biblioteca.

«Vieni avanti, bimba», esclamò suo padre appena la vide. «Ti ho chiamata per una cosa importante. Sento che Mr Collins ti ha chiesto in matrimonio. È vero?»

Elizabeth rispose affermativamente.

«Benissimo; e, dimmi, tu hai rifiutato l'offerta?»

«Sì.»

«Benissimo. Ora veniamo al punto. Tua madre insiste perché tu l'accetti. Non è così, Mrs Bennet?»

«Sì, o non vorrò vederla mai più.»

«Ti trovi di fronte a una triste alternativa, Lizzy. Da oggi diventerai una straniera per uno dei tuoi genitori. Tua madre non ti vorrà più vedere se non sposi Mr Collins, e io se tu lo sposi.»

Elizabeth non poté trattenere un sorriso a questa conclusione, ma Mrs Bennet che era rimasta presente al colloquio per convincersi che suo marito considerava la questione dal suo stesso punto di vista, rimase assai delusa.

«Che intendi dire, Bennet, parlando in questo modo? Mi avevi promesso che avresti insistito perché lo sposasse.»

«Mia cara», rispose suo marito; «vorrei chiederti due piccoli favori. Primo, che tu mi permetta di avere le mie opinioni, e secondo, che tu mi conceda l'uso della mia stanza. Ti sarò grato se potrò avere la biblioteca tutta per me, appena possibile.»

Ma neppure la delusione procuratale dal marito indusse Mrs Bennet a cedere. Continuò ad assillare Elizabeth, con le buone e con le cattive. Cercò di ottenere l'appoggio di Jane, ma Jane, con tutta la dolcezza possibile, rifiutò di intervenire; ed Elizabeth, ora sul serio, ora scherzando, rispondeva ai suoi attacchi. Ma la sua decisione non mutava, per quanto variasse il modo di esporla.

Intanto Mr Collins meditava in solitudine su quanto era accaduto. Aveva una troppo alta opinione di sé per poter comprendere le ragioni per cui sua cugina lo aveva rifiutato, e a parte il suo orgoglio ferito, non soffriva per altro motivo. Il suo affetto per Elizabeth era del tutto immaginario, e la sola possibilità che si potessero attribuire al carattere di lei i difetti rilevati dalla madre, gli impediva di provare il più piccolo rimpianto.

Mentre la famiglia si trovava in questa confusione, arrivò Charlotte

Lucas per trascorrere la giornata con loro. Fu accolta nel vestibolo da Lydia che, abbracciandola, le mormorò in un soffio:

«Sono felice che tu sia venuta, perché qui sta succedendo una vera festa. Non t'immagini mai cosa sia accaduto stamani! Mr Collins si è dichiarato a Lizzy, ma lei non lo vuole».

Charlotte non fece a tempo a rispondere, perché furono raggiunte da Kitty, la quale ripeté la notizia; e appena entrati in sala da pranzo, dove Mrs Bennet era sola, anche lei riprese l'argomento, facendosi compiangere da Miss Lucas e inducendola a persuadere la sua amica Lizzy ad accontentare i desideri di tutta la famiglia. «Fatelo per me, vi prego, Miss Lucas», aggiunse in tono dolente, «perché nessuno è dalla mia parte, nessuno mi comprende, nessuno mi appoggia. Mi trattano proprio male, non c'è alcuno che abbia pietà dei miei poveri nervi.»

L'entrata di Jane e di Elizabeth, evitò a Charlotte ogni risposta.

«Eccola che viene», continuò Mrs Bennet, «con l'aria più indifferente del mondo e senza un pensiero per noi, pur di fare quello che più le piace. Ma ti dico, Lizzy, se ti metti in testa di rifiutare a questo modo ogni offerta di matrimonio, non troverai mai marito, e non so davvero chi ti manterrà quando sarà morto tuo padre. Io no davvero, non sarò certo in grado. Ti avviso a tempo. Fra te e me, da oggi è finita. Ti ho già detto in biblioteca che non ti avrei più parlato, e vedrai se mantengo la mia parola. Non mi piace parlare con dei figli disobbedienti. Non che mi faccia piacere parlare con alcuno. Chi, come me, soffre di nervi, non è portato a discorrere. Nessuno sa quanto soffro! Ma è sempre così. Chi non si lamenta, non è mai compatito.»

Le figlie ascoltarono in silenzio lo sfogo, ben sapendo che ogni tentativo di placarla non avrebbe fatto che accrescere la sua irritazione. Poté così continuare a parlare senza interruzioni, fino a quando furono raggiunte da Mr Collins che entrò con aspetto più imponente del solito. Nel vederlo, Mrs Bennet disse alle ragazze:

«E ora, vi prego, tacete tutte e lasciate che Mr Collins ed io possiamo parlare indisturbati».

Elizabeth uscì in silenzio dalla stanza; Jane e Kitty la seguirono, ma Lydia non abbandonò il terreno, determinata a sentire tutto quello che poteva, mentre Charlotte, trattenuta dapprima dalla cortesia di Mr Collins che si informò minutamente di lei e della sua famiglia, e poi da una certa curiosità, si avvicinò alla finestra per non aver l'aria di ascoltare. Con voce dolente, Mrs Bennet incominciò la conversazione:

«Oh, Mr Collins!».

«Cara signora», egli rispose, «non tocchiamo più quell'argomento. Lungi da me», continuò con voce che mostrava chiaramente il suo dispetto, «l'essere offeso dalla condotta di vostra figlia. È per tutti un dovere rassegnarsi ai mali inevitabili ed è particolare dovere per chi, come me, fu così fortunato in altro campo; si tranquillizzi, sono proprio rassegnato. Forse lo sono anche maggiormente per il dubbio sorto in me che se la mia graziosa cugina mi avesse onorato della sua mano, forse non avrei raggiunto con lei la sperata felicità. Ho spesso osservato che la rassegnazione non è mai così perfetta, come quando la fortuna intravista perde qualcosa del suo valore ai nostri occhi. Spero che non vorrete perciò considerare come mancanza di rispetto verso la vostra famiglia, cara signora, se ritiro le mie pretese alla mano della vostra figliola, senza chiedere né a voi né a Mr Bennet l'onore di interporre la vostra autorità in mio favore. Forse potrete biasimarmi per aver io accettato il rifiuto dalle labbra di vostra figlia, invece che da voi. Ma tutti siamo soggetti all'errore. Il mio scopo era di assicurarmi un'amabile compagna considerando anche il vantaggio per tutta la vostra famiglia, e se il mio modo di fare è stato reprensibile in qualcosa, vi prego caldamente di scusarmi.»

Capitolo ventunesimo

La discussione sulla proposta di Mr Collins era ormai quasi esaurita; Elizabeth doveva sopportare soltanto le inevitabili conseguenze e, ogni tanto, le stizzose osservazioni di sua madre. Quanto a Mr Collins, non esternava i suoi sentimenti con un contegno imbarazzato o avvilito, o cercando di evitare Elizabeth, ma con un fare rigido e un silenzio risentito. Non le parlava quasi e, per il resto della giornata, le sue attenzioni furono trasferite a Miss Lucas, la cui gentilezza nell'ascoltarlo fu un vero sollievo per tutti; specialmente per la sua amica.

Il mattino seguente non portò alcun miglioramento né al malumore, né al malessere di Mrs Bennet; e anche Mr Collins perdurava nel suo contegno di uomo ferito nell'orgoglio.

Elizabeth aveva sperato che il dispetto avrebbe abbreviato la sua visita, ma i piani di lui non subirono alcuna modifica. Aveva stabilito di rimanere fino al sabato successivo,e fino a sabato era deciso a restare.

Dopo colazione le ragazze andarono a Meryton per informarsi se Mr Wickham era tornato, e per esprimergli il rimpianto per la sua assenza al ballo di Netherfield. Egli le raggiunse proprio mentre entravano in città, e le accompagnò dalla zia, dove si poté a lungo discorrere del suo disappunto, del suo dispiacere, e dell'interessamento di tutti. Con Elizabeth, però, convenne di essersi imposto volontariamente di non intervenire alla festa.

«Ho pensato», disse, «che era meglio non incontrarmi con Mr Darcy; essere insieme nella stessa stanza, nella stessa compagnia per tante ore, era più di quanto avrei potuto sopportare; potevano sorgere degli incidenti sgradevoli e non soltanto per me.»

Elizabeth approvò pienamente la sua prudenza: ebbero tutto il tempo di discutere a lungo la cosa e di scambiarsi l'espressione della loro reciproca simpatia, perché Wickham e un altro ufficiale le accompagnarono fino a Longbourn, e durante tutta la strada egli rimase sempre con lei. Cosa dalla quale derivò un doppio vantaggio: ella ebbe modo di apprezzare tutta la gentilezza del giovane e poté poi presentarlo a suo padre e a sua madre.

Erano appena rientrati, quando fu recapitata una lettera per Miss Bennet: veniva da Netherfield e fu aperta immediatamente. La busta conteneva un elegante foglietto dalla slanciata calligrafia femminile, ed Elizabeth si accorse che l'espressione di sua sorella si alterava nel leggerlo; osservò pure che si soffermava attentamente su alcuni periodi. Jane si ricompose però subito e, mettendo via la lettera, cercò con l'usata serenità di prender parte alla conversazione generale; ma Elizabeth si sentiva così inquieta da non riuscire a occuparsi nemmeno di Wickham. Infatti appena i due amici presero congedo, un'occhiata di Jane la invitò a seguirla di sopra. Quando furono nella loro stanza, Jane, tirando fuori la lettera, disse: «È di Caroline Bingley: sono molto sorpresa di quanto mi annuncia. A quest'ora hanno già lasciato tutti Netherfield, e sono diretti in città, senza nessuna intenzione di ritornare. Senti che cosa dice».

Lesse quindi ad alta voce il primo periodo con la notizia che avevano deciso di seguire immediatamente loro fratello in città, così che quella sera stessa avrebbero pranzato in Grosvenor Street, dove Mr Hurst aveva una casa. Il secondo diceva così:

Non pretendo rimpiangere nulla di quanto lascio nell'Hertfordshire, tranne la sua compagnia, cara amica, ma speriamo in avvenire di godere di altri periodi come quello trascorso; per ora inganneremo il dispiacere con una frequente e intima corrispondenza; sono sicura di poter contare su di te.

Elizabeth ascoltava con diffidenza questo stile fiorito, ma, per quanto sorpresa di quella partenza improvvisa, non vedeva in essa nulla di preoccupante, perché la loro assenza da Netherfield non avrebbe impedito a Bingley di tornarvi, e, quanto alla perdita della loro compagnia, era convinta che potesse essere largamente compensata da quella di lui.

«È un peccato», disse dopo una pausa, «che tu non abbia potuto salutare le tue amiche prima che lasciassero la campagna. Ma perché non sperare che i felici giorni ai quali allude Miss Bingley, possano giungere prima di quanto ci si aspetti, e che quella deliziosa intimità che avete goduto come amiche, si rinnovi con più soddisfazione come cognate? Non saranno loro a trattenere Mr Bingley a Londra.»

«Caroline afferma chiaramente che nessuno tornerà nell'Hertfordshire per l'inverno. Ora ti leggo:

Quando ieri nostro fratello ci lasciò, credeva che gli affari che lo avevano condotto a Londra potessero concludersi in tre o quattro giorni; ma siamo convinte che ciò non sia possibile e, nello stesso tempo, sapendo che quando Charles è in città non ha tanta fretta di andarsene, abbiamo deciso di raggiungerlo perché non sia costretto, nelle sue ore libere, a stare in albergo. Parecchie delle mie amiche sono già tornate a Londra per l'inverno, e vorrei che anche tu, carissima, potessi essere del numero, ma non ci conto. Mi auguro sinceramente che il vostro Natale nell'Hertfordshire abbondi di tutta l'allegria propria di tali ricorrenze, e che i tuoi adoratori siano così numerosi da impedirti di sentire la mancanza dei tre di cui ti abbiamo privato».

«È dunque evidente», aggiunse Jane, «che lui non tornerà per quest'inverno.»

«È soltanto evidente che Miss Bingley non vuole che torni.»

«Perché pensi così? Dipende tutto da lui. È libero. Ma non sai ancora tutto; ti leggerò il periodo che mi ha fatto più male. Non ti voglio nascondere nulla:

Mr Darcy è impaziente di rivedere sua sorella, e a dire il vero anche noi non siamo meno desiderose di incontrarla. Non credo che Georgiana Darcy abbia chi la eguagli per bellezza, eleganza e compitezza, e l'affetto che ispira a Louisa e a me è rafforzato dalla speranza che possa diventare un giorno nostra cognata. Non so se ti ho mai accennato ai miei sentimenti al riguardo, ma non posso lasciare la campagna senza confidarteli, sicura che non li troverai irragionevoli. Mio fratello l'ammira già molto; avrà ora frequenti occasioni di vederla nella più grande familiarità, i parenti di tutti e due desiderano la cosa, e, se il mio affetto non mi acceca, credo Charles capace di conquistare qualsiasi cuore femminile. Con tante circostanze favorevoli, e nulla che possa contrariare questo affetto, sono forse in errore, diletta Jane, nel coltivare la speranza che si realizzi un evento che renderà felici tante persone?».

«Che ne pensi, Lizzy?», disse appena finito di leggere. «Non è abbastanza chiaro? Non dice esplicitamente che Caroline né si aspetta, né desidera che io diventi sua cognata; che è perfettamente convinta dell'indifferenza di suo fratello a mio riguardo, e che, sospettando la natura del mio sentimento per lui, cerca (con grande bontà) di mettermi in guardia? Si può avere un'altra opinione in proposito?»

«Sì, certo, perché la mia è totalmente diversa. Vuoi sentirla?»

«Ben volentieri.»

«Te la dico in poche parole. Miss Bingley sa che suo fratello è innamorato di te; mentre lei desidera che sposi Miss Darcy. Lo segue in città con la speranza di trattenerlo lì e cerca di persuaderti che lui non si cura di te.»

Jane scosse il capo.

«Jane, dovresti credermi. Nessuno di quelli che vi hanno visti insieme può dubitare del suo affetto. Neppure Miss Bingley stessa. Non è così ingenua. Se avesse potuto scoprire che Mr Darcy nutriva verso di lei soltanto la metà di quell'affetto che suo fratello nutre per te, avrebbe già ordinato il corredo. Ma la verità è questa. Non siamo né abbastanza ricche né abbastanza altolocate per loro; e lei è tanto più ansiosa di unire Miss Darcy a suo fratello, in quanto spera che un primo matrimonio possa provocarne più facilmente un secondo, idea che mi sembra abbastanza ingegnosa, e la cosa potrebbe anche andare, se non ci fosse di mezzo Miss de Bourgh. Ma, cara la mia Jane, tu non vorrai credere davvero che, perché Miss Bingley ti racconta che suo fratello ammira Miss Darcy, egli sia per questo meno sensibile alle tue qualità di quando ti lasciò martedì scorso, o che lei abbia il potere di persuaderlo di essere profondamente innamorato della sua amica, invece che di te.»

«Se avessimo la stessa opinione su Miss Bingley», rispose Jane, «il tuo modo di vedere la cosa mi conforterebbe molto. Ma io so che il tuo giudizio è ingiusto. Caroline è incapace di ingannare volontariamente qualcuno; e il massimo che io possa sperare, in questo caso, è che lei stessa si sbagli in perfetta buonafede.»

«Benissimo. Non avresti potuto avere un'idea migliore, visto che non vuoi consolarti con la mia. Pensa pure che si inganna, così avrai fatto il tuo dovere verso di lei e non ti cruccerai oltre.»

«Ma, Lizzy mia, potrei essere felice, anche supponendo che tutto andasse per il meglio, accettando un uomo, le sorelle e gli amici del quale desiderano che sposi un'altra?»

«Questo sta a te deciderlo», disse Elizabeth «e se, dopo matura riflessione, trovi che il dolore di scontentare le sue sorelle è superiore alla felicità di essere sua moglie, ti consiglio senz'altro di rifiutarlo.»

«Come puoi dire una cosa simile?», disse Jane con un pallido sorriso. «Sai benissimo che, per quanto addolorata dalla loro disapprovazione, non potrei esitare.»

«Né io pensavo che lo avresti fatto, ed è per questo che posso considerare la tua situazione senza troppo compiangerti.»

«Ma se non torna quest'inverno non avrò da pormi davvero nessuna alternativa. Quante cose possono accadere in sei mesi!»

Ma Elizabeth non volle prendere in considerazione l'idea che egli non tornasse. Le pareva che questa ipotesi fosse soltanto l'espressione dei desideri di Caroline, e non poteva supporre neppure per un attimo che questi desideri, manifestati in modo aperto o subdolo, potessero influenzare un uomo come Bingley che non dipendeva da nessuno.

Cercò di infondere nella sorella la propria fiducia, ed ebbe ben presto la gioia di constatare che vi era riuscita. Jane non era di carattere pessimista e si lasciò gradatamente indurre a sperare, anche se il timore ispirato dall'affetto vinceva talvolta la certezza che Bingley sarebbe tornato a Netherfield per appagare tutte le speranze del suo cuore.

Furono d'accordo nel convenire che avrebbero annunciato a Mrs Bennet soltanto la partenza della famiglia, senza allarmarla a proposito della condotta di Bingley; ma quella parziale notizia bastò a preoccuparla, e si lamentò sulla disgraziata circostanza che faceva partire le signore di Netherfield proprio quando stavano per stringere una così bella intimità con loro. Dopo essersi rammaricata diffusamente, si consolò tuttavia pensando che Mr Bingley sarebbe presto tornato in campagna e avrebbe pranzato a Longbourn; e concluse con la confortante dichiarazione che, anche se era invitato a un semplice desinare di famiglia, avrebbe avuto cura lei di fargli servire un pranzo coi fiocchi.

Capitolo ventiduesimo

I Bennet furono invitati a pranzo dai Lucas, e per gran parte della giornata, Miss Lucas si prestò ancora cortesemente a dar retta a Mr Collins. Elizabeth alla prima occasione cercò il modo di ringraziarla. «È tutto merito tuo se è di buon umore», disse, «e non ti so dire quanto te ne sia grata.» Charlotte assicurò la sua amica che era molto contenta di poterle essere utile e che questo bastava a compensarla del tempo sacrificato. Era molto gentile da parte sua, ma la bontà di Charlotte andava più in là di quanto non potesse supporre la stessa Elizabeth; tendeva, nientemeno, a impedire ogni ripresa delle attenzioni di Mr Collins per la sua amica, accaparrandole invece per sé. Questo era il piano di Miss Lucas, e le cose si mettevano così bene, che, quella sera, quando si separano, si sarebbe sentita sicura del successo, se lui non avesse dovuto lasciare l'Hertfordshire così presto. Ma aveva sottovalutato l'infiammabilità ed il carattere indipendente di Mr Collins che lo indussero, all'indomani, a svignarsela con ammirevole destrezza da Longbourn House e ad affrettarsi a Lucas Lodge, per gettarsi ai piedi di lei. Era ansioso di evitare le cugine, convinto che, se lo avessero visto partire, avrebbero indubbiamente compreso le sue intenzioni. Egli invece non le voleva rendere note fino a quando fossero coronate dal successo, perché, pur sentendosi a ragione quasi sicuro, dato che Charlotte era stata abbastanza incoraggiante, era diventato un po' diffidente, dopo l'avventura del mercoledì. Invece fu ricevuto nel modo più lusinghiero. Miss Lucas lo vide giungere da una finestra del piano superiore e si affrettò a scendere per incontrarlo, come a caso, nel viale; però non avrebbe mai osato sperare che tanto amore e tanta eloquenza fossero lì ad attenderla.

Nel più breve tempo possibile, concesso dai lunghi sproloqui di Mr Collins, combinarono ogni cosa con soddisfazione reciproca; ed entrando in casa, egli la pregò ardentemente di fissare il giorno nel quale lo avrebbe reso il più felice degli uomini; ma quantunque per il momento Miss Lucas dovesse esimersi dal dare una risposta a questa domanda, si capiva che non aveva nessuna intenzione di prendere alla leggera il suo amore. La stupidità di cui natura gli era stata prodiga, privava Mr Collins di ogni seduzione che potesse rendere accetta la sua corte, e Miss Lucas, che lo sposava soltanto per il puro e disinteressato desiderio di accasarsi, non aveva nessuna voglia di prolungare questo periodo preferendo concludere presto il matrimonio.

Il consenso di Sir William e di Lady Lucas fu subito richiesto e concesso con lieta premura. La posizione di Mr Collins lo rendeva un ottimo partito per la loro figliola, alla quale non potevano dare che una dote modesta, e le sue prospettive di ricchezza e di carriera erano notevoli. Lady Lucas, con un interesse mai prima dimostrato, cominciò subito a calcolare quanti anni ancora poteva vivere Mr Bennet, e Sir William espresse la ferma opinione che, quando Mr Collins fosse entrato in possesso della tenuta di Longbourn, sarebbe stato veramente il caso che tanto lui come sua moglie fossero presentati a Corte. Insomma tutta la famiglia era esultante. Le sorelle minori accarezzavano la speranza di andare in società uno o due anni prima del previsto, e i fratelli furono sollevati dall'incubo che Charlotte morisse zitella. L'unica che si mantenne calma e serena era Charlotte: aveva raggiunto il suo scopo e ora poteva rifletterci sopra tranquillamente. Le sue conclusioni furono piuttosto soddisfacenti. Mr Collins non era evidentemente né intelligente né simpatico, la sua compagnia era noiosa e il suo affetto per lei puramente immaginario. Ma sarebbe stato suo marito. Senza avere un concetto troppo elevato né degli uomini né del matrimonio, Charlotte aveva sempre avuto l'intenzione di sposarsi; era l'unica soluzione per una ragazza ben educata ma non troppo ricca, e quantunque non fosse del tutto certa di raggiungere la felicità, era questo l'unico mezzo per mettersi al riparo dal bisogno. Aveva raggiunto il suo scopo, e, a ventisette anni senza essere mai stata bella, poteva considerarsi fortunata. L'unica circostanza spiacevole era la sorpresa che avrebbe provato Elizabeth Bennet, la cui amicizia ella valutava più di ogni altra. Elizabeth sarebbe rimsta sorpresa e forse l'avrebbe biasimata, e per quanto questo non fosse sufficiente a smuoverla dai suoi propositi, Charlotte soffriva nel suo intimo di questa disapprovazione.

Risolse quindi di informarla lei stessa, e chiese a Mr Collins che, tornando a Longbourn per il pranzo, non alludesse a quanto era avvenuto con nessuno della famiglia. Il segreto fu debitamente promesso, ma non fu facile mantenerlo, perché la curiosità suscitata dalla sua lunga assenza esplose in domande così esplicite al ritorno, che gli occorse non poca abilità per sventarle, tanto più che tacere rappresentava per lui un vero sacrificio, impaziente com'era di proclamare il suo amore fortunato.

Siccome l'indomani sarebbe partito troppo presto per poter salutare la famiglia, la cerimonia del congedo ebbe luogo quando le signore si ritirarono per la notte; e Mr Bennet con estrema cortesia e cordialità disse che sarebbero stati contenti di rivederlo a Longbourn appena i suoi altri impegni glielo avessero concesso.

«Cara signora», rispose, «il vostro invito mi è tanto più gradito proprio perché speravo di riceverlo e potete essere certi che ne approfitterò appena mi sarà possibile.»

Rimasero tutti sorpresi, e Mr Bennet, che non desiderava affatto un così sollecito ritorno, disse immediatamente:

«Ma non vi è pericolo che Lady Catherine vi disapprovi, Sir? È meglio trascurare i parenti anziché correre il rischio di offendere la vostra protettrice».

«Vi sono particolarmente grato per il vostro amichevole consiglio, e potete esser certo che non farei mai un passo simile senza il consenso di Sua Signoria.»

«Non potrete essere mai abbastanza cauto. Rischiate qualunque cosa, ma non la sua disapprovazione, e se credete possibile che le dispiaccia che ritorniate da noi, cosa che mi sembra assai probabile, restate tranquillamente a casa vostra e siate sicuro che non ci offenderemo.»

«Credete, caro signore, nella mia estrema gratitudine per questa vostra affettuosa premura, e non dubitate che riceverete presto una mia lettera per ringraziarvi di questo come di ogni altro segno di stima da me ricevuto durante il mio soggiorno nell'Hertfordshire. Quanto alle mie belle cugine, anche se la mia assenza non sarà così lunga da renderlo necessario, mi prenderò la libertà di augurare loro salute e felicità, non eccettuata mia cugina Elizabeth.»

Dopo i convenevoli di circostanza, le signore si ritirarono, tutte sorprese che egli meditasse un così prossimo ritorno. Mrs Bennet sperava che fosse per dedicarsi a una delle figlie minori e che Mary si sentisse disposta ad accettarlo: aveva del talento di Mary un concetto assai superiore a quello che ne avevano gli altri; era impressionata dalla solidità dei suoi ragionamenti e benché non credesse Mr Collins intelligente come lei, pensava che, se incoraggiato a leggere e a coltivarsi dal suo esempio, avrebbe potuto diventare un compagno assai gradevole. Ma il mattino seguente anche questa speranza doveva svanire. Miss Lucas venne a trovarle, subito dopo colazione, e raccontò prontamente a Elizabeth quanto era accaduto il giorno precedente.

Elizabeth negli ultimi due giorni aveva subodorato che Mr Collins potesse credersi innamorato della sua amica, ma l'idea che Charlotte lo incoraggiasse, le sarebbe parsa impossibile come se l'avessero attribuita a lei stessa e rimase quindi talmente sorpresa da dimenticare ogni convenienza al punto di esclamare:

«Fidanzata a Mr Collins! Charlotte cara, è impossibile!».

Il fare sicuro che Charlotte si era imposta per raccontare la sua storia cedette a un momentaneo smarrimento nel ricevere un rimprovero così diretto, ma si riprese ben presto, e rispose calma:

«Perché ti sorprende tanto, cara Elizabeth? Ti sembra impossibile che, perché non ha avuto la fortuna di ottenere il tuo, Mr Collins possa ottenere il consenso di un'altra donna?».

Ma Elizabeth, che con uno sforzo di volontà era riuscita a dominarsi, fu in grado di affermare con bastante naturalezza che era lietissima all'idea di diventare parenti, e che le augurava tutta la felicità.

«Immagino quello che provi», rispose Charlotte. «Devi essere sorpresa, molto sorpresa, dato che Mr Collins così recentemente desiderava sposare te. Ma quando rifletterai meglio sulla cosa, spero troverai che ho fatto bene. Tu sai che non sono romantica, né lo sono mai stata. Tutto quello che desidero è una casa comoda e bella e, dato il carattere di Mr Collins, la sua parentela e la sua posizione sociale, sono convinta che la probabilità che ho di essere felice con lui, è all'incirca quella che chiunque può sperare nel contrarre il matrimonio.»

Elizabeth non seppe rispondere che: «Indubbiamente», e dopo una pausa penosa per entrambe, raggiunsero il resto della famiglia. Charlotte non si trattenne a lungo, ed Elizabeth poté riflettere bene su quanto aveva sentito. Ci volle del tempo prima che potesse assuefarsi all'idea di un matrimonio così poco assortito. La stranezza di Mr Collins che in meno di tre giorni aveva fatto due diverse domande di matrimonio, scompariva di fronte al fatto che qualcuno poteva avere accettato. Elizabeth non ignorava che Charlotte aveva del matrimonio un concetto ben diverso dal suo, ma non si sarebbe mai immaginata che, messa alla prova, avrebbe potuto sacrificare ogni sentimento migliore al benessere materiale. Charlotte moglie di Mr Collins! Le sembrava una cosa troppo umiliante! E alla delusione di vedere un'amica abbassarsi e scadere nella sua stima, si univa la triste convinzione che sarebbe stato impossibile per quella stessa amica essere neppure passabilmente felice nel destino che si era scelto.

Capitolo ventitreesimo

Elizabeth era seduta con la madre e le sorelle, riflettendo su quello che aveva saputo e chiedendosi se fosse autorizzata a farne partecipe i famigliari, quando comparve Sir William in persona, mandato dalla figlia ad annunciare ai signori Bennet il suo fidanzamento con Mr Collins.

Dopo molti complimenti e dopo avere esternata la propria compiacenza per la prospettiva di questo nuovo legame tra le due case, costui diede la notizia a un uditorio non soltanto stupefatto, ma incredulo. Infatti Mr Bennet, con più petulanza che cortesia, insisteva nel dire che doveva esserci certamente un errore e Lydia, sempre impulsiva e spesso sgarbata, esclamò impetuosamente:

«Buon Dio! Sir William, che cosa andate dicendo? Non sapete che Mr Collins vuole sposare Lizzy?».

Occorreva tutta la condiscenza e la diplomazia di un uomo avvezzo alla Corte, per sopportare senza alterarsi un'accoglienza simile; per fortuna l'educazione di Sir William lo assistette in tale circostanza e, pur chiedendo il permesso di affermare che quanto diceva era vero, sopportò tutte le loro impertinenze con la più paziente gentilezza.

Elizabeth, comprendendo che toccava a lei toglierlo da una situazione così spiacevole, si fece avanti per confermare la sua asserzione, raccontando come ne avesse avuto poco prima la notizia da Charlotte stessa, e cercando di porre fine alle esclamazioni di sua madre e delle sorelle esprimendo tutte le sue congratulazioni a Sir William, imitata subito da Jane. Si fece premura anche di aggiungere alcune frasi gentili sulla felicità che ci si poteva aspettare da questa unione, sull'ottimo carattere di Mr Collins, e la comoda vicinanza di Hunsford a Londra.

Mrs Bennet, troppo sopraffatta per parlare finché Sir William fu presente, appena furono soli diede libero sfogo ai suoi sentimenti. Anzitutto persistette nel dubitare della cosa; in secondo luogo era sicura che Mr Collins era stato accalappiato; terzo, sperava che non sarebbero mai stati felici insieme, e quarto, che il fidanzamento si sarebbe rotto. Ad ogni modo da tutto questo si potevano dedurre due cose: una, che la causa di tutti quei guai era Elizabeth, e due, che lei stessa e i suoi poveri nervi erano stati trattati in barbaro modo da tutti loro; e per il resto della giornata non fece che ribattere questi punti. Nulla serviva a consolarla o a placarla. Né il suo risentimento durò per quel giorno soltanto. Ci volle una intera settimana prima che potesse vedere Elizabeth senza sgridarla; un mese, prima che riuscisse a parlare con Sir William e Lady Lucas senza essere scortese; e dovettero passare molti mesi, prima che potesse perdonare a Charlotte.

L'impressione di Mr Bennet a questo proposito fu molto più pacata, anzi espresse tutto il suo compiacimento, perché si rallegrava – disse – di scoprire che Charlotte Lucas, che egli credeva abbastanza intelligente, era invece sciocca come sua moglie e assai più di sua figlia!

Jane confessò di essere un po' stupita di quell'unione; ma espresse meno il suo stupore che non il desiderio di vederli felici; né Elizabeth riuscì a persuaderla che la cosa era molto improbabile. Kitty e Lydia erano ben lontane dall'invidiare Miss Lucas, visto che Mr Collins era soltanto un uomo di Chiesa, e non apprezzarono il fatto altro che come notizia da diffondere a Meryton.

Lady Lucas, che trionfava di fronte a Mrs Bennet avendo avuto lei per prima la fortuna di accasare bene una figlia, veniva a Longbourn più spesso del solito per parlare della propria felicità, anche se gli acidi sorrisi e le osservazioni maligne di Mrs Bennet sembravano fatte apposta per dissipare ogni sua idea di contentezza.

Una specie di ritegno si formò invece tra Elizabeth e Charlotte che faceva evitare a tutte e due quell'argomento: Elizabeth era persuasa che tra loro non ci sarebbe mai più stata l'antica confidenza. La delusione provata a proposito di Charlotte l'avvicinò con accresciuta tenerezza a sua sorella, certa che la sua fiducia nella delicatezza e nella rettitudine di lei non sarebbero mai venute meno, mentre invece cominciava a impensierirsi ogni giorno di più per la sua felicità dal momento che Bingley era già partito da una settimana e non si sentiva ancora parlare del suo ritorno.

Jane aveva risposto subito alla lettera di Caroline e contava i giorni in attesa di potere avere qualche notizia. La lettera di ringraziamento promessa da Mr Collins arrivò martedì, indirizzata a loro padre e scritta con tutta la solenne gratitudine che avrebbe potuto ispirare il soggiorno di un anno intero nella loro casa: sollevata la sua coscienza a questo proposito, continuava informandoli con espressioni entusiaste della sua felicità nell'aver ottenuto l'affetto della loro amabile vicina Miss Lucas, e spiegando poi che era stato appunto in vista di poter godere della compagnia di lei, che aveva così prontamente accettato il loro cortese desiderio di vederlo di nuovo a Longbourn, dove sperava poter tornare martedì a quindici, perché Lady Catherine, aggiungeva, approvava così cordialmente questo matrimonio da desiderare che avesse luogo al più presto, argomento che confidava sarebbe stato decisivo per indurre la sua amabile Charlotte a scegliere un giorno molto vicino per far di lui il più felice degli uomini.

Per Mrs Bennet, il ritorno di Mr Collins non era più un motivo di compiacimento. Al contrario ne era seccata almeno quanto suo marito. Era assai strano che venisse a Longbourn invece che a Lucas Lodge; e poi era davvero inopportuno e noioso. Odiava avere degli ospiti quando stava così poco bene, e gli innamorati erano poi le persone più seccanti. Tali erano i blandi lamenti di Mrs Bennet, che cedevano il posto soltanto a una più viva inquietudine per la prolungata assenza di Mr Bingley.

Né Jane né Elizabeth erano più tranquille: i giorni passavano senza recare alcuna notizia tranne la voce, ben presto ricorrente a Meryton, che non sarebbe più tornato a Netherfield per tutto l'inverno; voce che irritò eccessivamente Mrs Bennet e che essa non mancava di smentire, come una scandalosa menzogna.

Perfino Elizabeth cominciò a temere, non che Bingley fosse indifferente, ma che le sue sorelle riuscissero a trattenerlo lontano da Netherfield. Per quanto fosse restia ad accogliere un'idea che avrebbe condannato irrimediabilmente le speranze di felicità di Jane e che era ingiuriosa per la costanza del suo innamorato, non poteva impedirsi di tornare spesso con la mente sopra l'argomento: temeva che gli sforzi riuniti delle due sorelle e del suo ultrapotente amico, aiutati dal fascino di Miss Darcy e dalle distrazioni londinesi, potessero essere più forti del suo affetto.

Jane, la cui ansia era naturalmente più acuta di quella di Elizabeth, cercava però di nasconderla, e lei ed Elizabeth non parlavano mai di quell'argomento. Non c'era però da aspettarsi delicatezza simile dalla madre, che non lasciava passare un'ora senza nominare Bingley mostrando grande impazienza per il suo ritorno, e sollecitando perfino Jane a confessare che, se lui non fosse tornato, avrebbe dovuto riconoscere di essere stata trattata proprio male. Ci voleva tutta la ferma dolcezza di Jane per sopportare questi attacchi con serenità.

Mr Collins ritornò puntualmente a Longbourn per la data fissata, ma senza trovarvi la stessa cordiale accoglienza che lo aveva salutato al suo primo arrivo. Tuttavia era troppo felice perché fosse necessario occuparsi molto di lui, e fortunatamente il dovere di corteggiare Charlotte, trattenendolo lontano, assolse tutti dal compito di perdere molto tempo a tenergli compagnia. Passava quasi tutto il giorno a Lucas Lodge, e spesso tornava a Longbourn solo per fare in tempo a scusarsi della propria assenza prima che la famiglia andasse a dormire. Mrs Bennet era veramente in uno stato pietoso. La minima allusione al fidanzamento la gettava in un abisso di malumore, e da qualunque parte andasse non sentiva parlare d'altro. La vista di Miss Lucas le era diventata odiosa. Pensando che un giorno sarebbe succeduta a lei come padrona nella sua casa, la guardava con geloso odio. Se Charlotte veniva a trovarli, si immaginava che lo facesse quasi per anticipare l'ora del possesso, e se parlava a voce bassa con Mr Collins era convinta che parlassero della tenuta di Longbourn, pronti a cacciare di casa lei e le sue figlie, appena Mr Bennet fosse morto. Se ne lamentò amaramente col marito.

«È ben duro, mio caro Bennet», disse, «pensare che Charlotte Lucas sarà padrona di questa casa; sarò obbligata a cedergliela e dovrò vivere per vederla prendere il mio posto!»

«Mia cara, non abbandonarti a pensieri così tristi. Speriamo in qualcosa di meglio. Illudiamoci che possa essere io a sopravvivere!»

L'idea non era molto consolante per Mrs Bennet, la quale, invece di rispondere, continuò sullo stesso tono:

«Non posso sopportare il pensiero che debbano avere tutta questa proprietà. Se non fosse per l'eredità non me ne importerebbe tanto».

«Che cosa non t'importerebbe?»

«Non m'importerebbe di nulla.»

«Ringraziamo Dio che ti ha preservata da un tale stato di insensibilità.»

«Non posso ringraziare nessuno, riguardo l'eredità. Non so capire come si possa essere così privi di coscienza da permettere che la proprietà sia tolta alle figlie per cederla a un Mr Collins! Perché lui piuttosto di un altro?»

«Lascio a te il compito di indovinarlo», disse Mr Bennet.

Capitolo ventiquattresimo

La lettera di Miss Bingley giunse ponendo fine a ogni incertezza. Fin dalla prima frase, assicurava infatti che si erano ormai stabiliti a Londra per l'inverno, e concludeva col riferire tutto il rimpianto di suo fratello per non aver potuto salutare i suoi amici dell'Hertfordshire prima di lasciare la campagna.

Ogni speranza era dunque svanita, svanita per sempre; e quando Jane poté continuare la lettura, non trovò nulla che la confortasse se non le espressioni d'affetto della scrivente. Caroline non parlava quasi d'altro che di Miss Darcy, decantando tutte le sue qualità; raccontava felice la loro crescente intimità, confidando di poter predire il compimento dei desideri espressi nella sua ultima lettera. Ripeteva anche con grande piacere che suo fratello era ospite in casa Darcy, e accennava con entusiasmo ad alcuni progetti di quest'ultimo per rinnovare la mobilia.

Elizabeth, alla quale Jane comunicò ben presto i punti essenziali della lettera, ascoltò in silenzio, indignata. Il suo cuore era diviso tra il dolore che provava per sua sorella, e il risentimento verso tutti gli altri. Non credeva all'asserzione di Caroline che suo fratello ammirasse Miss Darcy. Non dubitava, più di quanto avesse mai dubitato, che egli fosse realmente innamorato di Jane, e per quanto avesse sempre avuto della simpatia per lui, non poteva pensare senza collera, quasi senza disprezzo, a quel suo carattere debole, a quella mancanza di volontà che lo rendevano schiavo dei suoi amici, fino a sacrificare la propria felicità ai loro capricci.

Comunque, se si fosse trattato della sua felicità soltanto, era padrone di comportarsi come meglio credeva; ma ne andava di mezzo anche sua sorella, e lui doveva ben saperlo.

Era un argomento su cui riflettere a lungo, anche se forse sarebbe risultato inutile. Non poteva pensare ad altro, ma, sia che l'affetto di Bingley si fosse già spento, o che fosse stato cancellato dall'influenza del suo amico; sia che si fosse accorto del sentimento di Jane, o che fosse sfuggito alla sua osservazione; qualunque di queste ipotesi fosse quella vera, anche se poteva servire a modificare il giudizio che Elizabeth si era fatta di lui, non poteva cambiare la situazione di sua sorella: la sua pace era ugualmente turbata.

Passarono due o tre giorni prima che Jane sentisse il coraggio di parlare dei suoi sentimenti con Elizabeth, ma finalmente, trovandosi sole, dopo una delle solite sfuriate di Mrs Bennet contro Netherfield e il suo proprietario, non poté trattenersi dal dire:

«Oh se la mia cara mamma potesse controllarsi un po' di più! Non può rendersi conto della pena che mi procura con i suoi continui commenti su di lui. Ma non voglio lagnarmi. Non può durare a lungo. Presto lo dimenticheremo e torneremo come eravamo prima di averlo conosciuto».

Elizabeth guardò sua sorella con affettuosa incredulità, ma non disse nulla.

«Tu ne dubiti», esclamò Jane arrossendo, «ma hai torto. Lo ricorderò sempre come l'amico più gentile che abbia mai avuto, ma nulla più. Non ho né speranze, né inquietudini, e nulla da rimproverargli.

Grazie a Dio, almeno *quel dolore* mi è risparmiato. Ancora un po' di tempo... e cercherò di vincermi...»

Poi aggiunse con voce più sicura: «Almeno ho il conforto di pensare che è stato soltanto un errore da parte mia, e non ho fatto del male che a me stessa».

«Cara Jane», esclamò Elizabeth, «sei troppo buona: la tua dolcezza e il tuo disinteresse sono veramente angelici; non so cosa dirti. Mi pare di non avere saputo, prima d'ora, tutto quello che vali, né di averti voluto tutto il bene che meriti.»

Jane non volle riconoscere di essere alcunché di raro, e ricambiò le espressioni d'affetto di sua sorella.

«No», disse Elizabeth, «non è giusto. Tu pensi che tutti siano perfetti e ti dispiace se parlo male di qualcuno. Quando però desidero pensare *che tu* sei perfetta, ti metti contro di me. Non temere che io esageri, che io usurpi la tua dote di considerare tutti con benevolenza. Sono poche le persone che io amo per davvero e ancora meno quelle delle quali io penso bene. Più conosco il mondo, più ne sono disgustata; e ogni giorno conferma la mia convinzione dell'incoerenza del carattere umano, e della poca fiducia che possiamo riporre in tutto ciò che può apparire merito o intelligenza. Ne ho avuto ultimamente due prove: di una non parlo, l'altra è il matrimonio di Charlotte. È incredibile! Sotto ogni aspetto mi sembra sempre più inverosimile!»

«Cara Lizzy, non abbandonarti a queste idee che distruggerebbero la tua felicità. Non tieni conto abbastanza delle differenze di situazioni e di temperamento. Pensa alla rispettabilità di Mr Collins e al carattere fermo e prudente di Charlotte. Ricordati che fa parte di una famiglia numerosa, che non è ricca: per lei è un partito accettabilissimo, e cerca di credere, per amore di tutti e due, che possa provare per nostro cugino una certa stima e del rispetto.»

«Per farti piacere, vorrei tentare di credere qualunque cosa, ma non questa, perché se fossi persuasa che Charlotte lo apprezza, dovrei giudicare la sua intelligenza ancora peggio di come giudico il suo cuore. Cara Jane, Mr Collins è uno sciocco, pieno di sé, tronfio e di idee ristrette; lo sai quanto me, e anche tu, come me, devi sentire che la donna che lo sposa non dimostra un retto sentire. Non puoi difenderla, anche se si tratta di Charlotte Lucas. Non puoi, per amore di una persona, cambiare il significato stesso di un principio morale, né tentare di persuadere te e me che l'egoismo è prudenza e l'incoscienza del pericolo una garanzia di felicità.»

«Trovo che li giudichi tutti e due troppo severamente», rispose Jane, «e spero che ne sarai convinta quando li vedrai insieme, felici. Ma ora basta. Hai alluso a un altro fatto: hai parlato di *due* circostanze. Non posso fraintenderti, ma ti scongiuro, cara Lizzy, di non addolorarmi pensando che *quella persona* sia da biasimare e affermando che è scaduto nella tua stima. Non dobbiamo essere così pronte a credere di essere state offese volontariamente. Non ci si può aspettare che un giovane vivace, brillante, sia sempre guardingo e prudente. Spesso è soltanto la nostra vanità che ci illude. Le donne credono sempre che l'ammirazione significhi qualcosa di più di quello che è in realtà.»

«E gli uomini fanno di tutto per farcelo credere.»

«Se lo fanno con intenzione non hanno scuse; ma io non credo vi sia nel mondo tanta malizia come s'immagina.»

«Sono ben lontana dal voler attribuire alla condotta di Mr Bingley una premeditata malizia», disse Elizabeth, «ma, pur senza voler fare del male o senza voler rendere gli altri infelici, si può sbagliare e far soffrire. Bastano per questo la spensieratezza, l'incuria dei sentimenti altrui e la mancanza di volontà.»

«E lo incolpi di tutto ciò?»

«Sì, perlomeno. Ma, se continuo, ti addolorerò col dire quello che penso di persone che tu stimi. Fermami finché sei in tempo.»

«Insisti dunque nel supporre che le sue sorelle lo abbiano influenzato?»

«Sì, loro e il suo amico.»

«Non posso crederlo. Perché avrebbero cercato di farlo? Non possono desiderare che la sua felicità, e, se mi ama, nessun'altra donna può dargliela.»

«Il tuo ragionamento è sbagliato. Possono desiderare molte cose all'infuori della sua felicità: possono augurargli di accrescere la sua ricchezza e la sua posizione; possono aspirare a fargli sposare una ragazza che abbia tutti i vantaggi del denaro, di una parentela aristocratica, e della posizione sociale.»

«Non c'è dubbio che esse desiderano che sposi Miss Darcy», rispose Jane, «ma può essere per motivi più nobili di quelli che tu pensi. La conoscono da molto più tempo di quanto non conoscano me; è naturale che le siano più affezionate. Ma, quali che siano i loro desideri, è assai improbabile che abbiano ostacolato quelli del fratello. Quale sorella oserebbe farlo, a meno che vi siano delle ragioni veramente gravi? Se credessero che mi vuol bene, non cercherebbero di separarci, e, se lui me ne volesse veramente, non ci riuscirebbero. Ma tu, sentendoti sicura che questo affetto ci sia, pensi che tutti agiscano male e siano nel torto, e mi dai così un vero dispiacere. Non darmi questo dolore. Non mi vergogno di essermi sbagliata o, per lo meno, è una pena ben lieve, in confronto a quella che proverei se dovessi pensare male di lui o delle sue sorelle. Lascia che continui a vederli nella luce migliore, la luce nella quale devono essere visti.»

Elizabeth non poteva certo opporsi a questo desiderio, e da quella volta il nome di Mr Bingley non fu più pronunciato tra di loro. Mrs Bennet invece continuava a lamentarsi e a meravigliarsi che non tornasse, e benché non passasse giorno senza che Elizabeth cercasse di spiegargliene la ragione, sembrava poco probabile che arrivasse a capacitarsene. Elizabeth tentò allora di convincerla di quanto nemmeno lei stessa credeva, e che cioè le attenzioni di Bingley per Jane non fossero state che l'effetto di una simpatia passeggera, spentasi con la lontananza, ma, anche se al momento Mrs Bennet sembrava considerare plausibile questa spiegazione, la figlia era obbligata a ripeterle la stessa cosa ogni giorno. La più grande consolazione di Mrs Bennet era pensare che Mr Bingley sarebbe tornato per l'estate.

Mr Bennet vedeva la cosa da un punto di vista differente: «Dunque, Lizzy!», le disse un giorno, «sento che tua sorella soffre per un amore contrastato. Non ho che da congratularmi con lei. Dopo il matrimonio, quello che una ragazza preferisce è di essere, di quando in quando, infelice in amore. Le dà qualcosa a cui pensare e le conferisce una specie di aureola tra le amiche. Quando verrà la tua volta? Non vorrai lasciarti distanziare troppo da Jane. Adesso è il tuo momento. Ci sono a Meryton abbastanza ufficiali per deludere tutte le signorine dei dintorni. Wickham potrebbe fare al caso tuo. È un giovane seducente e potrebbe prendersi gioco di te con vero successo».

«Grazie, Sir, ma mi accontenterei anche di un uomo meno seducente. Non possiamo aspettarci tutte di avere la fortuna di Jane.»

«È vero», disse Mr Bennet, «ma c'è sempre la consolazione di pensare che, se ti accadesse qualcosa di simile, hai una madre affettuosa che ne saprebbe fare una tragedia.»

La compagnia di Mr Wickham servì a dissipare la malinconia in cui gli ultimi avvenimenti avevano gettato alcuni membri della famiglia di Longbourn. Lo vedevano spesso, e alle sue molte qualità aggiunse quella di una totale franchezza. Tutto quello che da principio Elizabeth sola aveva saputo, era ormai discusso apertamente: le sue aspettative deluse per colpa di Mr Darcy e quello che aveva sofferto per causa sua divennero di dominio pubblico, e ognuno si rallegrava nel constatare di aver sempre trovato odioso Mr Darcy, ancor prima di aver avuto sentore di questi fatti.

Miss Bennet era l'unica a supporre che vi fossero delle attenuanti, ignorate dalla società dell'Hertfordshire; il suo mite e sereno candore invocava indulgenza e suggeriva la possibilità di qualche errore. Ma tutti gli altri furono concordi nel condannare Mr Darcy come il peggiore degli uomini.

Capitolo venticinquesimo

Dopo una settimana passata in proteste d'amore e in progetti di felicità, giunse il sabato e Mr Collins dovette abbandonare la sua adorabile Charlotte. Tuttavia tanto dolore poteva essere mitigato, almeno per lui, dal doversi occupare dei preparativi per ricevere la sua sposa; avendo egli ragione di sperare che al suo prossimo ritorno nell'Hertfordshire, il giorno che lo avrebbe reso il più felice degli uomini sarebbe stato fissato per una data molto prossima. Si congedò dai suoi parenti di Longbourn con la consueta solennità, augurò ancora alle sue graziose cugine salute e felicità, e promise al padre un'altra forbita lettera di ringraziamento.

Il lunedì seguente Mrs Bennet ebbe il piacere di accogliere suo fratello con la moglie, che come al solito, venivano a passare il Natale a Longbourn. Mr Gardiner era un uomo intelligente e distinto, molto superiore alla sorella, sia per indole che per educazione. Le signore di Netherfield avrebbero stentato a credere che un uomo che viveva nel commercio, vicino ai propri magazzini, potesse essere così ben educato e simpatico. Mrs Gardiner, di parecchi anni più giovane di Mrs Bennet e di Mrs Philips, era una donna gentile e intelligente, molto elegante, ed era la prediletta delle sue nipoti di Longbourn. Specialmente le due maggiori, che erano state spesso da lei in città, avevano per la giovane zia un affetto particolare.

La prima cosa che fece Mrs Gardiner arrivando, fu di distribuire i suoi doni e descrivere le ultime novità della moda. Dopo di che la sua parte divenne passiva e fu il suo turno di ascoltare. Mrs Bennet aveva molti guai da raccontare e parecchie cose di cui lamentarsi. Avevano avuto tutti delle delusioni dall'ultima volta in cui aveva visto sua cognata. Due delle sue figliole erano state sul punto di sposarsi e poi non se ne era concluso nulla.

«Non biasimo Jane», continuò, «perché Jane avrebbe preso Mr Bingley, se avesse potuto! Ma Lizzy! cara cognata! è ben duro pensare che a quest'ora avrebbe potuto essere la signora Collins, e che non lo è per la sua cattiveria! La chiese proprio in questa camera, e lei lo rifiutò. La conseguenza è che Lady Lucas avrà, prima di me, una figlia sposata, e che la tenuta di Longbourn è più che mai destinata a Collins. I Lucas, cognata mia, sono furbi. Non vivono che per arraffare. Mi spiace parlare così di loro, ma è la verità. I miei poveri nervi ci vanno di mezzo a essere sempre contrariata nella mia stessa famiglia, e ad avere dei vicini che pensano a sé prima che agli altri. Meno male che il tuo arrivo, ora, è venuto a consolarmi, e sono proprio contenta di sentire quello che hai detto a proposito delle maniche lunghe.»

Mrs Gardiner, che, attraverso la sua corrispondenza con Jane ed Elizabeth, era al corrente delle notizie principali, rispose brevemente alla cognata e, per riguardo alle nipoti, cercò di sviare il corso della conversazione.

Più tardi, rimasta sola con Elizabeth, parlò più a lungo dell'argomento.

«Sembra che quello di Jane fosse un buon partito», disse, «e mi dispiace che sia veramente andato a monte. Ma sono cose che accadono spesso! È facile che un giovane del tipo di Bingley si innamori di una bella ragazza per qualche settimana, e la dimentichi con altrettanta disinvoltura se un caso qualunque li separa. Questo genere di incostanza è molto frequente.»

«Ottima consolazione, in genere», disse Elizabeth, «ma che non vale in questo caso. Non capita spesso che un amico, interponendosi, persuada un giovane indipendente e ricco, a non pensare più a una ragazza della quale era ardentemente innamorato soltanto pochi giorni prima.»

«Ma l'espressione "ardentemente innamorato" è così abusata, così dubbia, così indefinita che non mi dà un'idea esatta. È attribuita spesso sia a sentimenti sorti dopo mezz'ora di conoscenza, sia a un vero forte affetto. Dimmi, ti prego, sapresti essere in grado di definire l'"ardente amore" di Mr Bingley?»

«Non ho mai visto un affetto più promettente; non si occupava quasi più di nessuno e badava soltanto a lei; a ogni nuovo incontro la cosa era sempre più palese e notevole. Al ballo dato in casa sua, offese due o tre signorine non invitandole, e io stessa gli parlai due volte senza ottenere risposta. Potrebbero darsi sintomi più evidenti? La scortesia verso gli altri, non è proprio la caratteristica dell'amore?»

«Oh, sì! Di quel genere d'amore che mi immaginavo! Povera Jane! Mi duole per lei, perché con il suo temperamento, non dimenticherà tanto facilmente. Sarebbe stato meglio fosse capitato a te, Lizzy. Lo avresti preso meno sul serio. Ma credi che Jane accetterà di venire a Londra con noi? Forse le farebbe bene cambiare ambiente, e forse anche più che ogni altra cosa potrebbe giovarle trovarsi lontana da casa.»

Elizabeth fu contentissima della proposta, sicura che sua sorella l'avrebbe accolta con gioia.

«Spero», aggiunse Mrs Gardiner, «che non sarà trattenuta da nessuna considerazione verso quel signore. Stiamo in due parti così diverse della città, e usciamo così poco, che è assai improbabile che si incontrino, a meno che lui non venga a trovarla.»

«La cosa è assolutamente impossibile ora che è sotto la tutela del suo amico; mai Mr Darcy gli permetterebbe di far visita a Jane in un quartiere come il vostro! Cara zia, come puoi pensarci? Forse Mr Darcy avrà inteso parlare di un posto come Gracechurch Street, ma non gli basterebbe un mese di abluzioni per purificarsi se gli accadesse di metterci piede una volta, e puoi essere certa che Mr Bingley non muove un passo senza di lui.»

«Tanto meglio. Tutto fa allora sperare che non s'incontreranno mai. Ma Jane non è in corrispondenza con sua sorella? Quella, immagino, non potrà fare a meno di venire a trovarla.»

«Lascerà cadere completamente la relazione.»

Eppure, nonostante questa ostentata certezza, e quella che le sorelle avrebbero indotto Bingley a non vedere Jane, Elizabeth, dentro di sé, nutriva ancora qualche speranza. Era possibile, e le accadeva di pensare che fosse perfino probabile, che l'affetto di Bingley potesse riaccendersi, e che col tempo l'influenza dei suoi amici potesse venir sopraffatta da quella, più naturale, delle attrattive di Jane.

Miss Bennet accettò con trasporto l'invito di sua zia, ma, se in quel momento pensava ai Bingley, era solo con la speranza che, poiché Caroline non abitava con il fratello, avrebbe potuto passare qualche mattina con lei senza correre il rischio di vederlo.

I Gardiner si trattennero una settimana a Longbourn, e tra i Philips, i Lucas e gli ufficiali, non passò giorno senza qualche invito. Mrs Bennet aveva disposto così accuratamente il programma per far divertire suo fratello e sua cognata che non pranzarono neppure una volta sola in famiglia. Quando restavano in casa era sempre invitato qualche ufficiale, e tra questi Mr Wickham non mancava mai. Mrs Gardiner, messa sull'avviso dai caldi elogi che gliene aveva fatto Elizabeth, li osservava attentamente. Senza supporre, da quanto poteva vedere, che fossero seriamente innamorati, le sembrava che la loro reciproca simpatia fosse già un po' inquietante, e risolvette di parlarne a Elizabeth, prima di lasciare l'Hertfordshire, mostrandole tutta l'imprudenza che c'era nell'incoraggiare quell'inclinazione.

Wickham piaceva alla signora Gardiner, oltre che per la sua naturale amabilità, per un'altra ragione. Dieci o dodici anni prima infatti, quando non era ancora sposata, aveva trascorso molto tempo proprio in quella parte del Derbyshire dalla quale egli proveniva. Avevano quindi molti amici in comune, e quantunque Wickham vi fosse tornato raramente dopo la morte del padre di Darcy, era tuttavia in grado di fornirle, intorno alle sue conoscenze di un tempo, notizie molto più fresche delle sue.

Mrs Gardiner aveva visto Pemberley e conosciuto di fama il defunto Mr Darcy, cosa che offriva inesauribile materia di discorso. Confrontando i suoi ricordi di Pemberley con le accurate descrizioni che ne faceva Wickham, e tessendo le lodi del vecchio Mr Darcy, si trovavano tutti e due soddisfatti. Quando seppe come era stato trattato dall'attuale Mr Darcy, la signora frugò nei suoi ricordi per rammentare quello che si diceva a proposito del suo carattere quando era ancora un ragazzo e se c'era qualcosa che potesse spiegare la sua condotta di poi, e finalmente le parve di ricordarsi che già a quel tempo si parlava di Mr Fitzwilliam Darcy come di un ragazzo orgoglioso e di carattere difficile.

Capitolo ventiseiesimo

Mrs Gardiner, alla prima occasione che ebbe di trovarsi sola con Elizabeth, le diede con molta bontà l'avvertimento che si era prefissa, e, dopo averle detto onestamente quello che pensava, continuò:

«Sei troppo intelligente, Lizzy, per innamorarti soltanto perché ti si mette in guardia contro qualcuno; non ho quindi paura di parlarti apertamente. Davvero, se fossi in te, starei attenta. Non lasciarti coinvolgere e non cercare di coinvolgere lui, in un affetto che porterebbe a un'unione che la mancanza di mezzi renderebbe per lo meno imprudente. Non che io abbia nulla contro di lui; è un giovane molto interessante, e se avesse la posizione che sembra dovesse spettargli, penserei che non avresti potuto incontrare di meglio. Ma, stando così le cose, non devi lasciarti trasportare dalla fantasia. Sei una ragazza di giudizio e tutti ci aspettiamo che tu lo sappia adoperare. Sono sicura che tuo padre ha fiducia nelle tue decisioni e nella tua condotta. Non devi deludere tuo padre».

«Cara zia, allora stai parlando proprio sul serio.»

«Sì, e spero che tu vorrai essere altrettanto seria.»

«Ti chiedo scusa: tenterò di esserlo. Per ora non sono innamorata di Mr Wickham, no, non lo sono certamente. Ma è l'uomo più simpatico che abbia mai conosciuto e, se mi volesse veramente bene... credo sia meglio che ciò non avvenga. Capisco anch'io che sarebbe un'imprudenza. Oh, quell'odioso Mr Darcy! Sono molto lusingata dell'opinione che mio padre ha di me, e non vorrei mai deludere la sue aspettative. Tuttavia mio padre ha simpatia per Mr Wickham. Insomma, cara zia, sarei desolata di darvi un dolore, ma siccome si vede ogni giorno che, quando nasce l'amore, i giovani raramente sono trattenuti soltanto dalla mancanza di mezzi, come posso promettere che io sarò più saggia di tanti miei simili, se dovessi essere tentata? Eppoi come sapere veramente che sarebbe saggezza resistere? Tutto quello che però ti posso promettere, è di non far nulla con precipitazione. Non mi affretterò a credere di essere il suo unico pensiero. Quando sarò con lui, non mi lascerò andare a castelli in aria. Insomma farò del mio meglio.»

«Sarebbe forse bene che tu non incoraggiassi le sue visite troppo frequenti. O, almeno, potresti fare a meno di ricordare a tua madre di invitarlo.»

«Come feci l'altro giorno», disse Elizabeth con un sorriso consapevole. «È verissimo, e sarebbe più saggio da parte mia astenermene. Ma non credere che egli sia qui così di frequente come ora. È per voi che questa settimana è stato invitato tanto spesso. Conosci le idee della mamma sulla necessità di avere sempre degli invitati per i suoi ospiti. Ma davvero, e sul mio onore, cercherò di fare quello che tu reputi sia meglio; e ora spero che sarai soddisfatta.»

Sua zia le assicurò di esserlo, e dopo che Elizabeth l'ebbe ringraziata per i buoni consigli, si lasciarono. Mirabile esempio di avvertimenti dati su di un argomento così delicato.

Mr Collins ritornò nell'Hertfordshire poco dopo che i Gardiner e Jane l'avevano lasciato, ma, poiché fu ospite dei Lucas, il suo arrivo non disturbò troppo Mrs Bennet. Il famoso matrimonio si avvicinava rapidamente; ella finì per rassegnarsi all'inevitabile, e arrivò perfino a dire ripetutamente, in tono di malumore, che «sperava potessero essere felici». Giovedì doveva essere il giorno dello sposalizio, e il mercoledì Miss Lucas fece la sua visita di congedo; quando si alzò per andarsene, Elizabeth, confusa per gli auguri riluttanti e sgarbati di sua madre, e sinceramente commossa, accompagnò l'amica fuori della camera. Mentre scendevano insieme le scale, Charlotte disse:

«Spero di avere spesso tue notizie, Eliza».

«Oh, puoi esserne certa.»

«E ti devo chiedere un altro piacere. Mi verrai a trovare?»

«Spero che ci incontreremo spesso nell'Hertfordshire.»

«Non credo che lascerò il Kent per un po' di tempo; promettimi di venire tu a Hunsford.»

Elizabeth non poté rifiutare, pur non ripromettendosi un gran piacere da quella visita.

«Mio padre e Maria verranno da me a marzo», continuò Charlotte, «e spero vorrai accompagnarli. Credimi, ti aspetto con lo stesso desiderio con cui aspetto loro.»

Il matrimonio ebbe luogo: la sposa e lo sposo partirono dalla chiesa direttamente per il Kent e tutti, come è d'uso, ebbero qualcosa da dire o da ascoltare sull'argomento. Elizabeth ricevette presto notizie dalla sua amica, e la loro corrispondenza riprese regolare e frequente come un tempo, ma l'antica confidenza era ormai svanita per sempre. Elizabeth non poteva scriverle senza sentire che tutto il piacere della loro intimità era ormai finito, e benché determinata a non trascurare la corrispondenza con l'amica, lo faceva più per ricordo del passato che per la gioia presente. Le prime lettere di Charlotte furono aperte con molta impazienza: tutti erano curiosi di sentire che cosa avrebbe detto della sua nuova casa, l'impressione che le aveva fatto Lady Catherine e fino a qual punto avrebbe osato alludere alla propria felicità. Ma una volta lette le lettere, Elizabeth osservò che Charlotte si era espressa esattamente come si poteva prevedere. Scriveva serena, sembrava circondata da ogni comodità; e parlava soltanto di quello che le era possibile lodare. La casa, l'arredamento, i vicini e le strade, tutto era di suo gusto, e il contegno di Lady Catherine era assai affabile e gentile. Erano le stesse descrizioni di Hunsford e di Rosings fatte a suo tempo da Mr Collins, debitamente sfumate e attenuate, ed Elizabeth si rese conto che avrebbe dovuto aspettare di essere laggiù per conoscere il resto.

Jane aveva già scritto poche righe a sua sorella per annunciare il loro felice arrivo a Londra, ed Elizabeth sperava che nella sua prossima lettera avrebbe potuto dirle qualcosa dei Bingley. La sua impazienza per questa seconda lettera venne ricompensata come lo sono per lo più tutte le impazienze. Jane era già da una settimana in città e non aveva ancora visto, né avuto notizie da Caroline. Essa attribuiva questo al fatto che la sua ultima lettera scritta da Longbourn, all'amica, fosse andata smarrita.

La zia – continuava – deve andare domani in quella parte della città, e coglierò l'occasione per fare una visita in Grosvenor Street.

Scrisse di nuovo a visita fatta e dopo aver visto Miss Bingley.

Caroline non mi sembrò molto entusiasta – diceva – ma parve assai contenta di vedermi e mi rimproverò di non averla avvertita del mio arrivo a Londra. Ero quindi nel giusto, supponendo che non avesse ricevuto la mia ultima lettera. Chiesi, naturalmente, di loro fratello. Gode ottima salute, è sempre talmente occupato con Mr Darcy che non lo vedono quasi mai. Seppi che Miss Darcy era attesa per il pranzo. Mi piacerebbe vederla. La mia visita non fu lunga perché Caroline e la sorella stavano per uscire. Credo che le vedrò presto qui.

Elizabeth scosse il capo. Era convinta che soltanto un caso avrebbe potuto fare sapere a Mr Bingley che Jane era in città. Infatti passarono quattro settimane e Jane non lo vide. Cercava di persuadersi che non lo rimpiangeva, ma, nonostante questo, le era impossibile non rilevare l'indifferenza di Caroline a suo riguardo. Dopo averla aspettata a casa tutte le mattine per quindici giorni, e inventando ogni sera una nuova scusa in suo favore, finalmente vide apparire Miss Bingley; ma la brevità della sua visita e, più ancora, il mutamento del suo contegno, non permisero a Jane di illudersi oltre. La lettera che scrisse a sua sorella in questa occasione rivelava i suoi sentimenti:

La mia diletta Lizzy sarà, ne sono sicura, incapace di trionfare a mie spese constatando di aver visto giusto, quando le confesserò che mi ero completamente illusa sull'affetto di Miss Bingley per me. Ma, cara sorella, anche se i fatti ti danno ragione, non credermi ostinata se continuo a dire che, dato il suo precedente modo di fare, la mia fiducia era naturale quanto la tua diffidenza. Non posso capire per quale ragione abbia desiderato un tempo la mia amicizia, e se le stesse circostanze si ripetessero, sono convinta che tornerei ad ingannarmi. Caroline non mi rese la visita che ieri, e nel frattempo non ho ricevuto un solo biglietto, una sola riga da lei. Quando venne, era evidente che lo faceva solo per dovere, si scusò molto brevemente per la forma, di non esser venuta prima, e non accennò al desiderio di rivedermi, ed era insomma una creatura talmente cambiata che, quando se ne andò, ero decisissima a non continuare la nostra relazione. La compiango, anche se non posso fare a meno di biasimarla. Il suo torto sta nell'avermi trattata tanto diversamente nei primi tempi; posso infatti dire con sicurezza che fu sempre lei a incoraggiare una nostra maggiore intimità; ma la compiango, perché deve accorgersi di agire male, e perché sono sicura che tutto questo è dovuto alla sua preoccupazione per il fratello. Non occorre che mi spieghi meglio, e anche se noi sappiamo che la sua inquietudine è del tutto superflua, se lei la prova, questo basta a giustificare il suo contegno verso di me; tale e tanto è il suo amore per il fratello, che qualsiasi trepidazione possa provare a suo riguardo, è naturale e scusata in partenza. Pure mi stupisce che abbia ancora di questi timori perché, se lui si fosse appena curato di me, avremmo già dovuto incontrarci da molto, molto tempo! Da un accenno sono sicura che sa che io sono a Londra, eppure dal modo di parlare di Caroline si direbbe che lei per prima voglia convincersi che egli ha davvero una spiccata preferenza per Miss Darcy. Non ci si capisce nulla. Se non temessi di dare un giudizio temerario, sarei quasi tentata di dire che in tutto questo c'è un grande sospetto di doppiezza. Ma cerco di allontanare ogni pensiero penoso e voglio ricordare soltanto quello che mi rende felice: il tuo affetto e l'invariabile bontà dei cari zii. Scrivimi presto. Miss Bingley accennò vagamente che il fratello non sarebbe più tornato a Netherfield e che avrebbe ceduto la casa. Meglio però non parlarne. Sono felice che tu abbia così buone notizie dai nostri amici di Hunsford. Va a trovarli, ti prego, con Sir Wickham e Maria, sono sicura che ti troverai benissimo. Tua... ecc.

Questa lettera rattristò un poco Elizabeth; ma si consolò al pensiero che Jane aveva finalmente aperto gli occhi, almeno su Caroline Bingley. Quanto al fratello, le sue speranze erano del tutto svanite. Ormai non desiderava certo più che le sue attenzioni si ravvivassero. Bingley scendeva rapidamente nella stima di Elizabeth e come punizione per lui, e anche per il bene di Jane, cominciò a sperare seriamente che sposasse presto la sorella di Mr Darcy, che secondo quanto ne aveva detto Mr Wickham gli avrebbe fatto non poco rimpiangere quella che aveva disprezzato.

In quei giorni, Mrs Gardiner ricordò a Elizabeth la sua promessa a proposito di Mr Wickham, e le chiese di lui. Le notizie che Elizabeth poté mandare furono tali da fare più piacere alla zia che non a lei stessa. Egli le dimostrava sempre un'apparente simpatia, ma non si dedicava più a lei: corteggiava un'altra. Elizabeth era abbastanza avveduta per accorgersene, e poteva pensarci e riferirlo senza provarne dolore. Il suo cuore era stato appena scalfito, e la sua vanità era salva, perché era sicura che, se le condizioni materiali lo avessero permesso, sarebbe stata lei la preferita. Un'improvvisa eredità di diecimila sterline era infatti la maggiore attrattiva della signorina che egli cercava ora di conquistare; ma Elizabeth, forse meno chiaroveggente in questo caso di quanto non lo fosse stata per quello di Charlotte, non biasimava il suo desiderio di indipendenza. Lo trovava perfettamente naturale e, mentre poteva supporre che l'abbandonare lei gli fosse costato un certo sacrificio, riconosceva che era stato un passo saggio e desiderabile per tutti e due, e gli augurava sinceramente ogni felicità.

Nella sua lettera a Mrs Gardiner conveniva di tutto questo e continuava:

Sono ora convinta, cara zia, di non essere stata mai molto innamorata di lui, perché l'esperienza insegna che, se il mio fosse realmente stato un vero e proprio amore, a quest'ora detesterei anche il suo solo nome e gli augurerei ogni sorta di mali. Invece i miei sentimenti non soltanto sono cordiali verso di lui, ma anche imparziali verso Miss King. Non vedo proprio come farei a odiarla o a non riconoscere che è un'ottima ragazza. Non si trattava dunque di amore. Il mio buon senso è veramente stato prezioso, e, benché sarei certo più interessante agli occhi delle mie amiche se fossi pazzamente innamorata di lui, non posso rimpiangere di apparire invece una creatura del tutto insignificante. Essere delle eroine da romanzo può costare qualche volta un po' troppo. Kitty e Lydia prendono molto più a cuore di me il suo cambiamento. Sono troppo ignare del mondo, e non possono ancora accettare l'umiliante verità che i bei giovani devono avere qualche cosa di cui vivere, come i brutti.

Capitolo ventisettesimo

I mesi di gennaio e febbraio passarono senza altri eventi di maggior rilievo per la famiglia di Longbourn, tranne i soliti diversivi delle passeggiate a Meryton, talvolta nel fango, talvolta col gelo. In marzo Elizabeth doveva recarsi a Hunsford; da principio non aveva preso l'idea troppo sul serio, ma presto si accorse che Charlotte contava sulla sua visita e così anche lei cominciò a pensarci con più piacere e con più certezza. La lontananza aveva accresciuto il suo desiderio di rivedere l'amica e diminuita la sua avversione per Mr Collins. E poi il viaggio era un cambiamento, e siccome con quella madre e con delle sorelle di così poche risorse la casa non era più molto piacevole, un po' di novità non era da disprezzarsi. Il viaggio le avrebbe anche dato modo di passare da Jane, e così man mano che si avvicinava il momento di partire, le sarebbe dispiaciuto ogni ritardo. Ma tutto andò senza intoppi, secondo il piano di Charlotte. Elizabeth avrebbe accompagnato Sir William e la sua seconda figlia nella loro visita a Hunsford. Il programma fu reso ancora più interessante, includendo una sosta per la notte a Londra e riuscì quindi perfetto, almeno quanto può esserlo un programma.

L'unico dolore per Elizabeth era di lasciare suo padre, che avrebbe sentito molto la sua mancanza; egli infatti, arrivato il momento della partenza, era talmente desolato di vederla andar via, che le chiese di scrivergli e arrivò perfino a prometterle di rispondere.

L'addio tra lei e Wickham fu assai cordiale, specialmente da parte di lui. La sua nuova conquista non poteva fargli dimenticare che Elizabeth era stata la prima ad ascoltarlo e a compatirlo, a suscitare e a meritare la sua attenzione; la prima che aveva ammirato, e nel suo modo di salutarla, negli auguri che le fece di divertirsi, nel ricordare che cosa si poteva aspettare da Lady Catherine de Bourgh – sicuro che anche in questa, come in tutte le altre opinioni, si sarebbero sempre trovati d'accordo – ci fu una tale sollecitudine, un così sincero interessamento, che le fecero sentire che sarebbe sempre restata legata a lui da una profonda amicizia, e che, scapolo o sposato, egli sarebbe rimasto sempre per lei un ideale di amabilità e cortesia.

Né i suoi compagni di viaggio, il giorno dopo, erano fatti per farle cambiare opinione. Sir William Lucas e sua figlia Maria, una ragazza allegra ma vuota come suo padre, non dicevano nulla che valesse la pena di essere udito; li stava a sentire con lo stesso piacere col quale ascoltava il cigolio della vettura. Elizabeth, che si divertiva alle stramberie di tutti, conosceva ormai da troppo tempo Sir William per poter ridere ancora delle sue; egli non aveva più niente di nuovo da dirle sulla sua presentazione a Corte o sull'ottenuta patente di nobiltà, e anche i suoi complimenti erano monotoni come i suoi discorsi.

Il viaggio era appena di ventiquattro miglia, e si misero in via così di buon'ora che giunsero in Gracechurch Street verso mezzogiorno. Quando si fermarono alla porta di Mr Gardiner, Jane era alla finestra del salotto per spiare il loro arrivo, e andò loro incontro fino all'ingresso ad accoglierli. Elizabeth, spiandone il volto con ansia, fu lieta di vederla piena di salute e bella come sempre. Sulle scale c'era una truppa di maschietti e di bambine, che per l'impazienza non si erano fermati ad aspettare la cugina nel salotto, ma per timidezza, poiché non la vedevano da un anno, non osavano neppure scenderle incontro. Tutto spirava allegria e bontà. La giornata trascorse nel più piacevole dei modi: la mattinata in chiacchiere e commissioni e la sera a teatro.

Elizabeth riuscì a stare un po' in compagnia della zia. Per prima cosa parlarono di sua sorella; fu più rattristata che sorpresa nel sentire che Jane, sebbene facesse del suo meglio per mantenersi serena, attraversava dei periodi di depressione. C'era però da sperare che diventassero sempre più rari. Mrs Gardiner raccontò anche i particolari della visita di Miss Bingley a Gracechurch Street, e come Jane dimostrasse ormai di avere, in cuor suo, rinunciato a quell'amicizia.

Mrs Gardiner canzonò poi Elizabeth per la diserzione di Wickham, e si rallegrò con lei per lo spirito con cui l'aveva presa.

«Ma, cara Lizzy», soggiunse, «che ragazza è questa Miss King? Mi dispiacerebbe pensare che il nostro amico abbia agito per sola cupidigia.»

«Scusa, cara zia, ma che differenza c'è, in fatto di matrimonio, tra venalità e prudenza? E dov'è che finisce una e incomincia l'altra? Il Natale scorso ti inquietavi al pensiero che mi sposasse, ritenendo la cosa imprudente; ora, perché cerca di ottenere una ragazza che ha soltanto diecimila sterline di rendita, vorresti convincermi che è interessato.»

«Se mi descriverai che tipo di ragazza è Miss King, saprò cosa pensare.»

«È una buonissima ragazza. Non credo si possa dire niente contro di lei.»

«Ma lui non se ne era occupato mai fino a quando la morte del nonno non l'ha resa padrona di una notevole sostanza.»

«Infatti, perché avrebbe dovuto farlo? Se non era giusto che cercasse di conquistare il mio affetto perché io non sono ricca, perché avrebbe dovuto fare la corte a una ragazza che non lo interessava e che era povera come me?»

«Ma sembra piuttosto indelicato dedicarsi a lei non appena sia venuta in possesso dell'eredità.»

«Un uomo che si trova in circostanze difficili non ha tempo di pensare a salvare le apparenze come possono fare gli altri. E se non ci trova nulla a ridire *lei*, perché dovremmo trovarcelo *noi*?»

«Il fatto che lei non lo condanni, non basta a giustificarlo. Dimostra soltanto che manca lei pure di sensibilità o di giudizio.»

«Va bene!», esclamò Elizabeth. «Sarà come vuoi tu: lui è venale e lei stupida.»

«No, Lizzy, non è come voglio. Sai bene che mi dispiace dover pensare male di un giovane che è stato così a lungo nel Derbyshire».

«Oh, se è per questo, io non ho davvero grande opinione dei giovani signori che vivono del Derbyshire, né i loro intimi amici che vivono nell'Hertfordshire valgono molto di più. Sono stufa di tutti quanti. Grazie al cielo, domani andrò in un posto dove troverò un uomo che non ha una sola qualità attraente; che non ha né modi seducenti né intelligenza che lo distingua particolarmente. Dopo tutto, gli uomini stupidi sono i soli che vale la pena di conoscere.»

«Bada, Lizzy, questo tuo discorso ha un forte sapore di delusione.»

Prima di separarsi, alla fine dello spettacolo, Elizabeth ebbe la gioia inaspettata di essere invitata dagli zii ad accompagnarli in un viaggetto di piacere che avevano intenzione di fare nell'estate.

«Non sappiamo ancora dove andremo», disse Mrs Gardiner, «ma forse arriveremo fino ai Laghi.»

Nessun progetto poteva far tanto piacere a Elizabeth, che accettò subito l'invito con viva gratitudine.

«Cara, cara zia», disse entusiasta, «che delizia, che felicità! Mi fai rinascere. Addio delusioni e malinconie. Che cosa sono gli uomini rispetto alle rocce, alle montagne? Che ore incantevoli passeremo! E quando ritorneremo, non saremo come gli altri viaggiatori, incapaci di dare un'idea esatta di quello che hanno visto. *Noi* sapremo dove siamo stati; descriveremo i luoghi visitati. Laghi, montagne e fiumi non si confonderanno nella nostra mente, e quando tenteremo di descrivere un paesaggio, non incominceremo a litigare a proposito del posto dove si trovava. Speriamo che i nostri racconti saranno meno insopportabili di quelli della maggioranza dei viaggiatori.»

Capitolo ventottesimo

Nella seconda giornata di viaggio, tutto fu nuovo e interessante per Elizabeth. Il suo animo era sereno perché aveva trovato così bene Jane da poter escludere ogni preoccupazione per la sua salute, e la prospettiva del futuro viaggio nel Nord era per lei una grande fonte di gioia.

Appena ebbero lasciato la strada principale per una via secondaria diretta a Hunsford, tutti gli occhi cercavano il Rettorato e a ogni svolta si aspettavano di vederlo apparire. Da un lato la strada fiancheggiava la cinta del parco di Rosings, ed Elizabeth sorrideva tra sé, ricordando tutto quello che le era stato detto a proposito dei suoi abitanti.

Finalmente poterono distinguere la casa parrocchiale: il giardino declinante verso la strada, la casa nel bel mezzo, i pali verdi e la siepe d'alloro, tutto indicava che stavano per arrivare. Mrs Collins e Charlotte comparvero sulla porta e la carrozza si fermò a un cancelletto che conduceva, attraverso un viale ghiaiato, alla casa. Tra complimenti e sorrisi, uscirono in fretta dalla carrozza, rallegrandosi reciprocamente di rivedersi. Charlotte accolse la sua amica con il più vivo piacere, ed Elizabeth, nel vedersi ricevuta così affettuosamente, si sentì sempre più contenta di essere venuta. Si accorse subito che il matrimonio non aveva per niente mutato i modi di suo cugino; la sua cortesia era rimasta manierata e convenzionale. Egli la trattenne per qualche minuto al cancello per informarsi minutamente sulla sua famiglia.

Quindi, senza altra sosta se non per far loro notare l'elegante semplicità dell'ingresso, i viaggiatori furono introdotti in casa, e appena nel salotto Mr Collins diede loro per la seconda volta il benvenuto nella sua umile dimora, sempre nella forma più cerimoniosa, e ripeté insistentemente le offerte di qualche rinfresco già fatte da sua moglie.

Elizabeth si era preparata a vederlo in tutta la sua gloria e non poté trattenersi dal pensare che, nel mostrare le belle proporzioni della camera, la sua eleganza e la sua mobilia, aveva l'aria di rivolgersi in modo particolare a lei, quasi per farle notare tutto quello che aveva perduto col suo rifiuto. Ma, nonostante tutte le eleganze e le comodità, Elizabeth fu incapace di compiacerlo dando il più lieve segno di pentimento; guardava invece con un certo stupore la sua amica chiedendosi come poteva avere un'aria così allegra accanto a un compagno simile. Quando Mr Collins diceva qualcosa di cui sua moglie poteva a buon diritto vergognarsi, cosa che accadeva spesso, Elizabeth guardava involontariamente Charlotte; e due volte poté sorprendere un lieve rossore, ma in genere Mrs Collins, molto saviamente, pareva non rilevare nemmeno quello che udiva. Dopo aver ammirato abbastanza a lungo ogni mobile della camera, dal canterano al paracenere, e dopo aver raccontato il loro viaggio e tutto quello che avevano fatto a Londra, Mr Collins li invitò a fare un giro nel giardino che era grande e ben disposto e del quale si occupava lui stesso. Lavorare il giardino era infatti uno dei suoi piaceri preferiti, ed Elizabeth ammirò il modo con cui Charlotte parlava di questo esercizio così utile alla salute, e nel quale lo incoraggiava il più possibile. Guidando i propri ospiti per viali e sentieri, senza lasciar loro il tempo di esprimere quelle lodi che si faceva grande premura di sollecitare, andava additando le diverse vedute con una meticolosità di dettagli che toglieva loro ogni facoltà di godere della bellezza del paesaggio. Era fiero di poter numerare a uno a uno i campi all'interno e avrebbe potuto dire quanti alberi ci fossero nelle boscaglie più lontane. Ma nessun panorama di cui il suo giardino o la contea, o il regno stesso, avessero potuto menar vanto, era paragonabile alla visione di Rosings che s'inquadrava in un'apertura tra gli alberi che orlavano il parco, proprio quasi di fronte a casa sua. Era una bella costruzione moderna, situata su un'altura.

Dal giardino Mr Collins voleva condurli nei prati, ma le signore, che non avevano calzature adatte ad affrontare i resti di una brinata, tornarono indietro, e mentre Sir William lo accompagnava, Charlotte condusse sua sorella e l'amica a visitare la casa, ben contenta forse di poterlo fare senza l'aiuto del marito. La casa era piuttosto piccola, ma ben costruita e comoda, ogni camera era ammobiliata con una eleganza e praticità che Elizabeth attribuì tutta a Charlotte. Quando si riusciva a dimenticare Mr Collins, l'insieme aveva un aspetto così confortevole che, vedendo come Charlotte ne godeva, Elizabeth concluse che Mr Collins doveva essere spesso dimenticato.

Aveva già saputo che Lady Catherine era ancora in campagna; durante il pranzo se ne parlò di nuovo e Mr Collins osservò:

«Sì, Miss Elizabeth, avrete l'onore di vedere Lady Catherine de Bourgh domenica prossima in chiesa, ed è inutile dirvi che ne rimarrete entusiasta. La sua affabilità e condiscendenza sono tali che non dubito sarete onorata della sua attenzione, appena finito l'ufficio. Non esiterei quasi ad affermare che, durante il vostro soggiorno qui, includerà voi e mia cognata Maria in ogni invito del quale ci favorisce. Il suo modo di trattare con la mia cara Charlotte è veramente incantevole. Pranziamo a Rosings due volte alla settimana e non permette mai che torniamo a piedi. La carrozza di Sua Signoria è sempre pronta per noi. Dovrei dire una delle sue carrozze, perché ne ha parecchie».

«Lady Catherine è veramente degna di rispetto», aggiunse Charlotte, «è una vicina molto premurosa.»

«Verissimo, cara, è proprio quello che volevo rilevare io. Appartiene a quel genere di signore verso le quali non si può usare mai abbastanza deferenza.»

La serata trascorse parlando dell'Hertfordshire, ripetendo quello che era già stato scritto, e, quando Elizabeth si trovò nella solitudine della sua camera, poté meditare sul grado di felicità raggiunto da Charlotte, e ammirando la sua arte nel dirigere la casa, e la sua calma nel sopportare il marito, dovette convenire che assolveva molto bene i propri compiti. Cercò anche di immaginare come sarebbe passato il tempo della sua visita: il tranquillo andamento delle normali occupazioni, le irritanti intromissioni di Mr Collins, il divertimento dei ricevimenti a Rosings. La sua vivace immaginazione le dipingeva già ogni cosa.

Verso la metà del giorno seguente, mentre era in camera per prepararsi ad uscire, un improvviso rumore parve mettere tutta la casa in subbuglio, e, dopo aver ascoltato per un momento, sentì qualcuno salire di corsa le scale, e si sentì chiamare a voce alta. Aprì la porta e incontrò Maria sul pianerottolo che, tutta agitata e quasi senza fiato gridò:

«Eliza, Eliza, scendi subito in camera da pranzo perché c'è qualcosa di straordinario da vedere! Non voglio dirti che cosa. Spicciati e scendi».

Elizabeth cercò invano di interrogarla; Maria non volle dir altro e corsero nella sala da pranzo che guardava sul viale per osservare il prodigio. Erano due signore con un piccolo *phaëton* fermo al cancello del giardino.

«È tutto qui?», esclamò Elizabeth. «Mi aspettavo almeno che i maiali fossero entrati in giardino; invece è semplicemente Lady Catherine con sua figlia!»

«Ma, cara mia», disse Maria scandalizzata da tanto errore, «non è Lady Catherine. La vecchia signora è Mrs Jenkinson che abita con loro; l'altra è Miss de Bourgh. Guarda com'è piccolina e sottile! Chi avrebbe pensato che potesse essere così esile e delicata!»

«Io trovo che è molto sgarbata a obbligare Charlotte a star fuori con questo vento. Perché non entra?»

«Oh, Charlotte dice che non lo fa quasi mai. È un raro favore quando Miss de Bourgh entra in casa.»

«Mi piace il suo aspetto», disse Elizabeth seguendo tutto un suo filo di pensieri; «con quell'aria di gracilità e di musoneria, è proprio adatta a lui. Proprio la moglie che gli occorre.»

Mr Collins e Charlotte stavano in piedi tutti e due al cancello discorrendo con le signore, e Sir William, con gran divertimento di Elizabeth, se ne stava sulla porta in contemplazione dei grandi di questo mondo, facendo un inchino ogni volta che Miss de Bourgh guardava dalla sua parte.

Finalmente non ci fu più nulla da dire; le signore partirono, e tutti ritornarono in casa.

Mr Collins, appena vide le due ragazze, incominciò a congratularsi per la grande fortuna che era loro toccata: Charlotte spiegò che l'indomani erano stati tutti invitati a pranzo a Rosings.

Capitolo ventinovesimo

Il trionfo di Mr Collins, dopo questo invito, fu completo. Nulla egli aveva tanto desiderato come poter mostrare ai suoi ospiti ammirati la munificenza della sua protettrice, la cortesia verso di lui e sua moglie, ma che questo avvenisse così presto era una tale prova della degnazione di Lady Catherine de Bourgh che non sapeva come compiacersene abbastanza.

«Confesso», disse, «che non mi sarei affatto meravigliato se Sua

Signoria ci avesse invitati domenica per il tè e per passare la sera a Rosings. Conoscendo la Sua affabilità, potrei dire che me l'aspettavo. Ma chi avrebbe potuto prevedere una cortesia simile? Chi avrebbe immaginato che avremmo avuto un invito a pranzo (e un invito che comprende tutti!) così presto dopo il vostro arrivo?»

«Sono meno sorpreso di voi di quanto è avvenuto», rispose Sir William, «perché nella mia posizione, ho avuto occasione di conoscere gli usi della nobiltà. Negli ambienti di Corte queste prove di squisita educazione non sono rari.»

Per quel giorno e il mattino seguente, non si parlò quasi d'altro che della visita a Rosings. Mr Collins li informò accuratamente di quanto li aspettava, affinché non fossero del tutto sopraffatti alla vista dei grandiosi saloni, di una servitù così numerosa e di un pranzo addirittura sbalorditivo.

Quando le signore si separarono per andare a vestirsi, egli si fece un dovere di dire a Elizabeth:

«Non datevi pena, cara cugina, per il vostro abbigliamento. Lady Catherine è ben lontana dal pretendere da noi quell'eleganza che si addice a lei e alla sua figliola. Vi consiglierei però ugualmente di indossare il migliore dei vostri abiti: non avrete occasione più adatta. Lady Catherine non penserà meno bene di voi, se sarete vestita semplicemente. Le piace che si osservi la distanza dovuta al suo rango».

Mentre stavano vestendosi, venne due o tre volte alla loro porta a raccomandare che facessero presto, dato che Lady Catherine non sopportava che si arrivasse in ritardo per il pranzo. Questi impressionanti ragguagli su Lady Catherine e le sue esigenze spaventarono a tal segno Maria Lucas, che non era abituata alla vita di società, da farle pensare alla sua presentazione a Rosings con la stessa apprensione che aveva provato suo padre quando era stato presentato a Corte.

Il tempo era così bello che la passeggiata di mezzo miglio attraverso il parco fu piacevolissima. Ogni parco ha una sua speciale bellezza, ed Elizabeth trovò molto da ammirare, anche senza abbandonarsi al rapimento che Mr Collins si aspettava dovesse ispirarle il paesaggio; né si commosse soverchiamente all'enumerazione di tutte le finestre sulla facciata della casa, né all'informazione di quanto erano costate a Sir Lewis de Bourgh tutte le vetrate.

Mentre salivano la scalinata che portava all'ingresso, l'inquietudine di Maria andò sempre crescendo e perfino Sir William non sembrava perfettamente calmo. Elizabeth era l'unica che sembrava non perdersi di coraggio. Non aveva mai sentito dire che Lady Catherine fosse nota per un talento fuor del comune o per qualche particolare virtù, e le pareva di poter tener fronte senza trepidazione a un prestigio che era dovuto unicamente al denaro e alla posizione sociale.

Dal vestibolo, del quale Mr Collins fece subito notare, pieno d'entusiasmo, le belle proporzioni e le delicate decorazioni, seguirono un servitore attraverso l'anticamera, fino alla sala dove si trovavano Lady Catherine, sua figlia e la signora Jenkinson.

Sua Signoria, con grande degnazione, si alzò per riceverli e, poiché Mrs Collins, d'accordo col marito, aveva stabilito di prendersi il compito delle presentazioni, queste si svolsero in modo perfetto, senza tutte quelle scuse e quei ringraziamenti di cui egli si sarebbe creduto in dovere di infiorarle.

Nonostante che fosse stato a Corte, Sir William rimase talmente impressionato dalla magnificenza che lo circondava, da trovare appena il coraggio di profondersi in un inchino e prender posto senza dire una parola, mentre sua figlia, quasi fuor di sé dallo spavento, stava seduta sulla punta della propria seggiola, senza sapere dove posare lo sguardo. Elizabeth invece che non era per niente intimidita, poté osservare con calma le tre signore che le stavano davanti. Lady Catherine era una donna alta e robusta, dai lineamenti marcati, che forse un tempo era stata bella. La sua espressione non era benevola, né il suo modo di ricevere gli ospiti era tale da far dimenticare loro l'inferiorità del rango. Non che ella amasse trincerarsi in un silenzio che avrebbe potuto intimidire chi la circondava, ma qualunque cosa dicesse, era detta con tono così autoritario da accentuare la sua aria arrogante, cosa che fece subito ricordare a Elizabeth Mr Wickham. Lady Catherine era proprio come lui l'aveva descritta.

Quando, dopo aver esaminato la madre, nel cui aspetto e contegno trovò ben presto una certa rassomiglianza con Mr Darcy, volse lo sguardo alla figlia, provò lo stesso stupore di Maria nel vederla così piccola ed esile. Le due donne non si rassomigliavano affatto sia nel volto che nella persona. Miss de Bourgh era pallida e malaticcia, i suoi lineamenti, se non brutti, erano insignificanti, parlava pochissimo e quel poco a bassa voce con Mrs Jenkinson, che badava solo ad ascoltarla e a rimuovere il paravento nel miglior modo per riparare i suoi occhi dal riflesso del fuoco.

Dopo essere rimasti seduti un momento, furono mandati tutti a una finestra per ammirare il panorama, sotto la guida di Mr Collins che ne additava le maggiori bellezze, mentre Lady Catherine li informava cortesemente che la stagione in cui valeva veramente la pena di vederlo era l'estate.

Il pranzo fu grandioso, e vi era tutta la servitù e lo sfoggio di argenteria promessi da Mr Collins che, secondo quanto aveva predetto, prese posto a capotavola per espresso desiderio di Sua Signoria, con l'aria di chi non può chiedere nulla di più alla vita.

Trinciò, mangiò e lodò con la più soddisfatta alacrità: ogni pietanza fu commentata prima da lui, poi da Sir William che si era abbastanza rimesso per poter far eco a tutte le parole di suo genero con un servilismo tale che faceva stupire Elizabeth di come Lady Catherine potesse sopportarlo. Ma Lady Catherine sembrava compiacersi della loro stragrande ammirazione e si degnava sfoggiare graziosi sorrisi specialmente ogni volta che una nuova portata appariva in tavola. La conversazione però non era molto brillante. Elizabeth sarebbe stata pronta a parlare, se ne avesse avuto l'occasione, ma sedeva tra Charlotte e Miss de Bourgh, e la prima era intenta ad ascoltare Lady Catherine, mentre la seconda non disse una parola per tutta la durata del pranzo. Mrs Jenkinson era occupata esclusivamente a sorvegliare il poco che mangiava Miss de Bourgh, spingendola ad assaggiare qualche altra pietanza e temendo che fosse indisposta. Maria non si sognava neppure di aprire bocca e gli uomini erano intenti solamente a masticare e lodare.

Quando le signore tornarono in salotto, non rimase loro che ascoltare Lady Catherine che parlò senza interruzione fino all'arrivo del caffè, esprimendo su tutto la sua opinione in modo così reciso da mostrare che non era abituata a esser contraddetta. Si informò minuziosamente e familiarmente degli affari domestici di Charlotte, dandole un'infinità di consigli a proposito di ogni cosa; le disse come doveva regolarsi in una famiglia piccola come la sua, e la istruì nel modo di accudire le vacche e i polli. Elizabeth notò che nessun argomento era troppo umile per quella gran dama, purché le desse il modo di dettar legge agli altri. Negli intervalli della sua conversazione con Mrs Collins, rivolse una serie di domande a Maria e a Elizabeth, ma specialmente a quest'ultima che conosceva poco e che, come fece notare a Charlotte, era un grazioso tipetto di ragazza. Le domandò a varie riprese quante sorelle avesse, se erano maggiori o minori, se c'era la probabilità che qualcuna si sposasse, se erano belle, dove erano state educate, che genere di carrozza teneva loro padre, e che cognome aveva da ragazza la loro madre. Elizabeth, pur sentendo tutta l'impertinenza di queste domande, rispose con molta dignità. Lady Catherine osservò poi:

«La tenuta di vostro padre toccherà per legge a Mr Collins, non è vero? Per amor vostro», disse rivolgendosi a Charlotte, «ne sono contenta, ma, a parte questo, non vedo il motivo di trasmettere le proprietà solo dal lato maschile. Nella famiglia di Sir Lewis de Bourgh non è stato ritenuto necessario. Sapete suonare e cantare, Miss Bennet?».

«Un poco.»

«Bene, allora una volta o l'altra saremo liete di ascoltarvi. Il nostro è un ottimo pianoforte, senz'altro superiore a quello... Qualche giorno lo proverete. Le vostre sorelle suonano e cantano?»

«Una di loro soltanto.»

«Perché non hanno imparato tutte? Tutte avreste dovuto impararlo. Le signorine Webbs suonano tutte, eppure loro padre non ha una rendita pari a quella del vostro. Disegnate?»

«No, affatto.»

«Come! nessuna di voi?»

«Nessuna.»

«È molto strano. Ma immagino che non ne avrete avuto il modo. Vostra madre avrebbe dovuto condurvi ogni primavera a Londra per approfittare dei buoni insegnanti che vi si trovano.»

«Mia madre non si sarebbe opposta, ma mio padre odia Londra.»

«E l'istitutrice?»

«Non abbiamo mai avuto un'istitutrice.»

«Senza istitutrice! Come è possibile? Cinque ragazze allevate in casa senza istitutrice! Non ho mai udito una cosa simile! Vostra madre deve essere stata schiava della vostra educazione.»

Elizabeth trattenne appena un sorriso, assicurandole che non lo era stata affatto.

«E allora chi vi ha istruito? chi si occupava di voi? Senza un'istitutrice dovete esser state trascurate.»

«In confronto ad altre ragazze di famiglie superiori alla nostra, credo che lo fossimo; tuttavia a quelle di noi che desideravano studiare non sono mai mancati i mezzi necessari. Siamo sempre state incoraggiate a leggere, e abbiamo avuto tutto quello che occorreva alla nostra educazione. Chi poi preferiva non far nulla, poteva farlo liberamente.»

«Non ne dubito, ed è proprio quello che deve impedire un'istitutrice. Se avessi conosciuta vostra madre, l'avrei consigliata molto seriamente di prenderne una. Ho sempre ritenuto non essere possibile educare bene senza metodo, e soltanto un'istitutrice può farlo. È incredibile il numero di famiglie a cui ho dato modo di provvedersene. Sono sempre contenta di poter mettere a posto una brava giovane. Quattro nipoti di Mrs Jenkinson sono state collocate benissimo per opera mia, e anche pochi giorni fa ho raccomandato un'altra ragazza che mi era stata appena presentata, e la famiglia ne è stata contentissima. Mrs Collins, vi ho già raccontato che Lady Metcalf è venuta ieri a farmi visita, per ringraziarmi? Trova che Miss Pope sia un tesoro. "Lady Catherine", ha detto, "mi avete dato un vero tesoro." Qualcuna delle vostre sorelle, Miss Bennet, è già comparsa in società?»

«Sì, signora. Tutte.»

«Come, tutte e cinque introdotte in società nello stesso tempo? Che stranezza! E voi siete soltanto la seconda! Le minori non dovrebbero mai andare in società prima che le maggiori non siano sposate. Le vostre sorelle più piccole devono essere giovanissime!»

«Sì, la più giovane ha sedici anni. Forse è veramente troppo giovane per comparire in società, eppure, signora, sarebbe ben duro per le sorelle minori non avere la loro parte di divertimento solo perché le maggiori non hanno avuto il modo o il desiderio di sposarsi presto. L'ultima ha lo stesso diritto agli svaghi della gioventù, come la prima. Ed esserne privati per un motivo così futile! Non credo che sia il modo più adatto per sviluppare l'affetto tra sorelle o dei sentimenti delicati.»

«Mi sembra», disse Sua Signoria, «che esprimiate le vostre opinioni con una grande sicurezza, per la vostra età. Quanti anni avete, prego?»

«Vostra Signoria non si aspetterà che, con tre sorelle minori già in età da marito, io confessi i miei anni!», rispose Elizabeth sorridendo.

Lady Catherine sembrò molto sorpresa di non ricevere la risposta diretta, ed Elizabeth fu colta dal dubbio di essere stata la prima creatura che avesse osato sorridere dell'impertinenza piena d'alterigia di Sua Signoria.

«Non potete avere più di vent'anni, quindi non avete ancora bisogno di nascondere la vostra età.»

«Ne ho quasi ventuno.»

Quando i signori le raggiunsero, fu preso il tè e poi vennero disposti i tavoli da gioco. Lady Catherine e Sir William, Mr Collins e Charlotte sedettero per il *quadriglio*, e poiché Miss de Bourgh volle giocare a *cassino*, le due ragazze ebbero l'onore di completare con Mrs Jenkinson il suo tavolo. Il loro gruppo era inimmaginabilmente noioso. Non scambiarono una sola parola che non si riferisse al gioco, tranne quando Mrs Jenkinson esprimeva il timore che Miss de Bourgh avesse troppo freddo o troppo caldo, o troppa o troppo poca luce. All'altra tavola le cose erano ben diverse. Lady Catherine non faceva che parlare, rilevando gli errori dei suoi compagni o raccontando qualche aneddoto di cui era immancabilmente la protagonista. Mr Collins annuiva a tutto quello che diceva Sua Signoria, ringraziando a ogni punto vinto o scusandosi se gli pareva di vincerne troppi. Sir William non parlava molto. Faceva provvista di aneddoti e di illustri nomi della nobiltà per ricordarli.

Quando Lady Catherine e sua figlia ne ebbero abbastanza, il gioco fu interrotto; venne offerta la carrozza a Mrs Collins che la accettò con espressioni di gratitudine. Gli invitati si raccolsero allora intorno al fuoco per ascoltare le previsioni di Lady Catherine sul tempo che avrebbe fatto l'indomani. L'arrivo della carrozza li sottrasse a questo soliloquio, e, con molte parole di ringraziamento da parte di Mr Collins, e altrettanti inchini di Sir William, finalmente partirono.

Erano appena usciti, che Mr Collins chiese ad Elizabeth la sua opinione su tutto quello che aveva visto a Rosings, opinione che, per amore di Charlotte, essa cercò di rendere più favorevole di quello che fosse in realtà. Ma per quanto le sue lodi le costassero perfino qualche fatica, non riuscirono tuttavia a soddisfare abbastanza Mr Collins, che fu ben presto costretto ad assumere personalmente il compito di lodare Sua Signoria.

Capitolo trentesimo

Sir William rimase a Hunsford soltanto una settimana, ma gli bastò per convincersi che sua figlia era sistemata molto bene e che possedeva un marito e una vicina come se ne incontrano di rado. Finché

Sir William restò con loro, Mr Collins dedicò le mattinate ad accompagnarlo con il suo calessino in giro per la campagna; ma, quando fu partito, tutta la famiglia ritornò alle occupazioni abituali. Elizabeth ebbe però la gioia di constatare che, nonostante questo cambiamento, non aveva occasione di vedere più spesso suo cugino, perché questi tra la prima colazione e il pranzo passava il tempo lavorando nel giardino o leggendo e scrivendo, oppure guardando dalla finestra della sua biblioteca che dava sulla strada. La camera dove stavano le signore dava invece sul retro. Elizabeth da principio si era stupita che Charlotte non avesse preferito stare abitualmente nella camera da pranzo che era più grande e più allegra, ma ben presto capì che la sua amica aveva un'ottima ragione per la sua scelta: infatti, se fossero state in una camera meglio esposta, Mr Collins vi sarebbe passato molto più di frequente, e approvò Charlotte per quella sistemazione.

Dal loro salotto non potevano vedere la strada ed era quindi Mr Collins che le informava del passaggio delle carrozze e soprattutto di quante volte appariva Miss de Bourgh guidando il suo *phaëton*, cosa della quale non mancava mai di avvertirle, sebbene il fatto si ripetesse quasi giornalmente. Sovente essa si fermava al Rettorato e scambiava qualche parola con Charlotte, ma difficilmente si lasciava persuadere a entrare.

I giorni in cui Mr Collins non andava a Rosings erano rari e altrettanto rari quelli in cui sua moglie non credesse necessario di accompagnarlo nelle sue visite; e finché Elizabeth non si rese conto che forse vi erano altri benefici disponibili, non poté capire perché sacrificassero lì tante ore. Di quando in quando, erano onorati da una visita di Sua Signoria, durante la quale nulla sfuggiva alla sua attenzione. Si informava delle loro occupazioni, guardava i loro lavori che naturalmente consigliava di eseguire in maniera del tutto diversa; criticava la disposizione dei mobili o scopriva che la cameriera aveva trascurato qualcosa, e, se accettava di fare un piccolo spuntino, sembrava lo facesse al solo scopo di far notare che le provviste di Mrs Collins erano troppo abbondanti per una famiglia così piccola.

Elizabeth si accorse ben presto che anche se questa gran dama non faceva parte del Consiglio della Contea, era tuttavia un attivo magistrato nella sua parrocchia della quale sapeva i più piccoli dettagli attraverso Mr Collins e, se avveniva qualche lite tra i coloni, o vi era qualcuno malcontento o in miseria, essa partiva per il villaggio a comporre dissidi, a placare lamentele, e, con i suoi ammonimenti, a riportare l'armonia e il benessere.

Gli inviti a Rosings generalmente si ripetevano due volte la settimana, e tranne che per la mancanza di Sir William c'era una sola tavola di gioco, il divertimento era immancabilmente uguale a quello della prima volta. Ricevevano pochi altri inviti perché il tono di vita del vicinato era superiore a quello dei Collins, ma questo non dispiaceva a Elizabeth che trascorreva il suo tempo abbastanza piacevolmente; passava delle buone ore in conversazione con Charlotte, e il tempo era così bello, per la stagione, che aveva spesso la gioia di potersene stare all'aperto. La sua passeggiata preferita (e vi si recava spesso quando gli altri erano in visita da Lady Catherine) era lungo il confine del parco, dove vi era un sentiero riparato che nessuno sembrava apprezzare tranne lei, e dove si sentiva al riparo dalla curiosità di Lady Catherine.

Le prime settimane trascorsero così piuttosto tranquillamente. La Pasqua si avvicinava e nella settimana precedente si sarebbe visto apparire un nuovo membro della famiglia di Rosings: evento abbastanza importante in una cerchia così ristretta. Poco dopo il suo arrivo, Elizabeth aveva sentito dire che Mr Darcy era atteso per quell'epoca, e sebbene non fosse certo lui il preferito tra i suoi conoscenti, il suo arrivo costituiva pur sempre qualcosa di nuovo nell'ambiente di Rosings, e lei si sarebbe potuta divertire nel constatare l'inutilità delle speranze nutrite da Miss Bingley, osservando il contegno di Darcy verso sua cugina, alla quale era certamente destinato da Lady Catherine. Questa accennava con grande soddisfazione alla sua venuta, parlava di lui con la più calda ammirazione, e sembrava quasi seccata che Elizabeth e Miss Lucas lo avessero già visto più volte.

Il suo arrivo fu presto risaputo alla Parrocchia, perché Mr Collins, che passeggiò tutta la mattinata in vista della villa per essere il primo a vederlo, dopo aver fatto un inchino alla carrozza che svoltava nel parco, corse a casa a portare la grande notizia. Il mattino dopo si affrettò a correre a Rosings a presentare i suoi omaggi: due erano i nipoti di Lady Catherine cui porgerli, perché Mr Darcy aveva condotto con sé il colonnello Fitzwilliam, figlio minore di suo zio Lord ***, e con grande sorpresa di tutti, quando Mr Collins ritornò a casa, i due gentiluomini lo accompagnarono. Charlotte, che li aveva visti dallo studio di suo marito mentre attraversavano la strada, corse subito nell'altra tanza ad avvertire le ragazze dell'onore che le aspettava, aggiungendo:

«Devo a te, Eliza, questo atto di cortesia. Mr Darcy non sarebbe venuto così presto per far visita a me».

Elizabeth non ebbe quasi tempo di schermirsi della cortese supposizione, prima che il campanello annunciasse il loro arrivo, e poco dopo i tre signori entrarono. Il colonnello Fitzwilliam, che li precedeva, era sulla trentina, non bello, ma nella persona e nel tratto un vero gentiluomo. Mr Darcy era sempre tale e quale come lo avevano visto nell'Hertfordshire. Presentò i suoi omaggi a Mrs Collins con la sua solita riservatezza, e quali che fossero i suoi sentimenti verso la sua amica la salutò con la massima calma. Elizabeth s'inchinò senza dire una parola.

Il colonnello Fitzwilliam iniziò subito a conversare, con la prontezza e la disinvoltura di una persona educata, e parlò molto piacevolmente; ma suo cugino, dopo aver rivolto a Mrs Collins qualche frase sulla casa e sul giardino, si sedette senza parlare con nessuno. Finalmente però, in una resipiscenza di cortesia, si informò con Elizabeth sulla salute della sua famiglia. Elizabeth rispose; poi aggiunse dopo un momento:

«Mia sorella maggiore è in città da tre mesi. Non l'avete per caso incontrata?».

Sapeva benissimo che non era possibile che Mr Darcy avesse visto Jane a Londra, ma desiderava vedere se si sarebbe tradito mostrando di sapere quello era avvenuto tra lei e i Bingley, e le sembrò infatti un po' confuso quando rispose che non aveva mai avuto la fortuna di incontrare Miss Bennet.

Lasciarono cadere l'argomento e i signori se ne andarono poco dopo.

Capitolo trentunesimo

Il contegno del colonnello Fitzwilliam fu molto apprezzato al Presbiterio, e le signore pensavano che la sua presenza avrebbe aumentato di molto il piacere delle loro serate a Rosings. Trascorsero però alcuni giorni prima che ricevessero un invito; ora che Rosings aveva visite importanti, la loro presenza non era più necessaria, e fu soltanto a Pasqua, quasi una settimana dopo l'arrivo degli ospiti, che ebbero l'onore di un invito per la sera, all'uscita dalla chiesa. Nell'ultima settimana avevano visto raramente sia Lady Catherine che sua figlia. Il colonnello Fitzwilliam era venuto più di una volta da loro, ma non avevano visto Mr Darcy che in chiesa.

Naturalmente accettarono l'invito e alla debita ora raggiunsero la compagnia nel salotto di Lady Catherine. Sua Signoria li ricevette con gentilezza, ma era facile vedere che la loro presenza non era così gradita come quando non aveva di meglio; era troppo occupata a parlare con i suoi ospiti, specialmente con Darcy, che la interessava più di tutti.

Il colonnello Fitzwilliam mostrò tutto il piacere che provava a vederli; ogni distrazione era benvenuta a Rosings, senza calcolare che la graziosa amica Mrs Collins aveva colpito la sua fantasia. Si sedette accanto a lei parlando con tanta piacevolezza del Kent e dell'Hertfordshire, del viaggiare e dello stare a casa, dei libri recenti e di musica, che Elizabeth non si era mai trovata tanto bene in quel salotto, e la loro conversazione divenne così animata ed espansiva da attirare non solo l'attenzione di Lady Catherine ma anche quella di Mr Darcy. I suoi occhi si erano spesso rivolti a loro con curiosità, e ben presto Sua Signoria, dividendo la stessa curiosità, la espresse apertamente, perché, senza troppi scrupoli, chiese:

«Che cosa state dicendo, Fitzwilliam? Di che cosa parlate? Che cosa raccontate a Miss Bennet? Voglio sentire anch'io».

«Discorriamo di musica, Madam», egli disse, quando non poté evitare di rispondere.

«Di musica! Allora parlate, vi prego, a voce alta. È l'argomento che preferisco. Devo prender parte anch'io alla conversazione, se parlate di musica. Credo che in tutta l'Inghilterra vi siano poche persone che apprezzino la musica come me, o che abbiano un più innato buon gusto. Se avessi studiato, sarei una grande conoscitrice. E anche Anne, se la sua salute le avesse permesso di applicarsi, avrebbe suonato deliziosamente. E Georgiana, come va, Darcy?»

Darcy fece gli elogi più affettuosi dei progressi di sua sorella.

«Ne sono proprio contenta», disse Lady Catherine, «ma ditele, vi prego, che non può aspettarsi di eccellere se non si esercita parecchio.»

«Vi assicuro, signora», rispose lui, che non ha bisogno di questo consiglio. Studia con molta costanza e impegno.»

«Tanto meglio. Non sarà mai abbastanza, e la prima volta che le scriverò, le raccomanderò di non trascurare il pianoforte per nessun motivo. Dico spesso alle ragazze che non si può raggiungere, in musica, la perfezione senza un esercizio costante. Ho già ripetuto parecchie volte a Miss Bennet che non suonerà mai veramente bene se non studierà di più, e poiché Mrs Collins non ha un piano, sarà sempre benvenuta se verrà a Rosings, anche tutti i giorni, per suonare sul pianoforte che è in camera di Mrs Jenkinson. In quell'ala della casa non c'è pericolo che dia fastidio a nessuno.»

Mr Darcy sembrò piuttosto seccato per la sgarberia di sua zia e non rispose.

Preso il caffè, il colonnello Fitzwilliam ricordò a Elizabeth che gli aveva promesso di suonare per lui, e lei sedette subito al piano, mentre lui le si poneva accanto. Lady Catherine ascoltò metà di una romanza, poi riprese a parlare come prima con suo nipote, finché costui alzandosi, si diresse deliberatamente verso il pianoforte, mettendosi in modo da poter guardare in volto la graziosa suonatrice. Elizabeth, vedendolo, alla prima pausa si volse a lui con un sorriso malizioso:

«Avete l'intenzione di farmi paura, Mr Darcy, venendo ad ascoltarmi con tanta solennità? Ma non mi spavento, anche se vostra sorella suona così bene. Sono talmente ostinata che non mi lascio smuovere dalla volontà degli altri. Il mio coraggio anzi si ridesta a ogni tentativo di intimidirmi».

«Non vi dirò che sbagliate», egli rispose, «anche se so che non credete affatto che io abbia l'intenzione di spaventarvi; ho il piacere di conoscervi da abbastanza tempo per sapere che vi diverte professare delle opinioni che non sono affatto le vostre.»

Elizabeth rise di cuore a questo ritratto di se stessa, e disse al colonnello Fitzwilliam:

«Vostro cugino vi farà un tale quadro di me che sarete indotto a non credere una sola parola di quello che dico. Sono proprio sfortunata nel trovare una persona che può rivelare il mio vero carattere, proprio in quell'angolo del mondo dove speravo di potere avere qualche successo. Davvero Mr Darcy, è assai poco generoso da parte vostra riferire tutto quello che avete scoperto contro di me nell'Hertfordshire, e permettetemi di dire anche che è poco politico, perché può provocare la mia vendetta, e ne potrebbe venir fuori qualcosa che scandalizzerebbe i vostri parenti».

«Non mi fate paura», disse lui sorridendo.

«Di grazia, ditemi di che cosa potete accusarlo», esclamò il colonnello Fitzwilliam. «Mi piacerebbe sapere come si comporta tra gli estranei.»

«Lo saprete; ma preparatevi a qualche cosa di orribile. Dovete sapere che la prima volta che lo vidi nell'Hertfordshire, fu a un ballo, e volete sapere che cosa fece a questo ballo? Ballò quattro volte soltanto! Mi duole di affliggervi, ma fu proprio così. Ballò solo quattro danze benché ci fossero pochi uomini, e posso dire che più di una ragazza fu costretta a star seduta per mancanza di cavalieri. Non potete negarlo, Mr Darcy.»

«Non avevo allora l'onore di conoscere nessuna signora all'infuori di quelle del mio gruppo.»

«Verissimo, e nessuno si può far presentare in una festa da ballo. E ora, colonnello Fitzwilliam, che cosa devo suonare? Le mie dita sono a vostra disposizione.»

«Forse», disse Darcy, «avrei fatto meglio a farmi presentare, ma non ho le qualità adatte per piacere a chi non conosco.»

«Dobbiamo chiederne la ragione a vostro cugino?», disse Elizabeth sempre rivolta al colonnello Fitzwilliam, «dobbiamo chiedergli perché un uomo intelligente e colto che ha vissuto nel mondo, non sa piacere agli estranei?»

«Posso rispondere per lui», disse Fitzwilliam. «È perché non vuol darsene la pena.»

«Certo non ho l'arte che hanno alcuni», disse Darcy, «di parlare facilmente con chi non ho mai visto. Non so mettermi al loro tono, né interessarmi ai loro argomenti, come vedo fare a tanti.»

«Le mie dita», replicò Elizabeth, «non corrono su questa tastiera con la maestria che ammiro in molte altre persone. Non hanno la stessa forza, né la stessa rapidità e non ottengono gli stessi risultati. Ma ho sempre creduto che la colpa fosse mia, per non aver fatto la fatica di esercitarmi; non che io creda che le mie dita non potrebbero essere altrettanto capaci di una esecuzione perfetta, come quella raggiunta da chiunque altro.»

Darcy sorrise, dicendo: «Avete perfettamente ragione. Avete impiegato mille volte meglio il vostro tempo. Nessuno tra quelli che hanno il privilegio di sentirvi può pensare che vi manchi qualcosa. Ma nessuno di noi due sa esibirsi davanti agli estranei».

A questo punto furono interrotti da Lady Catherine che chiese ad alta voce di che cosa stessero discorrendo.

Elizabeth ricominciò subito a suonare. Lady Catherine si avvicinò e, dopo aver ascoltato per alcuni minuti, disse a Darcy:

«Miss Bennet non suonerebbe affatto male se studiasse di più e se avesse avuto un professore di Londra. Ha una grande agilità, anche se il suo gusto non è paragonabile a quello di Anne. Anne sarebbe stata un'ottima pianista se la sua salute le avesse permesso di esercitarsi».

Elizabeth guardò Darcy per vedere con quanta prontezza assentisse all'elogio della cugina, ma né in quel momento né altre volte poté mai scorgere in lui alcun sintomo d'amore anzi, dall'insieme del suo contegno verso Miss de Bourgh le parve, a consolazione di Miss Bingley, che avrebbe altrettanto probabilmente sposato lei, se fosse stata sua parente.

Lady Catherine continuò a dare i suoi giudizi sul modo di suonare di Elizabeth, unendovi molti consigli sull'esecuzione e sul gusto. Elizabeth li accolse con tutta la pazienza che le suggeriva l'educazione, e, alla richiesta dei due cavalieri, rimase al pianoforte finché la carrozza di Sua Signoria fu pronta per riaccompagnarli tutti a casa.

Capitolo trentaduesimo

L'indomani mattina Elizabeth era sola e stava scrivendo a Jane, mentre Mrs Collins e Maria erano andate per compere al villaggio, quando fu sorpresa da una scampanellata, segno certo di una visita. Non avendo sentito rumore di carrozze, pensò che potesse essere Lady Catherine e stava già riponendo la lettera incominciata per sfuggire alle sue domande impertinenti quando la porta si aprì e con sua grande sorpresa vide entrare in camera Mr Darcy; Mr Darcy e nessun altro.

Parve stupito di trovarla e si scusò per il disturbo: credeva, disse, che tutte e tre le signore fossero in casa.

Sedette, e quando Elizabeth si fu informata su Rosings, sembrò ci fosse il pericolo di cadere nel silenzio più assoluto. Bisognava pensare a qualcosa di cui parlare, e, ricordando l'ultima volta che lo aveva visto nell'Hertfordshire, curiosa di sapere che cosa avrebbe detto a proposito della loro partenza affrettata, osservò:

«Come avete lasciato improvvisamente Netherfield, il novembre scorso, Mr Darcy! Mr Bingley sarà stato molto contento nel vedersi raggiunto così presto, perché, se ben ricordo, era partito soltanto il giorno prima. Spero che lui e le sue sorelle stessero bene quando avete lasciato Londra».

«Perfettamente, grazie.»

Visto che non riceveva altra risposta, dopo una breve pausa continuò:

«Mi pare di aver capito che Mr Bingley non ha intenzione di ritornare a Netherfield».

«Non gliel'ho mai sentito dire: ma è facile che non vi si trattenga a lungo, in avvenire. Ha molti amici, ed è in quel periodo della vita in cui gli amici e gli impegni aumentano continuamente.»

«Se non ha intenzione di stare molto a Netherfield, sarebbe meglio per i suoi vicini che rinunciasse addirittura al posto, così almeno potremmo acquistare nel vicinato una famiglia decisa a stabilirvisi. Ma forse, Mr Bingley non ha affittato la casa per il piacere del vicinato, bensì per il suo; e tanto tenerla che lasciarla dipenderà per lui unicamente dallo stesso motivo.»

«Non mi stupirebbe», disse Darcy, «se la cedesse, alla prima buona offerta.»

Elizabeth non rispose. Non osava parlargli più a lungo del suo amico e, non avendo altro da dire, era decisa a lasciare a lui il disturbo di trovare un nuovo argomento.

Egli comprese benissimo e incominciò:

«Questa casa è veramente comoda. Credo che Lady Catherine, quando Mr Collins venne a Hunsford, vi abbia fatto molte riparazioni».

«Lo credo anch'io, e sono certa che non poteva elargire i suoi favori a persona più capace di gratitudine.»

«Mr Collins è stato molto fortunato nella scelta della moglie.»

«Sì, e i suoi amici possono proprio rallegrarsi che si sia imbattuto in una delle poche donne assennate capaci di accettarlo, e che, accettandolo, sappia renderlo felice. La mia amica è molto intelligente anche se io non posso pensare che aver sposato Mr Collins sia la cosa più saggia che abbia fatto. Tuttavia sembra perfettamente felice, e il suo matrimonio, considerato come matrimonio di ragione, risulta veramente ottimo.»

«Quello che deve farle più piacere deve essere trovarsi a così poca distanza dalla famiglia e dagli amici.»

«Vi pare una piccola distanza? Sono quasi cinquanta miglia.»

«E che cosa sono cinquanta miglia su di una buona strada? Poco più di mezza giornata di viaggio; a me, in verità, la distanza sembra breve.»

«Non avrei mai pensato alla *distanza* come a uno dei vantaggi di questo matrimonio», esclamò Elizabeth. «E non avrei mai detto che Mrs Collins sia rimasta vicino alla propria famiglia.»

«Ciò dimostra come siete affezionata all'Hertfordshire. Penso che qualsiasi posto che non sia nei dintorni immediati di Longbourn vi sembri lontano.»

Parlava con un lieve sorriso, ed Elizabeth credette di indovinare:

supponeva certo che lei pensasse a Jane e a Netherfield, e arrossì sorridendo:

«Non voglio dire che una donna non possa accasarsi che nelle vicinanze della propria famiglia. La distanza può essere relativa e dipendere da molte circostanze. Quando si è ricchi e non importa la spesa del viaggio, le distanze non rappresentano un guaio. Ma questo non è il caso. Mr Collins e la sua signora hanno un buon reddito, ma non tale da potersi permettere viaggi frequenti, e sono convinta che la mia amica non considererebbe di trovarsi vicino ai suoi neppure se fosse a metà distanza».

Mr Darcy avvicinò un po' la sua seggiola a quella di lei e disse: «Ma voi non dovreste avere alcuna ragione per essere così attaccata a quel luogo. Non potete esser rimasta sempre a Longbourn».

Elizabeth sembrò sorpresa. Al suo compagno non sfuggì quel mutamento d'umore; ritrasse la sedia, prese un giornale dal tavolo e, dandovi un'occhiata, le chiese in tono più freddo: «Vi piace il Kent?».

Seguì un breve dialogo sulla regione, calmo e conciso da ambedue le parti, presto interrotto dall'entrata di Charlotte e di sua sorella, che tornavano allora dalla passeggiata. Rimasero stupite di quel *tête-a-tête*. Mr Darcy spiegò per quale ragione si era trovato a disturbare involontariamente Miss Bennet, e dopo pochi minuti, senza aver quasi più parlato con nessuno di loro, se ne andò.

«Che cosa significa tutto questo?», disse Charlotte appena fu uscito. «Cara Eliza, deve essere innamorato di te. Altrimenti non sarebbe mai venuto a trovarci con tanta semplicità.»

Ma quando Elizabeth raccontò come era stato accigliato e taciturno, la cosa non parve più possibile neppure a Charlotte, malgrado il suo carattere ottimista; e, dopo varie congetture, l'unica ragione alla quale poté essere attribuita la sua visita fu quella della noia: si era degnato fino a tanto proprio per non aver altro da fare, cosa abbastanza facile in quella stagione, in cui tutti gli svaghi all'aperto erano finiti. In casa c'erano, è vero, Lady Catherine, dei libri e un bigliardo, ma gli uomini non possono stare sempre in casa, e, sia per la bellezza delle passeggiate, sia per la vicinanza stessa del Rettorato e per la piacevole compagnia che vi trovavano, i due cugini da quel momento vennero quasi tutti i giorni a far loro visita. Arrivavano al mattino nelle ore più disparate, a volte insieme, a volte ciascuno per proprio conto e di rado accompagnati dalla zia. Si vedeva chiaramente che il colonnello Fitzwilliam ci veniva perché si trovava bene tra loro, cosa che naturalmente lo rendeva ancor più accetto; Elizabeth provava piacere a trovarsi con lui, e la palese ammirazione che le mostrava le ricordava il suo favorito di un tempo, George Wickham; e pur constatando che il colonnello Fitzwilliam non aveva le maniere seducenti di lui, lo trovava tuttavia molto più brillante.

Più difficile era capire come mai anche Mr Darcy si recasse così spesso al Rettorato. Non certo per cercarvi compagnia, perché rimaneva spesso senza aprir bocca, e, quando parlava, sembrava lo facesse più per dovere che per piacere, quasi compisse un sacrificio dovuto alle convenienze sociali. Era raro che lo si vedesse animato. Mrs Collins non riusciva a capirlo. Il colonnello Fitzwilliam lo canzonava per il suo umore silenzioso, e questo stava a dimostrare che non si comportava sempre così; e Mrs Collins, nutrendo in cuor suo la speranza che questo mutamento dipendesse da un innamoramento per Elizabeth, si mise d'impegno per cercare di scoprire se era vero. Certo egli guardava molto la sua amica, ma l'espressione di quel suo sguardo era difficile da definirsi. La fissava con aria seria e grave. Charlotte si domandava se quello sguardo rivelasse una vera ammirazione oppure fosse soltanto, per lui, un modo come un altro di essere soprappensiero.

Due o tre volte Charlotte aveva suggerito a Elizabeth che Darcy avesse un debole per lei, ma questa aveva sempre riso all'idea, e l'altra non credette il caso di insistere, per paura di destare delle speranze che potessero andar deluse, convinta com'era che tutta l'antipatia della sua amica sarebbe svanita, quando avesse potuto credere di tenerlo in suo potere.

Tra gli affettuosi progetti di Charlotte per Elizabeth c'era anche quello di sposarla al colonnello Fitzwilliam. Fra i due egli era, senza confronto, il più simpatico; era certo che la ammirava, la sua posizione era splendida; ma a controbilanciare tutti questi vantaggi, c'era il fatto che Mr Darcy aveva invece una forte influenza sul patronato ecclesiastico, mentre suo cugino non ne aveva alcuna.

Capitolo trentatreesimo

Più di una volta durante le sue passeggiate nel parco, Elizabeth si era imbattuta improvvisamente in Mr Darcy. Era il colmo della sfortuna incontrarlo proprio negli angoli più riposti e più tranquilli, e, per impedire che la cosa si rinnovasse, ebbe cura di informarlo che quella era la sua passeggiata favorita. Le parve quindi strano che l'incontro si ripetesse, non solo una seconda volta, ma anche una terza. Sembrava che lo facesse per dispetto, o per infliggere a se stesso una strana punizione, perché, non contento delle poche e banali frasi scambiate insieme e intercalate da pause imbarazzanti, aveva ritenuto opportuno tornare indietro e accompagnarla. Darcy non diceva gran che e lei non si curava di parlare o di ascoltare con molta attenzione; ma al loro terzo incontro fu colpita nell'osservare che lui le rivolgeva domande piuttosto strane su come si trovava a Hunsford, sulla sua preferenza per le passeggiate solitarie, su quello che pensava della felicità di Mr Collins e di sua moglie; e, parlando di Rosings, che lei non conosceva ancora bene, le dava l'impressione di credere che la prossima volta che sarebbe tornata nel Kent, avrebbe abitato lei pure lì. Questo era ciò che le sue parole sembravano far supporre. Possibile che pensasse al colonnello Fitzwilliam? Se le sue erano allusioni, non potevano avere altro riferimento. Si sentì un po' turbata, e fu ben contenta di essere arrivata al cancello della palizzata di fronte al Rettorato.

Un giorno che passeggiava rileggendo l'ultima lettera di Jane, soffermandosi su alcuni punti che le provavano come l'animo di sua sorella non fosse troppo sereno quando aveva scritto, invece di essere sorpresa da Mr Darcy, alzando gli occhi, vide il colonnello Fitzwilliam che le veniva incontro. Mettendo subito via la lettera e forzandosi a sorridere, disse:

«Non avrei mai creduto che anche voi aveste per meta delle vostre passeggiate questi paraggi».

«Ho fatto il giro di tutto il parco», rispose, «come faccio ogni anno, e pensavo di terminarlo con una visita al Rettorato. Andate ancora lontano?»

«No, stavo per ritornare.» E detto fatto, tornò indietro e si diressero insieme verso il Presbiterio.

«È vero che lasciate il Kent, sabato?», chiese Elizabeth.

«Sì, se Darcy non rimanda ancora la partenza. È lui che decide come più gli aggrada.»

«Dunque anche se un progetto non gli va a genio, ha almeno la grandissima soddisfazione di prendere le decisioni che vuole. Non ho mai conosciuto nessuno che sembri godere più di Mr Darcy nel fare quello che più gli pare e piace.»

«È veramente un temperamento che ama la propria indipendenza», rispose il colonnello Fitzwilliam, «cosa che del resto piace a tutti. Soltanto, lui ha più mezzi a sua disposizione, perché è ricco, mentre molti altri sono poveri. Parlo per esperienza. Come ben sapete un figlio minore deve abituarsi a saper rinunziare e a dipendere dagli altri.»

«Secondo me, il figlio minore di un conte conosce poco sia l'una che l'altra cosa. Ditemi, in verità, che ne sapete voi di rinunce e di dipendenza? Quando mai la mancanza di mezzi vi ha impedito di andare dove volevate o di procurarvi quello che desideravate?»

«Queste sono piccolezze e forse non potrei dire di aver sofferto di vere e proprie privazioni, ma in cose di maggior importanza posso soffrire anch'io per la mancanza di mezzi. Per esempio, i figli minori non possono sposare chi vogliono.»

«A meno che non s'innamorino di donne ricche, cosa che mi pare avvenga spesso.»

«Siamo schiavi delle nostre abitudini dispendiose, e sono pochi quelli del mio ceto che possono sposarsi senza dare importanza al denaro.»

«Che voglia alludere a me?», pensò Elizabeth arrossendo; ma, riprendendosi, disse con tono vivace: «E ditemi dunque, vi prego, qual è il prezzo corrente per il figlio minore di un conte? A meno che il primogenito non sia molto malandato di salute, penso che non pretenderà più di cinquantamila sterline».

Anche lui rispose sullo stesso tono e l'argomento fu abbandonato. Temendo però che potesse interpretare il suo silenzio come segno che lei fosse rimasta turbata dal discorso fatto, Elizabeth continuò quasi subito:

«Immagino che vostro cugino vi abbia condotto con sé soprattutto per il piacere di avere qualcuno a sua disposizione. Mi domando come mai non si sposa, per assicurarsi stabilmente questo vantaggio. Ma forse sua sorella per ora può bastare: dato che è affidata alle sue cure, può comandarla come vuole».

«No», disse il colonnello Fitzwilliam, «è una cura che deve dividere con me. Sono anch'io tutore di Miss Darcy.»

«Davvero? E che genere di tutori siete? La vostra pupilla vi dà molto da fare? Le signorine di quell'età sono talvolta un po' difficili da guidare, e se ha il vero carattere dei Darcy, forse piacerà anche a lei fare quello che vuole.»

Mentre parlava, notò che lui la guardava attentamente, e dal modo con cui le chiese subito perché supponeva che Miss Darcy potesse dare delle preoccupazioni, comprese di essere andata molto vicina alla verità. Rispose in fretta:

«Non inquietatevi. Non ho mai sentito parlare male di lei, e sono sicura che è una delle più docili creature del mondo. È la prediletta di alcune signore che conosco, Mrs Hurst e Miss Bingley. Credo che le conosciate voi pure».

«Le conosco poco. Loro fratello è un uomo distinto, e un grande amico di Mr Darcy.»

«Oh, sì», rispose Elizabeth asciutta; «Mr Darcy mostra un grande attaccamento per Mr Bingley, e si prende cura di lui forse anche più di quanto dovrebbe.»

«Sì, credo *proprio* che Darcy si curi di lui lì dove mostra di averne veramente bisogno. Da qualcosa che mi ha detto durante il nostro viaggio, ho ragione di credere che Bingley gli può essere molto grato. Ma forse non ho il diritto di pensare che si trattasse di lui. È soltanto una mia congettura.»

«Di che cosa intendete parlare?»

«Si tratta di un caso che Darcy non desidera certo che venga risaputo, perché sarebbe spiacevole che arrivasse agli orecchi della famiglia della signorina.»

«Potete esser sicuro che non ne farò parola.»

«E guardate che non ho nessuna ragione speciale per credere che si tratti proprio di Bingley. Darcy mi disse soltanto questo: che si rallegrava di aver recentemente salvato un amico dal contrarre un matrimonio imprudente, ma senza far nomi, né dare particolari, e ho supposto che si trattasse di Bingley perché mi pare proprio il tipo di giovane capace di mettersi in un imbroglio di questo genere, e perché sapevo che avevano passato tutta l'estate insieme.»

«Mr Darcy vi ha spiegato le ragioni del suo intervento?»

«Mi è parso che vi fossero gravi impedimenti da parte della signorina.»

«E quali arti impiegò per separarli?»

«Non mi parlò delle sue arti», disse Fitzwilliam sorridendo. «Mi disse soltanto quello che vi ho riferito.»

Elizabeth non rispose e continuò a camminare; il suo cuore era gonfio d'indignazione. Dopo averla osservata qualche tempo, Fitzwilliam le chiese perché fosse così pensierosa.

«Pensavo a quello che mi avete detto», rispose. «Non mi piace ilì modo d'agire di vostro cugino. Perché arrogarsi il diritto di giudicare?»

«Vi pare che il suo intervento sia ingiustificato?»

«Non vedo quale diritto avesse Mr Darcy per decidere se l'inclinazione del suo amico fosse più o meno giusta, o perché dovesse bastare il suo giudizio per decidere o meno della felicità del suo amico. Ma», continuò riprendendosi, «siccome non conosciamo i particolari, non possiamo neppure condannarlo. Ad ogni modo penso che non si trattasse di un vero e grande amore.»

«Non è improbabile», disse Fitzwilliam, «ma questo diminuirebbe, e non di poco, la vittoria di mio cugino.»

Questa conclusione venne tratta scherzando, ma a lei parve che dalle parole del colonnello balzasse fuori così nitido il carattere di Mr Darcy, che non si fidò di rispondere, per cui, cambiando discorso, parlò di altri argomenti fino all'arrivo al Rettorato. Qui, chiusa nella sua camera, appena il visitatore se ne fu andato, poté pensare senza essere interrotta a tutto quello che aveva saputo. Senza dubbio si trattava proprio della sua cara Jane. Non poteva esservi al mondo, oltre a Mr Bingley, un altro uomo sul quale Mr Darcy esercitasse una influenza così illimitata. Non aveva mai dubitato ch'egli avesse avuto parte nel separarlo da Jane; ma aveva sempre attribuito a Miss Bingley la responsabilità più grande dell'accaduto. Invece, se non era stata la sua leggerezza ad allontanarlo da Jane, era stato proprio lui, con il suo orgoglio e il suo capriccio, la causa di tutto quello che sua sorella aveva sofferto e continuava a soffrire. Aveva distrutto, per qualche tempo almeno, ogni speranza di felicità nel cuore più affettuoso e più generoso, e nessuno poteva sapere quanto avrebbe potuto durare tutto il male che aveva fatto. «C'erano gravi impedimenti da parte della signorina», aveva detto Fitzwilliam, e i «gravi impedimenti» erano probabilmente avere uno zio avvocato di campagna, e un altro commerciante a Londra. Non potevano esserci davvero «impedimenti gravi» d'altro genere contro Jane personalmente, tutta bellezza e bontà, intelligente, con una mente superiore e dei modi affascinanti. «Né può addurre qualcosa contro mio padre», pensò, «che, anche se un po' originale, ha delle qualità che lo stesso Mr Darcy non può disprezzare e un'onorabilità ch'egli forse non saprebbe mai raggiungere». Quando pensava a sua madre si sentiva meno sicura; ma non poteva ammettere che le obiezioni contro di lei avessero un gran peso per Mr Darcy, il cui orgoglio doveva essere certo più ferito dal fatto che il suo amico si imparentasse con gente di poca importanza, piuttosto che di poco giudizio. Finì quindi per concludere che era stato guidato in parte dal suo peggiore orgoglio, in parte dal desiderio di serbare Mr Bingley per sua sorella.

Le lacrime e l'agitazione prodotte da queste riflessioni le causarono un gran mal di testa che andò peggiorando verso sera, e poiché non aveva nessun desiderio di vedere Mr Darcy decise di non accompagnare i suoi cugini a Rosings, dove erano attesi per il tè. Charlotte vedendo che la sua amica stava veramente poco bene non insisté e cercò di impedire che suo marito lo facesse; ma Mr Collins non poté nascondere il suo timore che Lady Catherine si sarebbe seccata non vedendo apparire Elizabeth.

Capitolo trentaquattresimo

Quando se ne furono andati, Elizabeth, quasi per aumentare la sua esasperazione contro Mr Darcy, si mise a leggere tutte le lettere che Jane le aveva scritto da quando si trovava nel Kent. Non che essa si lamentasse, né rievocasse il passato, o accennasse al presente dolore; mancava però la gaiezza propria del suo carattere e del suo stile, che, derivando dalla serenità di uno spirito in pace con se stesso e ben disposto verso tutti, non era fino allora mai stato offuscato. Elizabeth scorgeva ora in ogni frase una tristezza che le era sfuggita alla prima lettura. E il fatto che Mr Darcy si fosse vantato di aver causato tanta infelicità, le faceva dividere più profondamente tutta la pena di sua sorella. Si consolò, sapendo che il suo soggiorno a Rosings sarebbe terminato tra un paio di giorni, e ancor di più pensando che tra due settimane sarebbe stata di nuovo con Jane, e avrebbe con tutto il suo affetto contribuito a farle riacquistare pace e serenità.

Non poteva pensare alla partenza di Darcy senza ricordare che con lui sarebbe partito anche suo cugino, ma il colonnello Fitzwilliam le aveva fatto capire chiaramente di non avere nessuna intenzione al suo riguardo, e, per simpatico che fosse, non aveva proprio voglia di affliggersi per causa sua.

Aveva appena preso questa decisione, quando fu scossa improvvisamente dal suono del campanello della porta, e si sentì un po' turbata all'idea di vedere proprio Fitzwilliam, che già altre volte di pomeriggio era venuto a trovarli e che forse veniva a informarsi di lei in particolare. Ma si sbagliava, e la sua emozione fu ben diversa, quando, con sua grandissima sorpresa, vide entrare Mr Darcy, il quale con parole piuttosto concitate cominciò a informarsi della sua salute, dicendo che era venuto nella speranza di trovarla migliorata. Elizabeth rispose con fredda cortesia. Mr Darcy sedette per un momento, poi, alzatosi, prese a camminare nervosamente su e giù per la stanza. Elizabeth era sempre più stupita, ma non disse una parola. Dopo un silenzio abbastanza lungo, le si avvicinò dicendo in tono concitato:

«Ho lottato invano. È inutile. I miei sentimenti non possono più essere soffocati. Dovete permettermi di dirvi che vi ammiro e vi amo ardentemente».

La sorpresa di Elizabeth fu indicibile. Trasalì, arrossì e tacque dubitando. Egli pensò che fosse un incoraggiamento bastante, e seguitò con un'immediata confessione di tutto quello che provava e che aveva provato da tanto tempo per lei. Parlava bene; ma vi erano altri sentimenti, oltre a quelli del cuore, che doveva esporre, e non fu meno eloquente nel dimostrare il suo orgoglio di quanto non lo fosse stato per rilevare il suo affetto. L'idea dell'inferiorità sociale di Elizabeth, per lui così umiliante, degli ostacoli familiari, per cui aveva sempre cercato di combattere la sua inclinazione verso di lei, tutto fu esposto con un calore forse dovuto ai pregiudizi che aveva la forza di vincere, ma che non era certo adatto a rendere accetta la sua domanda.

Nonostante la ormai convinta antipatia che nutriva per Darcy, Elizabeth non poteva rimanere insensibile a sentirsi oggetto d'amore per un uomo come lui e, benché non esitasse un istante di fronte ai propri sentimenti, non poté fare a meno di essere spiacente all'idea della pena che stava per infliggergli; alla fine però, il risentimento provocato dalle sue ultime parole mutò questa compassione in vivo sdegno. Cercò nondimeno di ricomporsi per potergli rispondere il più gentilmente possibile, quando fosse venuto il momento. Egli concluse esponendo la violenza di un sentimento che, nonostante tutti i suoi tentativi, non era stato capace di vincere, ed esprimendo la speranza di esserne ricompensato ottenendo la sua mano. Mentre diceva così, Elizabeth poté facilmente accorgersi come lui non dubitasse affatto di ricevere una risposta favorevole. Parlava di apprensione e di ansia, ma il suo contegno denotava un'effettiva sicurezza. Questo non fece che esasperare Elizabeth, che disse arrossendo:

«Credo che in questi casi sia regola di squisita educazione dichiarare la propria riconoscenza per i sentimenti manifestati, anche se non sono ricambiati. Forse sarebbe naturale sentire anche della gratitudine, e, se io provassi questo sentimento, dovrei ringraziarvi. Ma non posso. Non ho mai aspirato alla vostra stima e voi me l'avete concessa molto a malincuore. Sono desolata di avervi causato un dolore. Tuttavia se questo è avvenuto, è stato involontariamente da parte mia e credo durerà poco. I sentimenti che, come mi avete detto, vi hanno così a lungo impedito di mostrarmi il vostro affetto, dopo questa spiegazione sapranno spegnerlo facilmente».

Darcy, che, appoggiato al camino, la guardava intensamente, sembrò afferrare le sue parole con una sorpresa più grande del risentimento. Divenne pallido per la collera, e in ogni tratto del suo volto rivelava un intenso turbamento. Lottava per riacquistare il dominio di se stesso e non aprì bocca finché non fu certo di esser perfettamente calmo. Questa pausa fu terribile per Elizabeth. Finalmente, con voce volutamente tranquilla, egli disse:

«Questa è tutta la risposta che ho l'onore di ricevere? Potrei, forse, pregarvi di informarmi perché mi rifiutate senza neppure darvi la pena di essere gentile? Ma questo ha poca importanza».

«Potrei anch'io chiedere», fu la risposta «perché, con l'intenzione così evidente di insultarmi e di offendermi, avete voluto dichiararmi che mi amate contro la vostra volontà, la vostra ragione, e perfino contro la vostra natura? Non basterebbe questo a scusare la mia scortesia, ammesso che sia stata scortese? Ma ho contro di voi altre ragioni di antipatia. E voi lo sapete. Se il mio stesso sentimento non vi fosse contrario, se fosse stato indifferente o anche favorevole, sappiate che nessuna considerazione mi avrebbe tentata ad accettare l'uomo che è stato la causa della rovina, forse per sempre, della felicità di una sorella che adoro.»

A queste parole Mr Darcy cambiò colore; ma fu una breve emozione, e ascoltò senza cercare di interromperla, mentre Elizabeth continuava:

«Ho tutte le ragioni del mondo per pensare male di voi. Non vi è un solo motivo che possa giustificare quello che avete fatto: non oserete negare che siete stato lo strumento principale, se non forse l'unico, per dividere due persone che si amavano, esponendo uno ad esser tacciato di capriccioso e volubile, e l'altra ad essere derisa per le sue speranze deluse, gettando tutti e due nel dolore più cocente».

Tacque, e vide, non senza indignazione, che lui ascoltava con l'aria di non provare alcun rimorso. La guardò perfino con un sorriso di aperta incredulità.

«Potete forse negare di averlo fatto?», ripeté Elizabeth.

Egli rispose con calma: «Non intendo negare di avere fatto tutto quanto era in mio potere per separare il mio amico da vostra sorella, o di essermi rallegrato del mio successo. Sono stato più bravo verso di lui che verso di me».

Elizabeth sdegnò di raccogliere questa riflessione galante, anche se non gliene sfuggì il senso, riflessione non certo adatta per riconciliarla.

«Ma non è soltanto su questa disgraziata faccenda», continuò, «che si fonda la mia antipatia. Molto prima che ciò avvenisse, la mia opinione su di voi si era già formata. Il vostro carattere mi fu rivelato da quello che seppi, molti mesi fa, da Mr Wickham. Che potere dire in proposito? Quale immaginario tratto di amicizia potete invocare a vostra difesa? O per mezzo di quale mistificazione cercherete di illudere il prossimo?»

«Mi sembra che v'interessiate molto di quel signore», disse Darcy in tono alterato, arrossendo.

«Chi, sapendo le sue disgrazie, non s'interesserebbe di lui?»

«Le sue disgrazie!», ripeté Darcy sdegnosamente. «Sì, le sue disgrazie sono state grandi davvero!»

«E per colpa vostra», esclamò Elizabeth energicamente. «Siete voi che l'avete ridotto alla sua attuale povertà. Gli avete tolto i vantaggi che sapevate gli erano destinati, lo avete privato negli anni migliori di quell'indipendenza che gli era dovuta e che meritava, siete voi la causa di tutto questo! Eppure potete ridere e schernire le sue disgrazie!»

«Ed è questa», disse Darcy, passeggiando agitato per la camera, «l'opinione che avete di me? Questa è la stima in cui mi tenete? Vi ringrazio di esservi spiegata così chiaramente. Secondo i vostri calcoli, le mie colpe sono davvero gravi. Ma forse», egli disse fermandosi, «avreste perdonato questi difetti se il vostro orgoglio non fosse stato ferito dalla mia onesta confessione degli scrupoli che mi hanno impedito per tanto tempo di pensare seriamente a voi. Se io, con maggior diplomazia, avessi nascosto le mie lotte e vi avessi illuso che ero stato spinto da un'inclinazione incontrollabile oltre che dal ragionamento e dalla riflessione, forse non mi avreste accusato così amaramente. Ma aborrisco ogni finzione. Non mi vergogno dei sentimenti che vi ho palesato. Erano giusti e naturali. Vi aspettavate forse che mi rallegrassi dell'inferiorità della vostra famiglia? Che mi congratulassi di acquistare dei parenti, la cui posizione nella scala sociale è di tanto inferiore alla mia?»

Elizabeth sentiva che la sua collera aumentava di momento in momento, tuttavia cercò di parlare con la massima calma, mentre diceva:

«Vi sbagliate, Mr Darcy, supponendo che il tono della vostra dichiarazione abbia influito sui miei sentimenti, se non in quanto mi ha risparmiato il dispiacere che avrei provato nel rifiutarvi se vi foste comportato più da gentiluomo».

A queste parole lo vide trasalire; pure non disse nulla e continuò:

«In qualunque modo mi aveste offerta la vostra mano, non avreste potuto mai indurmi ad accettarla».

Lo stupore di Darcy apparve ancora più manifesto: la guardò con un'espressione mista di mortificazione e di incredulità. Lei continuò:

«Fin da principio, posso quasi dire dal primo momento della nostra conoscenza, i vostri modi mi hanno rivelato tutta la vostra arroganza, la vostra presunzione e il vostro egoistico disprezzo dei sentimenti altrui. Questo è bastato a formare la base di quella disapprovazione sulla quale gli eventi successivi hanno costruito una irremovibile antipatia; e non era passato un mese, che avevo compreso che sareste stato l'ultimo uomo al mondo che io avrei pensato a sposare!».

«Avete detto quanto basta, signorina. Comprendo a pieno i vostri

sentimenti e non mi rimane altro che vergognarmi di quelli che erano i miei. Perdonatemi di aver rubato tanto del vostro tempo, e accogliete i miei migliori auguri di salute e di felicità.»

E con queste parole lasciò frettolosamente la camera. Elizabeth lo
sentì un momento dopo aprire la porta di casa e andarsene.

Il tumulto del suo animo era grandissimo. Non si sosteneva quasi e,
vinta dalla debolezza, cadde a sedere e pianse. Il suo stupore, nel riflettere a quello che era accaduto, aumentava continuamente. Ricevere una offerta di matrimonio da Mr Darcy! Saperlo innamorato di
lei da tutti questi mesi! E così innamorato da volerla sposare nonostante tutte le obiezioni che lo avevano indotto a impedire all'amico
di sposare sua sorella, e che non potevano essere meno valide nel
proprio caso! Sembrava addirittura incredibile! Era fiera di avere
ispirato senza saperlo un affetto così profondo. Ma l'orgoglio di lui,
quel suo abominevole orgoglio, la sua sfacciata confessione di quello che aveva fatto contro Jane, la sua imperdonabile tracotanza nel
riconoscerlo, e l'indifferenza con la quale aveva parlato di Mr Wickham senza negare la severità usata contro di lui, tutti questi sentimenti ebbero ben presto ragione della compassione che il pensiero
del suo affetto verso di lei aveva destato per un attimo. Queste agita-
te riflessioni la tennero occupata finché non le giunse il rumore della
carrozza di Lady Catherine, e presumendo che le sarebbe stato impossibile di sfuggire ai commenti di Charlotte, si affrettò a rifugiarsi
nella sua camera.

Capitolo trentacinquesimo

Elizabeth si svegliò l'indomani mattina con gli stessi pensieri sui
quali aveva chiuso gli occhi. Non poteva ancora riaversi dalla sorpresa per quello che era avvenuto; non poteva pensare ad altro, e incapace di dedicarsi a qualsiasi occupazione, risolvette di prendere un
po' d'aria e di fare del moto. Stava per avviarsi verso la sua passeggiata favorita, ma ricordandosi che Mr Darcy talvolta dirigeva i suoi
passi da quella parte, invece di entrare nel parco si avviò verso il
sentiero che se ne allontanava. La palizzata del parco segnava sempre il confine da una parte, ed essa attraversò uno dei cancelli che
davano nella campagna.

Dopo aver camminato su e giù due o tre volte per quel sentiero, fu
tentata, dalla bellezza della mattinata, di fermarsi al cancello e gettare un'occhiata nel parco. Le cinque settimane che aveva trascorse
nel Kent avevano trasformato la campagna e ogni giorno aumentava
la verzura degli alberi più precoci. Stava per continuare la sua passeggiata, quando intravide qualcuno nel boschetto che costeggiava il
parco; veniva verso di lei, ed ella, temendo che fosse Mr Darcy, si ritrasse prontamente. Ma questi era abbastanza vicino per vederla, e
avvicinandosi la chiamò per nome. Elizabeth, che era già voltata,

sentendosi chiamare, pur riconoscendo la voce di Mr Darcy, si riavvicinò al cancello. Anch'egli vi era arrivato, e porgendole una lettera che Elizabeth prese istintivamente, disse con tono freddamente altero: «Ho passeggiato nel boschetto per qualche tempo nella speranza di incontrarvi. Volete farmi l'onore di leggere questa lettera?». E, con un leggero inchino, rientrò nel parco e scomparve.

Senza alcun piacere, ma con la più viva curiosità, Elizabeth aprì la lettera e con sempre crescente stupore vide che conteneva due fogli scritti assai fitti, con una minutissima calligrafia. Continuando nel sentiero, incominciò a leggere. Era datata da Rosings, alle otto del mattino, e diceva così:

Non vi allarmate, signorina, nel ricevere questa lettera, pensando che contenga una ripetizione di quei sentimenti o il rinnovarsi di quella proposta che la sera scorsa vi furono tanto sgraditi. Scrivo senza nessuna intenzione di addolorarvi, né per umiliarmi ritornando su desideri che, per il bene di entrambi, non potranno essere dimenticati mai abbastanza presto; e avrei risparmiato lo sforzo che costa a me lo scrivere e a voi il leggere questa lettera, se la mia coscienza non richiedesse che fosse e scritta e letta. Vogliate dunque perdonare la libertà che mi prendo; so che il vostro sentimento lo farà a malincuore, ma lo chiedo al vostro senso di giustizia.

Ieri sera mi avete accusato di due colpe di natura assai diversa, e di ben diversa portata. La prima era che, incurante dei sentimenti di entrambi, avevo distaccato Mr Bingley da vostra sorella; e l'altra che, nonostante ogni diritto e contro ogni senso di onore e di umanità, avevo rovinato l'avvenire di Mr Wickham spogliandolo di ciò che gli spettava. L'aver volutamente respinto il compagno della mia gioventù, il beniamino di mio padre, un giovane che non aveva quasi altra fortuna all'infuori della nostra protezione e che era cresciuto aspettandosene i benefici, sarebbe una tale prova di malvagità, che davanti a essa la separazione di due persone, il cui affetto durava da poche settimane, è senza confronto assai meno grave. Ma spero che per tutti e due questi fatti sarò scagionato dal durissimo biasimo con il quale mi avete così severamente colpito ieri sera, quando avrete letto la relazione dei miei atti e dei motivi che mi hanno indotto ad agire. Se per spiegare le mie ragioni sarò costretto a toccare argomenti che possono dispiacervi, non mi resta che esternarvi il mio rincrescimento e obbedire alla necessità che me lo impone. Non ero da molto tempo nell'Hertfordshire quando mi accorsi, e la cosa non era un mistero per nessuno, che Bingley preferiva vostra sorella a tutte le signorine dei dintorni. Compresi però che si trattava di un vero e proprio attaccamento soltanto la sera del ballo a Netherfield. Avevo visto Bingley innamorarsi spesso, prima di allora. A quel ballo, mentre avevo l'onore di danzare con voi, fui informato per la prima volta dalle fortuite osservazioni di Sir William Lucas, che la corte fatta da Bingley a vostra sorella aveva destato la generale aspettativa del loro matrimonio. Se ne parlava come di un avvenimento sicuro, del quale rimaneva da stabilire soltanto la data. Da quel momento osservai attentamente il mio amico e non potei fare a meno di riconoscere che egli era attratto da Miss Bennet più di quanto non lo fosse mai stato da nessun'altra ragazza. Osservai anche vostra sorella. Il suo aspetto e i suoi modi erano aperti, vivaci e seducenti come sempre, senza pertanto che desse segno di provare un'inclinazione speciale, e dalle osservazioni di quella sera rimasi convinto che, se accoglieva la corte di Bingley con piacere, non la sollecitava con nessun particolare sentimento da parte sua. Se non siete stata *voi* a ingannarvi, devo essere *io* in errore. Cosa probabile, visto che conoscete vostra sorella meglio di me. Se è così, se questo mio errore è stato causa di dolore per lei, il vostro risentimento contro di me non è irragionevole. Ma non mi faccio scrupolo nell'asserire che la serenità del contegno e dell'espressione di vostra sorella era tale che avrebbe dato al più attento osservatore la convinzione che, per quanto fosse attratta da Bingley, il suo cuore non ne fosse veramente preso. Che io desiderassi crederla indifferente è certo; posso però garantire che le mie convinzioni e le mie decisioni non sono di solito influenzate dalle mie speranze e dai miei desideri. Non la giudicai indifferente perché desiderassi crederlo; lo credevo per un convincimento imparziale con la stessa sincerità con cui desideravo che così fosse.

Le mie obiezioni a quel matrimonio non erano soltanto quelle che solo la travolgente forza della passione mi fece superare nel mio caso; l'inferiorità della famiglia non poteva essere così grave per il mio amico come per me. Ma vi erano altre ragioni, che sussistono tuttora, e sussistono in pari misura in entrambi i casi, anche se io ho cercato di dimenticarle. Queste ragioni vanno dette, anche se brevemente. La posizione sociale di vostra madre, anche se discutibile, non era niente in confronto a quella mancanza di contegno dimostrata così spesso, quasi costantemente da lei e dalle vostre tre sorelle, e talvolta persino da vostro padre. Perdonatemi; mi duole di offendervi. Ma se vi deve rattristare che vengano notati i difetti dei vostri parenti, dovete pur consolarvi nel sapere che nemmeno l'ombra di un simile biasimo può sfiorare, e questo sia detto a lode vostra e di vostra sorella Jane, il comportamento di entrambe. Dirò soltanto che quanto avvenne quella sera non fece che confermare la mia opinione su tutte queste persone, e rafforzò il mio desiderio di trattenere il mio amico da quella che giudicavo una infelicissima unione. Egli lasciò Netherfield per Londra il giorno dopo, come ricordate, con l'intenzione di tornare presto. E ora devo spiegare la parte sostenuta da me. L'inquietudine delle sorelle di Bingley non era inferiore alla mia; ci accorgemmo presto che eravamo d'accordo nel nostro modo di sentire, e, ugualmente convinti che non c'era tempo da perdere per staccare Bingley da Jane, risolvemmo senz'altro di raggiungerlo subito a Londra. Così facemmo, e io mi assunsi l'incarico di mostrare al mio amico l'errore della sua scelta. Ma, per quanto le mie parole possano aver scossa o ritardata la sua decisione, non credo che alla fine avrebbero impedito il matrimonio, se io non lo avessi assicurato, come feci senza esitare, che vostra sorella non era innamorata di lui. Egli aveva sempre creduto che il suo affetto fosse corrisposto con sincera, se non uguale tenerezza. Ma Bingley è di natura assai semplice e si fida più del mio giudizio che del proprio. Fu quindi facile convincerlo che si era illuso, e, con una simile convinzione, fu questione di poco persuaderlo a non tornare nell'Hertfordshire. Non riesco a biasimarmi per quello che ho fatto. C'è soltanto un punto, nel mio modo di procedere, al quale penso con poca soddisfazione, ed è che mi abbassai a nascondergli che vostra sorella era in città. Io lo sapevo, come lo sapeva Miss Bingley, ma suo fratello lo ignora anche adesso. È probabile che il loro incontro sarebbe stato senza conseguenze, ma mi sembrava che il suo affetto per lei non fosse abbastanza attenuato perché la potesse rivedere senza pericolo. Forse questo silenzio, questa dissimulazione furono indegni di me, ma ormai è cosa fatta, e fu fatta a fin di bene. Non ho più nulla da aggiungere in proposito, né altre giustificazioni da dare. Se ho ferito i sentimenti di vostra sorella, l'ho fatto senza saperlo, e se anche i motivi che mi hanno guidato possono sembrarvi insufficienti, io non sono ancora arrivato a condannarli.

Riguardo all'altra, più grave accusa, di avere danneggiato Mr Wickham, posso solo ribatterla esponendovi tutti i suoi rapporti con la mia famiglia. Ignoro di che cosa egli mi abbia particolarmente incolpato, ma posso produrre più di un testimone a prova della indubbia verità di quanto vi narrerò.

Mr Wickham è figlio di un uomo rispettabile che per molti anni ebbe l'amministrazione di tutte le proprietà di Pemberley, e la cui abilità nel ricoprire tale carica indusse spontaneamente mio padre a cercare di essergli utile: per cui fu largo della sua bontà verso George Wickham, suo figlioccio: lo mantenne a scuola, e più tardi all'università di Cambridge, aiuto non indifferente perché suo padre, sempre in ristrettezze per la prodigalità di sua moglie, non sarebbe stato in grado di dargli un'educazione signorile. A mio padre non soltanto piaceva la compagnia di questo giovane le cui maniere furono sempre seducenti, ma aveva anche grande opinione di lui, e sperando che volesse abbracciare la carriera ecclesiastica, aveva l'intenzione di provvedere per lui anche in quel campo. Quanto a me, sono molti, molti anni che per la prima volta incominciai a considerarlo in modo ben diverso. Le tendenze viziose, la mancanza di ogni principio, che sapeva accuratamente nascondere, non potevano sfuggire a me che avevo occasione di vederlo quando non si sorvegliava, cosa che a mio padre non era dato di fare. E anche qui devo ancora procurarvi un dispiacere, la profondità del quale può essere giudicata soltanto da voi... Ma quali che siano i sentimenti suscitati in voi da Mr Wickham, nessun dubbio sulla loro natura può trattenermi dal rivelarvi il suo vero carattere; anzi può offrirmi un motivo di più per farlo.

Il mio ottimo padre morì cinque anni fa, e il suo affetto per Mr Wickham fu così profondo fino alla fine, che nel suo testamento mi raccomandò particolarmente che lo favorissi nel modo migliore in qualunque carriera egli volesse abbracciare, e, se avesse preso gli ordini sacri, manifestava il desiderio che gli fosse destinata, appena si fosse resa vacante, una buona parrocchia dipendente dalla nostra famiglia. Vi era, in più, un legato di mille sterline. Il padre di Wickham non sopravvisse a lungo al mio, e sei mesi dopo questi avvenimenti, Mr Wickham mi scrisse per informarmi che, avendo definitivamente rinunciato a prendere gli ordini, sperava che io non avrei trovato irragionevole da parte sua la richiesta di un immediato compenso materiale al posto della rendita della parrocchia di cui non avrebbe più potuto beneficiare. Aveva l'intenzione, aggiungeva, di studiare legge e l'interesse di mille sterline era un ben misero aiuto. Desideravo credere, più che non lo credessi, che fosse sincero, ma comunque ero prontissimo ad acconsentire alla sua richiesta. Sapevo che non era adatto per la carriera ecclesiastica. La cosa fu dunque conclusa: egli rinunciò a ogni pretesa sulla parrocchia e in compenso accettò tremila sterline. Con questo sembrava che ogni rapporto tra noi fosse finito. Pensavo troppo male di lui per invitarlo a Pemberley o per accoglierlo come amico nella mia casa in città. Credo che vivesse a Londra, ma lo studio della legge era soltanto un pretesto e, libero da ogni freno, conduceva una vita oziosa e dissoluta. Per circa tre anni non udii quasi più parlare di lui; ma alla morte del titolare della parrocchia che gli era stata destinata, mi scrisse di nuovo per ottenerla. La sua situazione, mi assicurava (e non avevo alcuna difficoltà a credergli), era assai difficile. Riteneva che lo studio della legge non dovesse essergli di grande utilità, e si sarebbe risoluto a prendere gli ordini se io gli avessi dato la parrocchia in questione; cosa che non metteva in dubbio, sapendo che io non avevo l'obbligo di provvedere a nessun altro, e che non potevo aver dimenticato le intenzioni del mio riverito padre. Non credo che potrete biasimarmi per aver rifiutato di soddisfare questa domanda, e di aver poi ignorato il ripetersi di tale richiesta. Il suo rancore fu proporzionato alle difficoltà in cui si trovava e non si fece scrupolo di accusarmi indegnamente presso gli altri. Da quel momento parve che ogni rapporto fosse chiuso tra noi. Ma l'estate scorsa, per mia disgrazia, si impose nuovamente alla mia attenzione, nel modo più doloroso.

Devo ora riferirvi una circostanza che vorrei dimenticare io stesso, e che soltanto un caso come questo può indurmi a rivelare ad altra persona. Dopo quanto vi ho detto non dubito della vostra lealtà e segretezza. Mia sorella, che è di dieci anni minore di me, fu affidata alla tutela di un nipote di mia madre, il colonnello Fitzwilliam, e alla mia. Circa un anno fa uscì dal collegio, e si stabilì a Londra. L'estate scorsa si recò, con la signora alla quale era affidata, a Ramsgate; qui si trovava pure Mr Wickham, probabilmente di proposito, perché si venne poi a sapere che egli conosceva già Mrs Jounge, sul cui carattere ci eravamo disgraziatamente ingannati. Con il suo aiuto e la sua connivenza, infatti, si rese talmente accetto a Georgiana, nel cui cuore affettuoso era rimasto impresso il ricordo delle gentilezza di cui la colmava da bambina, che finì col persuadersi di esserne innamorata e acconsentì a fuggire con lui. Non aveva allora che quindici anni, sia detto a sua discolpa; ma, dopo aver riferito la sua imprudenza, sono lieto di poter aggiungere che devo a lei stessa se riuscii a scoprire e sventare tutto.

Li raggiunsi inaspettatamente un giorno o due prima della progettata fuga, e Georgiana, incapace di sopportare l'idea di addolorare e offendere un fratello che aveva considerato quasi come un padre, mi confessò ogni cosa. Potete immaginare quello che provai e come agii. Per riguardo a mia sorella non permisi che la cosa fosse risaputa, ma scrissi immediatamente a Mr Wickham, che abbandonò il posto; naturalmente Mrs Jounge fu licenziata. Certo il principale movente di Mr Wickham era la sostanza di mia sorella che ammonta a trentamila sterline; ma non posso fare a meno di credere che fosse anche spinto da un vivo desiderio di vendicarsi di me. E la sua vendetta sarebbe stata davvero completa.

Questa è, signorina, la narrazione fedele di tutte le circostanze nelle quali fummo insieme coinvolti; e, se non la respingerete come falsa, spero che mi assolverete da ogni accusa di crudeltà verso Mr Wickham. Non so in quale forma, sotto quale falso aspetto egli vi abbia ingannato, ma non c'è da stupirsi che vi sia riuscito, ignara come eravate di tutti i precedenti. Non vi era possibile smascherarlo e non è nella vostra natura essere sospettosa.

Forse vi stupirete che io non vi abbia raccontato tutto questo ieri sera; ma non ero abbastanza padrone di me per sapere quello che potevo e dovevo fare. Per la verità di quanto ho asserito, posso invocare la testimonianza del colonnello Fitzwilliam, che, come nostro stretto parente e vivendo costantemente nella nostra intimità (e per di più come uno degli esecutori testamentari di mio padre), è stato sempre al corrente di tutte queste vicende. Se l'avversione che nutrite per me vi impedisce di dar peso alle mie asserzioni, non avete le stesse ragioni per diffidare di mio cugino, e perché abbiate ancora la possibilità di consultarlo, cercherò di avere l'occasione di consegnare questa lettera nelle vostre mani stamattina stessa. Aggiungo soltanto poche parole: che Dio vi benedica.

Fitzwilliam Darcy

Capitolo trentaseiesimo

Se Elizabeth, quando Darcy le consegnò la lettera, non si aspettava di trovarvi un rinnovo dei suoi sentimenti e delle sue proposte, non poteva neppure immaginare quale potesse essere il contenuto. Ma è facile intendere con quanta ansia la scorse, e a quali diverse emozioni era in preda mentre leggeva. I suoi sentimenti non erano facili a definirsi. Dapprima fu stupita che egli pensasse di potersi giustificare, convinta com'era che non avesse alcuna scusa che non sarebbe stato meglio tacere, per un giusto senso di vergogna. Già prevenuta contro tutto quello che potesse dire, incominciò a leggere il resoconto di quanto era avvenuto a Netherfield. Leggeva con una fretta che le impediva di ben comprendere, e, nell'impazienza di arrivare alla frase seguente, era incapace di soffermarsi sul senso di quella che aveva sotto gli occhi. Giudicò subito falso che egli avesse creduto nella insensibilità di sua sorella, e si irritò talmente alla sua confessione sui motivi più veri, più gravi, contro quel matrimonio, da non avere alcun desiderio di rendergli giustizia. Non esprimeva rammarico per quanto aveva fatto, cosa che non poteva certo soddisfarla; il suo stile denotava tutt'altro che il pentimento, anzi, piuttosto un'irritante alterigia. Era tutto orgoglio e insolenza.

Ma quando da questo argomento passò a quello di Wickham, quando, con più serena attenzione, lesse il resoconto dei fatti che, se veri, avrebbero capovolto ogni sua opinione su di lui, resoconto che assomigliava in modo così impressionante a quello che Wickham stesso aveva dato della sua posizione, allora i suoi sentimenti si fecero ancora più penosi e difficili a definire. Lo stupore, l'inquietudine, una specie di orrore, la opprimevano.

Avrebbe desiderato non credere a quanto le stava sotto gli occhi e andava continuamente esclamando: «È falso! Non può essere! È la più grande menzogna!». Terminata la lettura senza aver quasi compreso il senso delle due ultime pagine, mise prontamente da parte la lettera protestando in cuor suo di non volerla considerare e di non volerla mai più guardare.

In tanta agitazione, non riuscendo a fissare su nulla il proprio pensiero, continuò a passeggiare, ma non le giovò affatto; dopo un momento riaprì la lettera, e, cercando di dominarsi, riprese la mortificante lettura di tutto quello che riguardava Wickham, e si dominò al punto di riuscire a esaminare il significato di ogni frase. Il resoconto delle relazioni di Wickham con la famiglia di Pemberley era uguale a quello che ne aveva dato lui stesso, e la bontà del defunto Mr Darcy, era espressa in parole quasi identiche a quelle usate dallo stesso Wickham. Un racconto dunque confermava l'altro, ma sul punto del testamento la differenza era immensa. Erano ancor vive nella memoria di Elizabeth le parole che Wickham aveva avuto a questo proposito. Come non pensare dunque che da una parte o dall'altra doveva esservi una grande falsità? Ma leggendo e rileggendo con la più grande attenzione i particolari che seguivano la rinuncia a ogni pretesa sulla parrocchia, quel suo ricevere in compenso la cospicua somma di tremila sterline, ricadeva di nuovo in una grande perplessità. Riposta la lettera, pesò ogni circostanza con presunta imparzialità; esaminò la probabilità di ogni asserzione, ma si trovò ugualmente perplessa e disorientata. Rilesse ancora, ma ogni riga provava sempre più chiaramente che proprio la questione per la quale aveva creduto di dover condannare senza remissione la condotta di Mr Darcy, prendeva invece adesso una piega tale da renderlo del tutto innocente!

Le stravaganze e i vizi dei quali egli non si peritava di accusare Mr Wickham la scandalizzarono enormemente, tanto più che non aveva nessuna prova della loro infondatezza. Non aveva mai sentito parlare di lui, prima che entrasse nel reggimento, nel quale si era arruolato su consiglio di un amico incontrato per caso in città. Sulla sua vita precedente, nessuno era informato nell'Hertfordshire, tranne per quello che lui stesso aveva narrato nei suoi racconti. Quanto a lei, anche potendo, non aveva mai provato il desiderio di informarsi sul suo conto. Il contegno, la voce e le belle maniere di Wickham l'avevano indotta ad attribuirgli di primo acchito ogni virtù. Cercò di ritrovare qualche tratto di bontà, qualche particolare segno di generosità che lo potesse riscattare dagli attacchi di Mr Darcy; o, almeno, ricordare di lui qualità tanto nobili da poter compensare quei fuggevoli errori, come Elizabeth cercava di classificare quegli anni di ozio e di vizio di cui Mr Darcy aveva parlato. Ma non le sovvenne di alcuna di queste doti eccezionali. Le pareva quasi di vederselo davanti, affascinante nell'aspetto e nel modo di parlare; ma non poteva ricordare di lui nessuna virtù, se non la generale approvazione e la stima che si era acquistato con le sue brillanti qualità presso gli altri ufficiali. Dopo essersi soffermata non poco su questo punto, riprese a leggere. Ma ahimè, quello che seguiva delle mire di lui su Georgiana Darcy era confermato dal colloquio che ella aveva avuto col colonnello Fitzwilliam il mattino prima; e infine le si chiedeva appunto di controllare la verità di ogni particolare, proprio presso lo stesso colonnello Fitzwilliam, della cui lealtà non aveva ragione di dubitare.

In un primo momento fu quasi sul punto di rivolgersi a lui, ma subito scartò l'idea come sconveniente, e finì per escluderla nella convinzione che Mr Darcy non si sarebbe mai permesso una affermazione simile, se non fosse stato ben sicuro di essere assecondato dal cugino.

Ricordava perfettamente la sua conversazione con Wickham, la prima sera, dai Philips. Le ritornarono in mente molte sue espressioni; vedeva ora tutta la sconvenienza delle confidenze fatte a un'estranea, e si stupì che le fosse sfuggita allora. Vedeva l'indelicatezza con la quale si era messo in evidenza e la contraddizione tra le sue parole e la sua condotta.

Rammentava come, dopo essersi vantato di non temere di incontrarsi con Mr Darcy affermando che toccava a quello e non a lui di lasciare la contea, avesse evitato di venire al ballo di Netherfield pochi giorni dopo. Ricordava anche che, fino a quando la famiglia di Netherfield non era partita, aveva raccontato soltanto a lei la sua storia, ma che, appena partiti, la storia era stata risaputa da tutti; che egli non aveva avuto più nessun ritegno né scrupolo nel calunniare Mr Darcy, benché a lei avesse assicurato che il rispetto per il padre gli avrebbe sempre impedito di diffamare il figlio.

Come tutto appariva sotto un altro aspetto! La sua corte a Miss King non era che la conseguenza delle sue intenzioni interessate, e la modestia della dote della signorina non le sembrava più la prova della moderazione dei suoi desideri, quanto della sua avidità di afferrare qualunque cosa. La sua stessa condotta verso di lei, Elizabeth, non era più facile a spiegarsi: o si era illuso sulla sua ricchezza, o aveva soltanto voluto soddisfare la propria vanità, incoraggiando la preferenza che ella comprendeva adesso di avergli imprudentemente mostrata.

Gli ultimi tentativi che faceva per giustificarlo si indebolivano sempre più, mentre, a maggior onore di Mr Darcy, doveva convenire che Mr Bingley, interrogato da Jane, aveva sempre sostenuto la completa innocenza di Darcy in quella faccenda. Ricordava anche che, malgrado i modi freddi e orgogliosi dello stesso Darcy, nel primo periodo della loro conoscenza – una conoscenza che ultimamente li aveva messi spesso in contatto, dandole modo di comprenderlo meglio – non aveva mai notato nulla che tradisse in lui la mancanza di buoni principi o di rettitudine, nulla che denotasse in lui abitudini immorali o irreligiose; che, fra le sue conoscenze, era stimato e valutato, e che perfino Wickham aveva riconosciuto i suoi meriti di fratello affettuoso nei riguardi di Miss Georgiana, della quale anche lei lo aveva sentito parlare così spesso e con tanto affetto. Cosa, questa, che provava come egli fosse capace di sentimenti nobili e gentili. Le azioni delle quali Wickham lo accusava, erano una tale violazione di ogni diritto, che difficilmente sarebbero rimaste nascoste, senza contare che l'amicizia tra un essere capace di tanta cattiveria e un uomo buono come Mr Bingley, sarebbe stata incomprensibile.

Incominciò allora a vergognarsi di se stessa. Non poteva pensare né a Darcy né a Wickham, senza convenire di essere stata cieca, parziale, piena di pregiudizi, assurda.

«Come ho agito spregevolmente!», esclamò. «Io che mi sono sempre vantata del mio discernimento! Io che mi fidavo del mio criterio, che sorridevo del generoso candore di mia sorella e che mi sentivo così superiore a lei, professando una sfiducia veramente condannabile! Che scoperta umiliante! Eppure che giusta umiliazione! Se fossi stata innamorata non avrei potuto essere più stupidamente cieca! Ma la mia follia è stata la vanità, non l'amore. Lusingata dalla preferenza dell'uno e offesa dall'indifferenza dell'altro, fin dall'inizio della nostra conoscenza mi sono lasciata guidare dal pregiudizio allontanandomi dal buonsenso. Posso dire veramente di non essermi mai conosciuta prima d'ora!»

Passando da se stessa a Jane, da Jane a Bingley, i suoi pensieri la riportarono alle spiegazioni di Darcy, che, su questo punto, le erano parse insufficienti, e le rilesse. Ma alla seconda lettura, l'impressione fu ben diversa. Come poteva negare valore alle sue asserzioni su quel punto, quando aveva già dovuto accordarglielo su quell'altro? Egli dichiarava di essere stato completamente ignaro dell'affetto di sua sorella; e Elizabeth non poté fare a meno di ricordare a questo proposito le opinioni di Charlotte. Né poteva negare quanto fosse giusta la descrizione ch'egli faceva di Jane. Elizabeth conosceva Jane e sapeva come fosse poco incline a manifestare i propri sentimenti anche quando erano forti e sinceri; nel suo aspetto e nei suoi modi vi era quella costante sorveglianza di se stessa che non sempre va unita a una grande sensibilità.

Quando arrivò a quella parte della lettera in cui si parlava della sua famiglia con termini di così mortificante, eppur meritata disapprovazione, provò un grave senso di vergogna. Tuttavia la giustezza di quei rimproveri la colpì troppo a fondo perché potesse negarla, e i fatti a cui alludeva, accaduti al ballo di Netherfield, non potevano aver fatto maggior impressione sull'animo di lui, di quanto non avessero ferito lei stessa.

L'elogio che rivolgeva a lei e a sua sorella non andò perduto. Diminuì, pur senza consolarla, il senso di vergogna per il disprezzo che si erano attirati tutti i rimanenti membri della sua famiglia, e pensando come la delusione di Jane fosse dovuta, di fatto, ai suoi più stretti parenti, e riflettendo come tutte e due fossero danneggiate dalla strana condotta degli altri, si sentì più avvilita di quanto non lo fosse mai stata fino allora.

Dopo aver vagabondato per più di due ore, abbandonandosi a ogni sorta di pensieri, ritornando a riflettere sugli eventi, considerando le probabilità, e rimettendosi come meglio poteva da un così subitaneo e notevole cambiamento di opinione, la stanchezza e il pensiero della sua lunga assenza la fecero risolvere a tornare a casa, dove rientrò decisa ad apparire serena come sempre e risoluta quindi a reprimere tutte le riflessioni che l'avrebbero resa incapace di sostenere la conversazione.

Le fu subito riferito che i due signori di Rosings erano venuti segretamente a trovarli durante la sua assenza. Mr Darcy per pochi minuti soltanto, per prendere congedo; ma il colonnello Fitzwilliam si era fermato per un'ora almeno sperando nel suo ritorno e quasi deciso ad andarla a cercare.

Elizabeth riuscì a far mostra di essere *dolente* d'aver perso la sua visita: in realtà ne era ben contenta. Del colonnello Fitzwilliam non le importava più nulla. Non sapeva ormai più distogliere il pensiero da quella lettera.

Capitolo trentasettesimo

I due amici lasciarono Rosings il mattino dopo, e Mr Collins che si era trovato in vicinanza della villa per fare il suo ultimo inchino, poté portare a casa la buona notizia che apparivano in ottima salute e di umore abbastanza sereno per quanto ci si poteva aspettare dopo la malinconica scena degli addii svoltasi a Rosings. Si affrettò poi a recarsi a consolare Lady Catherine e sua figlia: al ritorno era latore, con grande soddisfazione, di un messaggio di Sua Signoria, che si sentiva talmente depressa da desiderare vivamente di averli tutti a pranzo da lei.

Elizabeth non poté rivedere Lady Catherine senza pensare che, se lo avesse voluto, in quel momento avrebbe potuto esserle presentata come sua futura nipote; né poteva immaginare, senza sorridere, lo sdegno di lei. Che cosa avrebbe detto? Come si sarebbe comportata? Erano le domande che si divertiva a porsi.

Naturalmente il primo argomento fu il vuoto lasciato dai partenti: «Vi assicuro che lo sento infinitamente», disse Lady Catherine, «credo che nessuno soffra quanto me per la partenza degli amici. E a questi giovani sono particolarmente affezionata, come so che essi lo sono a me! Erano più che spiacenti di partire. Lo sono sempre, del resto. Il caro colonnello si è fatto forza fino all'ultimo, ma Darcy sembrava assai più desolato dell'anno scorso. È un fatto che il suo attaccamento per Rosings vada sempre crescendo».

Era proprio il momento propizio per Mr Collins per introdurre un complimento e un'allusione che madre e figlia accolsero con un sorriso.

Lady Catherine, dopo pranzo, osservò che Elizabeth sembrava depressa, e naturalmente ne indicò lei la ragione, supponendo che non avesse voglia di tornare a casa così presto, e aggiunse:

«Ma se è per questo, dovete scrivere a vostra madre, pregandola di lasciarvi stare un altro po' di tempo. Sono sicura che Mrs Collins sarà felicissima della vostra compagnia».

«Sono molto grata a Vostra Signoria, per il cortese invito», rispose Elizabeth, «ma non mi è possibile accettarlo. Sabato prossimo devo essere in città.»

«Insomma, siete rimasta sei settimane soltanto. Credevo che vi sareste trattenuta due mesi. Lo dissi a Mrs Collins prima ancora che arrivaste. Non vedo la ragione perché dobbiate partire così presto. Certo Mrs Bennet può fare a meno di voi per altri quindici giorni.»

«Ma è mio padre che non lo può. Mi ha scritto l'altra settimana per affrettare il mio ritorno.»

«Oh, quanto a vostro padre, potrà bene rinunciare a voi, se lo può vostra madre. Le figlie non contano molto per un padre. E se vi fermaste tutto un altro mese, potrei accompagnare almeno una di voi a Londra dove andrò i primi giorni di giugno per una settimana. Siccome Dawson si adatta ad andare in calesse, vi sarà posto nella mia vettura almeno per una di voi, e, se il tempo fosse fresco, non avrei difficoltà a portarvi tutte e due, dato che nessuna di voi è grassa.»

«Siete la bontà personificata, signora, ma credo che dovrò attenermi al mio primo progetto.»

Lady Catherine sembrò rassegnarsi: «Mrs Collins, dovete farle accompagnare da un servitore. Sapete che vi dico sempre quello che penso, e non posso sopportare l'idea che due giovani donne viaggino sole. È assolutamente indecoroso. Dovete trovare il modo di mandare qualcuno con loro. È la cosa che detesto di più al mondo. Le signorine dovrebbero essere sempre sorvegliate e assistite, secondo la loro posizione sociale. Quando mia nipote Georgiana l'estate scorsa andò a Ramsgate, ho imposto che due domestici andassero con lei. Miss Darcy, la figlia di Mr Darcy di Pemberley, e di Lady Anne, non avrebbe potuto viaggiare diversamente, per il suo decoro. Sono assai meticolosa in proposito. Dovete mandare John con le due signorine, Mrs Collins; sono contenta di averci pensato, perché vi farebbe torto se le lasciaste andar sole.»

«Mio zio ci manderà un servitore.»

«Ah, vostro zio! Tiene dunque un servitore? Sono molto contenta che vi sia qualcuno che pensa a queste cose. Dove cambierete i cavalli? A Bromley, naturalmente. Se fate il mio nome alla Locanda della Campana vi serviranno bene.»

Lady Catherine fece parecchie altre domande sul loro viaggio, e siccome non a tutte trovava da sola una risposta, era necessario prestarle attenzione, cosa che era una fortuna per Elizabeth, perché con la mente oppressa da tanti pensieri, avrebbe finito per dimenticare dove si trovava. La riflessione era riservata alle ore di solitudine; era il suo più grande sollievo, appena si trovava sola, e non passava giorno senza che ella si rifugiasse in una passeggiata solitaria durante la quale si abbandonava alla malinconica dolcezza degli ingrati ricordi. Ormai sapeva quasi a memoria la lettera di Mr Darcy. Ne aveva studiato ogni frase e i suoi sentimenti verso colui che l'aveva scritta erano di volta in volta estremamente diversi. Quando ricordava il tono del suo discorso si sentiva ancora ribollire per l'indignazione, ma quando pensava all'ingiustizia con la quale lei stessa lo aveva poi condannato e rimproverato, la sua indignazione le si rivolgeva contro, e finiva per avere compassione di lui e dei suoi sentimenti delusi. Gli era grata per il suo affetto e rispettava il suo carattere, ma non poteva apprezzarlo, né pentirsi del suo rifiuto, e non provava alcun desiderio di rivederlo. Provava una continua irritazione ripensando al proprio contegno né minor dolore le davano quegli odiosi difetti della sua famiglia che sembravano senza rimedio. Suo padre, che pareva aver esaurito il proprio compito mettendole in ridicolo, non avrebbe mai fatto la fatica di frenare la folle leggerezza delle sue figlie minori, e la madre, così priva di buon senso lei stessa, era incapace di vedere alcun male nella loro condotta. Elizabeth, insieme con Jane, aveva cercato di moderare la storditezza di Catherine e di Lydia, ma finché queste erano appoggiate dalla indulgenza materna, come si poteva sperare di correggerle? Catherine, priva di volontà, irritabile e completamente dominata da Lydia, aveva sempre resistito ai loro consigli; Lydia, ostinata e trascurata, non dava loro nemmeno ascolto. Erano ignoranti, oziose e frivole. Finché a Meryton ci fosse stato un ufficiale, avrebbero sempre civettato, e finché Meryton era così vicino a Longbourn, non avrebbero mai rinunciato ad andarci. La sua pena maggiore era per Jane. La spiegazione di Mr Darcy, permettendole di rendere a Mr Bingley tutta la sua stima, accresceva la coscienza di quello che Jane aveva perduto. L'affetto di lui era stato veramente sincero, e la sua condotta scevra da ogni colpa, se si esclude quella di avere avuto troppa fiducia nel suo amico. Come era doloroso pensare che Jane aveva perso un avvenire che poteva schiuderle ogni felicità, solo per la follia e la mancanza di decoro della sua stessa famiglia!

Se si aggiungeva a tutti questi pensieri la rivelazione sulla vera indole di Wickham, si potrà capire come l'ottimismo di Elizabeth, che non era stato quasi mai intaccato prima d'ora, l'avesse abbandonata al punto che le era difficile avere anche solo l'apparenza della serenità.

Anche nell'ultima settimana del loro soggiorno, gli inviti a Rosings furono frequenti come al principio. Dovettero passare là l'ultima sera, e Sua Signoria si informò di nuovo minutamente sui particolari del loro viaggio, le istruì sul miglior modo di fare i bagagli e insistette talmente sulla maniera di piegare gli abiti, che, tornata a casa, Maria si credette obbligata a disfare tutto il lavoro del mattino e a rifare il suo baule.

Quando presero congedo, Lady Catherine, con grande degnazione, augurò loro un buon viaggio, e le invitò a ritornare a Hunsford l'anno prossimo; e Miss de Bourgh si sforzò fino a fare una parvenza di inchino e a tendere la mano ad entrambe.

Capitolo trentottesimo

Il sabato mattina, Elizabeth e Mr Collins si trovarono a colazione qualche minuto prima degli altri e lui ne approfittò per porgerle quegli ultimi saluti che gli sembravano cerimonia indispensabile.

«Non so, Miss Elizabeth», disse, «se Mrs Collins vi ha già espresso tutta la nostra riconoscenza per la vostra bontà nel venire da noi; ma sono sicuro che non lascerete la mia casa senza ricevere i nostri ringraziamenti. Il piacere della vostra compagnia è stato, vi assicuro, veramente sentito. Sappiamo come la nostra modesta dimora non abbia nulla da offrire. Il nostro semplice modo di vita, le nostre piccole camere, i pochi domestici e la mancanza di vita brillante, deve rendere Hunsford molto noioso per una signorina come voi; ma spero che crederete alla nostra gratitudine per la condiscendenza usataci, e che saprete come abbiamo fatto tutto quanto era in nostro potere per impedire che vi annoiaste.»

Elizabeth si profuse in ringraziamenti e in assicurazioni di essere stata addirittura felice. Aveva passato sei settimane di vero godimento; e il piacere di stare con Charlotte e tutte le gentilezze ricevute facevano sì che era lei a dovere esser grata. Mr Collins fu soddisfatto, e con più sorridente solennità, continuò:

«Sono veramente lieto di sentire che avete passato il tempo piacevolmente. Certo abbiamo fatto del nostro meglio; e poiché avevamo la fortuna di potervi introdurre nella migliore società, e, grazie agli inviti di Rosings, di poter variare spesso la nostra umile vita casalinga, penso che possiamo lusingarci che la vostra permanenza a Hunsford non sia stata del tutto noiosa. I nostri rapporti con la nobile famiglia di Lady Catherine costituiscono infatti uno di quei vantaggi e di quelle fortune quali poche persone possono vantare. Avete potuto constatare da voi stessa su che piede di confidenza ci troviamo. Come riceviamo inviti cordiali e frequenti. Devo riconoscere che nonostante gli svantaggi di questo umile Rettorato, chi lo abita non può essere oggetto di compassione finché può vantare il compenso di una tale intimità con Rosings».

Non trovando altre parole per esprimere il suo entusiasmo, Mr Collins si mise a camminare su e giù per la stanza, mentre Elizabeth si dava da fare per combinare in brevi frasi cortesia con sincerità.

«Così, cara cugina, potrete dare di noi ottime notizie nell'Hertfordshire, o almeno, mi lusingo che lo farete. Siete stata una testimone quotidiana delle eccezionali gentilezze di Lady Catherine per Mrs Collins; e nell'insieme spero non vi sembrerà che la vostra amica sia stata sfortunata... Ma su questo argomento, forse è meglio tacere. Permettetemi di augurarvi, cara Miss Elizabeth, cordialmente e di tutto cuore, nel vostro matrimonio una uguale felicità. La mia cara Charlotte e io abbiamo un unico modo di sentire e di pensare. Ci assomigliamo moltissimo nel carattere e nelle idee, e questa nostra affinità mi fa proprio pensare che eravamo destinati l'uno all'altra.»

Elizabeth poté, senza venire a compromessi con la propria coscienza, riconoscere che è una grande fortuna quando questo si verifica nel matrimonio e con uguale sincerità aggiunse che era convinta della felicità domestica sua e di Charlotte e che se ne rallegrava. Tuttavia non le dolse affatto che l'esposizione dettagliata di questa felicità fosse interrotta dal sopraggiungere della signora che ne era la causa. Povera Charlotte! Era proprio triste davvero lasciarla in simili mani! Ma aveva scelto a occhi aperti, e anche ora, mentre mostrava sinceramente il proprio dispiacere per la partenza delle sue ospiti, non sembrava davvero bisognosa di essere compatita. La sua casa e le cure domestiche, la parrocchia e il pollaio, e tutti gli annessi e connessi non avevano ancora perduto ai suoi occhi le loro attrattive.

Finalmente arrivò la carrozza. I bauli furono legati sul tetto, i pacchi messi nell'interno, e tutto fu pronto. Dopo un affettuoso addio fra amiche, Elizabeth fu accompagnata alla vettura da Mr Collins, che, mentre percorrevano il viale, la incaricò dei suoi rispetti per tutta la famiglia non dimenticando di ringraziare ancora per tutte le cortesie ricevute a Longbourn nel passato inverno, e di porgere i suoi omaggi ai signori Gardiner, benché non li conoscesse. Poi la aiutò a salire, Maria la seguì, e lo sportello stava per esser chiuso quando improvvisamente Mr Collins ricordò loro, con fare costernato. che avevano dimenticato di lasciare un messaggio per le dame di Rosings.

«Ma», aggiunse, «sono certo che entrambe desiderate che siano porti a quelle signore i vostri umili omaggi con i più grati ringraziamenti per la loro gentilezza verso di voi.»

Elizabeth non ebbe nulla da obiettare; lo sportello poté esser chiuso e la carrozza partì.

«Buon Dio!», esclamò Maria dopo alcuni minuti di silenzio, «sembra solo un giorno o due che siamo arrivate, eppure quante cose sono accadute!»

«Anche troppe!» rispose la sua compagna con un sospiro.

«Abbiamo pranzato nove volte a Rosings, senza contare che siamo state invitate altre due volte per il tè. Quante cose avrò da raccontare!»

Elizabeth aggiunse in cuor suo: «Mai quante ne avrò da tacere io!».

Il viaggio proseguì senza che parlassero molto e senza nessun incidente, e dopo quattro ore arrivarono alla casa di Mrs Gardiner dove dovevano trattenersi per alcuni giorni.

Jane stava bene, ed Elizabeth non ebbe quasi il tempo di studiarne il morale, tanti erano gli inviti e gli svaghi che la bontà della zia aveva preparato per le giovani ospiti. Ma Jane sarebbe tornata a casa con loro, e a Longbourn ci sarebbe stato tutto il tempo per osservarla. Nel frattempo però non fu un piccolo sforzo, dover aspettare di essere a Longbourn per raccontare a Jane quello che era successo con Mr Darcy. Avere da rivelare una cosa che avrebbe addirittura meravigliato Jane, una cosa che nello stesso tempo lusingava la propria vanità, era una tentazione tale per Elizabeth che soltanto l'incertezza su quello che avrebbe potuto o meno dire a proposito di Bingley, con il conseguente rischio di accrescere la pena di sua sorella, ebbe la forza di trattenerla dal parlare.

Capitolo trentanovesimo

Nella seconda settimana di maggio le tre signorine partirono insieme da Gracechurch Street per la città di *** nell'Hertfordshire, e avvicinandosi all'albergo designato, dove dovevano trovare la carrozza mandata da Mr Bennet, videro come prova della puntualità del cocchiere Kitty e Lydia affacciate alla finestra di una sala al piano superiore. Le due ragazze erano già arrivate da un'ora, che avevano allegramente impiegata nel fare una visita alla modista di fronte all'albergo, a osservare la sentinella di guardia e infine a condire un'insalata di cetrioli.

Dopo avere salutato le sorelle, mostrarono trionfalmente una tavola apparecchiata con dei cibi freddi, visto che la dispensa dell'albergo non offriva di meglio, ed esclamarono con entusiasmo: «Non è carino? non è una bella sorpresa?».

«E siamo noi che offriamo», aggiunse Lydia, «però dovete prestarci il denaro per pagare, perché abbiamo speso tutto quanto avevamo in quel negozio di fronte.» E mostrando gli acquisti fatti: «Guardate, ho comprato questo cappellino. Non è molto bello, ma ho pensato che potevo comprarlo lo stesso. Appena a casa lo disfarò, e vedrò se potrò farne qualcosa di meglio».

E quando le sorelle lo criticarono, trovandolo orrendo, aggiunse con perfetta indifferenza: «Oh, ce n'erano altri due o tre ancora più brutti, e quando avrò comprato della seta per rinfrescarlo, credo che diventerà passabile. E poi non importerà molto quello che porteremo quest'estate, quando il reggimento avrà lasciato Meryton: se ne vanno tra quindici giorni».

«Partono davvero?», esclamò Elizabeth con grande soddisfazione.

«Trasportano il campo vicino a Brighton; e mi piacerebbe proprio che papà ci conducesse là quest'estate! Sarebbe un progetto delizioso e non credo che costerebbe neppure molto. Alla mamma piacerebbe infinitamente! Pensate, altrimenti, che estate infelice sarà la nostra!»

«Sì», pensò Elizabeth, «sarebbe proprio il progetto che ci vuole per completare la stima che si ha di noi. Santo cielo! Brighton e un intero accampamento di soldati tutto per noi, che siamo già stati messi sottosopra da un solo reggimento, e dai balli mensili di Meryton!»

«E ora ho da darvi una notizia», disse Lydia quando si misero a tavola. «Che cosa credete? Un'ottima notizia! Una notizia meravigliosa, a proposito di una certa persona che piace a tutte noi.»

Jane ed Elizabeth si scambiarono un'occhiata e dissero al servitore che poteva andare. Lydia rise.

«La vostra solita mania delle forme e della discrezione. Vi secca che il servitore debba sentire, come se a lui importi qualcosa! Credo che sarà obbligato a sentire assai peggio di quello che ho da dirvi.

Dio, quant'è brutto però! Sono contenta che se ne sia andato. Non ho mai visto una bazza così lunga in vita mia! Bene, torniamo alla mia notizia: si tratta del caro Wickham; troppo bella per il servitore, non è vero? Non c'è più pericolo che Wickham sposi Mary King. Questo per te Elizabeth! È andata da suo zio a Liverpool; andata per sempre. Wickham è salvo!»

«Ed è salva anche Mary King!», aggiunse Elizabeth; «salva da un'unione pericolosa, almeno dal punto di vista finanziario.»

«È stata una grande stupida ad andarsene, se Wickham le piaceva.»

«Non credo però che si trattasse di un grande affetto da nessuna delle due parti», disse Jane.

«Da parte di lui non c'era di certo. Posso garantire che non gliene è importato mai nulla; e a chi potrebbe piacere quel mostriciattolo tutto lentiggini?»

Elizabeth si turbò, pensando che lei stessa, per quanto incapace di *espressioni* così volgari, aveva provato, in altri tempi, sentimenti simili che non potevano ugualmente dirsi nobili davvero!

Appena ebbero mangiato, e le sorelle maggiori pagato il conto, fu ordinata la carrozza e dopo un po' di trambusto, l'intera compagnia, con bauli, valigie, pacchetti e l'aggiunta sgradita delle ultime compere di Kitty e di Lydia, riuscì a mettersi a posto.

«Siamo proprio ben pigiate!», gridò Lydia. «Sono contenta di aver comprato il cappello, non fosse che per il gusto di avere una scatola di più! Bene, ora mettiamoci proprio comode e chiacchieriamo e ridiamo tutto il tempo. E, prima di tutto, sentiamo che cosa vi è successo da quando siete partite. Avete incontrato degli uomini simpatici? Vi siete fatte corteggiare? Speravo che almeno una di voi avrebbe trovato marito prima di tornare a casa. Jane se non si spiccia non ha altra prospettiva che quella di diventare una zitella inacidita, ve lo dico io. Ha già quasi ventitré anni! Non avete idea di come la zia Philips desideri trovarvi un marito! Dice che Lizzy avrebbe fatto bene ad accettare Mr Collins, ma io non credo che sarebbe stato molto divertente. Dio, come mi piacerebbe sposarmi prima di tutte voi! Allora sarei io ad accompagnarvi ai balli. Se sapeste come ci siamo divertite l'altro giorno dal colonnello Forster! Kitty ed io dovevamo passare là la giornata, e Mrs Forster ci promise un piccolo ballo per la sera. A proposito, Mrs Forster e io siamo amicone! E così invitò le due Harringston, ma Harriet era ammalata e Pen fu costretta a venire sola; e allora, sapete che cosa abbiamo fatto? Vestimmo Chamberlayne da donna: immaginatevi com'era buffo! Nessuno lo sapeva fuorché il colonnello e Mrs Forster, Kitty e io, e la zia, perché fummo obbligate a chiederle uno dei suoi abiti. Non potete immaginare come stava bene! Quando arrivarono Denny e Wickham e Pratt, e due o tre altri di loro, non lo riconobbero affatto. Dio! quanto ho riso! e Mrs Forster lo stesso. Credevo di morire! Questo ha insospettito gli uomini e così scoprirono presto di che cosa si trattava.»

Con questo genere di racconti a proposito dei loro ricevimenti e delle loro burle, Lydia, aiutata dalle allusioni e dalle aggiunte di Kitty, si incaricò di distrarre le sue compagne per tutta la strada, fino a Longbourn. Elizabeth aveva ascoltato il meno possibile, ma non c'era modo di evitare il continuo ripetersi del nome di Wickham.

A casa furono accolte con grande festa. Mrs Bennet si rallegrò nel vedere Jane sempre splendente di bellezza; e, più di una volta, durante il pranzo, Mr Bennet disse spontaneamente a Elizabeth: «Sono contento che tu sia tornata, Lizzy!».

Erano parecchi in sala da pranzo quella sera, perché quasi tutti i Lucas erano venuti per vedere Maria e per sentire le novità, e gli argomenti di conversazione erano infiniti; Lady Lucas, attraverso la tavola si informava da Maria tanto della felicità quanto del pollaio della figlia maggiore; Mrs Bennet era doppiamente occupata a sentire da Jane i ragguagli sulle ultime tendenze della moda e a riferirli immediatamente alle Lucas, e Lydia, con la sua voce acuta che vinceva quella di tutti gli altri, enumerava i divertimenti della mattinata a chiunque volesse ascoltarla.

«Oh, Mary!», disse. «Avrei voluto che fossi venuta anche tu; ci siamo talmente divertite! Mentre andavamo, Kitty e io abbiamo abbassato le tendine, fingendo che non ci fosse nessuno in carrozza: io sarei andata così per tutta la strada, se Kitty non si fosse sentita male; arrivate poi all'albergo credo che ci siamo comportate assai bene, perché abbiamo offerto alle altre tre la migliore delle colazioni, e se ci fossi stata, l'avremmo offerta anche a te. E al ritorno che spasso! Credevo che non saremmo mai riuscite a entrare tutte nella carrozza! Da morire dal ridere. E siamo state così allegre durante tutta la strada! Parlavamo e ridevamo così forte che avrebbero potuto sentirci a dieci miglia di distanza!»

Mary rispose gravemente: «Non che io voglia, Lydia cara, disprezzare questi divertimenti! Certo sono adatti alla maggioranza delle menti femminili. Ma vi confesso che per me non hanno nessuna attrattiva. Preferisco infinitamente un bel libro».

Ma Lydia non sentì una parola di questa risposta. Era difficile che ascoltasse qualcuno per più di mezzo minuto, e a Mary poi non dava mai retta.

Nel pomeriggio Lydia insistette con le sorelle per andare fino a Meryton a vedere come stavano tutti, ma Elizabeth si oppose con fermezza al progetto. Non voleva che si dicesse che le signorine Bennet non potevano stare a casa mezza giornata senza correre dietro agli ufficiali. Per di più aveva un'altra ragione. Temeva di rivedere Wickham ed era decisa a evitarlo il più a lungo possibile. La partenza del reggimento rappresentava per lei un indicibile sollievo. Tra quindici giorni sarebbero partiti, e una volta andati via, sperava di non avere più motivo di tormentarsi per Wickham.

Era a casa da poche ore, quando si accorse che il progetto di Brighton, al quale Lydia aveva alluso all'albergo, era discusso di frequente tra i suoi genitori. Elizabeth si avvide subito che suo padre non aveva nessuna intenzione di cedere; ma le risposte di lui erano tuttavia così vaghe e ambigue che sua madre, anche se spesso scoraggiata, non disperava ancora di spuntarla.

Capitolo quarantesimo

Elizabeth non poteva più frenare la sua impazienza di raccontare a Jane quanto era successo; e finalmente, decisa a evitare ogni particolare che concernesse sua sorella, e preparandola a una grande sorpresa, la mattina dopo le narrò la scena avvenuta tra lei e Mr Darcy.

Lo stupore di Jane fu mitigato soltanto dal suo affetto, che le faceva sembrare naturale l'ammirazione suscitata da sua sorella. La sorpresa diede luogo ben presto ad altri sentimenti. Era spiacente che Mr Darcy avesse manifestato il suo amore in modo così poco atto a farlo apprezzare, ma era ancor più desolata pensando al dolore che doveva aver provato per il rifiuto di Elizabeth.

«Certo aveva torto di credersi così sicuro del successo», disse, «e tanto meno doveva mostrare la sua sicurezza, ma pensa come deve essere stata più grave la sua delusione!»

«Infatti», rispose Elizabeth, «me ne dispiace di tutto cuore, ma vi sono molte ragioni per cui sarà indotto a cancellare presto il sentimento che aveva verso di me. Non mi disapprovi, però, di averlo rifiutato?»

«Disapprovarti? Oh, no...»

«Ma mi biasimi di avere parlato con tanto calore di Wickham?»

«No, non direi che tu avessi torto nel parlare come hai fatto.»

«Ma, quando sentirai quello che avvenne il giorno dopo, saprai invece che avevo proprio torto.»

Parlò allora della lettera, riferendone il contenuto per quello che riguardava George Wickham. Che colpo per la povera Jane! Lei che avrebbe creduto di non trovare nemmeno girando il mondo intero tanta perfidia in tutta la razza umana riunita, fu costretta a doverla ammettere e riconoscere in un solo individuo! La riabilitazione di Darcy, pur facendole molto piacere, non bastava a consolarla della scoperta che aveva fatto. Provò con tutto l'impegno a dimostrare che vi potesse essere un errore, cercando di scagionare l'uno senza accusare l'altro.

«No», disse Elizabeth, «non riuscirai mai a provare che sono buoni tutti e due. Scegli, ma devi accontentarti di parteggiare per uno solo. Per parte mia, sono propensa a credere che abbia ragione Mr Darcy, ma tu sei libera di pensare come vuoi.»

Ci volle un po' di tempo, prima di riportare un sorriso sulle dolci labbra di Jane.

«Non credo di essere stata mai così scandalizzata! Wickham, così perfido! È quasi incredibile. E il povero Mr Darcy! Pensa, cara Lizzy, quanto deve aver sofferto. E sapere anche che tu lo giudicavi così male! E dover raccontare una cosa simile di sua sorella! È veramente doloroso. Sono sicura che anche tu ne soffri come me.»

«Oh, no! Il mio compatimento e il mio rammarico sono addirittura eclissati dalla violenza del tuo. Sono così sicura che tu gli renderai una giustizia assoluta e completa, che posso anche permettermi di adagiarmi nell'indifferenza. L'eccesso del tuo sentimento rende più avaro il mio, e se continui a piangere così su di lui, il mio cuore diventerà leggero come una piuma.»

«Povero Wickham! Ha un'espressione così buona, dei modi così aperti e gentili!»

«Per conto mio, nell'educazione di quei giovani è stato commesso qualche sbaglio. E trovo che a proposito di bontà, uno ne ha preso tutta la sostanza, e l'altro tutta l'apparenza.»

«Non ho mai trovato che Mr Darcy sia così totalmente privo di questa *apparenza*, come sembra a te.»

«Eppure credevo di essere stata così intelligente nell'aver sentito tanta antipatia per lui senza ragione alcuna. Mi sembrava proprio una prova di spirito, un'intuizione geniale. Si può condannare qualcuno senza dire mai una cosa giusta, ma un'antipatia come questa che genera l'ironia e lo sprezzo sarcastico, coglie sempre nel segno: una volta o l'altra ne vengono fuori per forza un'arguzia o un motto di spirito indovinati.»

«Lizzy, sono sicura che quando hai letto la lettera per la prima volta, non hai preso la cosa così alla leggera.»

«Ti garantisco di no. Ero veramente commossa, e, direi, infelice. E, pensa, non aver nessuno col quale parlare di quello che provavo, non una Jane che mi confortasse e mi dicesse che non ero stata poi così debole e vana e sciocca, come sapevo di essere stata! Oh, quanto ti ho desiderata!»

«Fu un peccato che tu abbia parlato in un modo così risentito a proposito di Wickham; ora si vede che non ne era proprio il caso.»

«Certo, ma l'amarezza delle mie parole era la logica conseguenza dei pregiudizi di cui ero imbevuta. C'è un punto, ora, sul quale desidero il tuo consiglio. Vorrei sapere se dovrei o no rivelare alle nostre conoscenze qual è il vero carattere di Wickham.»

Jane tacque un momento, prima di rispondere.

«A me non pare che sia il caso di esporlo così alla disapprovazione generale. E tu cosa ne pensi?»

«Sono anche io del tuo parere. Mr Darcy non mi ha autorizzata a dirlo pubblicamente. Anzi, avrei dovuto tenere per me tutto quello che riguarda sua sorella, e se tentassi di disingannare la gente sulla natura di Wickham, chi potrebbe credermi senza delle prove? Tutti hanno in tale antipatia Mr Darcy, che il tentare di metterlo in buona luce sarebbe la morte di metà almeno della gente rispettabile di Meryton. Io non me la sento. Wickham se ne andrà presto, per cui non ha più grande importanza sapere quello che è in realtà. Col tempo sarà manifesto, e noi potremo ridere della stupidità di chi non lo ha scoperto prima. Per ora non parliamone affatto.»

«Hai perfettamente ragione. Mettere in pubblico i suoi errori vorrebbe dire rovinarlo per sempre. Forse si sta pentendo già di quello che ha fatto, e desidera riabilitarsi. Non dobbiamo togliergli questa speranza.»

Quella conversazione placò l'agitazione di Elizabeth. Si era tolta il peso di due segreti che le gravavano sull'anima da quindici giorni, e sapeva di avere in Jane un'ascoltatrice sempre disposta a ricevere le sue confidenze, quando avesse desiderato fargliele. Ma c'era ancora qualcosa di cui per prudenza non doveva parlare.

Non osava comunicarle la seconda parte della lettera di Mr Darcy, né spiegarle come il suo amico l'avesse amata sinceramente. Era una cosa che nessuno doveva sapere, finché Jane e Bingley non fossero arrivati a una perfetta intesa. «E allora», pensava, «se questo improbabilissimo avvenimento dovesse accadere, non potrei dirle che quello che Bingley stesso le dirà, e molto meglio di me! Sarò libera di parlare solo quando questa libertà non avrà più alcun valore!»

Ormai che era tornata a casa, poteva osservare il vero stato d'animo di sua sorella. Jane non era felice. Amava ancora teneramente Bingley. Non essendo mai stata innamorata prima di allora, il suo sentimento aveva tutto l'entusiasmo di un primo amore, e, data la sua età e il suo carattere, una maggiore profondità di quanto non comporti in genere un sentimento simile. Lo ricordava con tanto fervore, lo preferiva talmente a ogni altro uomo, che soltanto il desiderio di non rattristare gli altri le impediva di abbandonarsi a un rimpianto che le avrebbe tolto e la salute e la pace.

«E così, Lizzy», disse Mrs Bennet un giorno, «che ne pensi di tutta questa triste storia di Jane? Per conto mio sono decisa a non parlarne mai più con nessuno. Lo dicevo anche l'altro giorno a mia sorella Philips. Ma non riesco a scoprire se Jane lo abbia visto a Londra. È proprio un giovane che non merita nulla, e temo che non ci sia più nessuna speranza che lei lo possa riconquistare. Non si sente dire nulla di un suo ritorno a Netherfield quest'estate: ho interrogato tutti quelli che potevano saperne qualcosa.»

«Non credo che tornerà più a Netherfield.»

«Bene, faccia quello che vuole. Nessuno si cura più di lui. Però dirò sempre che ha agito malissimo verso mia figlia, e se fossi stata in lei, non l'avrei sopportato. Pazienza; il mio solo conforto è che Jane ne morrà di crepacuore, e allora lui si pentirà di quello che ha fatto.»

Ma siccome questa prospettiva non era certo consolante per Elizabeth, essa non rispose.

«Ebbene, Lizzy», continuò sua madre poco dopo, «così i Collins stanno proprio bene, non è vero? Bene, bene, speriamo che duri. E tengono una buona tavola? Credo che Charlotte sia una bravissima massaia. Se poi è furba come sua madre, riuscirà anche a mettersi un buon gruzzolo da parte. Dopotutto non penso davvero che faranno degli sciali!»

«No, davvero.»

«Un'economia oculata: tutto dipende da quello. Sicuro. Staranno attenti a non spendere più del loro reddito. Così non saranno mai a corto di denaro. Bene, buon pro gli faccia! E suppongo che parlino spesso di quando entreranno in possesso di Longbourn alla morte di tuo padre. La considerano già cosa loro, ne sono sicura.»

«È un argomento del quale non potevano parlare in mia presenza.»

«Infatti sarebbe stato strano che lo avessero fatto; ma non dubito che ne discorreranno spesso. Bene, se possono vivere tranquilli in una proprietà che non spetta loro legittimamente, tanto meglio. *Io* mi vergognerei di entrare in possesso di una proprietà attraverso un semplice vincolo.»

Capitolo quarantunesimo

Era già passata la prima settimana dopo il loro ritorno. Incominciò la seconda. Era l'ultima che il reggimento restava a Meryton e tutte le signorine del vicinato si struggevano dalla pena. L'afflizione era generale. Solamente le maggiori delle signorine Bennet erano ancora in grado di mangiare, di bere, di dormire e di continuare le loro abituali occupazioni. Kitty e Lydia erano disperate, e le coprivano di rimproveri non potendo rendersi conto di una simile durezza di cuore.

«Santo cielo! Che cosa avverrà di noi? Che cosa faremo?», esclamavano nel loro amaro dolore. «Come puoi sorridere ancora, Lizzy?»

La tenera Mrs Bennet divideva tutto il loro affanno, ricordando quello che aveva sofferto lei stessa, in un'occasione simile, venticinque anni prima.

«Ricordo», disse, «che quando partì il reggimento del colonnello Miller, piansi per due giorni. Credevo che mi si spezzasse il cuore.»

«È quello che avverrà a me», disse Lydia.

«Se almeno potessimo andare a Brighton! Ma il papà è così sfavorevole a questo progetto!»

«Un po' di bagni di mare mi metterebbero a posto per sempre.»

«Anche la zia Philips è sicura che a me farebbero molto bene», aggiunse Kitty.

Questi erano i lamenti che risuonavano continuamente tra le pareti di Longbourn. Elizabeth avrebbe voluto riderne, ma non ci riusciva, oppressa dalla vergogna. Sentiva come aveva colpito giusto Mr Darcy col suo severo giudizio; e mai, come ora, era disposta a perdonargli di essersi intromesso nei progetti di matrimonio dell'amico.

Ma ben presto ogni nube scomparve dall'orizzonte di Lydia, che fu invitata da Mrs Forster, la moglie del colonnello del reggimento, ad accompagnarla a Brighton. Questa amica preziosa era giovanissima, e sposata da poco. Una certa somiglianza di carattere e di gusti tra lei e Lydia le aveva avvicinate, e pur conoscendosi da tre mesi soltanto, una grande amicizia era nata fra loro.

Impossibile descrivere l'entusiasmo di Lydia, la sua adorazione per Mrs Forster e l'avvilimento di Kitty. Incurante dei sentimenti di sua sorella, Lydia svolazzava per la casa in un'estasi incessante, aspettandosi che tutti si congratulassero con lei, e parlando e ridendo più forte del solito, mentre in salotto la sfortunata Kitty si lamentava sul suo fato con termini esagerati e in tono stizzoso.

«Non capisco proprio perché Mrs Forster non mi abbia invitato insieme a Lydia», diceva, «anche se non sono la sua amica del cuore. Avrei avuto diritto quanto lei, se non di più, perché sono maggiore di due anni.»

Elizabeth cercò inutilmente di farla ragionare, e Jane di ottenere che si rassegnasse. Elizabeth, ben lontana dal condividere i sentimenti di sua madre e di Lydia, temeva che quest'invito avrebbe segnato la fine di quel pochissimo buon senso che rimaneva a quest'ultima, e, sebbene le seccasse di fare un passo simile, consigliò in segreto a suo padre di non lasciarla partire. Gli fece presente la condotta leggera della sorella, il nessun vantaggio che le poteva derivare dall'amicizia di una donna come la signora Forster, e la probabilità che, con una simile compagnia, fosse ancora più imprudente e sventata a Brighton, dove certo le tentazioni sarebbero state maggiori, di quanto non lo fosse già a casa. Egli l'ascoltò attentamente, poi disse:

«Lydia non sarà contenta finché non si sarà resa ridicola in un posto o nell'altro, e non capiterà mai occasione migliore perché lo faccia con minor spesa e minor danno per la famiglia».

«Se voi poteste sapere», disse Elizabeth, «tutto il danno che il contegno sfacciato e imprudente di Lydia ci procura, anzi ci ha già procurato, sono sicura che la pensereste in un altro modo.»

«Già procurato?», ripeté Mr Bennet. «Dunque ha già fatto scappare inorridito qualcuno dei tuoi ammiratori? Povera Lizzy! Ma non lasciarti sgomentare... Giovani tanto schifiltosi da spaventarsi all'idea di acquistare per parente una simile citrullina, non meritano tanti rimpianti. Vieni qua e fammi un po' la lista di quei poveretti che si sono spaventati per le follie di Lydia.»

«Siete in errore. Non ho sofferto simili offese. Non mi dolgo di mali particolari, bensì generali. La nostra rispettabilità, di fronte alla gente, è compromessa dalla leggerezza, dallo sprezzo di ogni freno che distingue Lydia. Perdonate se parlo così apertamente. Se voi, caro papà, non vi date la pena di domare la sua esuberanza, di insegnarle che le sue attuali aspirazioni non possono formare lo scopo della sua vita, fra poco non ci sarà più modo di correggerla. L'abitudine sarà presa per sempre, e a sedici anni sarà la più perfetta vanesia che possa rendere ridicola se stessa e la sua famiglia; e quel che è peggio, civetta e vanesia della peggior specie, senza nessuna qualità all'infuori della gioventù e della bellezza, e con la sua testolina così vuota e ignorante non sarà neppure capace di far fronte al disprezzo che le procurerà la sua mania di essere ammirata. E Kitty corre lo stesso pericolo. Seguirà le tracce di Lydia. Vanesia, oziosa, ignorante e senza freno! Oh, caro papà, come non vedete che saranno criticate e disprezzate dappertutto, e che le loro sorelle saranno coinvolte in quella vergogna?»

Mr Bennet, che vide come Elizabeth parlasse con passione, accarezzandole affettuosamente una mano, le rispose:

«Non crucciarti, cara. Chiunque conosca Jane e te non può che rispettarvi e apprezzarvi, e questo tanto più in confronto alle vostre due, o anche tre, sciocchissime sorelle. Se Lydia non va a Brighton non ci sarà modo di avere un po' di pace a Longbourn. Lasciamola dunque andare. Il colonnello Forster è un uomo di buon senso, che la terrà lontana dai guai, e per fortuna è troppo povera per attirare un cacciatore di dote. A Brighton, anche come civetta, non avrà la considerazione che ha qui. Gli ufficiali troveranno ben altre donne a cui dedicarsi. Speriamo dunque che questo soggiorno sia almeno una buona lezione per la sua smodata civetteria. Ad ogni modo non può diventare peggiore di quello che è, o saremo costretti a rinchiuderla per tutto il resto della sua vita».

Elizabeth dovette accontentarsi di questa risposta ma in cuor suo non mutò opinione, e lasciò suo padre delusa e malinconica. Ma non era nella sua natura aumentare la propria tristezza soffermandovisi sopra. Sapeva di aver fatto il suo dovere e trovava inutile disperarsi per mali inevitabili, o accrescerli con nuove ansie. Se Lydia e sua madre avessero saputo del suo colloquio col padre, non sarebbe bastata la parlantina di tutte e due riunite insieme per esprimere la loro indignazione. Lydia si aspettava dal soggiorno a Brighton tutta quella felicità che è possibile raggiungere sulla terra. Con gli occhi della fantasia, vedeva già le strade della cittadina balneare brulicanti di ufficiali. Si vedeva al centro delle attenzioni di decine e decine di loro anche se ancora non li conosceva. Vedeva il campo in tutta la sua maestà, le tende allineate in ordine, perfette, affollate di allegra gioventù smagliante nelle uniformi scarlatte, e, per completare il quadro, lei stessa seduta presso una tenda a civettare teneramente con almeno sei ufficiali alla volta. Che cosa avrebbe provato sapendo che sua sorella aveva cercato di sottrarla a una simile felicità? Sua madre soltanto, che divideva il suo modo di sentire, avrebbe potuto dirlo. Infatti l'idea che almeno Lydia sarebbe stata a Brighton la consolava della malinconica certezza che né suo marito, né loro, ci sarebbero mai andati. Ma per fortuna ignoravano il passo di Elizabeth e la loro beatitudine non ebbe interruzione alcuna fino al giorno della partenza di Lydia.

Elizabeth doveva vedere Mr Wickham per l'ultima volta. Lo aveva già incontrato spesso dopo il suo ritorno, così non provava alcuna agitazione, né tanto meno l'affanno dei primi giorni, quando era il suo preferito. Ormai aveva imparato a distinguere, in quella stessa gentilezza che tanto l'aveva affascinata un tempo, un'affettazione e una monotonia che la stancavano, disgustandola. E tanto più la disgustava il suo attuale contegno verso di lei, avendo egli subito mostrato di voler riprendere la consuetudine di quelle attenzioni con le quali l'aveva circondata al principio della loro conoscenza, cosa che, dopo quanto era avvenuto, non serviva che a indignarla. Non poteva più provare ora nessun interesse nel vedersi l'oggetto della sua oziosa e frivola galanteria; e, pur respingendo con fermezza la sua corte, si sentiva umiliata al pensiero che egli, anche dopo aver interrotto i suoi favori, qualunque ne fosse stato il motivo, credeva ora che bastasse rinnovare le sue attenzioni per farle piacere, e per essere sicuro di riacquistare subito tutta la sua preferenza.

L'ultimo giorno di permanenza del reggimento a Meryton, Wickham pranzò con alcuni altri ufficiali a Longbourn, ed Elizabeth era così poco disposta a separarsi da lui amichevolmente che, quando egli le chiese come si era trovata a Hunsford, raccontò che il colonnello Fitzwilliam e Mr Darcy avevano passato tre settimane a Rosings, chiedendogli se conosceva il colonnello.

Egli sembrò sorpreso, contrariato ed inquieto, ma, riprendendosi prontamente, rispose sorridendo che un tempo lo vedeva spesso, e osservò che era un vero gentiluomo. Le chiese se le era piaciuto. Ella ne parlò molto cordialmente. Con aria indifferente egli aggiunse poco dopo:

«Quanto avete detto che si sono fermati a Rosings?».

«Quasi tre settimane.»

«E li vedevate spesso?»

«Quasi ogni giorno.»

«È molto diverso da suo cugino.»

«Sì, molto. Ma trovo che Mr Darcy ci guadagni a essere conosciuto più da vicino.»

«Davvero?», esclamò Wickham con uno sguardo che non sfuggì a Elizabeth. «E, di grazia, posso chiedere...?», ma si trattenne e aggiunse in tono più gaio: «Ha forse migliorato il modo di trattare il prossimo? Si è deciso ad aggiungere un po' di cortesia al suo stile abituale? Perché non oso sperare», aggiunse in tono più sommesso e più grave, «che sia migliorato come carattere».

«Oh, no», disse Elizabeth, «credo che il suo carattere sia quello che è sempre stato.»

Ascoltando, sembrava che Wickham non sapesse se rallegrarsi delle sue parole o diffidare del loro senso. C'era qualcosa nel contegno di lei che lo costringeva a seguirla con un'attenzione inquieta e preoccupata. Ella soggiunse:

«Dicendo che guadagna a essere conosciuto, non volevo dire che il suo spirito o i suoi modi andassero migliorando, ma piuttosto che, conoscendolo meglio, si impara a comprenderlo».

Il rossore e l'agitazione di Wickham tradirono tutta la sua inquietudine; tacque per un momento, poi, scuotendosi dal suo imbarazzo, si rivolse ancora a lei dicendole col tono più gentile e compito:

«Voi che conoscete così bene i miei sentimenti per Mr Darcy, potete capire come io mi rallegri vedendolo assumere almeno l'apparenza di un uomo leale. Da questo lato il suo orgoglio può servire, se non a lui, almeno agli altri, col trattenerlo dall'agire pessimamente, come fece con me. Temo soltanto che questa prudenza alla quale, credo, avete alluso, sia adottata unicamente durante le sue visite alla zia, della quale teme il giudizio e l'opinione. Quando è vicino a lei, la paura agisce sempre su di lui, e penso che ciò sia dovuto al suo desiderio di sposare Miss de Bourgh, cosa che gli sta molto a cuore».

Elizabeth non poté trattenere un sorriso, ma rispose soltanto con un lieve cenno del capo. Vedeva che lui voleva tornare al discorso dei soprusi sofferti, e non aveva nessuna voglia di accontentarlo. Per tutto il resto della serata Wickham cercò di ostentare l'abituale allegria, ma non fece altri tentativi di occuparsi di lei, e alla fine si salutarono con reciproca cortesia e forse con il reciproco desiderio di non incontrarsi mai più.

Quando la compagnia si sciolse, Lydia andò con Mrs Forster a Meryton, da dove sarebbero partite il mattino seguente, di buon'ora. Il distacco dalla famiglia fu più rumoroso che commosso. Kitty fu l'unica a versare lagrime, ma piangeva per il dispetto e l'invidia. Mrs Bennet si dilungò nei suoi auguri di felicità per la figliola e insistette nel raccomandarle di non perdere nessuna occasione per divertirsi il più possibile, consiglio che si può ben credere sarebbe stato seguito con entusiasmo; e, nella clamorosa gioia del commiato, Lydia non parve neppure sentire i saluti più affettuosi delle sorelle.

Capitolo quarantaduesimo

Se Elizabeth avesse dovuto farsi un concetto della felicità familiare o della pace domestica basandosi su quello che vedeva nella sua famiglia, non avrebbe potuto farsene un'idea molto piacevole. Suo padre, conquistato dalla gioventù e dalla bellezza e da quell'apparente dolcezza che è spesso unita a queste doti, aveva sposato una donna di poca intelligenza e d'animo gretto e volgare, per cui, poco dopo il matrimonio, ogni affetto che aveva provato per lei era scomparso. Stima, rispetto e confidenza erano svaniti definitivamente, ed egli aveva finito col perdere ogni speranza di felicità domestica. Ma non era tipo da cercare conforto alla sua delusione in quei piaceri che troppo spesso consolano gli infelici della loro follia o delle loro colpe. Amava la campagna e i libri, e in queste due passioni aveva trovato il suo principale godimento. Sua moglie rappresentava per lui solo quel tanto di spasso che poteva offrirgli con la sua ignoranza e la sua stupidaggine. Non è questo il tipo di felicità che generalmente un uomo richiede alla propria compagna, ma, quando mancano altre distrazioni, il perfetto filosofo sa prenderle dove si trovano.

Elizabeth non era mai stata cieca nel giudicare quello che c'era di sconveniente nella condotta del padre, come marito. L'aveva osservato con dolore; ma ammirandolo per altre qualità, e grata per l'affetto che le dimostrava, cercava di dimenticare ciò che non poteva ignorare e cioè quei continui strappi ch'egli faceva al decoro coniugale, esponendo sua moglie al disprezzo delle figlie. Mai come ora aveva sentito il danno che ricadeva sopra di loro da un'unione così male assortita, né mai era stata così consapevole degli svantaggi che derivavano dal cattivo impiego che il padre faceva del proprio ingegno; ingegno che, usato rettamente, avrebbe salvato la rispettabilità delle figlie, anche se non fosse riuscito a rendere intelligente la madre.

Elizabeth, tranne il piacere della lontananza di Wickham, non trovò un grande vantaggio dalla partenza del reggimento. I ricevimenti erano meno brillanti di prima, e a casa la madre e la sorella, con le continue lamentele sulla noia di tutto, gettavano una vera ombra sulla vita domestica; e anche se Kitty avrebbe col tempo potuto riacquistare un po' di giudizio – ora che coloro che avevano messo a soqquadro la sua testolina se ne erano andati – restava il pericolo che l'altra sorella, dalla quale ci si poteva aspettare di tutto, in un posto come Brighton, doppiamente pericoloso come città balneare e come accampamento di militari, avrebbe facilmente esagerato in leggerezza e sfacciataggine.

Elizabeth (e questo le era già accaduto altre volte) dovette accorgersi che un avvenimento desiderato con impazienza non porta poi, quando si avvera, tutti quei vantaggi sui quali ci si compiace sperare. Bisognava dunque rimandare ad altra epoca il principio di una vera felicità; pensare a qualcosa d'altro su cui appuntare desideri e speranze, e, godendo nell'attesa, consolarsi del presente e prepararsi a un'altra delusione. La gita ai laghi era ora l'oggetto dei suoi pensieri più belli, la maggior consolazione in tutte le ore tristi che lo scontento di sua madre e di sua sorella rendevano inevitabili; e, se Jane avesse potuto venire con lei, il progetto sarebbe stato veramente perfetto.

«Ma è una fortuna», pensava, «che mi resti qualcosa da desiderare. Se fosse perfetto dovrei aspettarmi qualche delusione sicuramente. Ma, avendo sempre una ragione di rammarico e di desiderio per la mancanza di mia sorella, posso sperare che tutte le altre aspettative si realizzino. Un progetto che offre una totale felicità non può mai essere realizzabile, e, per evitare la delusione totale, è necessario pagarla con qualche contrarietà particolare.»

Partendo, Lydia aveva promesso di scrivere spesso e dettagliatamente alla madre e a Kitty, ma le sue lettere, attese e desiderate, erano sempre molto brevi. Alla madre raccontava soltanto di essere andata al circolo, accompagnata dal tale o talaltro ufficiale, e di aver visto nei saloni alcune decorazioni veramente splendide; di avere un vestito nuovo, o un nuovo ombrellino che avrebbe descritto meglio se non avesse dovuto interrompersi di gran premura perché Mrs Forster la chiamava per andare al campo. Dalla sua corrispondenza poi con Kitty c'era da apprendere ancora meno, perché queste lettere, benché piuttosto lunghe, erano troppo piene di sottintesi per poter essere lette in pubblico.

Dopo alcune settimane dalla partenza di Lydia, il buon umore e la serenità riapparvero a Longbourn. Tutto riprendeva un aspetto più lieto. Le famiglie che erano state in città per l'inverno facevano ritorno, e si cominciò a pensare nuovamente agli abiti e ai ritrovi estivi. Mrs Bennet tornò alla sua querula serenità, e alla metà di giugno Kitty si era rimessa al punto di poter tornare a Meryton senza piangere, fatto così promettente che Elizabeth cominciava a sperare che per Natale sarebbe diventata così ragionevole da non nominare un ufficiale più di una volta al giorno, a meno che, per una crudele e maliziosa disposizione del Ministero della Guerra, un altro reggimento non fosse venuto ad acquartierarsi a Meryton.

Si avvicinava l'epoca stabilita per il giro nel Nord, e non mancavano che quindici giorni alla partenza, quando arrivò una lettera di Mrs Gardiner per avvertire che rimandava la data della partenza e riduceva la durata del viaggio. Infatti gli affari di Mr Gardiner gli impedivano di partire prima di luglio, e egli aveva assoluta necessità di essere di ritorno a Londra entro un mese; dato che il tempo così limitato non permetteva più di andare tanto lontano e di vedere tutto quello che si erano proposti, o per lo meno di vederlo comodamente, erano costretti a rinunciare ai laghi e a cambiare itinerario. L'ultimo progetto era quindi di non andare più lontano del Derbyshire. In quella regione c'erano abbastanza cose da vedere per occupare le tre settimane, e per di più la contea aveva per Mrs Gardiner un'attrattiva speciale. La città dove aveva passato alcuni anni della sua giovinezza e dove si sarebbero fermati qualche giorno la attraeva ancora più di tutte le famose bellezze di Matlock, Chaterworth, Dovedale, o il Peak.

Per Elizabeth fu una grande delusione; aveva tanto sperato di vedere i laghi e trovava che il tempo, anche se ridotto, sarebbe stato sufficiente, ma doveva accontentarsi, e poiché il suo carattere la portava a vedere negli avvenimenti il lato migliore, seppe in breve consolarsi e compiacersi ugualmente. Al nome del Derbyshire molti pensieri si erano ridestati in lei. Era un nome che le richiamava alla mente Pemberley e il suo signore. «Potrò certamente», pensò Elizabeth sorri-

163

dendo, «introdurmi furtiva nella sua contea e portare via per ricordo qualche pietruzza senza che lui se ne accorga.»

Il tempo dell'attesa si trovò così raddoppiato. Mancavano ancora quattro settimane all'arrivo degli zii. Ma passarono anche queste, e Mr e Mrs Gardiner comparvero finalmente a Longbourn con i loro quattro figli. Questi, due bambine di sei e otto anni, e due maschietti più piccoli, furono affidati alle cure della cugina Jane verso la quale avevano una speciale simpatia e la cui serietà e dolcezza di carattere la rendevano adatta a occuparsi di loro in tutti i modi, istruendoli, giocando e coccolandoli.

I Gardiner si trattennero una sola notte a Longbourn, e ripartirono l'indomani con Elizabeth alla ricerca di novità e divertimenti. Una cosa era assicurata: l'affiatamento tra i compagni, un affiatamento di gente sana e gioviale che si sarebbe prodigata vicendevolmente per sopportare ogni inconveniente del viaggio e non avrebbe lesinato gaiezza e allegria per accrescere ogni piacere; l'affetto reciproco e l'intelligenza comune li avrebbero comunque compensati se il viaggio si fosse rivelato deludente.

Non occorre qui descrivere il Derbyshire né alcuni dei posti notevoli che trovarono sulla loro strada: Oxford, Blenheim, Warwick, Keniluorth, Birmingham, sono abbastanza conosciuti. Ci preme parlare soltanto di una piccola parte del Derbyshire. Dopo aver visto le più note bellezze della contea, si diressero alla piccola città di Lambton, dove si era svolta una parte della gioventù di Mrs Gardiner, e dove abitavano ancora alcune sue conoscenze. Elizabeth seppe poi da sua zia, mentre erano a cinque miglia da Lambton, che in quei paraggi si trovava Pemberley. Non era sulla loro strada, ma una o due miglia distante. Discutendo l'itinerario, Mrs Gardiner espresse il desiderio di rivedere quel posto. Mr Gardiner si dichiarò dispostissimo e chiesero anche l'opinione di Elizabeth.

«Non ti piacerebbe, cara, vedere un posto del quale hai sentito tanto parlare?», disse sua zia, «un posto che tanti amici tuoi conoscono? Wickham, come sai, vi ha passato gran parte della sua gioventù.»

Elizabeth si sentì tutta turbata. Capiva che non avrebbe dovuto andare e fu costretta a fingere di non avere alcun desiderio di vedere Pemberley. Confessò di essere stanca di visitare dimore nobiliari; ne aveva viste tante, e ormai i bei tappeti o i tendaggi di damasco non le facevano più impressione. Mrs Gardiner la canzonò: «Se fosse soltanto una bella casa ben arredata», disse, «non interesserebbe neppure me. Ma è il posto che è meraviglioso. Ci sono i più bei boschi della regione».

Elizabeth non rispose, ma non trovava pace. Pensò subito alla possibilità di incontrare Mr Darcy mentre visitava la sua tenuta. Sarebbe stato terribile! Arrossì solo all'idea, e pensò se non era il caso di parlare apertamente a sua zia, piuttosto che correre quel rischio. Ma anche questo partito presentava i suoi inconvenienti, e decise di lasciarlo come ultima risorsa, nel caso che, dopo essersi informata privatamente se la famiglia era in villa, le avessero risposto affermativamente.

La sera, quando si ritirò in camera sua, chiese alla cameriera se Pemberley era veramente un luogo tanto incantevole, come si chiamava il proprietario, e, con un certo timore, se la famiglia era in villa per l'estate. Sentì con sollievo rispondersi negativamente e, non avendo più nulla da temere, si abbandonò alla curiosità di vedere finalmente quella casa. Così, la mattina dopo, quando se ne riparlò e le fu chiesto il suo parere, poté rispondere pronta, e con fare disinvolto, che l'idea non le dispiaceva. Si diressero dunque alla volta di Pemberley.

Capitolo quarantatreesimo

Mentre la carrozza si avvicinava a Pemberley, Elizabeth ne spiava, con un certo turbamento, l'apparire, e quando finalmente entrarono nella proprietà, il suo animo era profondamente agitato.

Il parco era vastissimo, e comprendeva una grande varietà di coltivazioni. Entrarono da uno dei punti più bassi e per qualche tempo la vettura percorse un bosco stupendo, che si stendeva su una vasta superficie.

Elizabeth aveva la mente troppo presa per poter parlare, ma vedeva e ammirava ogni palmo di terreno e si compiaceva di ogni bella veduta. Salirono gradatamente per circa mezzo miglio e si trovarono finalmente in cima a un'altura dove il bosco cessava, e da cui l'occhio spaziava su Pemberley-House, situata sul lato opposto di una valle dove la strada sboccava con una brusca curva. Il grande e bel fabbricato sorgeva su di un terreno rialzato che aveva per sfondo delle alte colline boscose, ai cui piedi scorreva un corso d'acqua che andava allargandosi, senza aver tuttavia nessuna apparenza di artificio. Le sue rive non erano né regolari né abbellite di ornamenti leziosi. Elizabeth era entusiasta. Non aveva mai visto un posto così favorito dalla natura o dove la bellezza naturale fosse così poco sciupata dal cattivo gusto. Tutti ne erano incantati, e in quel momento ella sentì che essere padrona di una dimora come Pemberley non era poi una cosa da nulla.

Discesero la collina, attraversarono il ponte e giunsero all'ingresso, e, mentre osservava la casa, Elizabeth fu ripresa dal timore di incontrare il proprietario. E se la cameriera non fosse stata bene informata? Quando chiesero di visitare il palazzo, furono ammesse nell'atrio, ed Elizabeth, aspettando la governante, ebbe tutto il tempo di riflettere con stupore sulla sua presenza in quella casa.

Venne Mrs Reynolds, la governante: una donna anziana dall'aspetto rispettabile, molto meno cerimoniosa e assai più gentile di come se l'era figurata. La seguirono nella sala da pranzo. Era una vasta camera di belle proporzioni, ammobiliata con squisito buon gusto. Elizabeth, dopo un breve sguardo, andò a una finestra per ammirare la veduta. La collina coronata di boschi dalla quale erano discesi, sembrando, per la distanza, più scoscesa, costituiva un magnifico sfondo; tutto il terreno era assai ben tenuto, tutto il paesaggio appariva magnifico: il fiume, dalle rive verdi e fresche, si perdeva tortuosamente nella vallata ed Elizabeth poteva seguirla a perdita d'occhio. Da ognuna delle finestre delle sale per le quali passavano, il paesaggio cambiava d'aspetto; ma il quadro era invariabilmente incantevole. Le stanze erano vaste e belle, e la mobilia degna della ricchezza del proprietario, ma Elizabeth vide, ammirandone il gusto, che non era né sfarzosa, né ricercata, meno lussuosa, ma di una eleganza più raffinata di quella di Rosings.

«E pensare che avrei potuto essere la padrona di tutto questo!», si diceva. «A quest'ora qui tutto mi sarebbe famigliare, e invece di visitare questa dimora come forestiera, avrei potuto goderne come di cosa mia e ricevere i miei zii come ospiti.» Si ritrasse sgomentata da quest'ultimo pensiero. «Non avrebbe mai potuto essere; gli zii sarebbero stati perduti per me; non mi sarebbe mai stato concesso di invitarli.» Fu un pensiero fortunato, ed ebbe il potere di salvarla da qualcosa che somigliava molto al rimpianto.

Desiderava domandare alla governante se era vero che il suo padrone fosse assente, ma non ne ebbe il coraggio. Alla fine, lo zio venne involontariamente incontro a questo suo desiderio, ed ella nel sentire la domanda si voltò trepidante dall'altra parte, mentre Mrs Reynolds rispondeva affermativamente, aggiungendo: «Ma lo aspettiamo domani con una comitiva di amici».

Come si rallegrò Elizabeth che la loro gita non fosse stata, per un qualche caso, ritardata di un giorno!

Sua zia la chiamò per farle osservare qualcosa. Si avvicinò e vide il ritratto di Wickham, appeso tra diverse altre miniature, sopra il camino. La zia le chiese sorridendo se le piaceva. La governante si fece avanti e disse loro che era il ritratto di un giovane, figlio dell'amministratore del defunto Mr Darcy, che lo aveva fatto educare a sue spese.

«Ora è nell'esercito», aggiunse, «ma temo che non sia riuscito niente di buono.»

Mrs Gardiner guardò sua nipote con un sorriso che Elizabeth però non poté contraccambiare.

«E questo», disse Mrs Reynolds, additando un'altra miniatura, «è il mio padrone, e molto assomigliante anche. È stato fatto nello stesso periodo dell'altro, quasi otto anni fa.»

«Ho sentito dire da tutti che è un bell'uomo», disse Mrs Gardiner guardando il ritratto. «Ha un bel volto. Ma tu, Lizzy, puoi dirci se è veramente somigliante.» Il rispetto di Mrs Reynolds per Elizabeth sembrò aumentare quando sentì che conosceva il suo padrone.

«La signorina conosce Mr Darcy?»

Elizabeth arrossì, rispondendo: «Un poco...».

«E non trovate, signorina, che è un signore molto bello?»

«Sì, bellissimo.»

«Quanto a me, non ne conosco di più belli; ma nella galleria di sopra, vedrete un ritratto più grande e migliore. Questa era la camera preferita dal mio defunto padrone e le miniature stanno ancora dove le aveva messe lui. Ci teneva molto.»

Questo spiegò ad Elizabeth come mai vi fosse quella di Wickham fra le altre. Quindi Mrs Reynolds attrasse la loro attenzione su di una miniatura di Miss Darcy, fatta quando aveva solo otto anni.

«Anche Miss Darcy è bella come il fratello?», chiese Mrs Gardiner.

«Oh, sì! La più bella signorina che si sia mai vista, e così compita! Canta e suona tutto il giorno. Nella camera attigua c'è un pianoforte venuto apposta per lei, un regalo del mio padrone: aspettiamo anche lei domani.»

Mr Gardiner con il suo fare disinvolto e cordiale incoraggiava la loquacità della donna con domande e osservazioni, e si capiva che Mrs Reynolds, sia per orgoglio, sia per affetto, provava un gran piacere a parlare del suo padrone e della padroncina.

«Il vostro padrone sta molto a Pemberley?»

«Non quanto vorrei io, Sir; ma si può dire che passi più di metà del suo tempo qui; e Miss Darcy viene sempre per i mesi estivi.»

«Tranne», pensò Elizabeth, «quando va a Ramsgate.»

«Se il vostro padrone si ammogliasse, lo vedreste ancora di più.»

«Sì, signore. Ma non so quando questo potrà avvenire. Non so davvero se esista una persona degna di lui.»

I signori Gardiner sorrisero. Elizabeth non poté trattenersi dal dire: «Questo vostro modo di pensare gli fa molto onore».

«Non dico che la verità; è quello che direbbe chiunque lo conosca», rispose l'altra. Elizabeth trovava la cosa un po' esagerata e, con grande meraviglia, sentì la donna aggiungere: «Non ho mai sentito da lui una parola sgarbata, e lo conosco da quando aveva quattro anni».

Era un elogio straordinario e veramente contrastante col concetto che si era fatta di lui. Era sempre stata convinta che avesse un cattivo carattere. La sua attenzione era più desta che mai; avrebbe desiderato sapere molte cose di lui e fu grata a suo zio che diceva: «Sono ben poche le persone delle quali si può dire altrettanto. Siete proprio fortunata ad avere un simile padrone».

«Davvero, Sir. So di esserlo. In tutto il mondo non avrei potuto trovarne uno migliore. Ma ho sempre visto che chi è buono da bambino, è buono anche da grande, e lui è sempre stato il più dolce, il più generoso dei ragazzi.»

Elizabeth la fissava sorpresa: possibile che si parlasse proprio di Mr Darcy?

«Suo padre era un uomo eccellente», disse Mrs Gardiner.

«Sì, signora, lo era per davvero, e suo figlio sarà come lui, altrettanto buono con i poveri.»

Elizabeth ascoltava, stupiva, dubitava, ed era impaziente di sempre nuovi dettagli. Questo era il solo argomento che la interessava, e Mrs Reynolds si affannava invano a spiegare il soggetto delle pitture, la dimensione delle camere e il prezzo dei mobili. Mr Gardiner, divertito da questo entusiasmo che attribuiva a una specie di orgoglio di domestica devota alla casa cui apparteneva, la riportò su quell'argomento, ed ella si profuse con energia a decantare tutti i meriti del suo padrone, mentre salivano lo scalone principale.

«È il miglior possidente e il miglior padrone che sia mai vissuto; non è come quei giovani d'oggi che pensano soltanto a se stessi. Non c'è uno dei suoi coloni o dei suoi servitori che non possa dire bene di lui. Secondo me è perché non si perde in inutili chiacchiere, come fanno gli altri giovani.»

«Come lo sa mettere in buona luce!», pensava Elizabeth.

«Questo magnifico elogio non corrisponde molto al suo modo d'agire verso il nostro povero amico», mormorò sua zia mentre camminavano.

«Forse siamo state ingannate.»

«È molto difficile. L'informazione veniva da fonte sicura.»

Arrivate in un'ampia anticamera, furono introdotte in un grazioso salotto ammobiliato di fresco con maggiore e più gaia eleganza delle camere terrene, e furono informate che era arredato da poco per fare cosa gradita a Miss Darcy, che si era innamorata di quella stanza l'ultima volta che era stata a Pemberley.

«Certo è un gran bravo fratello», disse Elizabeth avviandosi verso una delle finestre.

Mrs Reynolds s'immaginava la gioia che avrebbe provato Miss Darcy quando sarebbe entrata in quella camera. «Ed è sempre così», aggiunse. «Qualunque cosa può far piacere a sua sorella è fatta immediatamente. Non c'è cosa che non farebbe per lei.»

Non restava che da visitare la galleria e due o tre camere principali. La prima conteneva molte pitture di pregio, ma Elizabeth, che non era buona conoscitrice di cose d'arte, preferì guardare alcuni disegni di Miss Darcy per lei più semplici e comprensibili. Vi erano anche molti ritratti di famiglia, che non potevano interessare né dire niente agli estranei.

Elizabeth cercò solo il volto che avrebbe potuto riconoscere. Finalmente lo scorse: era di una rassomiglianza impressionante. Mr Darcy aveva quello stesso sorriso che ricordava di avergli visto qualche volta quando la guardava. Si arrestò per alcuni minuti davanti al ritratto, guardandolo attentamente, e vi ritornò prima di lasciare la galleria. Mrs Reynolds li informò che era stato dipinto quando il padre di Mr Darcy viveva ancora.

In quel momento l'animo di Elizabeth si aprì a un sentimento di simpatia per l'originale del quadro, molto più viva di quanto non ne avesse mai provata durante la loro conoscenza. Le lodi che Mrs Reynolds gli prodigava non erano da tenere davvero in poco conto. Quale elogio può essere più prezioso di quello di un fedele domestico? Come fratello, come proprietario, come padrone, di quante persone egli aveva nelle mani il benessere e la felicità! Quanto bene e quanto male poteva fare! La governante invece non aveva avuto che parole buone per lui, ed Elizabeth, mentre fissava la tela che sembrava guardarla, pensò all'affetto di Mr Darcy con una gratitudine mai provata prima di allora; ricordava il suo ardore, e il suo modo inopportuno di esprimersi non le sembrava ora più così urtante.

Quando ebbero visto tutta quella parte della casa che era aperta al pubblico, ritornarono al piano terreno e, congedatisi dalla governante, furono affidati al giardiniere che li aspettava nel vestibolo.

Attraversando i prati che conducevano al fiume, Elizabeth si volse a guardare la casa; anche gli zii si fermarono e, mentre lo zio cercava di rendersi conto di che epoca potesse essere la costruzione, videro comparire il proprietario che veniva dal viale delle scuderie.

Erano a soli venti metri di distanza, e l'apparizione di lui fu così improvvisa, da essere impossibile evitarlo. I loro occhi si incontrarono all'istante ed entrambi arrossirono vivamente. Egli trasalì, e sembrò irrigidirsi per la sorpresa, ma dominandosi subito, si avvicinò al gruppo e si rivolse a Elizabeth, se non del tutto calmo, con perfetta cortesia.

Ella si era voltata istintivamente come per andarsene, ma nel vederlo avvicinare si fermò e accolse i suoi saluti senza tuttavia riuscire a vincere completamente la propria confusione.

Se il suo aspetto e la rassomiglianza con il ritratto appena veduto non fossero bastati a rivelare agli zii di aver di fronte Mr Darcy, l'espressione di sorpresa del giardiniere nel riconoscere il suo padrone sarebbe valsa a illuminarli. Stavano un po' discosti, mentre egli parlava con la loro nipote, la quale, stupita e confusa, osava appena alzare gli occhi verso di lui, e non sapeva come rispondere alle cortesi domande che egli le rivolgeva sulla sua famiglia. Elizabeth era meravigliata del cambiamento avvenuto nei modi di Mr Darcy da quando si erano lasciati; ogni parola di lui aumentava il suo imbarazzo, e ritornando col pensiero alla sconvenienza di farsi trovare proprio lì, quei pochi momenti di conversazione furono tra i più penosi della sua vita. Né egli sembrava più calmo: il suo tono aveva perso l'abituale rigidità, e il modo con cui ripeteva sempre le stesse domande su quando aveva lasciato Longbourn e sul loro soggiorno nel Derbyshire, dimostrava tutto il suo turbamento.

Finalmente sembrò non saper più cosa dire, e dopo qualche momento di silenzio prese congedo.

Allora gli altri raggiunsero Elizabeth, esprimendo la loro ammirazione per Mr Darcy, ma ella non sentì una sola parola, e, tutta assorta nei suoi pensieri, li seguì in silenzio. Era sopraffatta dalla vergogna e dal dispetto. Esser venuta a Pemberley era stata la cosa più disgraziata, più inopportuna del mondo! Che brutta impressione doveva avergli fatto il suo comportamento! In che strana luce poteva metterla agli occhi di un uomo così superbo! Egli avrebbe potuto anche credere che avesse voluto mettersi di nuovo volontariamente sulla sua strada. Oh, perché era venuta? E perché lui aveva anticipato di un giorno il proprio arrivo? Se almeno si fossero mossi dieci minuti prima, avrebbero potuto evitare di essere visti; perché era evidente che aveva lasciato in quel momento o la carrozza o il suo cavallo. Disgraziatissimo incontro che le riempiva l'animo di vergogna e il volto di rossore. E che poteva significare quel suo contegno così cambiato? Era già una sorpresa che le avesse parlato, ma parlarle poi con tanta gentilezza, informandosi della sua famiglia! Non l'aveva mai visto così semplice, mai era stato così gentile come in quell'imprevedibile incontro. Che contrasto con l'ultima volta, quando si erano veduti nel parco di Rosings, e le aveva consegnato la lettera! Elizabeth non sapeva proprio cosa pensare né come spiegarsi questo mutamento.

Percorrevano ora un magnifico viale lungo il ruscello, e ogni passo rivelava una nuova bellezza del paesaggio, una più ampia veduta dei boschi ai quali erano diretti, ma ci volle un po' di tempo prima che Elizabeth potesse accorgersi di tanto splendore, e anche se macchinalmente sembrava ammirare quello che gli zii le andavano man mano additando, non poteva quasi distinguere il paesaggio. I suoi pensieri erano tutti rivolti a quel punto di Pemberley dove si trovava in quel momento Mr Darcy. Avrebbe dato chissà che cosa per sapere le idee che gli passavano per la mente, che cosa pensava di lei, e se, nonostante tutto, gli fosse ancora cara. Forse era stato gentile perché gli era ormai indifferente; eppure c'era nella sua voce qualcosa che non sembrava indifferenza. Non avrebbe potuto dire se si fosse mostrato contento o no di rivederla, ma certo l'incontro l'aveva visibilmente commosso.

Finalmente i suoi compagni, ridendo della sua distrazione, la riscossero ed Elizabeth capì che era necessario riprendersi e darsi un contegno.

Penetrarono nei boschi, e lasciato il fiume per un tratto, salirono verso alcune collinette, dalla sommità delle quali, tra le radure, l'occhio si poteva spingere nella bella vallata, sulle opposte pendici coperte di boschi e qua e là sul serpeggiante fiume. Mr Gardiner espresse il desiderio di visitare tutto il parco, ma temeva di non poterlo fare a piedi. Il rimanente della comitiva ebbe un sorriso di trionfo quando gli fu detto che si trattava di un giro di dieci miglia. L'argomento fu decisivo, e continuarono nel giro abituale, che li riportò dopo qualche tempo, attraverso una boscaglia in discesa, fino alla riva del fiume, in uno dei punti più stretti. Lo attraversarono su di un ponte rustico in carattere col paesaggio. Era il punto più selvaggio incontrato fino allora; la valle si restringeva fino a lasciare solo lo spazio per il torrente e per uno stretto sentiero tra le spinose fratte che lo costeggiavano.

Elizabeth avrebbe voluto esplorarne i meandri, ma, attraversato il ponte e vedendo come erano ancora lontani dalla casa, Mrs Gardiner, che non era una grande camminatrice, non si sentì l'animo di proseguire e pensò soltanto a ritornare al più presto alla carrozza.

La nipote fu quindi costretta a seguirla, e si avviarono verso la casa dal lato opposto del fiume, ma assai lentamente, perché Mr Gardiner, che aveva rare occasioni di abbandonarsi alla sua passione favorita, la pesca, era talmente occupato se si vedesse apparire qualche trota nell'acqua, e a parlare, camminando molto adagio, con l'uomo che li accompagnava. Andando così pian piano, furono di nuovo sorpresi, e lo stupore di Elizabeth non fu minore della prima volta, nel vedere, non molto distante da loro, Mr Darcy avvicinarsi. Il viale, che in quel punto era più scoperto, permise loro di scorgerlo qualche tempo prima di incontrarlo. Per un attimo ella pensò che avrebbe preso un altro sentiero, perché una curva lo nascose alla loro vista, ma svoltata la curva, se lo trovarono davanti. Con una sola occhiata, Elizabeth si avvide con grande stupore che non aveva affatto dimesso la cortesia di poco prima, e per imitare la sua cortesia prese subito a lodare la bellezza del luogo, ma aveva appena pronunciato le parole «delizioso, incantevole» che, oppressa dai ricordi, le sembrò che i suoi elogi su Pemberley potessero essere male interpretati. Cambiò colore e tacque.

Mrs Gardiner era rimasta un poco indietro e Mr Darcy chiese a Elizabeth di fargli l'onore di presentarlo ai suoi amici. Tanta gentilezza la colse impreparata, represse a stento un sorriso all'idea ch'egli domandasse di conoscere proprio quei parenti, per causa dei quali il suo orgoglio gli aveva impedito di chiederla in moglie. «Come rimarrà», pensava, «quando saprà chi sono! Certo li ha presi per gente del gran mondo.»

Nondimeno, lo presentò prontamente e, spiegando la loro parentela, gli lanciò un'occhiata furtiva per vedere come prendesse la cosa, aspettando di vederlo allontanarsi al più presto da una compagnia così poco adatta alle sue esigenze. La sorpresa di lui fu, è vero, evidente: tuttavia non soltanto non se ne andò, ma ritornando sui propri passi, li riaccompagnò chiacchierando con Mr Gardiner. Elizabeth era felice, trionfante. Era una tale consolazione che conoscesse almeno alcuni suoi parenti, dei quali non si doveva arrossire! Ascoltò tutta la loro conversazione ed era fiera di ogni espressione, di ogni frase di suo zio che denotava tutta la sua intelligenza, il suo gusto, la sua educazione.

Ben presto parlarono di pesca; e sentì che Mr Darcy invitava molto gentilmente suo zio a venire a pescare ogni volta che gli facesse piacere, fino a quando si tratteneva nei dintorni, offrendogli anche tutti gli arnesi necessari e indicandogli quelle parti del fiume più ricche di pesce. Mrs Gardiner, che camminava col braccio infilato in quello della nipote, la guardò con stupore. Elizabeth non disse nulla, ma era assai contenta; tanta cortesia era dovuta soltanto a un riguardo per lei. Il suo stupore era immenso, e andava continuamente ripetendosi: «Come mai è così cambiato? Da che cosa può dipendere? Non può essere per me, per amor mio, che i suoi modi si sono fatti così cortesi. I miei rimproveri di Hunsford non possono averlo mutato. È impossibile che mi ami ancora».

Dopo aver camminato per un po', le due signore davanti e gli uomini dietro, scendendo verso la riva per vedere qualche strana pianta acquatica, avvenne un cambiamento. Mrs Gardiner, stanca del cammino fatto, trovò che il braccio di Elizabeth non era un appoggio bastante, e chiese quello di suo marito. Mr Darcy prese il suo posto accanto alla nipote, e si avviarono insieme. Elizabeth ruppe per prima il silenzio. Desiderava spiegargli che, prima di venire a Pemberley, le era stato assicurato che la casa era vuota; osservò quindi che il suo arrivo era stato una sorpresa, perché «la governante», aggiunse, «ci informò che eravate aspettato solo per domani, e infatti prima di lasciare Bakewell, ci era stato detto che non eravate ancora atteso in campagna.» Darcy riconobbe che era la verità e che era venuto in anticipo sul resto della compagnia, avendo alcuni affari da sbrigare col suo fattore.

«Mi raggiungeranno domani», continuò, «e nel gruppo c'è qualcuno che avrà sicuramente piacere di rivedervi: Mr Bingley e le sue sorelle.»

Elizabeth fece appena un cenno col capo. I suoi pensieri la riportarono immediatamente all'ultima volta in cui avevano parlato di Mr Bingley e, a giudicare dalla espressione di Darcy, anche i pensieri di lui non dovevano essere diversi.

«C'è anche qualcun altro», continuò dopo una pausa «che desidera particolarmente conoscervi. Mi permettete, o domando troppo, di presentarvi mia sorella, mentre vi tratterrete a Lambton?»

Elizabeth fu talmente sorpresa da questa domanda, da non sapere come rispondere. Capì che se Miss Darcy desiderava conoscerla, non poteva essere che per quanto le aveva detto suo fratello, e senza pensare ad altro, provò una grande soddisfazione per il fatto che il suo risentimento non lo aveva indotto a pensare veramente male di lei.

Camminavano in silenzio, assorti tutti e due in profonde riflessioni. Elizabeth non era a suo agio, sarebbe stato troppo, però si sentiva lusingata e contenta. Il desiderio di presentarle la sorella era, da parte di lui, il più simpatico dei complimenti. Ben presto si distanziarono dagli altri, e, quando arrivarono alla carrozza, Mr e Mrs Gardiner erano ancora distanti un quarto di miglio.

Egli la pregò allora di entrare in casa, ma Elizabeth disse di non essere stanca, e rimasero sul prato. Avevano molte cose da dirsi, e il silenzio era imbarazzante. Elizabeth voleva parlare, ma nessun argomento le sembrava abbastanza adatto per cominciare. Finalmente pensò che poteva raccontare il suo viaggio e si misero a discorrere con ardore di Matlock e di Dovedale. Ma il tempo e la zia procedevano con la stessa lentezza e la sua pazienza e le sue idee stavano per esaurirsi, prima che il *tête-à-tête* terminasse. Quando arrivarono gli zii, furono tutti invitati a entrare in casa a prendere qualche rinfresco, ma essi rifiutarono e si lasciarono con la massima cortesia da ambo le parti. Mr Darcy aiutò le signore a salire in carrozza, e mentre si allontanavano, Elizabeth lo vide avviarsi lentamente verso la casa.

Allora incominciarono i commenti degli zii; tutti e due lo trovarono molto meglio di quanto si erano aspettati. «È così educato, tanto semplice e gentile!», disse lo zio.

«Direi che c'è in lui qualcosa di altero», disse la zia, «ma è più che altro apparenza, e gli si addice. Posso dire anch'io, come la governante, che anche se qualcuno può trovarlo orgoglioso, *io* non ho notato nulla di simile.»

«Sono rimasto sorpreso anch'io del suo contegno verso di noi. Era più che cortese, veramente cordiale, e non c'era alcun motivo per tante premure. Conosce Elizabeth soltanto da poco tempo.»

«Certo», disse sua zia, «non è bello come Wickham, o per lo meno non ha la sua espressione seducente, però, quanto a lineamenti, è perfetto. Come mai mi avevi detto che era così antipatico?»

Elizabeth si scusò come poté; disse che già incontrandolo nel Kent le era piaciuto molto più di prima, ma che non lo aveva mai visto così gentile come quella mattina.

«Ma forse è un po' originale nella sua gentilezza», continuò lo zio. «Quei vostri grandi uomini sono spesso così! Non voglio quindi prenderlo in parola a proposito della pesca, perché un altro giorno potrebbe aver cambiato idea e farmi riaccompagnare ai cancelli della sua proprietà.»

Elizabeth pensò che avevano sbagliato completamente nel loro modo di giudicarlo, ma non disse nulla.

«Da quello che abbiamo visto», proseguì Mrs Gardiner, «potrei pensare qualunque cosa, tranne che possa aver trattato così male Wickham. Non sembra certo cattivo, anzi, c'è qualcosa di talmente dignitoso in tutto il suo contegno, che non dà certo l'idea di un uomo duro di cuore. Quella buona signora che ci mostrava la casa parlava di lui con un entusiasmo incredibile! Duravo perfino fatica a trattenermi dal ridere. Ma si capisce che deve essere generoso, e questa agli occhi dei dipendenti è la più grande virtù!»

Elizabeth comprese che doveva dire qualcosa in difesa della condotta di Darcy verso Wickham; e perciò fece loro capire, con il maggior riserbo possibile, che da quanto aveva sentito da comuni amici del Kent, il suo modo di agire poteva essere interpretato in maniera assai diversa e che il torto non era tutto da una parte come poteva sembrare, né Wickham era così perfetto come lo avevano tutti giudicato nell'Hertfordshire. A conferma di ciò, raccontò dei compensi pecuniari che aveva avuto senza dare altri dettagli, ma assicurando che sapeva la cosa da fonte certa.

Mrs Gardiner rimase turbata e sorpresa; ma poiché si avvicinavano ai luoghi dove aveva passato la sua giovinezza, dimenticò ogni pensiero di fronte al piacere delle rimembranze, e fu troppo occupata nell'additare al marito tutti i posti interessanti dei dintorni, per poter pensare ad altro. Malgrado la stanchezza per la passeggiata del mattino, appena pranzato uscì per ricercare le sue vecchie conoscenze e la serata fu dedicata al piacere di riannodare tante amicizie interrotte per lunghi anni.

Gli avvenimenti della giornata erano stati troppo interessanti per Elizabeth perché essa potesse occuparsi dei nuovi amici; non faceva che pensare, e pensare con sempre rinnovato stupore, alla grande amabilità di Mr Darcy, e, soprattutto, al suo desiderio di farle conoscere la sorella.

Capitolo quarantaquattresimo

Elizabeth era d'accordo con Mr Darcy, che quest'ultimo le avrebbe condotto la sorella l'indomani del suo arrivo a Pemberley, e aveva quindi deciso di non allontanarsi dall'albergo per tutta la mattinata. Ma si era sbagliata, perché la visita avvenne il pomeriggio stesso del loro arrivo a Lambdon. Erano appena ritornati da una passeggiata con i nuovi amici, e stavano per cambiarsi per andare a pranzo, quando un rumore di ruote li attrasse alla finestra e videro avvicinarsi un calessino, nel quale erano un signore e una signora. Elizabeth riconobbe subito la livrea, indovinò chi erano e rivelò agli zii stupiti l'onore che li aspettava. La sorpresa fu generale e l'imbarazzo di Elizabeth, l'avvenimento in se stesso, e tutte le altre circostanze della giornata precedente fecero loro sospettare molte cose. Non ci avevano mai pensato prima, ma ora non potevano dare altra spiegazione a tutte quelle cortesie da parte di Darcy, se non attribuendole a una simpatia per la nipotina. Mentre queste idee si affacciavano alla loro mente, Elizabeth andava turbandosi sempre più. Era stupita lei stessa di sentirsi commossa, ma, fra le altre ragioni di agitazione, c'era la paura che Mr Darcy avesse parlato troppo bene di lei a sua sorella; e, tutta ansiosa com'era di piacerle, era già sicura che, proprio per questo, non ci sarebbe riuscita.

Si ritrasse dalla finestra, nella paura che potesse vederla, e mentre andava su e giù per la camera tentando di ricomporsi, scorse una tale espressione di curioso stupore negli occhi degli zii, che contribuì a renderla ancora più nervosa.

Finalmente Miss Darcy e il fratello entrarono e avvenne la presentazione. Elizabeth si accorse con sorpresa che la sua nuova conoscenza era imbarazzata almeno quanto lei.

A Lambdon aveva sentito dire che Miss Darcy era molto altera, ma le bastarono pochi momenti per capire che era invece straordinariamente timida. Non poté ottenere da lei che qualche monosillabo.

Miss Darcy era più alta e più forte di Elizabeth, e sebbene non ancora sedicenne, aveva la figura di una giovane donna; meno bella del fratello, aveva però un aspetto ridente e dei modi semplici e gentili. Elizabeth, che si aspettava di trovare un'osservatrice acuta e sicura di sé come Mr Darcy, fu tutta sollevata nel riconoscerla così diversa.

Erano insieme da poco tempo, quando Darcy le disse che anche Bingley sarebbe venuto a trovarla e lei aveva appena avuto il tempo di esprimere il suo compiacimento, che si udì su per le scale il passo svelto di Bingley, che un attimo dopo entrava nel salotto. Da tempo tutta la collera che Elizabeth aveva provato contro di lui era scomparsa, ma se ancora ne fosse rimasta una traccia, sarebbe subito svanita di fronte alla spontanea cordialità con la quale egli mostrò tutto il piacere che aveva di rivederla. Chiese amichevolmente, ma in modo generico, della sua famiglia, e tutto in lui ricordava la sua abituale naturalezza.

Mr e Mrs Gardiner lo osservavano con molto interesse. Da tempo desideravano conoscerlo. Tutti e tre i visitatori, del resto, destavano la loro vigile, sebbene velata, curiosità. Le supposizioni, appena formulate, a proposito delle premure di Mr Darcy, li spinsero a osservare attentamente tanto lui come Elizabeth, e furono presto convinti che, uno almeno di loro due, sapeva che cosa volesse dire amare. Da parte di lei non si poteva argomentare gran che, ma l'ammirazione di lui era abbastanza evidente.

Dal canto suo Elizabeth era veramente molto impegnata. Avrebbe voluto rendersi conto dei sentimenti di tutti i suoi amici, comprendere i propri, e piacere a tutti: e proprio in questo, lì dove temeva più di mancare, il suo successo era invece sicuro, perché quelli che voleva conquistare, erano già ben disposti in suo favore. Bingley era ben disposto, Georgiana desiderosa, e Darcy determinato ad ammirarla.

Nel vedere Bingley, i pensieri di Elizabeth corsero a sua sorella: come avrebbe desiderato sapere se anche quelli di lui seguivano la stessa direzione! Le pareva che parlasse meno del solito, e due o tre volte si volle illudere che, guardandola, cercasse in lei la somiglianza di una persona cara. Ma anche se questo poteva essere frutto della sua fantasia, non poteva certo ingannarsi sul contegno di lui verso Miss Darcy, che le era stata presentata come una rivale di Jane. Non uno sguardo tra loro tradì una speciale intesa; nulla tra i due dava a vedere qualcosa che giustificasse le speranze della sorella di Bingley. Su questo punto si sentì dunque rassicurata e, prima che si lasciassero, due o tre piccoli fatti sembrarono, alla sua ansiosa trepidazione, la prova che Bingley ricordava Jane con tenerezza e le rivelarono il suo desiderio di dire di più, quasi di arrivare a nominarla, se avesse osato. Mentre gli altri parlavano tra loro, le disse con un tono di profondo rimpianto, che «era tanto tempo che non aveva avuto il piacere di vederla» e, prima che lei potesse rispondere, aggiunse: «Sono quasi otto mesi. Non ci siamo più visti dal 26 novembre, quando ballammo tutti insieme a Netherfield».

Questo ricordo così esatto fece molto piacere a Elizabeth, e, poco dopo, quando nessuno ascoltava, egli le chiese se tutte le sue sorelle erano a Longbourn. Non che questa o le precedenti frasi volessero dir molto, ma tutto il loro significato consisteva nel modo con cui erano dette.

Elizabeth non osava guardare spesso verso Mr Darcy, ma, se le accadeva di dare una rapida occhiata, notava in lui una specie di contentezza; tutto quello che diceva era così lontano dalla sua abituale alterigia, dal suo fare sprezzante, da convincerla che quel miglioramento nei suoi modi, notato il mattino precedente, anche se destinato a essere passeggero, aveva resistito almeno per un giorno.

Nel vederlo così desideroso di fare la conoscenza e di guadagnare la stima di gente che solo pochi mesi prima avrebbe ritenuto indegna di sé, nell'osservare tanta cortesia, non verso di lei soltanto, ma verso quei parenti che aveva apertamente disprezzato, e ricordando la scena avvenuta al Presbiterio di Hunsford, il cambiamento, la differenza, le apparivano così straordinari da non saper quasi nascondere il suo stupore.

Si trattennero per una mezz'ora e, quando si alzarono per congedarsi, Mr Darcy chiese a sua sorella di unirsi a lui nell'esprimere il desiderio di avere un giorno a pranzo a Pemberley i signori Gardiner con Miss Bennet, prima che partissero. Miss Darcy ubbidì prontamente, malgrado l'impaccio che denotava come non fosse abituata a fare degli inviti. Mrs Gardiner cercò con gli occhi la nipote, desiderando capire se lei, alla quale l'invito era principalmente rivolto, desiderava accettare, ma Elizabeth era voltata da un'altra parte. Attribuendo però questa sua voluta manovra più all'imbarazzo che al desiderio di evitare l'invito, e vedendo che suo marito, sempre socievole, era desideroso di accettare, non ebbe scrupoli a potersi impegnare per tutti, e il pranzo fu fissato per il dopodomani.

Bingley non nascose il suo piacere all'idea di rivedere ancora Elizabeth, avendo infinite cose da dirle e molte domande da rivolgerle a proposito dei loro amici dell'Hertfordshire. Elizabeth, pensando che si riferisse soprattutto al desiderio di parlare di Jane, fu assai contenta; e per questa e per varie altre ragioni, quando le visite presero congedo, si sentì molto soddisfatta della mezz'ora trascorsa, anche se in se stessa non conteneva un divertimento intenso o particolare. Desi-

176

derosa di starsene da sola, temendo le domande o le allusioni degli zii, si trattenne soltanto quanto bastava per sentire il loro giudizio favorevole su Bingley, poi si affrettò ad andare a vestirsi.

Ma non era il caso di temere la curiosità degli zii, che non volevano forzare la sua confidenza: era evidente che conosceva Mr Darcy molto più intimamente di quanto avevano creduto. Erano vivamente interessati, ma non per questo si credevano giustificati nel volerne sapere di più.

Ormai era doveroso pensare bene di Mr Darcy: per quello che a loro risultava, non trovavano in lui niente da criticare. Erano commossi della sua gentilezza, e se avessero dovuto descrivere il suo carattere secondo i loro sentimenti e le parole della governante, senza tener conto di altri giudizi, certo la gente dell'Hertfordshire che lo aveva conosciuto non avrebbe in tale descrizione ravvisato Mr Darcy. Le parole della governante acquistavano sempre più valore. Né quanto avevano sentito dai loro amici a Lambdon poteva infirmare tale opinione. Non era accusato che di una certa sdegnosa alterigia, e orgoglioso lo era, probabilmente, ma, anche se non lo fosse stato, gli abitanti di un piccolo centro commerciale che egli evitava di frequentare, non avrebbero potuto mancare di fargli questo appunto. Ad ogni modo, anche loro riconoscevano che era generoso e che faceva molto bene tra i poveri.

Quanto a Wickham, scoprirono che laggiù non era molto stimato, perché, anche se i suoi rapporti con Darcy non erano ben conosciuti, era un fatto risaputo che, abbandonando il Derbyshire, vi aveva lasciato molti debiti che Mr Darcy stesso aveva poi pagato.

Le riflessioni di Elizabeth erano più che mai rivolte a Pemberley, e anche se la serata le sembrò interminabile, non fu lunga abbastanza per darle modo di accertarsi dei propri sentimenti verso una persona che abitava in quella casa; rimase sveglia due ore intere cercando di districare l'imbroglio dei suoi pensieri. Certo non l'odiava più. No, l'odio era svanito da tempo e da quasi altrettanto tempo si vergognava perfino di aver provato dell'antipatia per lui.

Ora non riusciva nemmeno più a negare a se stessa di provare un senso di rispetto per le sue alte qualità, rispetto che andava mutandosi in un sentimento più amichevole davanti a tante testimonianze in suo favore che nella giornata precedente lo avevano messo presso di lei in una luce così lusinghiera.

Ma, al di sopra della stima e del rispetto, c'era in lei qualche cosa di più. Era gratitudine; gratitudine non soltanto per quel sentimento che un tempo egli aveva nutrito per lei, ma per amarla ancora abbastanza da perdonarle tutta l'acredine e la petulanza con cui lo aveva respinto, e le ingiuste accuse che avevano accompagnato il suo rifiuto. Proprio lui, quando era ormai persuasa che avrebbe dovuto evitarla come la peggiore delle nemiche, ritrovandola per caso, si era invece mostrato desideroso di continuare la loro conoscenza, e, senza la minima, indelicata allusione a quanto era avvenuto tra loro, cercava di piacere ai suoi parenti e desiderava farle conoscere sua sorella! Un tale cambiamento, in un uomo così orgoglioso, non solo destava meraviglia, ma vera gratitudine, perché non poteva avere per movente che l'amore, e un amore ardente. Ella non poteva fare a meno di incoraggiare questi pensieri, niente affatto spiacevoli, anche se ancora vaghi e indefinibili.

Lo rispettava, lo stimava, gli era grata, gli augurava ogni bene; non sapeva però ancora fino a qual punto sperava che la sua felicità dipendesse da lei, e se sarebbe stato un bene per tutti e due che lei adoperasse il potere che credeva di possedere ancora, per indurlo a rinnovare la sua domanda.

Quella sera stessa, zia e nipote decisero che la grande cortesia di Miss Darcy di venire a trovarle appena giunta a Lambdon, andava ricambiata da parte loro e che si sarebbero quindi recate a Pemberley il mattino seguente. Elizabeth si sentiva felice, ma chiedendosene la ragione, non riusciva a trovare una risposta.

Mr Gardiner le lasciò subito dopo colazione. L'invito a pescare era stato rinnovato il giorno prima, ed egli aveva preso un appuntamento con alcuni signori a Pemberley per mezzogiorno.

Capitolo quarantacinquesimo

Convinta com'era, che l'antipatia di Miss Bingley si fosse mutata in gelosia, Elizabeth già immaginava come la sua apparizione a Pemberley sarebbe stata sgradita, ed era curiosa di vedere con quanta gentilezza la signorina avrebbe rinnovato la loro conoscenza.

Giunte alla villa, furono introdotte attraverso l'atrio nel salone che, esposto a nord, era delizioso per l'estate. Le finestre aperte direttamente sul giardino inquadravano un'ariosa veduta delle alte boscose colline dietro la casa e delle bellissime querce e dei castagni sparsi a gruppi nei prati.

Miss Darcy si trovava in sala con Mrs Hurst, Miss Bingley e la signora con la quale viveva a Londra. Georgiana le accolse molto affabilmente anche se non riusciva a liberarsi da quell'imbarazzo che, per quanto derivi solo dalla timidezza e dalla paura di sbagliare, è così spesso scambiato per orgoglio. Mrs Gardiner e sua nipote, però, la compresero e la compatirono.

Le sorelle di Mr Bingley si limitarono a salutare con un inchino, al quale seguì uno di quei silenzi così imbarazzanti e penosi. La prima a romperlo fu Mrs Annesley, una signora graziosa dall'aspetto gentile, i cui tentativi di cominciare un discorso dimostrarono quanto fosse più educata delle altre due, e tra lei e Mrs Gardiner, con l'aiuto di Elizabeth, la conversazione s'avviò. Miss Darcy mostrava tutto il suo desiderio di parteciparvi senza averne il coraggio, e solo talvolta si arrischiò ad azzardare una frase, quando c'era minor pericolo di essere sentita.

Elizabeth si accorse ben presto di essere osservata da Miss Bingley, e di non poter dire una parola, soprattutto a Miss Darcy, senza richiamare la sua attenzione, cosa che non l'avrebbe trattenuta dal parlare a quest'ultima, se non fossero state sedute troppo distanti l'una dall'altra. Non le dispiaceva però che le fosse evitato il dovere di parlare molto, tutta presa com'era dai suoi pensieri. Si aspettava di momento in momento che entrasse uno dei signori. Temeva e desiderava che il padrone di casa fosse tra questi, e non sapeva se era maggiore la paura o il desiderio. Era già passato un quarto d'ora senza che Miss Bingley avesse fatto udire la sua voce, quando Elizabeth si riscosse sentendosi chiedere freddamente notizie della sua famiglia. Rispose con uguale indifferenza e brevità, e nessuno aggiunse altro.

L'entrata dei domestici, recanti carne fredda, una torta e ogni genere di frutta, portò qualche diversivo, ma ciò non avvenne se non dopo molte occhiate significative da parte di Mrs Annesley a Miss Darcy, per ricordare i suoi doveri di padrona di casa. Ora tutte ebbero qualche cosa da fare, perché, se non di parlare, tutte erano almeno capaci di mangiare, e le magnifiche piramidi di uva, mandarini e pesche le riunirono presto intorno alla tavola.

Mentre erano così occupate, Elizabeth ebbe modo di sincerarsi se era più forte il timore o il desiderio di vedere Mr Darcy, dai sentimenti che provò al suo entrare in sala. Infatti, se fino a un momento prima aveva creduto di desiderare la sua venuta, ora incominciò a rimpiangere che fosse arrivato.

Darcy era stato qualche tempo al fiume con Mr Gardiner e con altri due o tre amici, e lo aveva lasciato soltanto sentendo che le signore sarebbero andate da Georgiana quel mattino. Appena apparve, Elizabeth risolvette di essere molto calma e disinvolta, risoluzione tanto necessaria, quanto difficile a mantenersi; ella si accorse infatti che l'attenzione sospettosa di tutta la compagnia si era risvegliata, e che non c'era occhio che non spiasse il contegno di lui quando entrò nella camera. Nessuno però mostrò una così attenta curiosità come Miss Bingley, nonostante i sorrisi che le illuminavano il volto, ogni volta che si rivolgeva a uno dei protagonisti della sua curiosità, perché la gelosia non le aveva ancora tolto del tutto le speranze e lei non aveva certo smesso di rivolgere le sue attenzioni a Darcy.

Miss Darcy, dopo la venuta del fratello, cercò di parlare molto di più, ed Elizabeth si accorse che egli desiderava che sua sorella e lei diventassero amiche, e che cercava di facilitare in ogni modo la loro conversazione. Miss Bingley pure se ne accorse, e, con l'imprudenza della collera, colse la prima occasione per dire con ironica gentilezza:

«Ditemi, Miss Eliza, è vero che il reggimento è partito da Meryton? Deve essere stata una grande perdita per la vostra famiglia».

Non osò nominare Wickham alla presenza di Darcy, ma Elizabeth capì al volo che alludeva a lui, e i molti ricordi collegati a quel nome le diedero un attimo di smarrimento. Tuttavia, volendo sventare il perfido attacco, seppe rispondere in tono abbastanza disinvolto. Mentre parlava, un'occhiata involontaria le rivelò che Darcy, acceso in volto, la guardava fissamente, mentre sua sorella, sopraffatta dalla confusione, non osava alzare gli occhi. Se Miss Bingley avesse saputo il dolore che dava al suo amico, si sarebbe astenuta da questa allusione, ma invece pensava soltanto di sconcertare Elizabeth ricordandole una persona che credeva le piacesse, facendole così tradire un sentimento che sperava l'avrebbe danneggiata nell'opinione di Darcy; in più, voleva ricordare a lui tutte le sventatezze delle sorelle minori di Elizabeth durante il soggiorno del reggimento. Miss Bingley non aveva mai avuto il minimo sentore della progettata fuga di Georgiana Darcy. Il segreto non era stato rivelato ad alcuno, se non a Elizabeth, e Darcy lo aveva nascosto tanto più ai parenti di Bingley proprio per quel motivo che Elizabeth gli aveva tempo prima attribuito: per la speranza, cioè, che divenissero parenti di sua sorella. Certo egli aveva formulato questo progetto, e se non era per tale ragione che aveva tentato di separare Bingley da Miss Bennet, è probabile che, inconsciamente, la sua condotta verso l'amico ne fosse stata influenzata.

Ma il contegno calmo di Elizabeth lo tranquillizzò ben presto, e siccome Miss Bingley, seccata e delusa, non osò parlare più apertamente di Wickham, Georgiana si riprese abbastanza, anche se non fino al punto di riuscire a parlare ancora. Suo fratello, del quale temeva gli sguardi, non ricordava quasi che lei fosse implicata nella faccenda, e l'allusione, che avrebbe dovuto allontanarlo da Elizabeth, sembrò non raggiungere altro scopo che di farlo rivolgere a lei sempre più cordialmente.

La visita dei Gardiner non si protrasse più a lungo, e mentre Darcy scortava le signore alla carrozza, Miss Bingley si abbandonò a criticare la persona, i modi, gli abiti di Elizabeth. Ma Georgiana non le diede retta. A lei bastava che piacesse a suo fratello, il cui giudizio era per lei inappellabile, e lui le aveva parlato di Elizabeth in termini tali che non avrebbe potuto trovarla che graziosa e simpatica. Quando Darcy tornò in salotto, Miss Bingley non seppe trattenersi dal ripetergli in parte quello che aveva detto alla sorella.

«Come stava male, questa mattina, Eliza Bennet!», esclamò, «non ho mai visto nessuno cambiare tanto. Come è mutata da quest'inverno! È diventata così bruna e scura di carnagione! Louisa ed io stavamo dicendo che non l'avremmo riconosciuta.»

Per poco piacere che gli potesse fare quest'osservazione, Darcy si accontentò di rispondere freddamente che non vedeva in lei un gran cambiamento, se non una certa abbronzatura, cosa abbastanza naturale quando si viaggia d'estate.

«Per conto mio», continuò quella, «confesso di non averla mai trovata bella. Ha un volto troppo magro, una carnagione priva di splendore, e i suoi tratti non sono regolari. Il suo naso manca di carattere; non ha linea. I suoi denti sono passabili, ma niente fuor del comune, e i suoi occhi, che sono stati definiti "tanto belli", non ho mai capito che cosa abbiano di straordinario. Hanno uno sguardo acuto e penetrante che non mi piace affatto, e in tutto il suo aspetto c'è una sicurezza priva di eleganza, veramente intollerabile.»

Persuasa com'era che Darcy ammirasse Elizabeth, non era certo questo il modo di rendersi simpatica, ma chi è in collera dimentica spesso di essere prudente, e, vedendolo seccato, le parve di aver raggiunto il suo scopo. Egli era tuttavia determinato a tacere e lei allora per farlo parlare continuò:

«Ricordo, quando la conoscemmo nell'Hertfordshire, come fummo stupite nel sentire che era considerata una bellezza, e mi rammento che la sera che erano a pranzo a Netherfield, voi mi diceste: "*Lei* una bellezza! Sarebbe come dire che sua madre è un genio!". Ma in seguito mutaste opinione, e la consideravate abbastanza bellina».

«Sì», disse Darcy, non sapendosi più frenare. «Ma fu soltanto al principio della nostra conoscenza, perché ormai sono già parecchi mesi che la considero come una delle più belle donne che io conosca.»

Detto questo, se ne andò, lasciando a Miss Bingley la soddisfazione di averlo costretto a dire quello che addolorava soltanto lei.

Ritornando a casa, Mrs Gardiner ed Elizabeth parlarono di tutto quello che si era svolto durante la loro visita, tranne di quanto stava più a cuore ad entrambe, discussero dell'apparenza e del contegno di tutti quelli che avevano visto, all'infuori della sola persona che più le interessava. Parlarono di sua sorella, dei suoi amici, della sua casa, dei suoi frutti, di tutto insomma, ma non di lui, eppure Elizabeth sospirava di sapere quello che ne pensava Mrs Gardiner, e lei avrebbe dato qualunque cosa perché la nipote fosse la prima ad entrare in argomento.

Capitolo quarantaseiesimo

Al suo arrivo a Lambdon, Elizabeth era stata molto delusa di non trovare una lettera di Jane; delusione che si rinnovava ogni mattina; ma al terzo giorno non ebbe più da lamentarsi e sua sorella fu giustificata dall'arrivo di due lettere, una delle quali aveva avuto un disguido, cosa di cui non c'era da stupirsi, dato che Jane aveva scritto malissimo l'indirizzo.

Quando le lettere arrivarono, Elizabeth stava per uscire a passeggio con gli zii, i quali però vollero lasciarla al piacere di leggere e si avviarono da soli. Ella cominciò dalla più vecchia, che risaliva a cinque giorni avanti. Iniziava raccontando dei trattenimenti, festicciole, novità che può offrire la vita in campagna, ma la seconda parte, che recava la data del giorno dopo, dimostrava di essere stata scritta sotto il peso di una violenta agitazione. Diceva così:

Da che ti ho scritto quanto sopra, cara Lizzy, è accaduto qualcosa di inaspettato e di molto grave. Ma temo di agitarti. Rassicurati, di salute stiamo tutti bene. Quanto ho da dirti riguarda la povera Lydia. L'altra sera, mentre stavamo per andare a letto, arrivò una lettera del colonnello Forster, per informarci che essa era fuggita in Scozia con uno dei suoi ufficiali: con Wickham, per essere chiari. Immagina la nostra sorpresa; solo per Kitty non sembrò cosa del tutto inaspettata. Sono più che desolata. Un'unione così imprudente da ambo le parti! Ma voglio sempre sperare per il meglio e che il carattere di lui sia stato misconosciuto. Avventato e imprudente lo è di certo, ma questo passo (e almeno di questo rallegriamoci) non dimostra un cuore cattivo. La sua scelta è per lo meno disinteressata, perché deve sapere che nostro padre non può dar nulla a Lydia. La povera mamma è abbattutissima. Papà sopporta meglio la cosa. Che fortuna che non abbiamo mai fatto sapere quello che si dice contro di lui! Dobbiamo dimenticarlo noi stesse. Sono partiti sabato a mezzanotte, come sembra, ma nessuno se ne è accorto fino al mattino dopo, alle otto. Il messaggio è stato mandato immediatamente. Cara Lizzy, devono essere passati a dieci miglia da qui! Il colonnello Forster ci fa sperare che verrà da noi al più presto. Lydia ha lasciato poche righe per Mrs Forster, informandola delle loro intenzioni. Devo smettere perché non posso lasciare a lungo la povera mamma. Temo che non potrai capirmi e non so neppure io che cosa ho scritto.

Senza perdere tempo a ragionare, e non rendendosi neppur conto di quello che provava, finita la prima lettera, Elizabeth prese subito quell'altra, e aprendola con estrema impazienza, lesse quanto segue:

A quest'ora, cara sorella, avrai avuto la mia frettolosa lettera; vorrei che questa fosse più comprensibile, ma la mia testa è talmente confusa che non posso promettere di essere coerente. Carissima Lizzy, non so come scriverlo, ma devo darti cattive notizie. Per quanto un matrimonio fra Wickham e la nostra povera Lydia possa essere una vera imprudenza, il nostro solo desiderio è di sapere che abbia almeno avuto luogo, perché si ha molto da temere che quei due non siano andati in Scozia. Il colonnello Forster venne ieri, poiché lasciò Brighton poco dopo avere scritto il messaggio espresso. Benché nel suo biglietto a Mrs Forster Lydia parlasse di andare a Gretna Green, Denny manifestò invece il dubbio che Wickham non avesse nessuna intenzione di recarvisi, né che pensasse affatto a sposarla, cosa che venne subito ripetuta al colonnello, il quale, allarmato, partì da Brighton per rintracciarli... Poté seguire facilmente le loro tracce fino a Clapham, ma non più in là, perché in quel posto licenziarono la carrozza che li aveva condotti da Epsom, e ne presero una a nolo. Dopo questo non si sa altro, all'infuori che sono stati visti proseguire per la strada di Londra. Non so proprio che cosa pensare. Dopo aver fatto tutte le indagini possibili dalla parte di Londra, il colonnello Forster è venuto nell'Hertfordshire, rinnovando le sue ricerche a tutte le barriere, e alle locande di Bernet e Hatfield, ma senza alcun risultato. Nessuno li aveva visti passare. Con il più affettuoso interessamento, è venuto a Longbourn preparandoci alla notizia in un modo così delicato da far onore al suo cuore. Sono veramente desolata per lui e per Mrs Forster, ma nessuno potrebbe riversare il biasimo su di loro. Il nostro dolore, cara Lizzy, è immenso. Papà e mamma temono il peggio, ma io non posso pensare così male di lui. Ci possono essere varie ragioni per cui abbiano preferito sposarsi privatamente in città, piuttosto che seguire il loro primo progetto, e se anche egli fosse capace di un atto simile verso una ragazza di buona famiglia come Lydia, non posso credere che *lei* abbia potuto perdere ogni dignità. Impossibile! Tuttavia mi affligge vedere che il colonnello Forster non crede molto al loro matrimonio; quando gli espressi la mia speranza, scosse la testa, e disse che Wickham non era uomo di cui fidarsi. La mamma è veramente ammalata e non esce di camera. Se potesse farsi forza, sarebbe meglio, ma non c'è da aspettarselo. Quanto a papà, non l'ho mai visto così abbattuto in vita sua. La povera Kitty ora è arrabbiatissima di aver nascosto il loro amore, ma non c'è da stupirsene, dato che si trattava di una confidenza segreta. Sono sinceramente contenta, cara Lizzy, che almeno parte di queste scene ti siano state risparmiate; ma ora che il primo colpo è passato, posso confessarti che sospiro il tuo ritorno? Non sono però tanto egoista da sollecitarlo, se tornare fosse per te un sacrificio troppo grande. Addio! Riprendo la penna per dirti proprio quello che non volevo, ma le circostanze sono tali che devo seriamente pregarti di venire al più presto. Conosco così bene lo zio e la zia che non ho paura di chiederlo anche se devo pregare proprio lo zio di un altro favore. Papà va a Londra sabato con il colonnello Forster per cercare di rintracciarli. Non so che intenzioni abbia; ma la sua estrema agitazione non gli può permettere di agire nel modo migliore e più prudente, e il colonnello Forster è obbligato a tornare a Brighton domani sera. In frangenti di simile gravità, il consiglio e l'aiuto dello zio sarebbero cosa preziosissima; egli capirà tutto quello che provo e mi affido alla sua bontà.

«Dov'è, dov'è lo zio?», gridò Elizabeth alzandosi di colpo, appena terminata la lettura, ansiosa di raggiungerlo senza perdere un solo attimo; ma era appena arrivata alla porta, che questa fu aperta da un servitore e apparve Mr Darcy.

Il pallore e l'impeto di Elizabeth lo fecero trasalire, e prima ancora che potesse parlare, lei, che pensava soltanto alla situazione in cui si trovava Lydia, esclamò in fretta:

«Scusatemi, ma devo lasciarvi. Devo trovare Mr Gardiner, per una cosa che non può essere rimandata. Non ho un minuto da perdere».

«Santo Dio! Che è accaduto?», esclamò Darcy con passione; poi, riprendendosi: «Non voglio trattenervi neppure un momento, ma permettete che vada io o il domestico a cercare Mr e Mrs Gardiner. Non state abbastanza bene per farlo voi stessa».

Elizabeth esitò, ma le ginocchia le tremavano, e comprese che non sarebbe riuscita a raggiungerli. Comandò al domestico, con una voce appena intelligibile tanto era tremante, di richiamare immediatamente a casa i suoi padroni. Appena il domestico fu uscito, si rimise a sedere, incapace di reggersi in piedi, così affranta che Darcy non poté lasciarla, né seppe trattenersi dal dirle con grande affetto:

«Lasciate che chiami la vostra cameriera. Che cosa posso fare? Posso portarvi un po' di vino? Si vede che state male...».

«No, grazie», rispose Elizabeth cercando di ricomporsi, «non ho nulla, sto bene, sono soltanto sconvolta per alcune cattivissime notizie avute da Longbourn.»

Nel dir così, scoppiò in lacrime e non poté proseguire. Darcy, completamente all'oscuro dell'accaduto, non poté che esprimere qualche vaga espressione di conforto, e osservarla in silenzio, pieno di amorosa compassione. Finalmente lei continuò:

«Ho ricevuto ora una lettera di Jane con notizie veramente orribili. Non possono essere tenute segrete. Mia sorella minore ha lasciato gli amici presso i quali era ospite... è fuggita con Wickham. Sono partiti insieme da Brighton. Voi lo conoscete troppo bene per dubitare del seguito. Essa non ha denaro, non viene da una famiglia, l'ascendente della quale possa tentarlo... È perduta per sempre».

Darcy rimase a lungo senza fiato per lo stupore.

«Quando penso», ella aggiunse con voce anche più agitata, «che avrei potuto impedirlo! *Io*, che lo conoscevo, sarebbe bastato che avessi narrato solo in parte quanto avevo saputo sul conto di lui, alla mia famiglia! Se avessero immaginato di che persona si trattava, la cosa non sarebbe avvenuta. Ma ormai... è troppo tardi!»

«Sono veramente desolato», esclamò Darcy, «desolato... indignato. Ma è certo? È assolutamente certo?»

«Oh, sì! Hanno lasciato insieme Brighton sabato notte e sono stati rintracciati fin quasi a Londra, ma non più in là; ma non sono certo andati in Scozia.»

«E che cosa è stato fatto, tentato, per ritrovarli?»

«Mio padre è andato a Londra, e Jane in questa sua lettera prega lo zio di accorrere in suo aiuto, e spero che potremo partire tra mezz'ora. Ma non si può far nulla, so benissimo che non si può far nulla. Cosa c'è ormai più da fare con un individuo simile? E come, del resto, scoprirli? Non ho la minima speranza. È veramente orribile.»

Darcy scosse il capo annuendo silenziosamente.

«Avessi almeno io aperti gli occhi su quello che egli era veramente... Avessi saputo quello che dovevo fare! Ma non lo sapevo, temevo di esagerare. Triste, triste errore!»

Darcy non rispose. Pareva quasi non sentirla e camminava su e giù per la stanza, pensando intensamente, con la fronte aggrondata e l'espressione piena di corruccio. Elizabeth, osservandolo, comprese immediatamente. Ogni suo potere su di lui svaniva; qualsiasi sentimento doveva scomparire davanti a questa prova della debolezza dei suoi, davanti a una tale vergogna. Non poteva né stupirsi né condannarlo, ma questo pensiero non le recò alcuna consolazione, né era il più adatto a lenire il suo dolore. Tutto sembrava anzi portarla a chiarire finalmente i suoi sentimenti, e non aveva mai capito così sinceramente di amarlo tanto come ora, quando l'amore era vano.

Ma la forza di un sentimento egoistico, anche se affiorato per un breve istante, non poteva occuparla a lungo. Lydia, l'umiliazione, la pena che l'accaduto portava a tutti loro, soppressero ben presto ogni altra cura e, nascondendo il volto nel fazzoletto, Elizabeth si immerse nei propri pensieri. Dopo qualche momento però fu richiamata alla realtà dalla voce del suo compagno che, in tono pieno di compassione, ma anche di ritegno, diceva: «Temo che da tempo desideriate che io me ne vada, né posso trovare alcuna scusa all'essermi trattenuto se non nel profondo interesse col quale divido la vostra pena. Volesse il cielo che potessi dire o fare qualcosa per potervi consolare di questo dolore! Ma non voglio affliggervi con desideri vani che sembrerebbero espressi soltanto per suscitare la vostra gratitudine. Credo che questa disgraziata circostanza toglierà a mia sorella il piacere di avervi oggi a Pemberley».

«Oh, sì! Siate così gentile da scusarci con Miss Darcy. Ditele che affari urgenti ci richiamano a casa immediatamente. Nascondete la triste verità più a lungo che sia possibile... so che questo, purtroppo, non potrà essere per molto tempo.»

Egli l'assicurò prontamente della sua discrezione; ripeté il suo dolore nel vederla così afflitta; augurò che le cose si mettessero meglio di quanto si aveva ragione di sperare, e con i saluti per i suoi parenti e un grave sguardo di addio, la lasciò.

Mentre se ne andava, Elizabeth sentì come fosse difficile che si potessero mai più ritrovare con quella cordialità che aveva contraddistinto i loro incontri nel Derbyshire, e ripensando tutta la loro conoscenza, così piena di contrasti e di mutamenti, sospirò, rimpiangendo la perversità di quei sentimenti che le avrebbero fatto ora desiderare di continuare quell'amicizia che un tempo desiderava vedere troncata.

Né si può biasimare il cambiamento dei sentimenti di Elizabeth, se stima e gratitudine possono essere le basi per un affetto. Ma se si vuole ritenere che il vero amore è quello che nasce a prima vista e prima ancora che si siano scambiate due parole con l'oggetto amato, allora nulla può essere detto in difesa di Elizabeth, se non che, avendo provato questo metodo con la sua inclinazione per Wickham, così mal riuscita, era naturale che fosse ora portata a tentare un'altra forma di affetto, anche se meno romantica. Ma qualunque ne fosse la ragione, Elizabeth vide con rimpianto Darcy allontanarsi, e in questa prima prova di quelle che sarebbero state le conseguenze del disonore di Lydia, trovò una nuova ragione di angoscia che aggravava una situazione già così triste.

Dopo la lettura della seconda lettera di Jane, non aveva più nessuna speranza che Wickham intendesse sposare Lydia. Ma non era la sorpresa il sentimento più forte che provava. Leggendo la prima lettera, sì, era rimasta stupita che Wickham sposasse una ragazza priva di ricchezza; e del resto le sembrava ancora più incomprensibile che Lydia avesse potuto conquistarlo fino a indurlo a contrarre un matrimonio così privo di interesse per lui. Ma sotto il nuovo aspetto, la cosa appariva molto più naturale. Per un legame di quel genere, Lydia era abbastanza seducente, e, quantunque a Elizabeth ripugnasse l'idea che la sorella si fosse decisa alla fuga senza aver avuto una promessa di matrimonio, non aveva abbastanza fiducia né nella sua virtù, né nel suo buon senso, per non temere che diventasse una facile preda per Wickham.

Finché il reggimento era ancora nell'Hertfordshire, non si era mai accorta che Lydia avesse una simpatia particolare per Wickham, ma era convinta che le bastasse il più lieve incoraggiamento per innamorarsi di chicchessia. Ora l'uno, ora l'altro degli ufficiali era stato volta a volta il preferito, a seconda di come si occupavano di lei. Il suo affetto oscillava continuamente da questo a quello, ma non restava mai privo di oggetto. Come si rendeva conto, ora, del male che la poca sorveglianza e una sbagliata indulgenza, potevano aver fatto a una ragazza simile!

Desiderava solo di arrivare a casa: di sentire, di vedere, di essere sul posto a dividere con Jane tutto il peso che certo lei portava da sola, in una famiglia così colpita; compito reso maggiormente grave dall'assenza del padre e dall'assoluta incapacità della madre a vincersi e farsi animo. Benché fosse quasi certa che non si poteva fare nulla per Lydia, era sicura che l'intervento dello zio sarebbe stato di grande importanza. Mr Gardiner e sua moglie si erano affrettati a rientrare, allarmatissimi, temendo, dalle parole del servitore, che la nipote si fosse improvvisamente sentita male, ma, rassicuratili su questo punto, Elizabeth spiegò la ragione per cui li aveva chiamati, leggendo forte le due lettere, e indugiando, con voce tremante, sul poscritto della seconda. Benché Lydia non fosse mai stata la loro preferita, Mr e Mrs Gardiner furono profondamente sconvolti. Non si trattava di Lydia soltanto, tutta la famiglia era colpita da questa sciagura, e dopo le prime esclamazioni di sorpresa e di dolore, Mr Gardiner promise prontamente di dare tutto il suo aiuto. Elizabeth, anche se non si aspettava di meno, lo ringraziò con lacrime di gratitudine, e trovandosi tutti e tre dello stesso animo, si prepararono in fretta alla partenza.

«Ma che faremo per Pemberley?», esclamò Mrs Gardiner. «John ci ha detto che Mr Darcy era qui quando ci hai mandato a chiamare, è vero?»

«Sì, e gli dissi che non ci era più possibile mantenere il nostro impegno; così anche *questo* è sistemato.»

«Che cosa è sistemato?», si chiese Mrs Gardiner, mentre scappava in camera a prepararsi. «Sono così intimi da potergli rivelare l'intera verità? Oh, se potessi sapere come stanno le cose!»

Ma era un desiderio vano, che bastò tutt'al più a distrarla, nella fretta e nella confusione dell'ora che seguì. Se Elizabeth avesse potuto rimanere in ozio, sarebbe stata convinta che nessuna occupazione era possibile a una persona disperata come lei, ma dovette invece dividere il lavoro della zia, e, fra l'altro, scrivere dei biglietti a tutte le conoscenze di Lambdon, giustificando con dei pretesti la loro affrettata partenza. In un'ora riuscirono a fare tutto; e dopo che Mr Gardiner ebbe pagato il conto dell'albergo, non rimase che partire, ed Elizabeth, dopo tante ore angosciose, si trovò in minor tempo di quanto avrebbe supposto, nella carrozza, alla volta di Longbourn.

Capitolo quarantasettesimo

«Ci ho ripensato ancora, Elizabeth», disse suo zio mentre lasciavano la città, «e davvero tutto considerato, mi sento quasi di condividere l'idea di tua sorella su questa faccenda. Mi sembra talmente impossibile che un giovane possa comportarsi in quel modo verso una ragazza non priva di protezione e di amici, ospite presso la famiglia del suo colonnello, che mi sento proprio incoraggiato a sperare il meglio. Come potrebbe non supporre che parenti e amici si mettano alla ricerca di Lydia? E come potrebbe essere accolto al reggimento dopo un simile affronto al colonnello Forster? Il gioco non vale la candela.»

«Credi davvero?», esclamò Elizabeth, rianimandosi per un momento.

«Parola d'onore», disse Mrs Gardiner, «comincio anch'io a pensarla come tuo zio. È una violazione troppo sfacciata di ogni senso dell'onore, del decoro e persino dell'interesse, perché egli se ne renda colpevole. Non posso pensare così male di Wickham. Tu stessa, Lizzy, puoi crederlo capace di tanto?»

«Forse di trascurare il suo interesse, no, ma di tutte le altre cose lo credo capace. Voglia Dio che diciate il vero! Ma non oso sperarlo. Perché allora non sarebbero andati in Scozia?»

«Prima di tutto», rispose Mr Gardiner, «non si ha nessuna prova che non ci siano andati.»

«No, ma il fatto di aver cambiato il calesse con una vettura a nolo, è un indizio che non lascia dubbi! E poi non si è trovata traccia del loro passaggio sulla strada di Barnet.»

«Bene, supponiamo che siano a Londra. Possono essere lì soltanto per stare nascosti e per nessun'altra ragione. È facile che da ambo le parti siano a corto di quattrini, e possono aver trovato più economico, anche se meno sbrigativo, sposarsi a Londra piuttosto che in Scozia.»

«Ma perché tanti misteri? Perché aver paura di essere scoperti? Perché il loro matrimonio dovrebbe essere segreto? Oh, no, no, non è così! Da quanto dice Jane, il suo amico più intimo è persuaso che lui non avesse alcuna intenzione di sposarla. Wickham non sposerà mai una donna priva di mezzi. Non può permetterselo. E che pregi ha Lydia, quale seduzione, se non la gioventù, la salute e l'allegria, perché lui rinunci, sposandola, ai vantaggi che avrebbe potuto trarre da un buon matrimonio? Non so quale freno poteva essere per lui il biasimo che questa disonorevole fuga avrebbe suscitato al reggimento, perché non conosco le conseguenze che possa avere un passo simile. Ma per altre obiezioni, temo che ci sia poco da illudersi. Lydia non ha fratelli che la possano difendere, e dal modo di fare di nostro padre, dalla sua indulgenza e dalla poca cura che sembra prendersi di quanto accade nella sua famiglia, Wickham si può illudere che si preoccuperà meno di ogni altro padre, in questa circostanza.»

«Ma credi che Lydia sia così accecata dal suo amore da acconsentire a vivere con lui al di fuori del matrimonio?»

«Lo si direbbe; ed è veramente doloroso», rispose Elizabeth con le lacrime agli occhi, «dubitare del decoro e della virtù della propria sorella. Ma realmente, non so che cosa dire. Forse sono ingiusta verso di lei. Ma è giovanissima, nessuno le ha mai insegnato a riflettere; e negli ultimi tempi, anzi da quasi un anno a questa parte, non ha pensato che ai divertimenti e alle frivolezze. Le è sempre stato concesso di passare tutto il suo tempo nel modo più stupido e ozioso, e di seguire tutti i capricci che le passavano per la testa. Da che il reggimento è venuto a Meryton, non ha avuto in testa che civetterie, amori e ufficiali. Ha fatto tutto quello che poteva per parlare e pensare solo di questi argomenti, ingigantendo, come posso dire?... le sue facoltà affettive, che sono già abbastanza vivaci. E noi sappiamo che Wickham ha tutto quanto occorre sia nell'apparenza, sia nel modo di fare, per sedurre una donna.»

«Ma tu hai sentito che Jane», disse sua zia, «non pensa tanto male di Wickham da crederlo capace di una così riprovevole condotta.»

«Jane è forse capace di pensare male di qualcuno? E quando mai crederebbe qualsiasi persona al mondo, qualunque sia stata la sua condotta precedente, capace di agire in tal modo, finché non ne avesse la prova? Ma Jane, come me, sa chi è veramente Wickham. Tutt'e due sappiamo che è un libertino nel pieno significato della parola, che non possiede né rettitudine né onore, che è tanto falso e imbroglione quanto vano e calunniatore.»

«E tu sai davvero tutto questo?», esclamò Mrs Gardiner, la cui curiosità di sapere come Elizabeth potesse essere informata a questo proposito, si era ridestata.

«Lo so da fonte sicura», disse Elizabeth arrossendo. «L'altro giorno ti dissi come si è comportato indegnamente verso Mr Darcy, e tu stessa a Longbourn hai sentito in che maniera parlava di un uomo che è stato così tollerante e generoso verso di lui. E ci sono altri fatti che non posso... che non vale la pena di ripetere; ma le sue menzogne sulla famiglia di Pemberley sono innumerevoli. Da quanto mi aveva raccontato di Miss Darcy, mi aspettavo di trovare una ragazza orgogliosa, riservata e antipatica; eppure sapeva che era proprio l'opposto. Doveva sapere che è semplice e amabile come l'abbiamo trovata noi.»

«Ma Lydia non sapeva la verità su Wickham? Come poteva ignorare quello di cui tu e Jane eravate informate?»

«Purtroppo, no! Ed è questa la cosa peggiore. Mentre ero nel Kent, dove incontrai molto spesso Mr Darcy e il colonnello Fitzwilliam, suo parente, lo ignoravo io stessa. E quando tornai a casa, il reggimento doveva lasciare Meryton dopo quindici giorni. Così né io, né Jane, alla quale raccontai tutto, trovammo opportuno dire quello che sapevamo, perché a che cosa sarebbe servito distruggere la buona opinione che tutti avevano di lui? Poi, quando fu deciso che Lydia andasse con Mrs Forster, non pensai affatto alla necessità di aprirle gli occhi sul carattere di Wickham. Non mi passò neppure per la mente che potesse essere ingannata a tal punto da lui. Avrei immaginato tutto, tranne che potesse accadere una cosa simile.»

«Così, quando andò a Brighton, non avevi nessun motivo per credere che fossero innamorati l'uno dell'altra?»

«Nemmeno lontanamente. Non posso ricordare nessun segno d'affetto né da una parte né dall'altra, e sai che se ce ne fosse stata soltanto l'ombra, non c'è pericolo che a casa nostra sarebbe passata inosservata. Quando Wickham entrò al reggimento, Lydia lo ammirava molto, come noi tutte del resto. Tutte le ragazze di Meryton avevano perso la testa per lui, durante i primi mesi; ma egli non se ne occupò mai in modo particolare e perciò dopo un periodo di folle e stravagante ammirazione, l'infatuazione di Lydia passò, e altri ufficiali che le facevano la corte tornarono a essere i suoi preferiti.»

Sebbene continuare a discutere su questi argomenti non potesse portare nessun nuovo elemento tale da aumentare o diminuire i loro timori o dare un particolare indirizzo alle loro speranze o congetture, non furono capaci di parlare d'altro durante tutto il viaggio. Elizabeth non riusciva a pensare a niente: stretta dall'angoscia e dal rimorso, non poteva trovare pace né oblio.

Viaggiarono con la massima velocità, e dormendo una notte lungo il percorso, raggiunsero Longbourn il giorno dopo, all'ora di pranzo. Elizabeth era sollevata all'idea che Jane non aveva dovuto logorarsi in un'attesa troppo lunga. I piccoli Gardiner, attratti dalla vista della carrozza, si fecero trovare sulla scala, e appena la carrozza fu alla porta, la gioconda sorpresa che illuminò i loro volti e si manifestò per mezzo di salti e di capriole, fu il primo gradito benvenuto. Elizabeth saltò dalla vettura, e dopo aver dato a tutti un rapido bacio, si affrettò nell'atrio, dove Jane arrivava scendendo di corsa la scala, venendo dalla camera della mamma. Baciandola con tenerezza, mentre le lacrime riempivano i loro occhi, chiese senza perdere un attimo se si avevano notizie dei fuggiaschi.

«Non ancora», rispose Jane. «Ma adesso che è venuto il nostro caro zio, spero che tutto andrà bene.»

«Papà è a Londra?»

«Sì, è partito martedì, come ti ho scritto.»

«E avete avuto sue notizie?»

«Una volta sola. Poche righe mercoledì, per annunciare che era arrivato bene e per dirmi quello che intendeva fare, come gli avevo chiesto. Aggiungeva che non avrebbe più scritto finché non avesse avuto qualche notizia importante.»

«E la mamma come sta, come state tutti?»

«La mamma sta benino, mi pare, anche se è molto scossa. È di sopra, e sarà felice di vedervi. Non lascia ancora il suo salottino. Mary e Kitty, grazie a Dio, stanno benissimo.»

«Ma tu, come stai, tu?», esclamò Elizabeth. «Sei pallida. Quante ne devi aver passate!»

Sua sorella però la rassicurò dicendole di sentirsi benissimo, e la loro conversazione fu interrotta dall'arrivo degli zii che si erano trattenuti con i bambini. Jane corse dagli zii, dando loro il benvenuto e ringraziandoli tra lacrime e sorrisi. Quando si riunirono in salotto, furono ripetute tutte le domande che Elizabeth aveva già fatto, e si venne così ben presto a sapere che Jane non poteva dare alcuna notizia. Tuttavia il suo cuore gentile non nascondeva l'ottimistica speranza che ancora non l'aveva abbandonata: dichiarò infatti sorridendo che ogni mattina si aspettava una lettera da Lydia o dal padre che desse qualche spiegazione degli avvenimenti, e, forse, annunciasse il matrimonio.

Mrs Bennet, nella cui camera finirono per andare dopo questa breve conversazione, li ricevette proprio come era da aspettarsi. Tra lacrime e gemiti, invettive contro l'indegno procedere di Wickham e lamenti sulle proprie sofferenze, sul modo come era trattata; ebbe parole di biasimo contro tutti, senza fare però una allusione sola a chi, con la sua irragionevole indulgenza, era la maggiore responsabile degli errori di sua figlia.

«Se avessi potuto andare, come volevo, a Brighton con tutta la famiglia, questo non sarebbe accaduto; ma la povera Lydia non aveva nessuno che si occupasse di lei. Perché i Forster non l'hanno sorvegliata meglio? Sono sicura che c'è stata una grande trascuratezza da parte loro, perché non è il tipo di ragazza da fare queste cose. Sarebbe bastata soltanto un po' di oculatezza. Ho sempre pensato che non erano adatti a incaricarsi di lei; ma non sono stata ascoltata, come avviene sempre. Povera, cara bimba! E ora Mr Bennet è partito e sono sicura che si batterà con Wickham se lo incontra, e resterà ucciso. E che accadrà allora di noi tutti? I Collins ci cacceranno di casa prima ancora che il suo cadavere sia freddo, e se tu non avrai pietà di noi, fratello mio, non so proprio che cosa faremo.»

Tutti protestarono contro queste lugubri idee, e Mr Gardiner, dopo averla più volte rassicurata con proteste di affetto per lei e per tutta la sua famiglia, le disse che intendeva andare a Londra il giorno dopo per aiutare Mr Bennet a ritrovare Lydia.

«Non abbandonarti a inutili pessimismi», aggiunse; «anche se è giusto aspettarsi il peggio, non è il caso di credere che sia certo. Hanno lasciato Brighton solo da una settimana. Fra qualche giorno potremo avere loro notizie, e finché non sapremo che non sono sposati o che non hanno intenzione di farlo, non dobbiamo considerare già tutto perduto. Appena in città, andrò da mio cognato e lo farò venire da me in Gracechurch Street, e lì ci consulteremo sul da farsi.»

«Oh, fratello caro», rispose Mrs Bennet; «è proprio quello che desidero! E, quando sarai a Londra, scoprili dovunque siano, e, se non fossero ancora sposati, falli sposare. Quanto al corredo, che non ritardino per questo: Lydia avrà tutto il denaro che vuole per comprarlo dopo sposata. E, soprattutto, impedisci a Mr Bennet di battersi. Digli in che stato mi trovo, che sono fuori di me dal terrore, che ho tali tremori e brividi, tali fitte e spasimi in testa, tali palpitazioni di cuore, che non posso riposare né giorno né notte. Ma di' alla cara Lydia di non ordinare gli abiti fino a quando non mi ha visto, perché non conosce i negozi migliori. Oh, quanto sei buono! Tu riuscirai a mettere a posto tutto, ne sono sicura!»

Mr Gardiner, pur tornando ad assicurarla che avrebbe fatto tutto quanto era in suo potere, non poté fare a meno di raccomandarle di non esagerare sia nelle speranze che nei timori, e dopo aver cercato di calmarla con questi ragionamenti fino all'ora di pranzo, la lasciarono a sfogare tutti i suoi crucci nel seno della governante, che la assisteva quando le sue figlie si assentavano.

Benché sua cognata e suo fratello fossero persuasi che non c'era ragione alcuna perché rimanesse così appartata, non cercarono di dissuaderla, sapendola incapace di frenare la lingua di fronte ai domestici quando servivano a tavola; e pensavano che fosse meglio che una sola persona di servizio, l'unica della quale si potevano fidare, fosse al corrente di tutte le sue ansie e le sue pene su quel triste argomento.

Mary e Kitty, troppo occupate nelle loro camere per farsi vedere fino a quel momento, li raggiunsero in sala da pranzo. Una aveva lasciato i suoi libri, l'altra le sue acconciature. Tutte e due sembravano abbastanza serene e non apparivano affatto cambiate, se non per il fatto che la perdita della sorella preferita e le recriminazioni ricevute in proposito, avevano accentuato l'abituale nervosismo di Kitty. Quanto a Mary, era abbastanza padrona di sé per mormorare a Elizabeth, appena sedettero a tavola, con espressione assai grave:

«È un caso disgraziato del quale si parlerà molto. Ma dobbiamo far fronte al dilagare della malignità e spargere sui nostri animi esulcerati il balsamo della consolazione fraterna».

Poi, vedendo che Elizabeth non dava segno di voler rispondere, aggiunse: «Per quanto questo caso sia disgraziato per Lydia, noi dobbiamo trarne l'utile insegnamento che la perdita della virtù è irrimediabile in una donna; che un solo passo falso la trascina in una rovina senza fine; che la sua reputazione è fragile quanto preziosa; e che non si può essere mai abbastanza guardinghi nei nostri rapporti con l'altro sesso».

Elizabeth la guardò trasecolata, ma era troppo oppressa per rispondere. Mary tuttavia continuava a consolarsi, con queste belle sentenze, della sventura che li aveva colpiti. Nel pomeriggio le due sorelle maggiori poterono passare un'altra mezz'ora insieme, ed Elizabeth ne approfittò per rivolgere altre domande a Jane. Dopo essersi sfogata nel lamentare le terribili conseguenze che avrebbe avuto quell'avventura, chiese:

«Ma dimmi tutto quello che non so ancora. Dammi altri particolari. Che ha detto il colonnello Forster? Non si erano accorti di nulla prima della fuga? Li avranno pure visti stare insieme!».

«Il colonnello Forster dice che aveva spesso dubitato che fra loro ci fosse qualcosa, soprattutto da parte di Lydia, ma niente che potesse allarmare. Mi dispiace tanto per lui! È così buono e gentile! Voleva già venire a dirci tutto il suo rincrescimento prima ancora di sapere che non erano andati in Scozia; quando poi si incominciò a temere il peggio, si è affrettato a venire.»

«E Denny è convinto che Wickham non ha intenzione di sposarla? Non sa dove intendessero andare? Il colonnello Forster ha visto Denny?»

«Sì, ma, interrogato da lui, Denny negò di sapere i loro progetti e non volle dire la sua opinione in proposito. Non ripeté neppure la sua convinzione che non si sarebbero sposati, ed è per questo che spero abbia interpretato male i sentimenti dell'amico.»

«E prima della venuta del colonnello Forster, nessuno di voi ebbe il più lontano dubbio che essi non si fossero sposati?»

«Come potevamo neanche supporlo? Ero un po' inquieta: temevo per la felicità di nostra sorella in questo matrimonio perché sapevo che la condotta di Wickham non era stata sempre raccomandabile. Papà e mamma non sapevano niente di questo e consideravano soltanto che fosse un matrimonio imprudente dal lato materiale. Allora Kitty, tutta trionfante, confessò di saperne più di noi, perché Lydia nella sua ultima lettera le aveva rivelato il passo che stava per fare. Pare che fosse al corrente del loro amore già da alcune settimane.»

«Ma non prima che andasse a Brighton?»

«No, non credo.»

«E il colonnello Forster dava a vedere di non stimare Wickham? Lo conosce per quello che è?»

«Devo convenire che non parlò così bene di Wickham come faceva un tempo. Lo giudica avventato e scialacquatore. E da quando è stata risaputa questa triste storia, si dice anche che abbia lasciato molti debiti a Meryton. Ma speriamo che non sia vero.»

«Oh, Jane! Se fossimo state meno prudenti, se avessimo detto quello che sapevamo di lui, forse tutto questo non sarebbe avvenuto!»

«Sarebbe forse stato meglio», rispose Jane, «ma non ci era parso giusto mettere in evidenza i passati errori di una persona senza sapere se ora era cambiata. Lo abbiamo fatto a fin di bene.»

«Il colonnello Forster vi disse il contenuto della lettera lasciata da Lydia a sua moglie?»

«Ce la portò a vedere.» Jane la tolse dal suo taccuino e la diede a Elizabeth. La lettera diceva:

Cara Harriet,

riderai nel sentire dove vado e non posso fare a meno di ridere io stessa della tua sorpresa, domattina quando non mi troverai. Vado a Gretna Green! E se non indovini con chi, penserò che sei una sciocchina, perché c'è un solo uomo al mondo che amo, e quest'uomo è un angelo. Non potrei essere felice senza di lui e così non credo di far male a fuggire. È inutile che tu scriva a Longbourn perché la sorpresa sarà ancora maggiore quando scriverò loro firmandomi: Lydia Wickham. Che bello scherzo sarà! Non posso quasi scrivere dal gran ridere. Ti prego, scusami con Pratt se non mantengo l'impegno di ballare con lui questa sera. Digli che spero mi perdonerà sapendone la ragione, e che ballerò insieme a lui con grande piacere al prossimo ricevimento in cui ci incontreremo. Quando sarò a Longbourn manderò a prendere i miei abiti, ma ti prego di dire intanto a Sally di rammendare il vestito di mussola ricamato, prima di riporlo. Arrivederci. Salutami il colonnello Forster. Spero che brinderete alla nostra felicità. La tua amica affezionata

Lydia Bennet

«Oh, sventatissima Lydia!», esclamò Elizabeth appena ebbe letto. «Scrivere una lettera come questa in un momento simile! Meno male che aveva l'aria di credere allo scopo del loro viaggio. A qualunque cosa Wickham l'abbia poi persuasa, almeno lei non aveva in animo una tale vergogna! Povero babbo! Come deve avere sofferto!»

«Non ho mai visto nessuno più sconvolto di lui. Non ha potuto parlare per dieci minuti. La mamma si sentì subito male, e tutta la casa era in un tale scompiglio!»

«Oh Jane», esclamò Elizabeth, «ci sarà stata almeno una sola fra le persone di servizio che non abbia saputo tutto prima di sera?»

«Non lo so, speriamo che non tutti siano al corrente. Ma è difficile controllarsi in quei momenti. La mamma ebbe una crisi, e, benché cercassi di assisterla come potevo, temo di non aver fatto tutto quello che avrei dovuto! L'orrore di quanto poteva accadere mi aveva fatto quasi perdere la testa.»

«Hai fatto di più di quanto eri in grado di fare. Hai l'aria sofferente.

Oh, se fossi stata a casa con te! Hai dovuto sopportare tutto il peso e tutte le ansie da sola!»

«Mary e Kitty sono state molto buone, e avrebbero diviso la mia fatica, ma non mi pareva giusto verso di loro. Kitty è fragile e delicata, e Mary studia talmente che non si può privarla delle sue ore di riposo. La zia Philips venne martedì, dopo che il babbo era partito, ed è stata molto utile e di grande conforto. Anche Lady Lucas è stata molto buona. Venne mercoledì mattina per esprimerci tutto il suo rammarico e offrì la sua assistenza o quella di una delle sue figlie se potevano esserci utili.»

«Avrebbe fatto meglio a starsene a casa», proruppe Elizabeth; «forse lo ha fatto a fine di bene, ma in una disgrazia come questa, meno i vicini si fanno vedere, meglio è. Nessuno può aiutare; le espressioni di cordoglio, poi, sono insopportabili. Che si accontentino di godere del nostro male e se ne compiacciano a distanza.»

Chiese poi a quali espedienti intendeva ricorrere suo padre a Londra, per ritrovare Lydia.

«Credo che volesse andare a Epsom, il posto dove cambiarono i cavalli, per parlare con i postiglioni e vedere se poteva sapere qualcosa. Il suo scopo principale era scoprire il numero della carrozza che li ha rilevati a Clapham. Questa vettura era arrivata da Londra con dei passeggeri a bordo, e il babbo pensava che potesse essere stato notato il fatto che un signore e una signora avessero cambiato da una carrozza all'altra. Se poteva scoprire la casa dove il cocchiere aveva lasciato i passeggeri, contava di potere avere lì il numero della vettura da nolo. Non so quali altri progetti avesse; ma è partito con tanta fretta e così sconvolto, che mi è stato difficile sapere anche questo.»

Capitolo quarantottesimo

Tutti speravano in una lettera di Mr Bennet per il mattino seguente, ma la posta non portò nemmeno una riga di lui. In famiglia lo conoscevano come il più negligente e lento dei corrispondenti, ma questa volta almeno speravano che sarebbe stato capace di uno sforzo. Finirono col concludere che non aveva nessuna buona notizia da dare, ma anche se era così, avrebbero preferito averne la conferma. Mr Gardiner, che aveva aspettato anche lui qualche notizia, partì.

Partito lui, ebbero almeno la certezza che per mezzo suo avrebbero avuto continue informazioni di quello che accadeva, ed egli, lasciandole, promise che avrebbe indotto Mr Bennet a tornare a Longbourn appena possibile, con grande sollievo di sua sorella che vedeva in questo l'unico modo sicuro perché egli non venisse ucciso in duello.

Mrs Gardiner con i bambini si sarebbe fermata nell'Hertfordshire ancora per alcuni giorni, perché la sua presenza sarebbe stata veramente utile alle nipoti. Ella divideva con loro l'assistenza a Mrs Bennet, ed era loro di grande conforto nelle ore di libertà. Anche l'altra zia veniva spesso a trovarle, sempre, come diceva, con l'intenzione di sollevarle e di distrarle; ma poiché ogni volta portava nuove prove della prodigalità o delle sregolatezze di Wickham, era raro che non partisse senza lasciarle più scoraggiate di come le aveva trovate.

Tutta Meryton sembrava ormai decisa a diffamare l'uomo che soltanto tre mesi prima passava addirittura per un angelo. Si diceva che avesse lasciato debiti presso ogni negoziante e venne fuori che aveva cercato di abbindolare tutte le ragazze, o, come dicevano, di sedurle. Fu dichiarato il più perfido giovane di questo mondo, e tutti si fecero un vanto di avere sempre diffidato di quell'apparenza di bontà.

Elizabeth, pur non credendo che alla metà di quanto si diceva, si sentiva tuttavia sempre più persuasa della rovina di sua sorella; e perfino Jane, meno disposta a giudicar male, stava perdendo ogni speranza: anche lei pensava che se i giovani, secondo le sue più vive speranze, fossero andati realmente in Scozia, era tempo ormai che dessero notizie.

Mr Gardiner lasciò Longbourn la domenica, e il martedì sua moglie ebbe da lui una lettera nella quale diceva come, appena arrivato, aveva raggiunto suo cognato persuadendolo di venire da lui a Gracechurch Street; che Mr Bennet era stato a Epsom e a Clapham, ma senza ottenere nessuna informazione importante; e che adesso era deciso a compiere ricerche in tutti gli alberghi della città, credendo probabile che si fossero fermati in uno di questi, prima di cercarsi un alloggio.

Mr Gardiner non si aspettava nessun risultato da questo passo, ma, visto che suo cognato ci teneva, lo avrebbe assecondato. Aggiungeva che Mr Bennet non aveva per ora intenzione di lasciar Londra, e prometteva di scrivere ancora presto. Nel poscritto, poi, diceva:

Ho scritto al colonnello Forster, pregandolo di scoprire, se gli è possibile, da qualcuno degli amici più intimi di Wickham, al reggimento, se costui ha qualche parente o conoscente che possa sapere in qual parte di Londra si nasconda. Se ce ne fosse anche uno solo che potesse dare un'indicazione di tal genere, sarebbe importantissimo. Per ora siamo senza nessuna traccia. Sono sicuro che il colonnello Forster farà tutto il possibile per aiutarci; ma, ripensandoci meglio, forse Lizzy, più di chiunque altro, può dirci quali parenti di Wickham siano ancora vivi.

Elizabeth comprese senza fatica perché le venisse riconosciuta tanta autorità in proposito, ma non era in grado di dare le informazioni sperate. Non lo aveva mai sentito parlare di altri parenti all'infuori dei suoi genitori morti ormai da molti anni. Pure era probabile che qualche compagno di reggimento potesse saperne di più, e benché non ci sperasse molto, valeva sempre la pena di tentare.

Ogni nuova giornata a Longbourn era un giorno di ansie, ma l'ora più penosa era l'attesa della posta. L'arrivo delle lettere era il pensiero predominante della mattina. Buone o cattive che fossero, le notizie non potevano arrivare che per lettera, e ogni giorno poteva portare qualche nuova informazione.

Ma, prima di riceverne delle altre da Mr Gardiner, arrivò per Mr Bennet una lettera proveniente da tutt'altra parte: era di Mr Collins; Jane, che aveva avuto l'incarico di aprire tutto quello che arrivava per Mr Bennet in sua assenza, la lesse, ed Elizabeth, sapendo le stramberie che c'era da aspettarsi, guardò di sopra le sue spalle leggendo quanto segue:

Mio caro signore,

   mi sento in dovere, data la nostra parentela, di porgervi le mie condoglianze per la grave afflizione che vi colpisce, e che apprendemmo ieri per lettera dall'Hertfordshire. Potete essere sicuro, caro signore, che la signora Collins e io dividiamo il dolore vostro e della vostra famiglia, dolore che deve essere ancora più amaro perché dovuto a una causa che nemmeno il tempo potrà mai attenuare. Non so trovare argomenti per sollevarvi da una così grave sciagura, o per consolarvi in una circostanza che, più di ogni altra, deve ferire il cuore di un padre. La morte di vostra figlia sarebbe stata, in confronto, una benedizione. Ed è ancora più triste pensare, secondo quanto mi dice la mia cara Charlotte, che la condotta leggera di vostra figlia è dovuta a una colpevole indulgenza verso di lei, sebbene nello stesso tempo, a consolazione vostra e di Mrs Bennet, io sia propenso a credere che la ragazza fosse già portata dalla sua natura a questa scostumatezza, altrimenti non avrebbe, così giovane, potuto rendersi colpevole di una tale enormità.
   In ogni modo siete veramente da compiangere; e questa non è solo l'opinione mia e di Mrs Collins, ma anche di Lady Catherine e di sua figlia, alle quali ho raccontato tutta la cosa. Esse sono d'accordo con me nel temere che questo passo falso di una delle vostre figlie possa essere di grave danno per l'avvenire delle altre, perché chi più, ormai, come si degnò di osservare Lady Catherine, vorrà imparentarsi con una famiglia simile? E questa considerazione mi porta a riflettere, con sempre maggior soddisfazione, a un avvenimento del passato novembre, perché, se fosse andata diversamente, sarei io pure coinvolto in tutti i vostri dispiaceri e in questa vostra vergogna. Permettetemi di esortarvi, caro signore, a consolarvi come potete, escludendo per sempre la vostra indegna figliola dal vostro affetto, lasciandole raccogliere i frutti della sua orribile colpa.
   Sono, caro signore, ecc. ecc.

Mr Gardiner non scrisse più finché non ricevette la risposta del colonnello Forster, e anche allora non ebbe niente di buono da riferire. Non risultava che Wickham avesse nessun parente a Londra. Le sue conoscenze erano state numerose, ma da quando era entrato al reggimento, non sembrava aver coltivato alcuna amicizia in particolare. Per questo il colonnello non poteva indicare nessuno capace di dare sue notizie. Oltre al timore di essere rintracciato dai parenti di Lydia, si poteva trovare un'altra ragione del suo nascondersi nel cattivissimo stato delle sue finanze, perché si era venuti a sapere che aveva lasciato grossi debiti di gioco. Il colonnello Forster credeva che ci volesse almeno un migliaio di sterline per coprire le sue spese a Brighton. Doveva molto denaro a diversi fornitori in città, ma i debiti d'onore erano ancora più gravi.

Mr Gardiner non cercò di nascondere questi particolari alla famiglia di Longbourn. Jane ne era inorridita:

«Anche giocatore!», esclamò. «Questo poi non me lo sarei aspettato davvero! Non l'avrei mai creduto.»

Mr Gardiner aggiungeva che il padre sarebbe tornato a casa il giorno seguente, sabato. Abbattuto dal poco successo delle sue ricerche, aveva ceduto alle insistenze di suo cognato che lo esortava a ritornarsene a casa, lasciando lui a occuparsi nel miglior modo possibile della faccenda. Quando lo dissero a Mrs Bennet, questa non mostrò tutta la soddisfazione che si aspettavano le sue figlie, data l'inquietudine che aveva dimostrato fino allora per la vita del marito.

«Come! Torna a casa, e senza la povera Lydia?», disse, «Certo non vorrà lasciare Londra senza averli trovati. Chi si batterà con Wickham e lo obbligherà a sposarla, se lui viene via?»

Siccome Mrs Gardiner desiderava tornare a casa, fu deciso che sarebbe andata a Londra con i bambini lo stesso giorno del ritorno di Mr Bennet. Così la vettura accompagnò loro fino alla prima tappa e riportò il suo padrone a Longbourn.

Mrs Gardiner partì assai perplessa a proposito di Elizabeth e del suo amico del Derbyshire. Sua nipote non lo aveva mai nominato spontaneamente, e la mezza speranza che Mrs Gardiner aveva nutrito di vedere arrivare una lettera da parte sua non fu esaudita. Elizabeth non ne aveva ricevuta nessuna da Pemberley.

Lo stato di desolazione in cui era l'intera famiglia, bastava a spiegare la depressione di Elizabeth, per cui non si poteva arguire nulla da *quello*; ma Elizabeth, che ormai si era resa abbastanza conto dei propri sentimenti, sapeva benissimo che, se non avesse mai conosciuto Darcy, avrebbe sopportato meglio la vergogna di Lydia. Le avrebbe risparmiato – pensava – almeno una notte su due di insonnia.

Mr Bennet arrivò con il suo solito aspetto di filosofica impassibilità. Parlò poco, come d'abitudine, non disse nulla della faccenda che lo aveva condotto a Londra, e ci volle un po' di tempo prima che le sue figlie avessero il coraggio di parlargliene. Fu soltanto nel pomeriggio, quando raggiunse la famiglia per il tè, che Elizabeth si azzardò a toccare l'argomento, e, quando espresse il suo rincrescimento per quello che aveva dovuto soffrire, egli rispose: «Non parlarne. Chi dovrebbe soffrire, se non io? È stata colpa mia, ed è giusto che la sconti».

«Non siate così severo con voi stesso», replicò Elizabeth.

«Non darti troppa pena per questo. La natura umana è così incline a trovarsi delle scuse! No, Lizzy, lascia che almeno una volta in vita mia senta tutto il mio torto. Non ho paura di essere sopraffatto dai rimorsi. Passeranno anche troppo presto.»

«Credete che siano a Londra?»

«Sì, certo; in quale altro posto potrebbero nascondersi così bene?»

«E Lydia desiderava tanto vedere Londra!», aggiunse Kitty.

«Così sarà contenta», disse suo padre asciutto, «e probabilmente ci starà un pezzo.»

Poi, dopo una pausa, continuò: «Lizzy, non ti insuperbire per aver visto così giusto nel maggio scorso quando mi desti quei consigli che io non ritenni opportuno di prendere in considerazione. A cose avvenute, si vede come avevi ragione».

Furono interrotte da Jane che veniva a prendere il tè per sua madre. Egli osservò: «La sua segregazione le dona, le fa bene e conferisce molta più distinzione al dolore! Uno di questi giorni farò lo stesso anch'io: mi chiuderò nella mia biblioteca col berretto da notte e la vestaglia, dando più disturbo che potrò... Forse, posso rimandare tutto questo a quando scapperà Kitty...».

«Ma io non scapperò, papà», disse Kitty impermalita. «Se mi.capiterà di andare a Brighton, mi comporterò meglio di Lydia.»

«*Tu* a Brighton! Non mi fiderei nemmeno di lasciarti andare a East Bourne! No, Kitty, almeno avrò imparato a essere prudente, e tu ne risentirai gli effetti. Nessun ufficiale entrerà mai più in casa mia né passerà per il paese. Proibirò i balli, a meno che tu ci vada con una delle tue sorelle. E non ti lascerò uscire fino a quando non mi avrai dimostrato di saper passare almeno dieci minuti della tua giornata in maniera ragionevole.»

Kitty, che prese sul serio tutte queste minacce, incominciò a piangere.

«Via, via», disse lui, «non disperarti. Se sarei brava per i prossimi dieci anni, alla fine del decimo ti porterò a teatro.»

Capitolo quarantanovesimo

Due giorni dopo il ritorno di Mr Bennet, Jane ed Elizabeth passeggiavano nel boschetto dietro casa, quando videro venire verso di loro la governante, e, pensando che venisse a chiamarle da parte della madre, si affrettarono verso di lei; invece, quando fu vicina, la udirono dire a Jane:

«Scusatemi, signorina, se vi interrompo, ma speravo che aveste buone notizie da Londra, e mi sono presa la libertà di venire a chiedervele».

«Che vuoi dire, Hill? Non abbiamo saputo niente dalla città.»

«Come!», esclamò Mrs Hill con il più vivo stupore. «Non sapete che è arrivato un espresso per il padrone, da Mr Gardiner? È già mezz'ora che il postino l'ha portato a Mr Bennet.»

Le ragazze corsero senza perdere tempo. Attraversarono l'atrio e la sala da pranzo, poi la biblioteca, ma il padre non era neppure lì; stavano per cercarlo di sopra dalla madre, quando incontrarono il maggiordomo che disse loro:

«Se le signorine cercano il signor padrone, sta dirigendosi verso il boschetto».

Riattraversarono l'atrio e corsero attraverso il prato dietro a loro padre che si dirigeva infatti verso un boschetto, su un lato del cortile. Jane, che non era né svelta, né abituata alla corsa come Elizabeth, rimase presto indietro, mentre sua sorella lo raggiunse senza fiato ed esclamò:

«Oh, papà, che notizie ci sono? Ha scritto lo zio?».

«Sì, ho appena ricevuto un espresso.»

«Bene; e che notizie? Buone o cattive?»

«Che cosa possiamo aspettarci di buono?», rispose lui togliendosi la lettera dalla tasca. «Ma forse preferisci leggerla tu stessa.»

Elizabeth la prese con impazienza. Intanto sopraggiunse Jane.

«Leggi forte», disse il padre, «perché non so quasi neppure io precisamente di che cosa si tratta.»

Gracechurch Street, lunedì 2 agosto

Caro cognato,

finalmente posso dare a tutti voi qualche notizia di mia nipote, che, nell'insieme, spero ti soddisferanno. Poco dopo la tua partenza, sabato scorso, ho avuto la fortuna di scoprire in che parte di Londra si trovano i due. Vi darò maggiori particolari a voce; per ora basti dire che sono stati trovati. Li ho visti tutti e due...

«Allora è come ho sempre sperato», esclamò Jane, «sono sposati!»

Elizabeth continuò:

Li ho visti tutti e due. Non sono sposati, né mi pare che avessero alcuna intenzione di farlo; ma se tu vorrai sottoscrivere agli impegni che mi sono azzardato a prendere a tuo nome, spero che lo saranno presto. Tutto quello che ti si chiede è che tu garantisca a tua figlia la sua parte sulle cinquemila sterline che le spettano alla tua morte e a quella di tua moglie, e che, inoltre, ti impegni a passarle, finché vivi, cento sterline l'anno. Queste sono le condizioni alle quali, tutto considerato, non ho esitato ad acconsentire a tuo nome. Ti mando questa mia a mezzo espresso, per avere la tua risposta senza indugio. Da questi particolari, vedrai che la situazione di Mr Wickham non è così disperata come era generalmente creduto. La gente, su questo punto, si è ingannata, e sono lieto di dire che, quando tutti i suoi debiti saranno pagati, rimarrà ancora un po' di denaro per mia nipote, in aggiunta alla sua sostanza personale. Se dunque, come credo farai, mi delegherai pieni poteri per agire in tuo nome, darò subito gli ordini a Haggerston di preparare un contratto in regola. Non occorre affatto che torni a Londra; rimani dunque tranquillamente a Longbourn e fidati della mia premura e del mio zelo. Manda una risposta appena puoi e scrivimi molto chiaramente in merito. Ci sembra meglio che mia nipote si sposi partendo da casa nostra, cosa che spero approverai. Viene oggi stesso a stabilirsi da noi. Ti scriverò appena ci sarà qualcosa di definito. Tuo, ecc.

Edw. Gardiner

«Possibile?», esclamò Elizabeth appena finito; «possibile che la sposi?»

«Non è dunque così indegno come lo giudicavamo», disse sua sorella. «Caro papà, sono proprio felice!»

«E avete risposto alla lettera?», disse Elizabeth.

«No, ma lo farò presto.»

Elizabeth lo pregò allora molto seriamente di non perdere altro tempo. «Caro babbo», esclamò, «tornate a casa e scrivete immediatamente. Pensate all'importanza che ha ogni minuto in questo caso.»

«Lasciate che scriva per voi», disse Jane, «se vi secca farlo.»

«Mi secca moltissimo», rispose, «ma deve essere fatto.» E così dicendo, tornò indietro con loro, avviandosi verso casa.

«E, posso chiedere?...», disse Elizabeth: «questi patti dovranno essere accettati, immagino?».

«Accettati? Mi stupisce solo che chieda così poco.»

«E devono sposarsi! Con un uomo simile.»

«Sì, sì, devono sposarsi. Non c'è altro da fare. Ma vorrei sapere due cose: una, quanto ha pagato tuo zio per deciderlo; e l'altra, come farò per sdebitarmi con lui.»

«Denaro? lo zio?», gridò Jane, «che volete dire?»

«Voglio dire che nessun uomo ragionevole sposerebbe Lydia per la misera tentazione di un centinaio di sterline l'anno finché vivo io, e di cinquanta dopo la mia morte.»

«È vero», disse Elizabeth, «non ci avevo pensato prima. I debiti pagati, e qualcosa ancora che avanza! Certo è tutta opera dello zio. Caro generoso uomo, temo che ciò gli sarà non poco gravoso. Certo non sarà bastata una piccola somma.»

«No», disse suo padre, «Wickham sarebbe uno stupido a prenderla per meno di diecimila sterline. Mi dispiacerebbe pensare così male di lui fin dall'inizio della nostra parentela.»

«Diecimila sterline! Dio non voglia! Come si potrà rimborsare una somma simile?»

Mr Bennet non rispose, e, tutti assorti nei loro pensieri, raggiunsero in silenzio la casa. Il padre andò in biblioteca a scrivere e le ragazze si ritirarono in sala da pranzo.

«E così si sposeranno davvero!», esclamò Elizabeth appena rimaste sole. «Come è tutto strano! E dobbiamo anche essergli grate! Siamo costrette a desiderare che si sposino, per quanto abbiano poca probabilità di essere felici, e nonostante che egli non sia un gentiluomo. Oh, Lydia, Lydia!»

«Mi conforta il pensiero», rispose Jane, «che, se non l'amasse veramente, non la sposerebbe. Anche se nostro zio ha fatto qualcosa per aiutarlo, non credo che abbia sborsato diecimila sterline o una somma simile. Ha dei figli, e ne può avere ancora. Come potrebbe sacrificare anche la metà di diecimila sterline?»

«Se potessimo sapere a quanto sommavano i debiti di Wickham», disse Elizabeth, «e quanto ha assicurato a nostra sorella, sapremmo esattamente quello che Mr Gardiner ha fatto per loro, perché Wickham non ha un soldo di suo. Non potremo mai ricompensare gli zii per la loro bontà. Averla accolta in casa, dandole la loro protezione, è un sacrificio tale, per amor suo, che non basteranno anni e anni di riconoscenza per ripagarli. A quest'ora Lydia è già con loro. Se tanta bontà non la commuove e non la fa pentire, non meriterà mai di essere felice! Pensa che impressione il suo primo incontro con la zia!»

«Dobbiamo cercare di dimenticare tutto quanto è avvenuto da ambo le parti», disse Jane. «Spero e sono convinta che potranno essere felici nonostante tutto. Che Wickham abbia acconsentito al matrimonio dimostra che è già sulla retta via. Il loro reciproco affetto li renderà più saggi, e mi lusingo che si sistemeranno tranquillamente vivendo in modo da far dimenticare la leggerezza del passo che hanno fatto.»

«La loro condotta è stata tale», rispose Elizabeth, «che né tu, né io, né nessuno potrà mai dimenticarla. Meglio non parlarne.»

Intanto le ragazze si ricordarono che probabilmente la madre era all'oscuro di tutto. Andarono nella biblioteca per chiedere al padre se potevano dirle quanto era avvenuto. Mr Bennet stava scrivendo, e senza alzare il capo, rispose freddamente:

«Fate come volete!».

«Possiamo portare la lettera dello zio per fargliela vedere?»

«Portate quello che volete, e andate via.»

Elizabeth prese la lettera dalla scrivania e salirono. Mary e Kitty erano con la madre, così la comunicazione sarebbe servita per tutte. Dopo averla preparata a sentire le migliori notizie, la lettera venne letta a voce alta. Mrs Bennet non stava quasi in sé dalla felicità. Appena Jane lesse come Mr Gardiner sperava di vedere presto Lydia sposata, la sua gioia esplose e ad ogni frase il suo entusiasmo aumentava. Con la stessa violenza con cui si era abbandonata all'inquietudine e al dispetto, ora era trasportata dalla gioia. Le bastava sapere che sua figlia si sarebbe sposata. Non mostrava di nutrire alcuna trepidazione per la sua felicità, né si sentiva umiliata per la sua condotta.

«Cara, cara Lydia mia!», esclamò. «È magnifico! Si sposerà! La rivedrò! Maritata a sedici anni! Caro, ottimo fratello! Lo sapevo che sarebbe andata così! Sapevo che avrebbe messo a posto tutto! Come desidero rivederla, e anche quel caro Wickham! Ma gli abiti! Il corredo. Scriverò subito in proposito a mia cognata! Lizzy cara, corri dal babbo e chiedigli quanto le darà. No, aspetta, andrò io stessa. Suona il campanello, Kitty, chiamami Hill. Mi vestirò in un attimo. Cara, cara Lydia! Come saremo felici rivedendoci!»

La sua figlia maggiore cercò di moderare questi trasporti di gioia, ricordandole gli obblighi che avevano verso lo zio.

«Perché», aggiunse, «dobbiamo certo alla sua bontà questa felice conclusione. Siamo convinti che si è impegnato personalmente ad aiutare Mr Wickham con il suo denaro.»

«Bene», esclamò la madre, «è giustissimo; chi lo potrebbe fare se non lo zio? Se non avesse avuto una famiglia, il suo denaro sarebbe venuto a me e ai miei figli, ed è questa la prima volta che riceviamo qualche cosa da lui, se si eccettua qualche regalo. Bene! Sono così felice! Tra pochi giorni avrò una figlia maritata! La signora Wickham! Come suona bene! E ha compiuto appena sedici anni a giugno! Cara Jane, sono talmente agitata che non posso scrivere: ti detterò, e scriverai per me. Quanto al denaro decideremo più tardi, con tuo padre; ma gli abiti vanno ordinati subito.»

Allora incominciò a calcolare la mussola e la tela, e avrebbe dettato tutta una lista di ordinazioni, se Jane non fosse riuscita con grande difficoltà a persuaderla che era meglio aspettare di consultare prima il babbo. «Un giorno di ritardo», osservò, «non avrebbe avuto molta importanza.» E la madre era troppo felice per essere ostinata come di solito.

«Andrò a Meryton», disse, «a raccontare l'ottima notizia a zia Philips, e, tornando, mi fermerò da Lady Lucas e da Mrs Long. Kitty, corri a ordinare la carrozza... un po' d'aria mi farà un gran bene. Ragazze, avete bisogno di qualcosa da Meryton? Oh, ecco Hill! Cara Hill, hai saputo la bella notizia? Miss Lydia si sposa, e berrete un bel punch per le sue nozze.»

La signora Hill espresse subito la sua gioia. Elizabeth ebbe la sua parte di rallegramenti, poi, disgustata di tanta leggerezza, si rifugiò nella sua camera per poter pensare liberamente.

La situazione della povera Lydia era abbastanza triste, eppure bisognava rallegrarsi che non fosse ancora peggiore. Elizabeth se ne rendeva conto, e, benché guardando all'avvenire non potesse aspettarsi per sua sorella né una vera felicità, né una florida situazione finanziaria, pensando a quanto avevano temuto solo poche ore prima, apprezzò tutto il vantaggio di quello che avevano almeno ottenuto.

Capitolo cinquantesimo

Era accaduto spesso che, in altri periodi della sua vita, Mr Bennet avesse rimpianto di non avere risparmiato ogni anno una certa somma per provvedere alle figlie e alla moglie, se questa gli fosse sopravvissuta, invece di spendere tutto il suo reddito. E ora lo rimpiangeva più che mai. Se avesse fatto il suo dovere in questo campo, ora Lydia non sarebbe debitrice a suo zio di quanto costui aveva fatto per il suo onore e per il suo interesse. E la soddisfazione di costringere uno dei più indegni giovani della Gran Bretagna a sposarla, sarebbe toccata a chi di dovere. Era seriamente preoccupato che una cosa tanto spiacevole fosse stata ottenuta soltanto a spese di suo cognato, e aveva deciso di scoprire a ogni costo l'entità dell'aiuto ricevuto, per sdebitarsene appena avesse potuto.

Mr Bennet nei primi tempi del suo matrimonio non aveva creduto necessario fare economie, perché, naturalmente, sperava di avere un figlio maschio. Questo, diventato maggiorenne, avrebbe abolito la clausola della trasmissione di proprietà, e la vedova e i figli minori sarebbero rimasti ben provvisti alla sua morte. Ma cinque ragazze erano venute al mondo senza che il figlio si decidesse ad apparire; pure, per molti anni ancora dopo la nascita di Lydia, Mrs Bennet era ancora sicura che sarebbe venuto. Finalmente non ci sperarono più, ma ormai era troppo tardi per darsi al risparmio. Mrs Bennet non era portata all'economia, e soltanto l'amore di suo marito per l'indipendenza finanziaria aveva loro impedito che le spese superassero le entrate.

All'atto nuziale, cinquecento sterline erano state stipulate per Mrs Bennet e per i figli; ma stabilire in quale proporzione la somma sarebbe stata divisa tra questi, dipendeva solo dal volere dei genitori. Tale punto andava ora deciso rispetto a Lydia, e Mr Bennet non poteva esitare ad accettare la proposta fattagli. Egli, concisamente, sebbene con la più viva riconoscenza per la bontà del cognato, gli scrisse la sua piena approvazione per quello che aveva fatto, assicurandolo che avrebbe mantenuto gli impegni presi in suo nome. Non si sarebbe mai aspettato che, riuscendo a costringere Wickham a sposare sua figlia, sarebbe riuscito ad ottenerlo con così poco sacrificio da parte sua. Infatti, pagando la somma di cento sterline promesse, avrebbe perso al massimo una decina di sterline all'anno, dato che tra il sostentamento, le spese correnti e i continui doni che le passava sua madre, Lydia non gli costava meno di tale somma.

E non era minore la sorpresa che tutto si fosse concluso con così poco fastidio da parte sua, perché il suo più gran desiderio, al momento, era di non doversi occupare di questa faccenda. Passato l'impeto di collera che lo aveva spinto a cercare la figlia per ogni dove, era subito ricaduto nella primitiva indolenza. La lettera fu spedita prontamente, perché per quanto dilazionasse prima di mettersi al lavoro, era poi molto rapido nello sbrigarlo. Pregò che gli fossero dati maggiori particolari su quanto doveva a suo cognato; con Lydia però era troppo irritato per mandarle sia pure una parola.

La buona notizia si sparse presto in casa, e, con adeguata velocità, anche nel vicinato, dove fu accolta con decorosa filosofia. Certo per incrementare le conversazioni sarebbe stato meglio se Miss Bennet fosse stata trovata in città, o come felice alternativa, se fosse stata segregata dal mondo in qualche lontana fattoria. Ma c'era già abbastanza da dire sul fatto che Wickham la sposasse; e gli auguri di felicità, formulati da tutte le vecchie maligne di Meryton, persero ben poco del loro veleno per questo cambiamento di circostanze; perché con un tale marito, l'infelicità di Lydia era già data per certa.

Da quindici giorni Mrs Bennet non era scesa dalle sue stanze, ma quel felice giorno riprese il suo posto a capotavola con un'allegria addirittura opprimente. Nessun senso di vergogna gettava la più piccola ombra sul suo trionfo. Il matrimonio di una delle figlie, suo desiderio costante da quando Jane aveva compiuto i sedici anni, stava ora per realizzarsi: i suoi pensieri e le sue parole non si aggiravano che intorno ai dettagli richiesti da un matrimonio elegante: belle stoffe, carrozze nuove e servitori. Cercava affannosamente nei dintorni una bella casa adatta per sua figlia, scartandone parecchie come piccole o troppo modeste, senza neppure sapere quale sarebbe stato il reddito degli sposi.

«Haye Park potrebbe anche andare», disse, «se i Gouldings lo lasciassero, o quella grande casa a Stoke, se il salotto fosse più spazioso, ma Ashworth è troppo lontano! Non potrei sopportare che Lydia fosse a dieci miglia di distanza: quanto a Pulvis Lodge, il piano superiore è orrendo.»

Suo marito la lasciò parlare senza interromperla finché la servitù fu presente. Ma, rimasti soli, le disse: «Prima che tu prenda una o tutte quelle case per tua figlia e tuo genero, preferisco spiegarmi chiaramente. In una almeno delle case che si trovano da queste parti essi non saranno mai ammessi. Non voglio davvero premiare la condotta di nessuno dei due, ricevendoli a Longbourn».

Ne seguì una lunga lite, ma Mr Bennet rimase irremovibile, e fu seguita, per forza, da una seconda, quando Mrs Bennet apprese con stupore e orrore che suo marito non avrebbe dato un soldo per comperare abiti nuovi alla figlia. Anzi, dichiarò che Lydia non avrebbe avuto da lui alcun segno di affetto in tale occasione. Mrs Bennet non poteva farsene una ragione. Che la collera del marito arrivasse al punto di negare alla figlia un corredo, senza il quale un matrimonio non le sembrava neppure quasi valido, le pareva inverosimile. Era più sensibile all'umiliazione di un matrimonio senza abiti nuovi, che non alla vergogna della fuga di Lydia e alla sua convivenza con Wickham per quindici giorni prima che lo stesso matrimonio avesse luogo!

Elizabeth era ora profondamente desolata di avere, nell'angoscia del momento, rivelato a Mr Darcy le sue inquietudini per la sorella; ora che il matrimonio era la legittima conclusione della fuga, si poteva sperare di nasconderne l'infelice inizio almeno a tutti quelli che non erano sul posto.

Non che temesse che la cosa fosse risaputa per causa sua; Mr Darcy era tra le poche persone della cui discrezione sapeva di potersi fidare e nello stesso tempo nulla la umiliava come il fatto che fosse al corrente della leggerezza di sua sorella. E questo non tanto per paura dello svantaggio che ne derivava a lei personalmente, perché, ormai, un incolmabile abisso si era aperto tra loro due. Anche se il matrimonio di Lydia fosse stato concluso nelle condizioni più onorevoli, non era da aspettarsi che Mr Darcy si sarebbe mai imparentato con una famiglia che, alle altre manchevolezze aggiungeva ora la più stretta parentela con l'uomo che lui così giustamente disprezzava.

Non c'era da meravigliarsi che a lui ripugnasse una simile unione. Quel suo desiderio di conquistarla, che lei aveva notato nel Derbyshire, e quello stesso affetto che era arrivato a rivelarle, non avrebbe certo potuto sopravvivere a un tal colpo. Era umiliata, addolorata, pentita, senza sapere nemmeno di che cosa.

Incominciò a desiderare la sua stima, ora che non poteva più sperarla; aspettava sue notizie quando c'era meno probabilità di averne; era convinta che avrebbe potuto essere felice con lui, ora che un incontro fra loro due non era nemmeno più probabile.

Che trionfo per lui, pensava spesso, se avesse potuto sapere che la sua proposta, da lei così orgogliosamente respinta appena quattro mesi prima, sarebbe stata ora accolta con gioia e riconoscenza! Anche se generoso come può esserlo il più generoso degli uomini, rimaneva pur sempre un mortale, e da questo senso di trionfo non sarebbe stato immune davvero!

Ora capiva che era proprio l'uomo che, per carattere e ingegno, le sarebbe piaciuto di più: l'intelligenza e il temperamento di lui, anche se così diversi dai suoi, corrispondevano a tutte le sue aspirazioni. Sarebbe stata un'unione vantaggiosa per tutti e due: accanto alla disinvoltura e alla vivacità di Elizabeth, il carattere e il modo di pensare di lui si sarebbero addolciti, mentre lei avrebbe appreso molto dal suo senno, dalla sua cultura, e dalla sua esperienza.

Ma, ahimè! questo matrimonio ideale non avrebbe potuto mostrare alla folla ammirata la vera felicità coniugale. Un'unione ben diversa, e che avrebbe preclusa ogni possibilità all'altra, stava per avvenire nella loro famiglia. Elizabeth non arrivava a immaginare come Wickham e Lydia avrebbero potuto raggiungere una passabile indipendenza economica, mentre poteva facilmente prevedere che poca speranza di lunga felicità stava davanti a quella coppia unitasi soltanto perché la passione era stata più forte della virtù.

Mr Gardiner scrisse di nuovo a suo cognato. Rispondeva brevemente alle espressioni di gratitudine di Mr Bennet, e lo assicurava della sua premura e della soddisfazione provata nel fare tutto il possibile per il bene di qualcuno della sua famiglia. Concludeva pregandolo di non parlarne più. Lo scopo principale della lettera era di informarlo che Wickham aveva deciso di lasciare il reggimento.

Desideravo molto anch'io che lo facesse, appena fissato il matrimonio. E credo che sarai d'accordo con me nel pensare che lasciare quel corpo sia cosa molto opportuna tanto per lui che per mia nipote. Mr Wickham intende entrare nell'esercito regolare, e tra i suoi amici di un tempo c'è ancora qualcuno che può e che è disposto ad aiutarlo. Gli è stato promesso il grado di alfiere nel reggimento del Generale ***, ora acquartierato nel Nord. È un grande vantaggio che sia così lontano da questa parte del Regno. Ha fatto buone promesse e spero che tra gente nuova, dove tutte e due vorranno fare buona figura, avranno un po' più di giudizio. Ho scritto al colonnello Forster per informarlo di questa decisione, pregandolo di assicurare i vari creditori di Wickham, a Brighton e dintorni, di un pronto pagamento, per il quale mi sono impegnato io stesso. Volete fare la stessa cosa con quelli di Meryton, dei quali vi aggiungo una lista da lui compilata? Vi ha messo tutti i suoi debiti, e voglio credere almeno che non ci abbia ingannati. Haggerston ha avuto nostre istruzioni e fra una settimana tutto sarà pronto. Allora lui e Lydia raggiungeranno il reggimento, a meno che non siano prima invitati a Longbourn; mia moglie mi dice che mia nipote ha un gran desiderio di rivedervi prima di lasciare il Sud. Sta bene e prega di essere rispettosamente ricordata a te e a sua madre. Tuo aff.mo

E. Gardiner

Mr Bennet e le figlie videro subito, come Mr Gardiner, tutto il vantaggio di un trasferimento di Wickham. Ma Mrs Bennet non ne fu affatto contenta. Era una tale delusione che Lydia andasse nel Nord, e proprio quando si aspettava tanta orgogliosa felicità dalla sua compagnia, perché non aveva ancora rinunciato al suo progetto di vederla sistemata nell'Hertfordshire. E poi era proprio un peccato che Lydia fosse allontanata da un reggimento dove contava tante amicizie e dove conosceva tutti!

«Vuol così bene a Mrs Forster», disse, «che è una vera perfidia farla allontanare. E le piacevano anche molti di quei giovanotti; forse gli ufficiali del nuovo reggimento non saranno così simpatici!»

La domanda di Lydia, perché si doveva considerarla tale, di venire riaccolta in seno alla propria famiglia prima di partire per il Nord, fu dapprima respinta risolutamente. Ma Jane ed Elizabeth, d'accordo nel desiderare, per il bene morale e materiale della sorella, che il suo matrimonio fosse riconosciuto dai genitori, insistettero con tanta anima e con tanto buon senso e dolcezza presso il padre perché ricevesse lei e il marito a Longbourn dopo il matrimonio, che egli dovette arrendersi alla loro idea e fare quello che desideravano. Così la madre ebbe la soddisfazione di sapere che avrebbe potuto far pompa nel vicinato della figlia sposata, prima che venisse esiliata nel Nord.

Quando Mr Bennet scrisse di nuovo a suo cognato, mandò il suo consenso per la venuta degli sposi a Longbourn. Elizabeth tuttavia fu sorpresa che Wickham acconsentisse a un tale progetto; per quanto riguardava i propri sentimenti, un incontro con lui era l'ultimo dei suoi desideri.

Capitolo cinquantunesimo

Giunse il giorno del matrimonio di Lydia; Jane ed Elizabeth erano certo più commosse di quanto non lo fosse lei stessa. Mandarono la carrozza a incontrarli a *** perché giungessero per l'ora del pranzo.

Le sorelle aspettavano con ansia e titubanza il loro arrivo, specialmente Jane, che, attribuendo a Lydia i sentimenti che lei avrebbe
provato se fosse stata colpevole, si sentiva profondamente infelice,
pensando a quello che sua sorella doveva soffrire.

Arrivarono. La famiglia era radunata in sala per riceverli. Il volto di
Mrs Bennet, vedendo avvicinarsi la carrozza, si illuminò tutto di sorrisi; suo marito era gravemente impenetrabile, le figlie inquiete, ansiose, allarmate.

Si udì la voce di Lydia nel vestibolo, la porta fu spalancata, ed eccola entrare correndo. Sua madre si slanciò per abbracciarla e l'accolse con entusiasmo; con un sorriso affettuoso porse la mano a
Wickham, che seguiva sua moglie, congratulandosi con loro con un
entusiasmo che mostrava come non mettesse neppure in dubbio la
loro felicità.

L'accoglienza di Mr Bennet non fu altrettanto cordiale. Il suo
aspetto si fece anzi quasi più severo, e aprì appena bocca. La disinvolta sicurezza della giovane coppia lo esasperava. Anche Elizabeth
ne era disgustata, e perfino Jane scandalizzata. Lydia era sempre Lydia, indomabile, imperturbabile, sfacciata, rumorosa e impudente.
Girava da una sorella all'altr < %2 > a sollecitando i loro rallegramenti, e quando finalment < %0 > e furono tutti seduti, si guardò intorno, osservò qualche cambiamento nella sala e, dando in una risata, disse che era un bel po' che non ci veniva.

Wickham non pareva più turbato di lei; i suoi modi erano sempre i
medesimi: avvincenti, insinuanti e se il suo matrimonio e il suo carattere fossero stati quelli che avrebbero dovuto essere, i suoi sorrisi
e le sue parole, mentre si compiaceva di essere diventato loro parente, avrebbero potuto affascinare tutti quanti. Elizabeth non lo avrebbe creduto capace di tanta sfrontatezza, e, dentro di sé, risolvette che
in futuro non avrebbe mai creduto che ci possa essere un limite al-
l'improntitudine di un uomo sfacciato. Le guance di Jane ed Elizabeth erano coperte di rossore, ma quelle di coloro che erano la causa
di tanto imbarazzo non mutarono di colore.

La conversazione non mancava certo di argomenti. La sposa e sua
madre facevano a chi parlava di più; e Wickham, che era seduto accanto a Elizabeth, si informò dei suoi amici dei dintorni con una disinvoltura piena di buon umore, che la sua interlocutrice non seppe
imitare nelle risposte. Sembrava non avessero in comune che i più
lieti ricordi. Non una sola cosa del passato fu rammentata con pena,
e Lydia proprio volontariamente toccava quegli argomenti a cui le
sue sorelle non avrebbero mai alluso per alcuna ragione al mondo.

«Pensare che sono già passati tre mesi da quando sono partita! Mi
sembrano solo quindici giorni, vi assicuro, eppure ne sono successe
delle cose in questo periodo! Buon Dio! Quando sono partita non
avevo la più vaga idea che mi sarei sposata prima del mio ritorno,
anche se a pensarci mi sembrava un gran bello scherzo!»

Suo padre le alzò gli occhi in faccia; Jane era allibita, Elizabeth le gettò un'occhiata espressiva, ma Lydia, che non vedeva e non sentiva se non quello che le faceva piacere, continuò allegramente: «Mamma, la gente qui intorno sa ormai che sono sposata? Temevo che non lo sapessero; per questo quando abbiamo sorpassato William Goulding nel suo calessino, per farglielo notare, ho abbassato il vetro dalla sua parte, mi sono tolta il guanto e ho appoggiato la mano allo sportello perché potesse vedere l'anello, poi ho sorriso inchinandomi con perfetta indifferenza».

Elizabeth non seppe sopportare oltre; si alzò e scappò dalla stanza per tornare solo quando li sentì andare in sala da pranzo dove li raggiunse in tempo per vedere Lydia che, con affettazione, si sedeva alla destra della madre dicendo alla sorella maggiore: «Ah, Jane, ormai il tuo posto a tavola spetta a me, e tu devi andare più in giù, perché io sono maritata».

Non ci sarebbe stato davvero da aspettarsi che col tempo Lydia acquistasse quel pudore del quale era così priva fin da principio. La sua disinvoltura e allegria andarono anzi crescendo. Non vedeva l'ora di incontrarsi con Mrs Philips, i Lucas e tutti i vicini, per sentirsi chiamare «Mrs Wickham» da loro; e per non perder tempo, subito dopo pranzo, andò da Hill e dalle due cameriere a mostrare l'anello e a pavoneggiarsi nel suo nuovo ruolo di signora.

«Ebbene, mamma», disse quando tornò in salotto, «che ne pensate di mio marito? Non è affascinante? Sono sicura che tutte le mie sorelle me lo invidiano. Auguro loro di avere anche solo la metà della mia fortuna. Dovrebbero andare a Brighton. Quello è il posto per trovar marito! Che peccato, mamma, che non ci siamo andate tutte!»

«Davvero, ma sta certa che se avessi potuto disporre a modo mio, ci saremmo andate certamente. Mia cara Lydia, l'idea che tu debba allontanarti tanto mi sgomenta e mi addolora. Ma, dimmi, è proprio necessario?»

«Oh Dio! Sì! Ma non fa nulla. A me invece piacerà moltissimo. Voi, il babbo e le sorelle dovrete venire a trovarci. Passeremo l'inverno a Newcastle, dove certo ci sarà una brillante stagione di balli e sarà pensiero mio trovare dei cavalieri per tutte.»

«Mi piacerebbe davvero», disse la madre.

«E poi, quando partirete, potrete lasciarmi una o due delle mie sorelle, e sono sicura che troverò loro marito prima che finisca l'inverno.»

«Per parte mia ti ringrazio», disse Elizabeth; «ma la tua maniera di trovar marito non è davvero di mio gradimento.»

Gli ospiti non potevano fermarsi più di dieci giorni. Mr Wickham, prima di lasciare Londra, aveva ricevuto il suo brevetto di ufficiale e doveva raggiungere il reggimento entro due settimane. Nessuno, tranne Mrs Bennet, rimpianse la brevità della loro permanenza; ed ella approfittò del tempo che avevano a disposizione per fare un giro di visite con la figlia e dare continui ricevimenti; ricevimenti graditi a tutti perché servivano a evitare l'intimità familiare ugualmente penosa sia a chi pensava sia a chi non rifletteva a nulla. L'amore di Wickham per Lydia era proprio come Elizabeth se l'era immaginato; inferiore a quello di Lydia per lui. Non c'era stato bisogno di osservarli molto per Elizabeth; si era convinta subito che la loro fuga era stata voluta più dalla passione di lei che non da quella di lui. Si sarebbe meravigliata che Wickham, senza amare violentemente Lydia, si fosse deciso a scappare con lei, se non avesse avuto la certezza che la sua fuga era stata resa necessaria dalle circostanze, e, in questo caso, egli non era uomo da lasciarsi sfuggire l'occasione di avere una compagna.

Lydia era folle di lui. Non si sentiva che «il mio caro Wickham» ogni momento; nessuno poteva essergli paragonato. Tutto quello che faceva era perfetto; era perfino sicura che, all'apertura della caccia, avrebbe ammazzato più uccelli di qualsiasi altro in tutta l'Inghilterra.

Una mattina, poco dopo il loro arrivo, mentre stava con le due sorelle maggiori, disse a Elizabeth: «Lizzy, *non credo* di averti mai descritto il mio matrimonio. Quando lo raccontai alla mamma e alle altre sorelle tu non c'eri. Non sei curiosa di sapere com'è andata?».

«No, davvero», rispose Elizabeth: «meno se ne parla, meglio è».

«Già, ma quanto sei strana! Però ti voglio raccontare tutto lo stesso. Ci sposammo a St Clement, perché Wickham era domiciliato in quella parrocchia. Era fissato che ci dovessimo trovare lì per le undici, lo zio, la zia e io, mentre gli altri dovevano aspettarci in chiesa. Bene, arrivò finalmente il lunedì e io ero agitatissima! Avevo paura, capirai, che accadesse qualcosa per rimandare ancora il matrimonio, cosa che mi avrebbe fatto addirittura impazzire.

E intanto la zia, per tutto il tempo che mi vestivo, non faceva altro che borbottare e predicare, come se leggesse un sermone. Io, come puoi bene immaginare, non ne sentii una sola parola perché tutti i miei pensieri erano rivolti al mio caro Wickham. Morivo dalla voglia di sapere se per la cerimonia del matrimonio avrebbe indossato la sua bella uniforme azzurra.

Bene, si fece colazione alle dieci, come al solito. Credevo non finisse mai, anche perché – fra le altre cose – devi sapere che gli zii si erano mostrati terribilmente severi per tutto il tempo che sono stata loro ospite. Vuoi crederlo? Non potei uscire una volta sola in due settimane. Non un ricevimento, o uno spettacolo, niente! È vero che Londra era abbastanza deserta, però il Little Theatre era aperto. Quando finalmente arrivò la carrozza, lo zio fu chiamato per affari da quell'odioso Mr Stone. E sai che quando quei due sono insieme, non la finiscono più. Ero talmente inquieta da non sapere cosa fare, perché era lo zio che doveva condurmi all'altare, e, se avessimo tardato ancora, per quel giorno non avremmo più potuto sposarci. Ma per fortuna tornò dopo dieci minuti e partimmo. Più tardi poi mi ricordai che, se lo zio non fosse potuto venire, il matrimonio non sarebbe stato rimandato lo stesso, perché Mr Darcy avrebbe potuto prendere il suo posto.»

«Mr Darcy?», ripeté Elizabeth più che sorpresa.

«Certo! Doveva venire con Wickham, lo sai. Ma, povera me! Che sventata! Ho dimenticato che non avrei mai dovuto parlare di questo. Lo avevo promesso così solennemente. Che dirà ora Wickham? Era un segreto così importante.»

«Se doveva essere un segreto, non parlarne più», disse Jane. «Puoi essere sicura che non ti chiederemo nulla in proposito.»

«Oh, certo!», disse Elizabeth, benché divorata dalla curiosità; «non ti faremo domande.»

«Vi ringrazio», disse Lydia, «perché altrimenti vi racconterei tutto e Wickham andrebbe in collera per davvero.»

Elizabeth si sottrasse alla tentazione scappando via.

Ma era impossibile rimanere all'oscuro su questo argomento, o almeno era impossibile non cercare di informarsi. Mr Darcy aveva assistito al matrimonio di sua sorella! Una cerimonia e delle persone che erano le ultime che potesse essere tentato di frequentare! Folli, rapide congetture su quello che ciò poteva significare le attraversarono la mente, ma nessuna la convinse. Quelle che più le piacevano, perché mettevano la condotta di lui nella luce migliore, le sembravano addirittura inaccettabili. Non potendo più sopportare tanta incertezza, prese un foglio di carta e scrisse una breve lettera alla zia chiedendole di spiegare quello che Lydia aveva appena accennato, pur che fosse compatibile con il segreto che si voleva serbare.

Puoi capire facilmente – aggiunse – quale sia la mia curiosità di sapere come mai una persona che non ha con noi nessun grado di parentela, e che è quasi un estraneo per la nostra famiglia, sia stato con voi in quell'occasione. Ti prego, scrivimi subito spiegandomi tutto, se non è necessario conservare il segreto, come sembra pensare Lydia, altrimenti dovrò cercare di accontentarmi di quello che so.

«Ma non me ne accontenterò ugualmente», disse a se stessa, e terminò la lettera così:

e se, cara zia, non mi dici tutto in via regolare, dovrò tentare ogni stratagemma pur di scoprirlo.

Jane, con il suo delicato senso dell'onore, non osò parlare neppure in privato a Elizabeth di quanto aveva detto Lydia, ed Elizabeth ne fu contenta. Finché non avesse avuto risposta alle sue domande, preferiva non aver confidenti.

Capitolo cinquantaduesimo

Elizabeth ebbe la soddisfazione di ricevere una prontissima risposta alla sua lettera. Appena l'ebbe in mano corse nel boschetto dove aveva minor probabilità di essere interrotta, e seduta su di una panchina si preparò alla gioia che l'attendeva, perché la lunghezza della lettera era la prova che la zia non si rifiutava di spiegare l'enigma.

Gracechurch Street, 6 settembre

Cara nipote,

ho ricevuto or ora la tua lettera, e dedicherò tutta la mattina a risponderti, perché penso che un breve scritto non basterebbe a dirti tutto. Devo confessarti che fui molto sorpresa della tua domanda; non me l'aspettavo *da te*. Non credere che io sia in collera, voglio solo dire che non immaginavo che tu avessi bisogno di queste informazioni. Se vuoi far mostra di non capirmi, perdona la mia indiscrezione. Lo zio è sorpreso quanto me, e soltanto la certezza che tu fossi parte interessata, lo ha indotto ad agire come ha fatto. Ma se sei davvero all'oscuro di tutto, dovrò essere più esplicita.

Lo stesso giorno del mio ritorno da Longbourn, tuo zio ebbe una visita inaspettata. Era Mr Darcy, che rimase chiuso in camera con lui per parecchie ore. Quando io arrivai, avevano finito, così la mia curiosità non fu messa a dura prova come sembra essere stata la tua. Era venuto a dire a Mr Gardiner che aveva scoperto dove erano Lydia e Wickham; che aveva parlato con tutti e due, ripetutamente a Wickham e solo una volta a Lydia. Da quello che ho potuto capire, aveva lasciato il Derbyshire un giorno dopo di noi, ed era venuto a Londra con l'intenzione di rintracciarli. A spiegazione di questo suo interessamento disse che si sentiva colpevole di non aver rivelato a tempo la vera natura di Wickham, in modo che nessuna ragazza di buon senso avesse potuto amarlo o fidarsi di lui. Egli imputava generosamente questo fallo alla sua falsa ed esagerata suscettibilità, confessando che aveva sempre pensato indegno di sé esporre al mondo i suoi affari privati. Pensava anche che il carattere di Wickham si sarebbe prima o poi rivelato per quello che era. Ma ora si sentiva in dovere di farsi avanti per rimediare a un male che in parte riteneva doversi attribuire anche a lui. Se avesse un altro motivo, sono certa che non gli farebbe torto. Gli ci erano voluti alcuni giorni prima di scoprirli, ma aveva qualche indizio per dirigere le sue ricerche, cosa che a noi mancava, ed è anche per questo che si era deciso a venire in città.

Sembra ci sia una certa Mrs Younge, che fu un tempo la governante di Miss Darcy, e che venne licenziata per una grave mancanza, che egli però non volle precisare. Costei prese allora una grande casa in Edward Street, e vive affittando appartamenti. Egli sapeva che Wickham conosceva intimamente questa signora e così si rivolse a lei, appena arrivato in città. Ma dovette aspettare due o tre giorni prima di sapere qualcosa. La donna non voleva tradire il loro segreto, credo, senza averne un compenso, perché sapeva benissimo dove si trovavano. Wickham infatti era andato da lei appena giunto a Londra, e se avesse avuto posto, avrebbero preso alloggio in casa sua. Finalmente il nostro buon amico ebbe il desiderato indirizzo. Stavano in *** street. Darcy vide Wickham, e insistette per vedere anche Lydia. Il suo scopo principale nel volerle parlare era di indurla ad abbandonare la sua vergognosa posizione e a ritornare dai suoi parenti che erano disposti ad accoglierla, offrendole tutto il loro appoggio. Ma trovò Lydia ostinata a rimanere dov'era. Non le importava di nessuno; non aveva bisogno del suo aiuto; non voleva sentir parlare di lasciare Wickham; era sicura che si sarebbero sposati un giorno o l'altro, poco importava quando. Conosciuti questi suoi sentimenti, Darcy pensò che l'unica cosa importante era di ottenere che si sposassero al più presto, mentre dal suo primo discorso con Wickham aveva potuto capire che egli non aveva mai avuto questa intenzione. Wickham confessò di essere stato obbligato a lasciare il reggimento per dei debiti d'onore molto pressanti, e non ebbe scrupolo alcuno nel gettare su Lydia tutta la colpa per aver voluto fuggire con lui. Era deciso a lasciare subito il reggimento; quanto al suo avvenire non aveva delle idee precise. Sarebbe andato da qualche parte, ma non sapeva dove, sapeva soltanto di non aver nulla per vivere.

Mr Darcy gli chiese allora perché non aveva sposato subito tua sorella. Mr Bennet per quanto non fosse molto ricco avrebbe sempre potuto fare qualcosa per lui, e la sua posizione avrebbe tratto vantaggio da questo matrimonio. Dopo questi discorsi e dalle risposte che ne ebbe, Darcy si accorse che Wickham aveva ancora la speranza di fare un buon matrimonio in qualche altro posto; pure, date le attuali circostanze, pareva facile che potesse cedere alla tentazione di essere sollevato immediatamente dai suoi debiti.

Si incontrarono parecchie volte, perché i dettagli da discutere erano molti. Wickham, naturalmente, pretendeva più di quanto non si fosse disposti a dargli, ma alla fine fu ridotto alla ragione.

Quando tutto fu combinato tra loro, il secondo passo di Mr Darcy fu di informare tuo zio, e venne in Gracechurch Street la sera prima che io tornassi a casa. Ma non trovò Mr Gardiner e seppe che tuo padre si trovava ancora a Londra, ma sarebbe partito il giorno dopo. Così ritornò sabato: in quella circostanza, come ti ho detto, parlarono a lungo insieme. Si ritrovarono domenica e lo vidi anch'io. Le cose furono definite il lunedì, e subito dopo fu spedito il messaggio a Longbourn.

Il nostro visitatore è stato terribilmente ostinato. Credo, cara Lizzy, che l'ostinazione sia il vero difetto del suo carattere. È stato accusato di molte manchevolezze e di parecchi difetti, ma *questo* è proprio quello vero. Noi non potevamo fare nulla perché voleva fare tutto lui, benché ti accerto (e non lo dico per essere ringraziata, quindi non parlarne con nessuno), che tuo zio avrebbe ben volentieri sistemato lui le cose.

Dovettero, a questo proposito, discutere per un bel pezzo, cosa che è assai più di quanto i due protagonisti della disgraziata vicenda non meritassero, ma alla fine lo zio dovette cedere, e invece di poter fare lui qualcosa per sua nipote, fu costretto ad accettare di averne soltanto il merito, cosa che lo contrariò molto; e credo che la tua lettera di stamane gli abbia fatto molto piacere, dandogli modo di svestire finalmente le penne non sue e di restituire tutto il merito a chi di ragione. Però, cara Lizzy, devi saperlo solo tu o, al massimo, Jane.

Credo che saprai quello che è stato fatto per quei due ragazzi. I debiti di lui, che credo ammontino a più di mille sterline, saranno pagati e altre mille saranno aggiunte alla sostanza di Lydia. In più, è stato acquistato per lui il brevetto di ufficiale. La ragione per cui si ostinò a fare tutto Darcy, già te l'ho detta. Egli sostiene che se Wickham non fu giudicato come si meritava, e se naturalmente venne festeggiato e ricevuto da tutti, fu per colpa del silenzio e del riserbo mantenuto da lui. Forse c'è in questo qualcosa di vero, sebbene io dubiti che la sua discrezione o quella di qualunque altro possano essere responsabili di quanto è avvenuto. Ma, nonostante tutte le sue belle parole, mia cara Lizzy, puoi essere certa che tuo zio non avrebbe mai ceduto, se non avesse creduto che ben altro interesse l'avesse spinto ad occuparsi di tutta questa faccenda.

Quando tutto venne concluso, Darcy tornò dai suoi amici che si erano trattenuti a Pemberley, con l'intesa che sarebbe tornato a Londra per il matrimonio e per sistemare tutte le questioni finanziarie.

Credo averti detto tutto. A quanto mi dici, queste notizie ti sorprenderanno moltissimo, ma mi auguro ugualmente di procurarti una gioia. Lydia venne a stare da noi e Wickham fu ammesso continuamente in casa nostra. Era tale e quale l'ho sempre visto nell'Hertfordshire; per il resto, non ti avrei mai detto come sono rimasta scontenta del comportamento di Lydia, se dall'ultima lettera di Jane non avessi capito che il suo modo di fare, tornando a casa, fu degno di quello che aveva avuto qui, e quindi non posso granché accrescere la vostra pena parlando di queste cose. Cercai ripetutamente di convincerla a rendersi conto di quanto fosse brutto e riprovevole quello che aveva fatto, e quanto grande il dolore che aveva arrecato alla sua famiglia, ma, se mi ha sentito, è stato proprio un caso, perché non mi ascoltava di certo. Talvolta era addirittura esasperata, ma ricordando le mie care Elizabeth e Jane, cercavo di pazientare per amor loro.

Mr Darcy tornò puntualmente, e, come ti disse Lydia, assistette al matrimonio. Il giorno seguente pranzò da noi e mercoledì o giovedì sarebbe ripartito da Londra. Sarai molto in collera con me, cara Lizzy, se colgo questa occasione per dire (ciò che non ho mai osato fare prima d'ora) quanto mi sia simpatico? Il suo contegno con noi è stato, sotto tutti gli aspetti, cordiale come nel Derbyshire. Il suo buon senso, il suo modo di pensare mi piacciono; non gli manca che un po' di vivacità, ma, se facesse un matrimonio intelligente, a questo potrebbe supplire sua moglie. Mi è parso molto riservato; non ti ha nominata quasi mai. Ma sembra che il riserbo sia di moda.

Perdonami se sono stata indiscreta, o perlomeno, non punirmi con l'escludermi da Pemberley! Non sarò contenta fino a quando non avrò fatto il giro completo di tutto il parco. Un piccolo *phaëton* tirato da un bel paio di *ponies* sarebbe proprio quello che ci vuole.

Ma basta scrivere per oggi: i bambini mi aspettano da più di mezz'ora.

Tua, molto sinceramente

M. G.

Questa lettera pose in grande agitazione Elizabeth che non sapeva davvero se fossero più grandi la gioia o il dolore che le aveva arrecato.

Le vaghe supposizioni formulate a proposito di quanto aveva fatto Mr Darcy per favorire il matrimonio di sua sorella, supposizioni che aveva temuto azzardate perché avrebbero provato una bontà troppo grande per essere vera, si dimostravano ora giuste anche al di là del prevedibile! Egli le aveva seguite apposta in città, si era assunto tutte le noie e le umiliazioni di quelle ricerche per cui aveva dovuto rivolgersi a una donna che odiava e disprezzava, si era dovuto incontrare spesso per persuadere, e finalmente comperare, l'uomo che più di ogni altro desiderava evitare, e il cui solo nome lo esasperava. E tutto questo per una ragazza che non godeva né le sue simpatie né la sua stima. Il cuore le mormorava che egli poteva aver fatto tutto questo solo per amor suo. Ma una simile speranza venne subito soffocata da altre considerazioni, ed ella si rese conto ben presto che neppure la sua vanità le poteva far credere che l'affetto di lui fosse tale – e per lei che lo aveva rifiutato! – da passare sopra alla sua avversione a imparentarsi con Wickham.

Cognato di Wickham! Qualunque orgoglio si sarebbe ribellato a un pensiero simile! Certo aveva fatto molto – Elizabeth si vergognava a pensare quanto! – ma aveva saputo dare una spiegazione abbastanza plausibile a questo suo modo di agire. Era logico che sentisse di avere avuto torto: era generoso e aveva i mezzi per esserlo, e, quantunque Elizabeth non volesse considerarsi il movente principale della sua condotta, poteva tuttavia credere che un resto di affetto per lei lo avesse indotto a occuparsi di un caso che, angustiandolo, gli toglieva la pace. Era penoso, terribilmente penoso, sentirsi debitori verso una persona che non avrebbero mai potuto ricompensare! Dovevano a lui la riabilitazione di Lydia, la sua rispettabilità, tutto. Come rimpiangeva ora i passati sentimenti di antipatia verso di lui che aveva sempre accettato quasi incoraggiandole tutte le frecciate che lei gli aveva rivolto! Si sentiva umiliata, ma era fiera di lui. Fiera che in un caso d'onore e di pietà, avesse lasciato trionfare i suoi sentimenti migliori. Lesse e rilesse gli elogi che sua zia gli aveva tributato. Non le sembravano del tutto sufficienti, ma le facevano piacere. E ancor più piacere, anche se unito a una certa pena, le faceva vedere che tutti e due gli zii fossero tanto persuasi dell'affetto e della confidenza che dovevano esserci tra lei e Darcy.

Si riscosse dalle sue meditazioni, alzandosi in fretta dalla panchina all'avvicinarsi di qualcuno, ma, prima che avesse potuto avviarsi per un altro sentiero, fu raggiunta da Wickham.

«Temo di interrompere la vostra passeggiata solitaria, cognata cara», le disse quando le fu accanto.

«Veramente sì, ma questo non vuol dire che l'interruzione sia sgradita.»

«Sarei desolato se lo fosse; siamo sempre stati buoni amici, e ora siamo anche qualcosa di più.»

«È vero. Escono anche gli altri?»

«Non lo so. Mrs Bennet e Lydia vanno in carrozza a Meryton. E così, cara cognata, ho sentito dai vostri zii che avete visto Pemberley?»

Elizabeth rispose annuendo.

«Quasi quasi vi invidio, eppure se non ritenessi che per me sarebbe troppo penoso, potrei fermarmi, andando a Newcastle. E avete visto la vecchia governante? Povera Reynolds, mi ha sempre voluto bene. Ma certo non vi avrà parlato di me.»

«Sì, invece.»

«E che cosa vi ha detto?»

«Che eravate entrato nell'esercito, e che temeva aveste fatto una cattiva riuscita. Sapete bene come a distanza le cose sono male interpretate.»

«Certo», egli disse mordendosi le labbra.

Elizabeth sperava di averlo ridotto al silenzio, ma poco dopo Wickham ricominciò:

«Sono stato molto sorpreso nel vedere Darcy a Londra il mese scorso. Ci siamo incontrati varie molte. Mi domando che cosa avesse da fare».

«Forse preparare il suo matrimonio con Miss de Bourgh», disse Elizabeth. «Doveva esserci una ragione particolare per trattenerlo in città in questa stagione.»

«Certamente. Lo avete visto spesso quando eravate a Lambdon? Mi è parso che i Gardiner me lo abbiano accennato.»

«Sì; ci ha presentato sua sorella.»

«Vi è piaciuta?»

«Moltissimo.»

«Mi hanno infatti detto che è proprio migliorata in questi ultimi anni. Quando la vidi l'ultima volta non prometteva molto. Sono contento che vi sia piaciuta. Spero che riuscirà bene.»

«Ne sono sicura. Ormai ha sorpassato l'età ingrata.»

«Avete attraversato il paese di Kymton?»

«Non ricordo.»

«Ve ne parlo perché in quella località si trova la parrocchia che avrei dovuto avere. Un posto delizioso! Una casa parrocchiale magnifica. Mi sarebbe convenuta in tutti i sensi.»

«Vi piace proprio far prediche?»

«Moltissimo. Io avrei considerato il predicare parte importantissima del mio dovere, e ben presto non ne avrei più sentito la fatica. Non voglio lamentarmi, ma certo sarebbe stata una cosa così importante per me! La quiete, la solitudine di quella vita avrebbero corrisposto proprio all'idea che io mi faccio della felicità! Ma non doveva essere. Darcy ve ne ha parlato, quando eravate nel Kent?»

«Ho sentito dire da altra fonte altrettanto sicura, che il beneficio vi era stato lasciato soltanto sotto certe condizioni, e a volontà dell'attuale proprietario.»

«Vi hanno detto così? Sì, si trattava di qualche cosa del genere; ve lo dissi fin dal principio, se ben ricordate.»

«E mi hanno anche detto che vi fu un tempo in cui il predicare non vi sembrava così piacevole come adesso; che foste voi a dichiararvi contrario a prendere gli ordini sacri, e che per questo si giunse a una transazione amichevole, da voi accettata.»

«Anche questo vi hanno riferito? Non è del tutto falso. Vi rammentate quanto vi dissi in proposito, quando ve ne parlai la prima volta?»

Erano quasi arrivati alla porta di casa, perché Elizabeth aveva camminato in fretta per liberarsi di lui; ma non volendo irritarlo, per amore di sua sorella, rispose soltanto con un sorriso pieno di buon umore:

«Via, Mr Wickham, ormai siamo cognati: non litighiamo sul passato. Spero che in futuro andremo sempre d'accordo».

Gli porse la mano che lui baciò con affettuosa galanteria, sebbene non sapesse più che faccia fare, ed entrarono in casa.

Capitolo cinquantatreesimo

Questa conversazione soddisfece così completamente Wickham che non cercò più di ritornare sull'argomento, evitando a sé e alla sua cara cognata Elizabeth questo imbarazzo, ed ella fu felice nel constatare che aveva detto abbastanza per farlo star zitto.

Ben presto arrivò il giorno della partenza sua e di Lydia, e Mrs Bennet dovette adattarsi per forza a una separazione che si prospettava della durata di un anno almeno, visto che mai suo marito avrebbe acconsentito a un loro viaggio a Newcastle.

«Oh, Lydia cara! Quando ci rivedremo?», esclamò.

«Oh Dio! Non lo so. Forse tra due o tre anni.»

«Scrivimi spesso, cara.»

«Più spesso che potrò. Ma sai che quando si è maritate, non resta molto tempo per la corrispondenza. Possono scrivermi le mie sorelle, che non hanno altro da fare.»

Gli addii di Mr Wickham furono più affettuosi di quelli di sua moglie. Bellissimo, sorrideva dicendo molte cose gentili.

«È proprio un bel tipo», disse Mr Bennet appena furono usciti. «Sorride, si inchina, ci fa la corte a tutti. Sono molto fiero di lui. Sfido perfino Sir Lucas a produrre un genero più decorativo.»

La partenza della figlia rese Mrs Bennet infelice per molti giorni.

«Credo», diceva, «non ci sia nulla di più triste che il separarsi dalle persone care. Ci si sente così sperduti!»

«È la conseguenza dei matrimoni delle figlie!», disse Elizabeth. «Dovete consolarvi, pensando di averne quattro ancora zitelle.»

«Non è questo. Lydia non mi lascia perché è maritata, ma soltanto perché il reggimento di suo marito è così lontano. Se fosse stato più vicino, non sarebbe partita così presto.»

Ma ben presto il suo abbattimento scomparve e il suo animo si riaprì alla speranza per una notizia che incominciò a circolare. La governante di Netherfield aveva ricevuto ordine di preparare ogni cosa per l'arrivo del suo padrone che sarebbe giunto tra uno o due giorni per poi fermarsi parecchie settimane per la caccia. Mrs Bennet era fuori di sé. Guardava Jane, sorrideva e scuoteva il capo.

«Bene, bene! E così Mr Bingley torna in campagna, sorella mia? (Perché era stata Mrs Philips a portare la notizia.) Tanto meglio. Non che me ne importi. Per noi egli non è nulla, e non vorrei neppure rivederlo. Tuttavia, se ciò gli piace, venga pure a Netherfield. Possono accadere molte cose, ma del resto non ci riguarda. Ti ricordi, cara sorella, che rimanemmo d'accordo, tempo fa, di non parlarne più. E così, è proprio sicuro che arriva?»

«Puoi essere certa», rispose l'altra. «Mrs Nicholls era l'altra sera a Meryton, e, quando la vidi passare, uscii appositamente per informarmi, e lei mi assicurò che era verissimo. Arriverà giovedì al più tardi, probabilmente mercoledì. Mrs Nicholls andava dal macellaio a ordinare la carne per mercoledì, e ha comprato tre coppie di anitre proprio bell'e pronte per essere ammazzate.»

Jane non poté udire la notizia dell'arrivo di Bingley, senza cambiar colore. Erano mesi che non lo aveva più nominato con Elizabeth, ma ora, appena sole, disse:

«Ho visto che mi guardavi oggi, Lizzy, quando la zia ci ha dato quella notizia e so che deve essere stata notata la mia confusione, ma non credere che dipenda da sciocche illusioni. Sono rimasta confusa, sul momento, perché *sapevo* che mi guardavano. Ma ti assicuro che questa notizia non mi dà né gioia né pena. Sono però contenta che venga solo, perché avremo meno occasione di vederlo. Non che io abbia paura per me, ma temo le osservazioni della gente».

Elizabeth non ci capiva nulla. Se non lo avesse veduto nel Derbyshire, avrebbe pensato che venisse soltanto per la caccia, ma lo credeva ancora innamorato di Jane, e non sapeva proprio se pensare che fosse venuto con il permesso del suo amico, o se accettare l'ipotesi che avesse avuto il coraggio di venire anche senza tale autorizzazione.

«È però ben duro», concluse, «che quel pover'uomo non possa venire in casa sua senza sollevare tanta curiosità. Almeno io voglio lasciarlo in pace.»

Nonostante le dichiarazioni di sua sorella – che del resto era convinta di esprimere i propri sentimenti – Elizabeth si accorse che Jane era proprio commossa in attesa di quell'arrivo. Era più turbata, di umore più ineguale di quanto non l'avesse mai vista.

L'argomento tanto discusso tra i suoi genitori un anno prima, tornò a galla.

«Appena verrà Mr Bingley, caro», disse Mrs Bennet, «andrai a trovarlo.»

«No, no, mia cara, mi hai già obbligato a fargli visita l'anno scorso promettendomi che avrebbe sposato una delle mie figliole. Ma è finito tutto in fumo, e ora non voglio muovermi inutilmente.»

Sua moglie gli dimostrò come una tale cortesia fosse un dovere da parte di tutti i vicini, al suo ritorno a Netherfield.

«È una formalità che trovo inutile», disse. «Se desidera la nostra compagnia, venga lui a cercarla. Sa dove stiamo. Non perderò il mio tempo a correre dietro ai vicini ogni volta che partono o che ritornano.»

«Bene; quello che è certo è che se non vai a trovarlo, sarà molto sgarbato da parte tua. Ma, ad ogni modo, questo non mi impedirà di invitarlo a pranzo: sono decisa. Dobbiamo invitare presto Mrs Long e i Goulding, e siccome, noi compresi, si sarebbe in tredici, andrà benissimo avere lui come quattordicesimo.»

Consolandosi con questa decisione, poté sopportare meglio lo sgarbato rifiuto del marito, anche se l'affliggeva molto pensare che tutti i vicini avrebbero visto Mr Bingley prima di loro. Quando stava per giungere il giorno del suo arrivo, Jane disse a sua sorella:

«Incomincia a dispiacermi che venga. Per me non sarebbe nulla; lo potrò rivedere con la massima indifferenza, ma non posso sopportare di sentirne parlare continuamente. La mamma lo fa a fin di bene, ma non sa, nessuno può sapere come soffro di tutto quello che dice. Come sarò contenta quando ripartirà da Netherfield!».

«Vorrei poterti consolare», disse Elizabeth, «ma non so come, e non posso neppure raccomandarti di avere pazienza, perché ne hai sempre anche troppa.»

Mr Bingley arrivò. Mrs Bennet riuscì ad avere la notizia per prima, grazie alla servitù, e così il periodo della sua agitazione e del suo nervosismo fu ancora più lungo; contava i giorni che avrebbe dovuto aspettare prima di mandare un invito, non illudendosi di poterlo vedere prima. Ma la terza mattina dopo il suo arrivo, lo vide apparire a cavallo nel viale e dirigersi verso la loro casa.

Le figlie furono subito chiamate a dividere la sua gioia. Jane, decisa, restò al suo posto, ma Elizabeth, per accontentare la madre, andò alla finestra, guardò, e vide con lui Mr Darcy. Si sedette di nuovo accanto a sua sorella.

«C'è con lui un signore, mamma», disse Kitty; «chi può essere?»

«Qualche amico, immagino; non posso saperlo.»

«Oh!», esclamò Kitty, «sembra quel signore che stava sempre con lui anche prima. Mr... non ricordo il nome. Quell'uomo alto, tanto superbo.»

«Buon Dio! Mr Darcy! È proprio lui! Bene, qualunque amico di Mr Bingley sarà sempre il benvenuto; a parte ciò, devo dire che mi è odioso solo a vederlo.»

Jane guardò Elizabeth, sorpresa e preoccupata. Sapeva ben poco del loro incontro nel Derbyshire, e quindi pensava all'imbarazzo di sua sorella nel rivederlo dopo la sua lettera di spiegazioni. Tutt'e due si sentivano a disagio. Ognuna era commossa per l'altra, e ancor più, naturalmente, per se stessa; e intanto Mrs Bennet continuava a parlare della sua antipatia per Mr Darcy e della sua risoluzione di essere gentile con lui solo in quanto era amico di Bingley. Nessuna delle due ragazze l'ascoltava.

Elizabeth aveva ben altre ragioni di essere turbata di quanto non potesse supporre Jane, alla quale non aveva avuto il coraggio di mostrare la lettera della zia Gardiner, o di parlare del mutamento avvenuto nei suoi sentimenti verso di lui: Darcy era per Jane soltanto l'uomo che Elizabeth aveva respinto, e del quale non sapeva apprezzare i meriti nel loro giusto valore; ma per Elizabeth era colui al quale tutta la loro famiglia era debitrice del più grande dei favori, e al quale pensava ormai con un affetto, se non così tenero, certo profondo e giusto come quello di Jane per Bingley.

La sua meraviglia nel vederlo venire a Netherfield e a Longbourn, e quel suo ricercarla di nuovo, era quasi pari alla sorpresa che aveva provato nell'osservare il suo mutato contegno, nel Derbyshire.

Il colore, scomparso dal suo volto, tornò a illuminarlo per un attimo accrescendone lo splendore, e un sorriso di gioia accese i suoi occhi, pensando che l'affetto di lui e i suoi desideri non fossero cambiati. Ma non voleva illudersi.

«Starò prima a vedere come si comporta», disse, «sarò sempre in tempo a sperare.»

Sedette intanto al suo lavoro per ricomporsi, senza osar alzare gli occhi, finché un'ansiosa curiosità la spinse a guardare sua sorella, mentre il domestico si avviava alla porta. Jane era un po' più pallida del solito, ma più tranquilla di quanto Elizabeth si sarebbe aspettato. All'avvicinarsi dei signori il suo colore si accese, ma li ricevette con disinvoltura, e con un contegno perfettamente sereno, altrettanto privo di risentimento come di eccessiva compiacenza.

Elizabeth parlò solo quel tanto che la cortesia richiedeva, e si rimise al suo lavoro con un'inconsueta alacrità. Aveva appena osato gettare un'occhiata a Darcy. Questi appariva serio come sempre, più simile a quello che aveva conosciuto nell'Hertfordshire, che non a quello di Pemberley. Ma forse, in presenza di sua madre, non poteva mostrarsi come quando si trovava con gli zii; cosa triste a pensarci, ma non improbabile.

Aveva guardato per un momento anche Bingley e le era parso infelice e imbarazzato nello stesso tempo. Mrs Bennet lo accolse con una tale gentilezza da fare arrossire le due sorelle, tanto era evidente il contrasto con il freddo inchino che aveva rivolto al suo amico.

Elizabeth, soprattutto, che sapeva come sua madre dovesse proprio a lui se la figlia prediletta era stata preservata da un irrimediabile disonore, fu offesa e rattristata nell'intimo da questa differenza così inopportuna.

Darcy, dopo averle chiesto come stavano Mr e Mrs Gardiner, domanda alla quale Elizabeth non poté rispondere senza confusione, non parlò quasi più. Non era seduto vicino a lei, cosa che giustificava forse il suo silenzio, ma nel Derbyshire non era accaduto lo stesso. Laggiù, quando non poteva parlare con lei, parlava con i suoi amici. Ora invece passavano diversi minuti senza che si sentisse la sua voce e quando, non sapendo resistere alla curiosità, alzava gli occhi su di lui, lo vedeva guardare tanto Jane che lei, o tenere spesso lo sguardo rivolto a terra. Era assai più pensieroso e mostrava meno desiderio di piacerle dell'ultima volta. Elizabeth si sentiva a disagio ed era in collera con se stessa per il senso di delusione che provava. «Potevo aspettarmi altro?», si disse. «Ma allora perché è venuto?»

Non aveva voglia di parlare con altri se non con lui, e a lui non aveva quasi il coraggio di rivolgersi. Riuscì appena a informarsi di sua sorella.

«È passato molto tempo da quando siete partito, Mr Bingley», disse Mrs Bennet.

Bingley ne convenne.

«Cominciavo quasi a temere che non sareste più tornato. Si diceva che avevate l'intenzione di abbandonare la casa per S. Michele, ma spero che non sia vero. Da che siete partito sono avvenuti molti cambiamenti. Miss Lucas si è sposata e bene. E anche una delle mie figlie. Penso che l'avrete sentito dire; dovete averlo letto sui giornali. Lo pubblicarono sul *Times* e sul *Courier*, anche se la cosa non ha avuto la risonanza che meritava. Diceva soltanto: "Recentemente: George Wickham si è unito in matrimonio con Miss Lydia Bennet", senza parlare né del padre né dell'abitazione della sposa; nulla. Ci pensò mio fratello Gardiner e non capisco come mai combinò una sciocchezza simile. Lo avete letto?»

Bingley rispose che aveva letto l'annuncio, e porse i suoi rallegramenti. Elizabeth non osò alzare gli occhi, così non poté vedere l'aspetto di Darcy.

«È una gran bella cosa avere una figlia a posto, ma nello stesso tempo, Mr Bingley, è ben duro vedersela portar via», continuò la madre. «Sono andati a Newcastle, un posto nel Nord, sembra, e dovranno starci non so quanto. Il suo reggimento è laggiù, perché immagino che avrete saputo che ha lasciato il *...shire*, e che è entrato a far parte dell'esercito regolare. Grazie al cielo ha molte relazioni importanti e diversi amici, sebbene forse non quanti ne merita.»

Elizabeth che comprese questa allusione a Mr Darcy, provò una tale vergogna da non sapere più dove stare. Si sentì quindi costretta a parlare, cosa che altrimenti non si sarebbe mai decisa a fare e chiese a Bingley se aveva l'intenzione di fermarsi, per ora, in campagna. Egli rispose che si sarebbe fermato qualche settimana.

«Quando avrete ucciso tutti i vostri uccelli, Mr Bingley», disse la madre, «venite a cacciare da noi quando volete, nella tenuta di Mr Bennet. Sono sicura che ne sarà felice, e che riserverà per voi le più belle covate.»

Questo invito così ostentato, mise Elizabeth ancor più sulle spine. Se ancora i due giovani avessero nutrito quelle speranze che li avevano illusi l'anno precedente, era convinta che tutto l'insieme, ora, li avrebbe portati alle identiche conclusioni. In quel momento sentì che anni interi di felicità non avrebbero mai potuto compensare Jane e lei per questi momenti di così penosa confusione.

«Il più vivo desiderio del mio cuore», andava dicendosi tra sé, «è di non rivedere più né l'uno, né l'altro. La loro compagnia non basta a compensarci di tanta amarezza. Speriamo di non incontrarli più.»

Eppure la grande pena di Elizabeth, che interi anni di gioia non avrebbero potuto riscattare, fu a poco a poco sollevata dalla constatazione che andava facendo di come la bellezza di sua sorella riaccendesse tutta l'ammirazione del suo antico innamorato. Appena entrato non le aveva quasi rivolto la parola, ma bastarono pochi momenti perché egli, nuovamente preso dal suo fascino, si dedicasse interamente a lei. La trovava bella come l'anno passato, e ugualmente cara e semplice, anche se meno loquace ed espansiva. Jane era ansiosa di non tradirsi né lasciar trapelare alcun mutamento, ed era convinta di parlare come al solito e di mostrarsi immutata. Ma il suo animo era troppo inquieto perché potesse accorgersi da se stessa di come rimaneva spesso silenziosa.

Quando i due giovani si alzarono per andarsene, Mrs Bennet, ricordando il suo proposito di essere gentile, li invitò a pranzo a Longbourn per alcuni giorni dopo.

«Sapete che mi dovete ancora una visita, Mr Bingley», disse, «perché quando l'anno scorso siete partito per Londra, mi avevate promesso di venire senza cerimonie da noi, al vostro ritorno. Come vedete, non l'ho dimenticato, e vi assicuro che sono stata molto delusa non vedendovi tornare e mantenere l'impegno.»

Bingley si mostrò un po' confuso e mormorò qualcosa sul rincrescimento di essere stato trattenuto dai suoi affari. Poi se ne andarono.

Mrs Bennet aveva un gran desiderio di trattenerli a pranzo quel giorno stesso, ma, sebbene la loro tavola fosse sempre abbondantemente fornita, pensava che occorrevano almeno due portate per un uomo sul quale appuntava tutte le sue speranze, e per soddisfare l'appetito e la vanità di un altro che aveva una rendita di diecimila sterline annue.

Capitolo cinquantaquattresimo

Appena se ne furono andati, Elizabeth uscì all'aperto per ritrovare la sua serenità, o meglio, per pensare, senza essere interrotta, a quegli argomenti che questa serenità, appunto, offuscavano.

Il contegno di Mr Darcy la stupiva e la contrariava.

«Perché venire», si chiedeva, «soltanto per restare così grave e indifferente?»

Non trovava nessuna risposta che la soddisfacesse.

«Quando era in città con gli zii, seguitava a essere amabile e simpatico con loro, e perché con me no? Se ha paura di me, perché viene qui? Se non gliene importa più nulla, perché essere silenzioso? Strano, strano uomo! Non voglio più pensare a lui!»

La sua risoluzione durò poco tempo per l'avvicinarsi di sua sorella che, col suo volto ridente, dimostrava come fosse stata più soddisfatta di Elizabeth della visita ricevuta.

«Ora», disse, «che il momento del primo incontro è passato, mi sento perfettamente serena. So che posso contare su di me e che non sarò più imbarazzata alle sue visite. Sono contenta che venga a pranzo martedì; così tutti potranno vedere che ci incontriamo come due conoscenti qualunque.»

«Sì, molto indifferenti davvero», disse Elizabeth ridendo. «Oh! Jane, stai attenta!»

«Cara Lizzy, non mi crederai così debole da volermi esporre a correre ancora qualche rischio!»

«Credo che corri il rischio di farlo diventare innamorato cotto di te!»

I due signori non si fecero rivedere fino a martedì, e nel frattempo Mrs Bennet si abbandonò a tutti quei progetti che Bingley, durante la sua visita di mezz'ora, con la sua cortesia e il suo buon umore, aveva avuto il potere di ridestare in lei.

Il martedì ci fu una grande riunione a Longbourn e i due, attesi ansiosamente, fecero onore alla loro puntualità, arrivando assai presto. Mentre si avviavano in sala da pranzo, Elizabeth guardò se Bingley prendeva il posto che, nelle loro riunioni di un tempo, era sempre stato il suo, accanto a Jane. La sua accorta madre, che certo aveva avuto lo stesso pensiero, si trattenne dall'invitarlo al proprio fianco. Bingley, entrando in sala, sembrò esitare, ma bastò che Jane, per caso, si guardasse intorno e sorridesse, per deciderlo a prender posto accanto a lei.

Elizabeth, trionfante, gettò un'occhiata al suo amico. Questi sembrò sostenerla con nobile indifferenza, ed Elizabeth si sarebbe sentita sicura che Bingley avesse già avuto il permesso dall'amico di essere felice, se non lo avesse visto guardare Darcy con un'espressione sgomenta e divertita al tempo stesso.

Il contegno di lui verso Jane, durante il pranzo, anche se palesò la sua ammirazione in forma più misurata che in passato, rese persuasa Elizabeth che, lasciato a se stesso, la felicità sua e di Jane sarebbe stata presto assicurata. Pur non osando fidarsi troppo, era per lei un piacere osservare quel suo contegno e questo bastava a darle tutto il brio che altrimenti le sarebbe mancato, perché non era affatto di buon umore. Mr Darcy era lontano da lei per tutta la lunghezza della tavola. Stava a fianco di sua madre, ed Elizabeth sapeva come ciò fosse sgradito per entrambi. Non era abbastanza vicina per sentire i loro discorsi, ma vedeva come si parlavano di rado, e con che fredda e compassata cortesia. La sgarbatezza della madre verso di lui le faceva sentire ancor più vivamente tutto quello che gli dovevano, e avrebbe dato chissà cosa per potergli dire come la sua bontà non era né ignorata, né poco apprezzata, almeno da qualcuno della loro famiglia.

Sperava che durante la serata avrebbe avuto occasione di essergli vicina; che tutta la sua visita non si sarebbe svolta senza dar loro modo di parlarsi un po' più a fondo dei semplici convenevoli scambiati alla sua venuta. Ansiosa e infelice, aspettava con trepidazione in salotto l'arrivo dei signori e quel tempo fu per lei così stancante e noioso, da renderla quasi sgarbata. Spiava la loro entrata come il momento dal quale sarebbe dipesa ogni speranza di felicità per lei in quella sera.

«Se non verrà da me *ora*», pensò, «rinuncerò a lui per sempre.»

I signori entrarono, e sembrava che egli stesse per rispondere alle sue aspettative, ma, ahimè! le signore si erano radunate in gruppo intorno alla tavola, dove Jane preparava il tè mentre Elizabeth versava il caffè, che non restava un solo posto libero vicino a lei. E, proprio quando Darcy si avvicinò, una delle ragazze si strinse ancora più accanto a Elizabeth sussurrandole:

«Gli uomini non devono separarci: non sappiamo che farcene di loro, non è vero?».

Darcy si diresse verso un'altra parte della stanza. Elizabeth lo seguì con gli occhi, invidiando tutti quelli che gli parlavano, non avendo quasi più la speranza di servire agli altri il caffè, e in collera con se stessa per essere così sciocca.

«Un uomo che ho già rifiutato una volta! Come posso illudermi ancora che mi rinnovi la sua offerta? C'è un uomo solo che non protesterebbe contro la debolezza di chiedere una donna in moglie per la seconda volta? Non esiste umiliazione peggiore.»

Tuttavia, quando Darcy riportò personalmente la sua tazza di caffè, ella si sentì rinascere e colse l'occasione per chiedergli: «Vostra sorella è ancora a Pemberley?».

«Sì, si tratterrà là fino a Natale.»

«Sola sola? Le sue amiche l'hanno lasciata?»

«C'è con lei Mrs Annesley. Gli altri sono partiti per Scarborough da tre settimane.»

Elizabeth non trovò altro da dire; ma se egli ne avesse avuto voglia avrebbe potuto continuare. Invece le restò accanto per alcuni momenti, ma sempre in silenzio, e poiché la vicina di Elizabeth ricominciò a parlarle sottovoce, se ne andò.

Quando il tè fu sparecchiato e furono portati i tavolini da gioco, le signore si alzarono ed Elizabeth contava di essere raggiunta da lui, quando tutte le sue speranze furono deluse vedendolo cader vittima di sùa madre, che cercava ansiosamente dei giocatori per il *whist*, ragion per cui poco dopo era seduto a una partita. Ormai non c'era più da illudersi: per tutta la sera sarebbero rimasti inchiodati a due tavoli diversi, e non aveva altra speranza se non quella che gli occhi di Darcy si rivolgessero così spesso dalla parte dove lei si trovava, da farlo perdere al gioco, come perdeva lei.

Mrs Bennet aveva calcolato di trattenere i due signori per la cena, ma sfortunatamente la loro carrozza venne ordinata prima di quella degli altri, e così non ebbe la possibilità di fermarli.

«Ebbene, ragazze!», disse appena rimasero sole, «che ne dite della giornata? Mi pare che tutto sia andato benissimo. Il pranzo era proprio perfetto. La selvaggina al punto giusto, e tutti hanno detto di non aver mai visto un coscio di cervo così grasso. La minestra valeva cinquanta volte quella che ci diedero i Lucas la settimana scorsa, e perfino Mr Darcy ha dovuto riconoscere che le pernici erano cotte a meraviglia, e sì che lui ha certo due o tre cuochi francesi! Cara Jane, non ti ho mai vista così bella come questa sera. Anche Mrs Long l'ha detto quando gliel'ho chiesto. E sai che cosa ha aggiunto? "Ah, Mrs Bennet, l'avremo dunque finalmente a Netherfield!" Proprio così. Mrs Long è la più buona donna che esista, e le sue nipoti sono tanto graziose e beneducate, e tutt'altro che belle; mi piacciono infinitamente.»

Insomma, Mrs Bennet era al settimo cielo. Da quello che aveva visto del contegno di Bingley verso Jane, era convinta che la ragazza lo avrebbe finalmente conquistato, e quando era in questo stato d'animo le sue speranze per il bene della famiglia erano talmente eccessive che il giorno dopo, non vedendolo apparire per fare la sua dichiarazione, si sentì profondamente delusa.

«È stata proprio una buona giornata», disse Jane a Elizabeth. «La compagnia era ben scelta e sembrava affiatata. Spero che ci rivedremo spesso.»

Elizabeth sorrise.

«Lizzy, non ridere di me! Non devi sospettare che io sia ancora innamorata. Mi mortifichi. Ti assicuro che ormai godo della sua conversazione come di quella di un giovane simpatico e intelligente, ma senza nessun altro desiderio. Sono perfettamente convinta, dal suo modo di fare di oggi, che non ha mai avuto nessuna intenzione di impegnare il mio sentimento. Egli ha un fare più gentile, un desiderio di piacere molto più vivo degli altri uomini, e questo spiega tutto.»

«Sei proprio crudele», disse sua sorella. «Non vuoi che sorrida e fai di tutto per provocarmi continuamente.»

«Come è difficile essere credute in certi casi!»

«E come impossibile in altri!»

«Ma perché vorresti persuadermi che io senta di più di quello che voglio ammettere di sentire?»

«Non saprei rispondere a questa tua domanda. A tutti piace insegnare, anche se si sa insegnare soltanto quello che non vale la pena di sapere. Perdonami, e se persisti nel proclamare la tua indifferenza, non prendermi per confidente.»

Capitolo cinquantacinquesimo

Qualche giorno dopo questa visita, Mr Bingley tornò, ma solo. Il suo amico era partito il mattino per Londra, e doveva tornare dopo dieci giorni. Si fermò con loro circa un'ora ed era di ottimo umore. Mrs Bennet lo invitò a trattenersi a pranzo, ma egli dichiarò con molto rincrescimento di essere già impegnato.

«La prossima volta che venite», disse lei, «spero che saremo più fortunati.»

Sarebbe stato felicissimo qualunque altra volta, ecc., ecc., e, se glielo permetteva, avrebbe colto la prima occasione per venire a trovarli.

«Potete venire domani?»

Sì, per domani non aveva nessun impegno e l'invito venne accettato con piacere.

Arrivò, e così presto, che nessuna delle signore era ancora pronta. Mrs Bennet si precipitò in camera delle figlie, in vestaglia, con i capelli mezzo disciolti, gridando: «Jane, cara, spicciati a scendere. È arrivato! Mr Bingley è arrivato! Proprio lui! Fa' presto. Via, Sara, vieni subito da Miss Bennet e aiutala a vestirsi, lascia stare i capelli di Miss Lizzy».

«Scenderemo appena potremo», disse Jane, «ma credo che Kitty sia più avanti di tutte noi, perché è salita mezz'ora prima.»

«Macché Kitty! Che c'entra lei? Su, spicciati, spicciati; dov'è la tua cintura, cara?»

Ma quando la madre se ne fu andata, Jane non si lasciò persuadere a scendere senza una delle sorelle.

Lo stesso tentativo di lasciarli soli si ripeté nel pomeriggio. Dopo il tè, Mr Bennet si ritirò come al solito nella sua biblioteca, e Mary andò al pianoforte. Due ostacoli erano così rimossi e Mrs Bennet incominciò a strizzar l'occhio a Elizabeth e a Kitty, ma senza alcun risultato. Elizabeth fece mostra di non vedere, e quando Kitty se ne accorse, disse ingenuamente: «Che c'è mamma? Perché mi fai quei cenni? Che cosa devo fare?».

«Niente, niente, bimba mia; non ti facevo alcun cenno.»

Passarono altri cinque minuti, ma non volendo perdere un'occasione simile, la signora si alzò improvvisamente dicendo a Kitty: «Vieni, cara: ho qualche cosa da dirti», e la condusse fuori dalla stanza. Jane lanciò subito un'occhiata a Elizabeth per dirle quanto le seccava questa manovra e per pregarla che lei almeno non cedesse.

Ma pochi minuti dopo Mrs Bennet socchiuse la porta e la chiamò: «Lizzy, cara, desidero parlarti».

Elizabeth fu costretta ad andare. «È meglio che li lasciamo soli», disse la madre, appena furono nell'atrio. «Kitty e io andiamo di sopra nel mio spogliatoio.»

Elizabeth non tentò neppure di discutere con sua madre, ma rimase nell'atrio finché lei e Kitty scomparvero, poi ritornò in salotto.

Così i piani di Mrs Bennet per quel giorno non ebbero alcun esito. Bingley era sempre quel che ci poteva essere di più simpatico, ma non ancora il fidanzato dichiarato di sua figlia. La sua disinvolta allegria lo rendeva un prezioso acquisto per le loro serate: egli sopportò tutta l'esagerata cortesia della madre e tutte le sue sciocche osservazioni con una pazienza e un contegno impassibili, di cui la figlia gli era particolarmente grata.

Non fu quasi necessario invitarlo perché si fermasse a cena, e, prima che partisse, tra lui e Mrs Bennet, venne combinato che sarebbe tornato l'indomani per cacciare con suo marito.

Da quel giorno Jane non parlò più della sua indifferenza. Le due sorelle non si scambiarono più una parola a proposito di Bingley, ma Elizabeth si coricò nella felice persuasione che tutto si sarebbe concluso prestissimo, se Mr Darcy non tornava prima del tempo stabilito. Tuttavia, però, era anche convinta che questo fosse avvenuto proprio per l'intervento dell'amico.

Bingley non mancò all'appuntamento e passò la mattina con Mr Bennet. Non c'era in Bingley nessuna forma di presunzione o di ridicolaggine che potesse destare l'ironia di Mr Bennet o farlo rinchiudere in un disgustato silenzio; anzi con lui fu meno originale e più discorsivo di quanto non fosse con altri. Bingley naturalmente ritornò a Longbourn per il pranzo, e nel pomeriggio l'immaginazione di Mrs Bennet si rimise al lavoro per trovare il modo di lasciarlo solo con Jane. Elizabeth, che aveva una lettera da scrivere, si ritirò subito dopo il tè, e poiché tutti gli altri giocavano a carte non sarebbe stata certo lei a funestare i disegni materni.

Ma, tornando in salotto a lettera finita, vide con sua somma sorpresa che le ingegnose trovate di sua madre erano state coronate dal più ampio successo.

Aprendo la porta, scorse sua sorella e Bingley ritti accanto al camino assorti in intimo colloquio; per di più, se questo non fosse bastato, i volti di tutti e due che, volgendosi prontamente, si allontanarono uno dall'altro, avrebbero rivelato ogni cosa. La loro situazione era abbastanza imbarazzante, ma quella di Elizabeth ancora peggiore. Nessuno dei due disse una parola, ed ella stava già per andarsene quando Bingley, che si era seduto con Jane, si alzò di scatto e, mormorando alcune parole a sua sorella, si precipitò fuori dalla stanza.

Jane non poteva avere segreti per Elizabeth in una cosa che le avrebbe procurato tanta gioia, e abbracciandola teneramente, le disse con grande commozione che era la più felice creatura del mondo.

«È troppo», aggiunse, «infinitamente troppo. Non lo merito. Perché non sono tutti felici come me?»

Elizabeth si rallegrò con una sincerità, un calore, una gioia da non potersi ridire. Ogni frase affettuosa della sorella era una nuova fonte di felicità per Jane. Ma non si volle concedere, nel momento, di fermarsi con sua sorella a raccontarle la metà di quello che aveva da dirle.

«Devo andare subito dalla mamma», esclamò; «non vorrei aver l'aria di trascurare la sua affettuosa premura o che lo sapesse da altri prima che da me. Lui è già andato dal babbo. Oh, Lizzy! Pensare che sarà una tale gioia per tutti i miei cari! Come potrò sopportare tanta felicità?»

Corse allora dalla madre, che aveva interrotto apposta la partita e che era di sopra con Kitty.

Elizabeth, una volta sola, sorrise della rapidità e facilità con cui si era conclusa una vicenda che solo pochi mesi prima aveva dato loro tante preoccupazioni e dolori.

«Ed è questa», disse, «la conclusione di tutte le precauzioni del suo amico; di tutte le falsità di sua sorella! La più felice, la più giusta e la più ragionevole delle conclusioni.»

Pochi minuti dopo fu raggiunta da Bingley, il cui colloquio con Mr Bennet era stato rapido e conclusivo.

«Dov'è vostra sorella?», chiese premurosamente aprendo la porta.

«È di sopra dalla mamma. Credo che tornerà subito.»

Allora egli chiuse la porta e, accostandosi, le chiese le sue congratulazioni e il suo affetto di sorella. Elizabeth gli espresse con tutto il cuore la sua gioia per questa parentela. Si strinsero la mano con grande cordialità e fino all'arrivo di Jane Elizabeth ascoltò tutto ciò che lui aveva da dire sulla sua felicità e sulle perfezioni di Jane; e nonostante le esagerazioni di un innamorato, Elizabeth era veramente convinta che tutte le sue speranze di felicità fossero ragionevolmente fondate, perché si basavano sul grande giudizio di Jane e sulla sua indole eccellente, oltre che su quella comunanza di gusti e di idee che esisteva tra di loro.

Fu una serata di vera felicità. La gioia di Jane illuminava di così dolce splendore il suo volto, da renderla ancora più bella. Kitty era tutta sorrisi, sperando che sarebbe giunto presto anche il suo turno. Mrs Bennet non trovava parole bastanti per dare il suo consenso e per esprimere tutta la sua soddisfazione, benché non parlasse d'altro con Bingley da una buona mezz'ora; e anche Mr Bennet, quando li raggiunse a cena, mostrava nella voce e nei modi tutta la sua felicità.

Nondimeno non pronunciò una parola sola che alludesse alla cosa, fino a quando l'ospite si alzò per partire; ma appena questo se ne fu andato, disse alla figlia:

«Jane, mi congratulo con te. Sarai una donna veramente felice».

Jane corse da lui e lo abbracciò ringraziandolo per la sua bontà.

«Sei una buona ragazza», continuò lui, «e sono proprio contento al pensiero che sarai così bene accasata. Non dubito che andrete molto d'accordo. I vostri caratteri si assomigliano. Siete tutti e due così arrendevoli che nessuno dei due prenderà mai una decisione senza l'altro; così indulgenti che tutte le persone di servizio vi ringrazieranno; e così generosi che spenderete più delle vostre rendite.»

«Spero di no. Della leggerezza in fatto di denaro sarebbe imperdonabile da parte mia.»

«Spendere più delle loro rendite! Ma che dici, mio caro Bennet!», esclamò sua moglie. «Se ha quattro o cinquemila sterline l'anno, se non di più!» Poi, rivolgendosi a sua figlia:

«Oh, mia cara, cara Jane, sono talmente felice che sono certa di non poter chiudere occhio tutta la notte. Lo sapevo che sarebbe finita così. L'ho sempre detto. Non potevi essere così bella per niente! Ricordo che appena lo vidi, quando arrivò l'anno scorso nell'Hertfordshire, pensai subito come doveva essere facile che voi due ve l'intendeste. Oh, è il più bel giovane che abbia mai visto».

Wickham, Lydia, erano completamente dimenticati: Jane era, senza confronto, la figlia prediletta. In quel momento non le importava di nessun'altra.

Le sorelle minori incominciarono a parlare dei vari favori che Jane avrebbe potuto dispensare loro in avvenire.

Mary chiese di poter usufruire della biblioteca di Netherfield, e Kitty la pregò insistentemente di dare alcuni balli ogni inverno.

Da allora Bingley venne quotidianamente a Longbourn: arrivava spesso prima di colazione e si fermava fin dopo cena, a meno che qualche crudele vicino, mai abbastanza detestato, lo invitasse a un pranzo che era obbligato ad accettare.

Elizabeth ormai aveva poco tempo per parlare con sua sorella, perché, quando c'era Bingley, Jane non badava ad altri; ma fu assai utile a tutti e due nelle ore in cui erano separati, cosa che, talvolta, doveva pure avvenire. In assenza di Jane egli si attaccava infatti invariabilmente a Elizabeth per avere la gioia di parlare con lei dell'amata; e quando Bingley era lontano, Jane cercava la stessa fonte di consolazione.

«Mi ha resa così felice», le disse una sera, «dicendomi che aveva completamente ignorato che la primavera scorsa fossi in città! Non lo avevo creduto possibile.»

«Io lo avevo sempre sospettato», rispose Elizabeth, «ma come ti ha spiegato la cosa?»

«Deve essere stata colpa delle sorelle. Certo esse non erano contente del suo affetto per me; cosa che non mi stupisce perché avrebbe potuto fare una scelta molto più vantaggiosa per lui, sotto ogni aspetto. Ma quando vedranno, come spero, che loro fratello sarà felice con me, finiranno per essere contente e torneremo amiche, anche se non potrà più essere l'amicizia di un tempo.»

«Questo è il discorso più severo che ti abbia mai sentito fare!», disse Elizabeth. «Brava! Sarei proprio in collera se vedessi che ti lasci di nuovo ingannare dal preteso affetto di Miss Bingley.»

«Vuoi credere, Lizzy, che quando andò a Londra il novembre scorso, mi amava già, e che solo la certezza della mia indifferenza gli ha impedito di tornare?»

«Certo fu un piccolo sbaglio... ma depone in favore della sua modestia.»

Questo diede naturalmente lo spunto a Jane per fare il panegirico della modestia di lui e del poco conto in cui teneva le proprie buone qualità.

Elizabeth fu contenta nel constatare che Bingley non aveva accennato all'intervento del suo amico, perché, anche se il cuore di Jane era il più generoso del mondo e il più pronto al perdono, capiva che questa circostanza l'avrebbe mal disposta contro Darcy.

«Sono certamente l'essere più fortunato che esista!», esclamò Jane. «Oh, Elizabeth! Perché devo essere così privilegiata nella mia famiglia? Potessi veder te altrettanto felice! Se ci fosse un altro uomo uguale a lui, per te!»

«Anche se tu potessi offrirmene molti come lui, non potrei mai essere felice quanto te. Dovrei avere il tuo carattere, la tua bontà! No, no, lascia ch'io vada per la mia strada, e, forse, se sarò molto fortunata, potrò incontrare un altro Mr Collins!»

La cosa non restò a lungo segreta. Mrs Bennet ebbe la gioia di sussurrarla a Mrs Philips, e questa, senza chiedere l'autorizzazione, si azzardò a fare lo stesso con tutti i vicini di Meryton.

La famiglia Bennet fu allora proclamata la più fortunata dell'universo, anche se poche settimane prima, quando Lydia era fuggita, era stata segnata a dito per la terribile disgrazia che l'aveva colpita.

Capitolo cinquantaseiesimo

Una mattina, circa una settimana dopo il fidanzamento di Jane con Bingley, mentre quest'ultimo, con le signore della famiglia, stava in salotto, l'attenzione generale fu improvvisamente attratta dal rumore di una carrozza che si avvicinava, e videro un tiro a quattro attraversare il prato.

Era troppo presto per delle visite, e poi l'equipaggio non corrispondeva a nessuno di quelli dei vicini. I cavalli erano della posta, e né la vettura, né la livrea del servitore che la precedeva, erano noti. Era evidente ad ogni modo che qualcuno stava per arrivare, e Bingley chiese subito a Jane di evitare la noia della inopportuna visita, andando fuori a passeggiare. Così uscirono tutti e due, mentre le tre sorelle continuarono nelle loro congetture, ma con poca soddisfazione, finché la porta si spalancò e la visitatrice entrò. Era Lady Catherine de Bourgh.

Tutte erano preparate a una sorpresa, ma la loro meraviglia sorpassò ogni aspettativa, soprattutto quella di Elizabeth, più grande di quella di Mrs Bennet e Kitty, che pure non conoscevano Lady Catherine.

Costei entrò con un'aria anche più altezzosa di quella che le era abituale; rispose appena con un cenno al saluto di Elizabeth e sedette senza dire una parola. Elizabeth al suo entrare ne aveva detto il nome alla madre, benché Lady Catherine non avesse neppur chiesto di essere presentata.

Mrs Bennet, tutta stupita ma fiera di avere un'ospite di tanta importanza, la ricevette con estrema cortesia. Dopo un imbarazzante silenzio, Lady Catherine disse asciutta a Elizabeth:

«Spero che stiate bene, Miss Bennet. Quella signora è vostra madre, immagino?».

Elizabeth rispose brevemente di sì.

«E quella è una delle vostre sorelle?»

«Sì, Madam», disse Mrs Bennet, felice di parlare con Lady Catherine. «È la penultima delle mie figliole. La più giovane si è sposata da poco, e la maggiore è in giardino con un giovane che credo farà presto parte della nostra famiglia.»

«Avete un parco molto piccolo», disse Lady Catherine dopo un breve silenzio.

«Certamente non è nulla in confronto a Rosings, ma vi assicuro che è molto più grande di quello di Sir William Lucas.»

«Questa camera deve essere assai scomoda nei pomeriggi d'estate, esposta com'è a ponente.»

Mrs Bennet la assicurò che non si fermavano mai lì dopo il pranzo, e aggiunse:

«Posso prendermi la libertà di chiedere a Vostra Signoria come stanno Mr e Mrs Collins?».

«Benissimo. Li ho visti due sere fa.»

Elizabeth, a questo punto, si aspettava di ricevere qualche lettera di Charlotte, sembrandole che fosse questo il solo motivo probabile di quella visita. Ma non apparve nessuna lettera, e la ragazza rimase sempre più perplessa.

Mrs Bennet, con molta gentilezza, pregò Sua Signoria di prendere qualche rinfresco, ma Lady Catherine rifiutò molto risolutamente, e senza alcuna cortesia quindi, alzatasi, disse a Elizabeth:

«Miss Bennet, ho visto un grazioso boschetto da una parte del vostro parco; mi piacerebbe fare un giro, se volete accompagnarmi».

«Vai, cara», disse la mamma, «conduci Sua Signoria per i viali; credo che il chioschetto le piacerà.»

Elizabeth ubbidì e dopo essere corsa in camera a prendere l'ombrellino, scortò da basso la sua nobile ospite. Passando attraverso l'atrio, Lady Catherine aprì le porte per guardare nella camera da pranzo e nel salotto, e, dopo una breve occhiata, le giudicò discrete e passò oltre.

La carrozza rimase alla porta, e dentro, Elizabeth vide la cameriera. Si avviarono in silenzio lungo il viale ghiaiato, verso il boschetto.

Elizabeth era decisa a non fare nessun tentativo di conversazione con una donna che si mostrava più che mai insolente e antipatica.

«Come ho potuto pensare che assomigliasse a suo nipote?», si chiese, guardandola.

Appena nel boschetto, Lady Catherine incominciò:

«Non vi sarà certo difficile capire, Miss Bennet, il motivo del mio viaggio».

Elizabeth la guardò sinceramente sorpresa.

«Sbagliate proprio, signora: non ho la più lontana idea del motivo al quale dobbiamo l'onore di vedervi qui.»

«Miss Bennet», rispose Sua Signoria incollerita, «dovreste sapere che con me non si scherza. Ma anche se volete dissimulare, non lo farò io. Il mio carattere è conosciuto per la sua sincerità e franchezza, e non cambierò certamente metodo in una circostanza simile. Due giorni fa mi è giunta una notizia oltremodo allarmante. Mi è stato detto che non soltanto vostra sorella stava per fare un ottimo matrimonio, ma che voi, che Miss Elizabeth Bennet si sarebbe probabilmente unita presto in matrimonio con mio nipote! Con il mio unico nipote: Mr Darcy. Benché sappia che questa è soltanto una scandalosa menzogna, perché non gli faccio l'ingiuria di credere che possa essere vero, ho deciso di venire qui immediatamente per farvi conoscere ciò che penso in proposito.»

«Se non credete possibile che sia vero», disse Elizabeth arrossendo di stupore e di sdegno, «mi sorprende che vi siate presa il disturbo di venire da così lontano. Che cosa si propone di fare Vostra Signoria?»

«Pretendo che questa notizia sia subito smentita e presso tutti.»

«La vostra venuta a Longbourn, a trovare me e la mia famiglia, non può che confermare questa voce, se esiste realmente», disse Elizabeth con freddezza.

«Se esiste! Volete fingere di ignorarlo? Non è stata messa in giro apposta da voi? Non sapete che se ne parla già dappertutto?»

«Non l'ho mai saputo.»

«E potreste anche asserire che non ha nessun fondamento?»

«Non pretendo di avere la stessa franchezza di Vossignoria. Potete farmi delle domande alle quali posso preferire di non rispondere.»

«È intollerabile! Miss Bennet, intendo che mi si risponda. È vero che mio nipote ha chiesto la vostra mano?»

«Vossignoria ha già esplicitamente dichiarato l'impossibilità di una cosa simile.»

«Dovrebbe esserlo, deve esserlo, finché gli rimane l'uso della ragione. Ma le vostre arti e i vostri raggiri possono, in un momento di infatuazione, avergli fatto dimenticare quello che deve a se stesso e alla propria famiglia. Potreste averlo trascinato.»

«Se lo avessi fatto, sarei l'ultima a convenirne.»

«Miss Bennet, sapete chi sono io? Non sono abituata che mi si parli in questo modo. Sono la sua parente più vicina e ho il diritto di conoscere i suoi progetti più intimi.»

«Ma non avete il diritto di conoscere i miei; né il vostro modo di fare mi potrebbe indurre a essere più chiara.»

«Cercate di capirmi bene. Questo matrimonio al quale avete la presunzione di aspirare, non avrà luogo. No, mai. Mr Darcy è fidanzato con *mia figlia*. E ora, che avete da dire?»

«Soltanto questo: se è così, non potete aver ragione di supporre che faccia a me una domanda di matrimonio.»

Lady Catherine esitò per un attimo, poi riprese:

«Il loro fidanzamento è un po' speciale. Fin dalla loro infanzia sono stati destinati l'uno all'altra. Era il più vivo desiderio di sua madre e il mio. Erano ancora nella culla quando progettammo questa unione, e ora, quando il loro matrimonio appagherebbe i voti di entrambe, dovrebbe essere ostacolato da una ragazza di nascita modesta, senza un grado sociale, e completamente estranea alla nostra famiglia! Non date dunque alcun peso ai desideri dei suoi parenti, alle sue tacite promesse a Miss de Bourgh? Avete perso ogni senso delle convenienze e ogni delicatezza? Non mi avete già sentito dire che fin dalla sua nascita è stato destinato a sua cugina?».

«Sì, e lo avevo sentito dire anche prima. Ma che c'entro io in tutto questo? Se non ci sono altri ostacoli al mio matrimonio con vostro nipote, non sarà certo il pensiero che sua madre e sua zia desideravano ch'egli sposasse Miss de Bourgh a trattenermi. Progettando questo matrimonio avete fatto quello che era in vostro potere di fare, ma concluderlo dipende da altri. Se Mr Darcy non è legato né dall'affetto né dall'onore a sua cugina, perché non potrebbe scegliere un'altra? E se quest'altra fossi io, perché non potrei accettarlo?»

«Perché l'onore, il decoro, la prudenza, e perfino l'interesse lo vietano. Sì, Miss Bennet, anche l'interesse, perché non potete sperare di essere accolta dalla sua famiglia, o dai suoi amici, se agirete determinatamente contro il loro desiderio. Sarete criticata, evitata e disprezzata da tutti coloro che gli sono vicini. La vostra parentela sarebbe cagione di vergogna: nessuno di noi vi nominerebbe più.»

«Queste sono davvero disgrazie serie», rispose Elizabeth; «ma la moglie di Mr Darcy troverà nella propria felicità tante risorse che, tutto sommato, credo non avrà mai proprio ragione di lamentarsi.»

«Ragazza ostinata e testarda! Mi vergogno per voi! È questa la vostra gratitudine per la mia gentilezza della primavera passata? Non vi sentite in debito verso di me? Sediamoci. Dovete capire, Miss Bennet, che sono venuta qui risoluta a spuntarla, e nulla mi dissuaderà dal mio intento. Non sono abituata a cedere ai capricci degli altri, non ho mai potuto ammettere di essere contrariata.»

«Questo renderà la situazione di Vostra Signoria più sgradevole, ma non può avere nessuna influenza su di me.»

«Non voglio essere interrotta. Ascoltatemi in silenzio. Mia figlia e mio nipote sono fatti l'una per l'altro. Da parte materna discendono tutti e due da nobile lignaggio e da parte del padre da vecchie famiglie rispettabili anche se non titolate. I patrimoni di tutti e due sono immensi. I parenti di tutte e due le famiglie li hanno sempre destinati uno all'altro, e ora, che cosa li dividerebbe? Le improvvise pretese di una ragazza senza nobiltà, senza situazione e senza ricchezza. Si può sopportare una cosa simile? Non può essere e non lo sarà. Se comprendeste dove sta il vostro vero bene, non vorreste uscire dall'ambiente nel quale siete stata allevata.»

«Sposando vostro nipote, non crederei affatto di abbandonare il mio ambiente. Egli è un gentiluomo e io sono la figlia di un gentiluomo. Siamo pari.»

«È vero. Vostro padre è un gentiluomo. Ma chi era vostra madre? Chi sono i vostri zii? Non crediate che ignori la loro posizione sociale.»

«Quali che siano i miei parenti», disse Elizabeth, «se vostro nipote non vi fa obiezioni, la cosa non può riguardare voi.»

«Ditemi, una volta per tutte, siete fidanzata con lui?»

Benché Elizabeth, per non dare soddisfazione a Lady Catherine, avesse una gran voglia di non rispondere a questa domanda, dopo un momento di riflessione non poté fare a meno di dire: «No».

Lady Catherine sembrò sollevata.

«E mi promettete di non fidanzarvi mai?»

«Non ho intenzione di fare nessuna promessa del genere.»

«Miss Bennet, sono stupita e disgustata di voi. Mi aspettavo di trovare una ragazza più ragionevole. Ma non illudetevi che io mi pieghi. Non me ne andrò finché non mi avrete dato l'assicurazione che chiedo.»

«State pur certa che non l'avrete. Non mi lascerò intimidire da una pretesa così irragionevole. Vostra Signoria desidera che Mr Darcy sposi sua figlia. Ma credete che la promessa che mi chiedete renderebbe più probabile il loro matrimonio? Supponendo che egli mi voglia bene, credete che basterebbe il mio rifiuto perché possa offrire la sua mano a sua cugina? Permettetemi che vi dica, Lady Catherine, che gli argomenti da voi portati in questa strana conversazione sono altrettanto inutili di quanto non sia stato il solo intavolarla. Vi siete completamente ingannata sul mio carattere, se credete che mi si possa convincere con ragioni di questo genere. Non so fino a che punto vostro nipote approverebbe una tale intromissione nei suoi affari, ma certo non avete il diritto di occuparvi dei miei. Vi prego quindi di non importunarmi più a questo proposito.»

«Piano, prego, signorina. Non ho ancora finito. A tutte le obiezioni che vi ho esposto, ne ho un'altra da aggiungere. Non ignoro i particolari della vergognosa fuga di vostra sorella. So tutto, e so anche che se il giovane la sposò fu perché il matrimonio diventò un affare, rimediato a spese di vostro padre e di vostro zio. E una simile ragazza dovrebbe essere la cognata di mio nipote? Può il marito di lei, che è il figlio del vecchio maggiordomo di suo padre, diventare il cognato di Darcy? Santo cielo! Che cosa vi passa per il capo? Le ombre di Pemberley dovrebbero essere così indegnamente profanate?»

«Ora non avete più nulla da dire», rispose Elizabeth offesa. «Mi avete insultata in tutti i modi. Vi prego di lasciarmi tornare a casa.»

E così dicendo, si alzò. Lady Catherine si levò anche lei e tornarono indietro. Sua Signoria era profondamente indignata.

«Non avete dunque nessun riguardo per l'onore e per il buon nome di mio nipote? Ragazza egoista, senza testa! Non capite che imparentarsi con voi vuol dire per lui essere disonorato agli occhi di tutti?»

«Non ho più nulla da dirvi, Lady Catherine, sapete quello che penso.»

«Siete dunque risoluta a sposarlo?»

«Non ho mai detto una cosa simile. Sono soltanto decisa ad agire secondo quella che crederò essere la mia felicità, senza badare né a voi né a nessun estraneo che abbia intenzione di ostacolarmi.»

«Sta bene: dunque rifiutate di compiacermi. Rifiutate di obbedire alla voce del dovere, dell'onore, della gratitudine. Siete decisa a rovinarlo nella stima dei suoi amici e a renderlo ridicolo di fronte al mondo.»

«Il dovere, l'onore, la gratitudine», rispose Elizabeth, «non c'entrano affatto in questo caso. Nessuno di questi doveri sarebbe violato dal mio matrimonio con Mr Darcy. E, quanto alla collera della sua famiglia o all'indignazione del mondo, se mi sposassi, non mi importerebbe affatto della prima; la gente poi, avrebbe troppo buon senso per condividere la collera dei parenti.»

«È dunque questo il vostro modo di pensare? La vostra ultima decisione? Benissimo. Ora so come agire. Non crediate, Miss Bennet, che la vostra ambizione possa mai venire appagata. Sono venuta solamente per mettervi alla prova. Speravo di trovarvi più ragionevole; ma state pur certa che la spunterò ugualmente.»

Lady Catherine continuò a discorrere su questo tono per qualche tempo, finché, arrivata allo sportello della carrozza, volgendosi prontamente, aggiunse:

«Non mi congedo da voi, Miss Bennet; non mando a salutare vostra madre; non meritate tanto riguardo. Sono troppo in collera con voi».

Elizabeth non rispose, e, senza cercare di indurre Lady Catherine a entrare in casa, se ne andò tranquillamente. Mentre saliva le scale, sentì la carrozza che ripartiva. Sua madre la aspettava sulla porta dello spogliatoio per chiederle come mai Lady Catherine non fosse rientrata a riposare un poco.

«Non ha voluto», disse sua figlia. «Ha preferito andarsene.»

«Che signora perfetta! E che gentilezza da parte sua venire a trovarci. Perché immagino che sia venuta soltanto per darci notizie dei

Collins. Forse era diretta da qualche altra parte e, passando da Meryton, ha pensato che poteva venire a farci una visita. Perché immagino che non avesse niente di speciale da dirti, vero Lizzy?»

Elizabeth fu costretta a una piccola menzogna, perché le sarebbe stato impossibile riferire il contenuto della conversazione sostenuta con Lady Catherine.

Capitolo cinquantasettesimo

Non fu facile per Elizabeth vincere il turbamento in cui questa straordinaria visita l'aveva gettata; e per parecchie ore non le fu possibile pensare ad altro. A quanto pareva, Lady Catherine si era presa il disturbo di venire da Rosings unicamente allo scopo di rompere il suo supposto fidanzamento con Darcy. Il motivo era più che sufficiente, soltanto non riusciva a immaginare da chi fosse partita la voce del loro fidanzamento, finché, pensando che Darcy era l'amico intimo di Bingley, e lei la sorella di Jane, considerò che questo aveva potuto far sorgere l'idea che un matrimonio ne avrebbe trascinato un altro. Lei stessa, infatti, aveva pensato che il matrimonio di sua sorella li avrebbe, per forza, avvicinati e fatti incontrare più spesso. E i signori di Lucas Lodge (perché certo era stata una loro comunicazione ai Collins che aveva raggiunto Lady Catherine), avevano già dato per sicuro e immediato quello che lei non ardiva pensare possibile neppure in un lontano avvenire.

Riflettendo tuttavia alle espressioni di Lady Catherine non poté fare a meno di sentirsi un po' inquieta per le conseguenze che esse avrebbero potuto avere, se avesse persistito a intromettersi tra loro. Data la sua risoluta volontà di impedire il loro matrimonio, Elizabeth pensò che la gentildonna era più che mai decisa a rivolgersi a suo nipote e non osava prevedere come egli si sarebbe comportato di fronte all'esposizione dei danni che gli sarebbero derivati dall'imparentarsi con lei. Non sapeva fino a che punto egli fosse affezionato a sua zia, o quanto potesse tenere ai giudizi di lei, ma era appena naturale che considerasse sua zia con maggior riguardo di quanto Elizabeth stessa non faceva, ed era anche certo che Sua Signoria, rappresentandogli tutti gli svantaggi di un matrimonio con una persona di famiglia tanto inferiore alla sua, lo avrebbe preso dal suo lato più debole. Con le idee che si faceva della dignità, avrebbe certo considerato come validi e legittimi proprio quegli argomenti che agli occhi di Elizabeth apparivano deboli e ridicoli.

Se egli aveva già tanto esitato su quello che doveva fare, il consiglio e le preghiere di una parente così stretta sarebbero bastati a risolvere ogni suo dubbio, decidendolo a scegliere quella felicità che soltanto un'intangibile dignità può dare. Ed in questo caso non sarebbe più ritornato. Lady Catherine lo avrebbe veduto passando da

Londra, e l'impegno da lui preso di tornare a Netherfield, da Bingley, sarebbe stato abbandonato.

«Così, se fra qualche giorno si scuserà con il suo amico per non poter mantenere la promessa», pensò Elizabeth, «saprò che cosa vuol dire. Rinuncerò a sperare, a desiderare che sia costante. Se lui, che avrebbe potuto aspirare alla mia mano e al mio affetto, si accontenterà di rimpiangermi, non sarò certo io a rimpiangere lui.»

La sorpresa del resto della famiglia nel sentire chi era stata la visitatrice fu enorme; ma per fortuna tutti si accontentarono delle stesse spiegazioni che avevano appagato la curiosità di Mrs Bennet, e a Elizabeth fu così risparmiato un bel fastidio.

La mattina dopo, mentre scendeva le scale, incontrò suo padre che usciva dalla biblioteca con una lettera in mano.

«Lizzy», disse, «ti cercavo; vieni nella mia camera.»

Lo seguì e la sua curiosità di sentire ciò che avesse da dirle era accresciuta dal pensiero che la cosa fosse in relazione con quella lettera. Immaginò subito che potesse essere di Lady Catherine, e pensò con sgomento a tutte le spiegazioni che avrebbe dovuto dare.

Seguì il padre accanto al fuoco e sedettero tutti e due. Allora egli incominciò:

«Ho ricevuto questa mattina una lettera che mi ha estremamente sor preso. Siccome riguarda soprattutto te, è bene che tu ne conosca il contenuto. Non sapevo prima d'ora di avere due figlie sul punto di sposar si. La scia che mi rallegri con te per la tua conquista veramente eccezionale!».

Un vivo rossore salì alle guance di Elizabeth, la quale pensò immediatamente, dopo queste parole, che la lettera provenisse dal nipote invece che dalla zia, e non sapeva se essere più contenta che si fosse finalmente dichiarato, o più offesa che non si fosse rivolto direttamente a lei, quando suo padre continuò:

«Si direbbe che tu sappia di che si tratti. Le signorine hanno una grande penetrazione per questo genere di cose! Ma credo di poter sfidare perfino la tua sagacia, nell'indovinare chi è l'ammirato mittente! La lettera è di Mr Collins!».

«Di Mr Collins! E che può avere da dire lui?»

«Qualcosa di veramente a proposito, com'è naturale. Incomincia con il rallegrarsi per il prossimo matrimonio della mia figliola maggiore, di cui sembra essere stato informato da qualcuno degli ottimi pettegoli Lucas. Ma non voglio mettere a dura prova la tua pazienza nel leggerti tutto quello che dice a questo proposito. Quanto riguarda te, è questo:

Avendovi così porte le più sincere congratulazioni di Mrs Collins e mie per questo felice evento, permettete che alluda a un altro del quale avemmo notizie dalla stessa fonte. Si dice che vostra figlia Elizabeth non porterà a lungo il nome di Miss Bennet, dopo che sua sorella maggiore vi avrà rinunciato, essendo stata scelta come compagna della sua vita da chi può essere considerato come una delle più illustri persone della regione...

Capisci tu, Lizzy, a chi voglia alludere?

...Questo giovane gentiluomo è favorito in maniera veramente eccezionale da tutto quello che un cuore umano può desiderare: grandiose proprietà, famiglia nobilissima e vastissime aderenze mondane. Eppure, malgrado tutti questi allettamenti, permettete che io metta in guardia mia cugina Elizabeth e voi stesso, contro i guai in cui potreste incorrere accettando affrettatamente l'offerta di questo gentiluomo, cosa della quale vorreste naturalmente approfittare subito...

Hai un'idea, Lizzy, di chi sia questo gentiluomo? Ma ecco che sta per venir fuori...

...Il motivo che ho di avvisarvi è il seguente: abbiamo ragione di credere che sua zia, Lady Catherine de Bourgh, non veda quest'unione di buon occhio...

Come vedi, il gentiluomo è Mr Darcy! E ora, Lizzy, credo di averti strabiliata a dovere. Avrebbero mai potuto, lui o i Lucas, andare a trovare tra le nostre conoscenze un altro nome che avrebbe meglio smentito le loro supposizioni? Mr Darcy, che non può vedere una donna senza scoprirvi dei difetti, e che probabilmente non ti ha mai guardata in vita sua? È magnifica!»
Elizabeth cercò di dividere la giocosità paterna, ma poté soltanto abbozzare un sorriso sforzato. Il suo spirito non gli era mai sembrato così inopportuno.
«La cosa non ti diverte?»
«Oh, sì! Seguitate a leggere, vi prego.»

Quando l'altra sera parlai a Lady Catherine della eventualità di tale matrimonio, ella, con la sua abituale condiscendenza, si affrettò ad esprimere in proposito i suoi sentimenti. Da essi appare evidente che, per ragioni contrarie alla famiglia di lei, non avrebbe mai dato il suo consenso a un matrimonio che definì addirittura disonorevole. Ho creduto mio dovere avvertirne al più presto mia cugina, perché lei e il suo nobile pretendente sappiano che cosa li aspetta, e non si gettino in un matrimonio che non sia stato debitamente sanzionato.

Inoltre Mr Collins aggiunge:

Mi rallegro sinceramente che la triste faccenda di Lydia sia stata così bene messa a tacere, e l'unica cosa che mi preoccupa è che sia stato così generalmente risaputo della loro convivenza, prima del matrimonio. Non posso quindi trascurare i doveri del mio stato, e trattenermi dal dichiararmi più che stupito che abbiate ricevuto in casa vostra la giovane coppia, appena sposata. È questo un vero incoraggiamento al vizio, e se fossi stato rettore a

Longbourn, mi sarei strenuamente opposto. Come cristiano, è giusto che voi dobbiate perdonare, ma non avreste mai dovuto ammetterli alla vostra presenza, né permettere che siano nominati davanti a voi.

«Questo è il suo concetto del perdono cristiano! Nel resto della lettera parla soltanto della sua cara Charlotte e della loro attesa di un giovane erede! Ma, Lizzy, non pare che ciò ti diverta. Spero che non farai la signorina delicata che si offende per un pettegolezzo. Perché di che cosa si vive, se non per essere oggetto di ridicolo agli occhi dei nostri vicini, e per ridere di loro a nostra volta?»

«Oh», gridò Elizabeth, «mi diverte moltissimo, ma è tutto così strano!»

«Sì, è questo che rende divertente la cosa. Se si fossero messi in mente un'altra persona, non sarebbe stato nulla; ma la perfetta indifferenza di lui e la tua spiccata antipatia, rendono tutto così assurdo! Per quanto io detesti scrivere, non rinuncerei alla corrispondenza di Mr Collins per tutto l'oro del mondo! Quando leggo le sue lettere, arrivo perfino a preferirlo a Wickham, per quanto io apprezzi nel loro giusto valore l'impudenza e l'ipocrisia di mio genero. E, dimmi, Lizzy, che cosa ha detto Lady Catherine a proposito di questa notizia? È venuta per rifiutare il suo consenso?»

Elizabeth rispose con una risata; e siccome la domanda era stata fatta senza ombra di malizia, non ebbe la pena di sentirsela ripetere. Non sapeva proprio come nascondere quello che provava. Doveva ridere quando avrebbe voluto piangere. Suo padre l'aveva crudelmente mortificata parlando dell'indifferenza di Mr Darcy e lei non poteva che stupirsi di tanta mancanza di penetrazione, o temere invece che, forse, non fosse stato lui ad aver visto *troppo poco*, quanto lei a essersi immaginata *troppo*.

Capitolo cinquantottesimo

Invece di ricevere dal suo amico quella lettera di scuse che quasi si aspettava, Elizabeth vide arrivare Bingley a Longbourn insieme a Mr Darcy, poco tempo dopo la visita di Lady Catherine. I due signori arrivarono di buon'ora, e, prima che Mrs Bennet, secondo i timori di Elizabeth, avesse avuto il tempo di raccontare a Darcy che avevano visto sua zia, Bingley, che desiderava restare solo con Jane, propose di andare a fare una passeggiata. Mrs Bennet non aveva l'abitudine di camminare; Mary non aveva mai tempo da perdere, ma gli altri cinque accettarono con entusiasmo la proposta di uscire insieme. Bingley e Jane però lasciarono che gli altri li distanziassero, restando indietro, di modo che Elizabeth, Kitty e Darcy s'intrattenessero tra loro. Non che parlassero molto: Kitty era troppo intimidita da Darcy per parlare; Elizabeth stava prendendo dentro di sé una risoluzione disperata; e forse lui faceva lo stesso.

Si diressero verso i Lucas, perché Kitty desiderava vedere Mary, cosa che Elizabeth non credeva potesse interessare agli altri; così, quando Kitty li lasciò, ella continuò coraggiosamente a passeggiare con lui. Era questo il momento in cui mettere in atto la sua risoluzione, e mentre le durava l'ardire, disse:

«Mr Darcy, mi sento molto egoista, e, pur di uscire io da uno stato d'animo angoscioso, non mi curo forse di far del male a voi. Non posso tardare ancora a ringraziarvi per la vostra incredibile bontà verso la mia sciagurata sorella. Da quando ho saputo quello che avete fatto, non ho avuto altro desiderio che di potervi dire quanto ve ne sia grata, e se anche le altre persone della mia famiglia fossero al corrente di tutto, non sarebbe soltanto la mia gratitudine che dovrei esprimervi».

«Sono desolato, più che desolato», rispose Darcy, sorpreso e turbato, «che siate stata informata di quello che, visto in una luce sbagliata, può avervi creato delle angustie; credevo di potermi fidare di più della signora Gardiner.»

«Non dovete incolpare mia zia. È stata la scapataggine di Lydia a tradire per prima la parte da voi sostenuta in questa faccenda, e naturalmente non potei resistere al desiderio di conoscerne i particolari. Permettete che vi ringrazi ancora molto, a nome di tutta la mia famiglia, per la generosa compassione che vi ha indotto a darvi tanta pena e a sopportare tante umiliazioni pur di ritrovare quei due.»

«Se *volete* ringraziarmi», egli rispose, «fatelo solo a nome vostro. Non posso negare che il desiderio di farvi cosa grata rafforzò il movente che mi guidava. Ma la vostra famiglia non mi deve nulla. Per quanto io la rispetti, credo di avere pensato soltanto a voi.»

Elizabeth era troppo confusa per dire una parola. Dopo una breve pausa, il suo compagno aggiunse: «Siete troppo generosa per prendervi gioco di me. Se i vostri sentimenti sono quelli stessi dello scorso aprile, ditemelo subito. Il mio affetto e le mie intenzioni sono invariate; ma una vostra parola mi farà tacere per sempre».

Elizabeth, che comprese tutto l'imbarazzo e l'ansia della situazione di Darcy, trovò finalmente la forza di parlare, e subito, anche se con qualche esitazione, gli lasciò comprendere che i suoi sentimenti erano talmente cambiati dal periodo cui egli aveva accennato, da farle accogliere con gioia e gratitudine le sue parole. Forse Darcy non aveva mai provato in vita sua una felicità pari a quella che gli venne da questa risposta, e si espresse con tutto il sentimento e l'ardore di un uomo appassionatamente innamorato. Se Elizabeth avesse avuto il coraggio di incontrare i suoi occhi, avrebbe visto come l'espressione di dolce felicità che gli illuminava il volto lo trasfigurasse; ma anche non avendo il coraggio di guardarlo, lo ascoltava, ed egli, dicendole tutto quello che ella rappresentava per lui, le rendeva sempre più caro il suo affetto.

Camminarono senza sapere dove. Troppe cose avevano da pensare, da sentire e da dire per occuparsi d'altro. Ella venne presto a sapere che dovevano la loro presente intesa proprio agli sforzi di sua zia, che, passando da Londra, era andata a trovarlo per raccontargli la sua visita a Longbourn, il motivo che ve l'aveva spinta e la sostanza della sua conversazione con Elizabeth. Lady Catherine si era soffermata enfaticamente su tutte le espressioni che, secondo la Sua Signoria, denotavano la cocciutaggine e l'arroganza di Elizabeth, nella persuasione che ciò l'avrebbe aiutata a strappare al nipote quella promessa non avuta da lei. Ma, sfortunatamente per Sua Signoria, aveva ottenuto precisamente il risultato opposto.

«È proprio quello che mi ha fatto sperare come non mi ero mai permesso di sperare prima. Conoscevo abbastanza il vostro carattere per sapere che se foste stata irrevocabilmente contraria a me, lo avreste confessato francamente e apertamente a Lady Catherine.»

Elizabeth arrossì mentre rispondeva ridendo: «Sì, conoscete abbastanza la mia franchezza per credermi capace di tanto. Dopo avervi offeso così abominevolmente di persona, non avrei davvero avuto scrupoli di denigrarvi con tutti i vostri parenti».

«Che cosa mi avete detto che io non avessi meritato? Perché, anche se le vostre accuse erano mal fondate, basate su premesse sbagliate, la mia condotta verso di voi, allora, meritava i peggiori rimproveri. Era imperdonabile. Non posso pensarci senza provare disgusto di me stesso.»

«Non staremo davvero a bisticciarci per stabilire chi fosse più da biasimare quella sera», disse Elizabeth. «A pensarci bene, la condotta di nessuno dei due è stata irreprensibile. Ma da allora, credo che tutti e due abbiamo fatto progressi.»

«Non riesco a perdonarmi così facilmente. Il ricordo di quello che dissi, del mio contegno, dei miei modi, delle mie espressioni, mi dà ora, e mi ha dato da vari mesi, un tormento indicibile. Non dimenticherò mai il vostro rimprovero così giusto: "Se vi foste comportato più da gentiluomo". Queste furono le vostre precise parole e non sapete, non potete sapere come mi hanno torturato; benché ci sia voluto del tempo, lo confesso, prima che io diventassi così ragionevole da arrivare a ritenerle giuste.»

«Non immaginavo certo che avrebbero potuto farvi tanta impressione. Non avevo neppure l'idea che vi avrebbero ferito a quel modo.»

«Lo so benissimo. Mi credevate privo di ogni sentimento, ne sono sicuro. Non potrò mai dimenticare la vostra espressione nel dirmi che, qualunque fosse stato il mio modo di farvi la mia richiesta, nulla vi avrebbe mai indotto ad accettarla.»

«Oh, non ripetete quello che dissi allora. Questi ricordi fanno male. Vi assicuro che da tanto tempo me ne vergogno di cuore.»

Darcy parlò allora della sua lettera. «Riuscì almeno quella», disse, «a farvi avere una migliore opinione di me? Leggendola, mi avete creduto?»

Elizabeth spiegò le impressioni provate e come i suoi pregiudizi fossero caduti a poco a poco.

«Sapevo», continuò lui, «che quanto vi scrivevo vi avrebbe dato dolore, ma era necessario. Spero che avrete distrutto quella lettera. Vi era una parte, soprattutto il principio, che non vorrei rileggeste. Ricordo certe espressioni che mi potrebbero ancora rendere odioso ai vostri occhi.»

«Se lo credete necessario per mantenere la mia stima verso di voi, brucerò immediatamente la lettera; ma, anche se abbiamo ragione tutti e due di non credere che le mie opinioni siano immutabili, non vuol dire per questo che possano cambiare così facilmente come il vostro discorso farebbe supporre.»

«Quando scrissi quella lettera», r ispose Darcy, «credevo di essere freddo e calmissimo, ma poi mi sono convinto che la scrissi in una grande amarezza di spirito.»

«Forse la lettera era amara nel principio, ma non alla fine. L'addio era pieno di bontà. Ma non pensateci più. I sentimenti di chi la scrisse e di chi la lesse sono talmente cambiati da allora, che ogni cosa che riguarda quel periodo dovrebbe essere ormai dimenticata. Dovete imparare da me a essere un po' filosofo. Pensate al passato soltanto quando il ricordarlo vi può fare piacere.»

«Non approvo questo genere di filosofia. I vostri ricordi retrospettivi devono essere così puri da ogni rimprovero, che la gioia che ne deriva non è filosofia, ma, come è assai meglio, innocenza. Ma per me non è così. Tristi ricordi riaffiorano, che non posso, non devo respingere. In pratica, anche se non per principio, sono stato sempre un egoista. Da bambino mi hanno insegnato quello che è bene, ma senza insegnarmi a correggere il mio carattere. Mi furono dati dei buoni principi ma permisero che li seguissi pieno di orgoglio e di presunzione. Purtroppo, come unico maschio, e per molti anni anche come figlio unico, sono stato viziato dai miei genitori che, sebbene ottimi (soprattutto mio padre che era la bontà e la gentilezza in persona), permisero, incoraggiarono, quasi mi insegnarono a essere egoista e altero, a non curarmi che del mio mondo familiare, a giudicare quasi con disprezzo tutto il resto del mondo o, perlomeno, a pensare che il giudizio e il valore degli altri era poca cosa in confronto al mio. Crebbi così dagli otto ai ventotto anni, e sarei forse così ancora, senza di voi, mia diletta! Che cosa non vi debbo? Mi avete dato una grande lezione, assai dura da principio, ma di quale utilità per me! Sono stato giustamente umiliato da voi. Vi aprii il mio cuore senza dubitare un solo momento di essere accolto. Mi avete mostrato come erano vane tutte le mie pretese di piacere a una donna cui fosse veramente un onore il piacere.»

«Eravate proprio convinto che vi avrei accettato?»

«Veramente, sì. Che penserete della mia vanità? Credevo che voi desideraste, che aspettaste la mia dichiarazione.»

«Certamente devo aver mancato nel mio modo di fare con voi, ma non apposta, ve l'assicuro. Non ho mai voluto ingannarvi, ma forse il mio carattere mi ha trascinato. Come dovete avermi odiata, dopo quella sera!»

«Odiarvi? Forse, sulle prime, ero in collera, ma la mia collera prese ben presto una direzione più giusta.»

«Ho quasi paura di chiedervi che cosa pensaste di me, incontrandomi a Pemberley. Mi giudicaste molto male?»

«No, davvero; ne rimasi soltanto sorpreso.»

«La vostra sorpresa non poté essere maggiore della mia, vedendo che vi occupavate ancora di me. La mia coscienza mi diceva che non meritavo nessuna speciale gentilezza, e confesso che non mi aspettavo più di quanto non meritassi.»

«Il mio scopo, allora», rispose Darcy, «era di mostrarvi, con quanta più gentilezza mi fosse possibile, che speravo di ottenere il vostro perdono, e di correggere il vostro giudizio sfavorevole mostrandovi che i vostri rimproveri erano stati ascoltati e i consigli seguiti. Come poi si aggiunsero altri desideri non saprei dirvelo, ma certo poco dopo avervi veduta.»

Le disse poi come Georgiana fosse stata contenta di conoscerla e spiacente della loro improvvisa partenza, cosa che li portò a parlare della causa che l'aveva provocata. Seppe così che Darcy aveva deciso di seguirli dal Derbyshire alla ricerca della sorella prima ancora di lasciare l'albergo, e che la sua serietà e gravità erano dovute soltanto ai pensieri sorti da quella decisione.

Elizabeth rinnovò allora le espressioni della sua gratitudine, ma era un soggetto troppo penoso per entrambi perché avessero voglia di proseguirlo. Dopo aver passeggiato a caso per qualche miglio, troppo assorti per pensare ad altro, scoprirono, guardando l'orologio, che era tempo di tornare a casa.

«Che ne sarà di Mr Bingley e di Jane?», si chiesero stupiti, e vennero a parlare di loro. Darcy era contentissimo del fidanzamento: il suo amico lo aveva subito informato.

«Devo chiedervi se la cosa vi ha molto stupito?», chiese Elizabeth.

«Affatto. Quando sono partito, sentivo che sarebbe accaduto presto.»

«Il che significa che gli avete dato il vostro permesso: me l'ero immaginato.»

E, benché egli protestasse contro la parola, la cosa in realtà non era meno vera.

«La sera prima di andare a Londra», disse, «gli confessai tutto quello che aveva reso così assurda la mia intromissione nei suoi affari. La sua sorpresa fu grande. Non ne aveva mai avuto il più lontano sospetto. Gli dissi anche che credevo di essermi sbagliato nel supporre che fosse indifferente a Jane, e siccome compresi che il suo affetto per lei era sempre lo stesso, non dubitai che sarebbero presto stati felici.»

Elizabeth non poté trattenere un sorriso nel vedere con quale facilità egli guidava il suo amico.

«Quando gli avete detto che mia sorella gli voleva bene, eravate convinto voi stesso dei suoi sentimenti, o era per quello che vi avevo detto io, la primavera scorsa?»

«Ne ero persuaso. L'avevo osservata attentamente durante le due visite che vi avevo fatto, e mi ero convinto del suo affetto verso Bingley.»

«E bastò che voi lo rassicuraste perché egli ne fosse subito persuaso, vero?»

«Sì, Bingley è veramente modesto e non per affettazione. La poca fiducia che ha generalmente in se stesso gli impedì di credere vera una cosa per lui tanto importante, mentre la fiducia che ha in me ha facilitato tutto. Fui costretto a confessargli una cosa che lo ha offeso, per qualche tempo, e non a torto. Non volli nascondergli che vostra sorella era stata in città l'inverno passato, per tre mesi, e che io, sapendolo, glielo avevo taciuto. Andò in collera, ma la sua collera svanì appena non ebbe più dubbi sui sentimenti di Jane. E ormai mi ha perdonato di cuore.»

Elizabeth aveva una gran voglia di osservare che Mr Bingley era un amico ideale; così facile da guidare da essere addirittura impagabile; ma si trattenne. Ricordò che Darcy non era ancora abituato agli scherzi, ed era un po' troppo presto per cominciare. Egli continuò a parlare della felicità di Bingley che, naturalmente, era inferiore alla sua, finché arrivarono a casa. Lì, nel vestibolo, si separarono.

Capitolo cinquantanovesimo

«Ma Lizzy cara, dove siete andati a passeggiare?», fu la domanda che le rivolse Jane appena entrò in camera, e che tutti gli altri le ripeterono quando sedettero a tavola. Ella poté dire soltanto che avevano vagabondato senza accorgersi del tempo. Arrossì nel parlare, ma né questo, né altro, destò alcun sospetto della verità.

La serata passò tranquillamente, senza nulla di particolare. I fidanzati riconosciuti parlavano e ridevano; quelli non ancora rivelati, tacevano. Darcy non era tipo da mostrare con tono di maggiore allegria la sua felicità, ed Elizabeth, commossa e confusa, sapeva di essere felice, ma non poteva ancora provarne gli effetti, perché, oltre all'imbarazzo del momento, vedeva davanti a sé prospettarsi altri guai. Immaginava quello che avrebbe detto la sua famiglia apprendendo la cosa; sapeva che Darcy non piaceva a nessuno tranne che a Jane, e temeva perfino che l'antipatia degli altri fosse tale, che neppure la grande posizione e ricchezza di lui potessero vincerla.

La sera aprì il suo cuore a Jane. Questa, pur così poco portata a dubitare, questa volta non voleva credere assolutamente alle proprie orecchie.

«Vuoi scherzare, Lizzy? Non può essere! Fidanzata con Mr Darcy! No, no, non devi ingannarmi. So che è impossibile.»

«Cominciamo male! Contavo unicamente su di te; e se non mi credi tu, chi lo farà? Eppure parlo sul serio. Ti dico la pura verità. Mi ama ancora e siamo fidanzati.»

Jane la guardò incredula: «Oh, Lizzy! Non può essere. So quanto ti è odioso».

«Non sai niente, proprio niente. Tutto ciò va dimenticato. Forse non gli volevo bene come ora, ma in questi casi la troppa memoria è imperdonabile. Questa è l'ultima volta che lo ricorderò io stessa.»

Jane aveva ancora l'aspetto smarrito. Elizabeth le assicurò molto seriamente che diceva la verità:

«Buon Dio! ma può essere? Sì, ormai ti credo», esclamò Jane. «Mia cara, cara Lizzy, vorrei... mi congratulo con te. Ma sei sicura, perdona la domanda, sei proprio sicura che potrai essere felice con lui?»

«Non c'è alcun dubbio. Abbiamo già deciso che saremo la coppia più felice del mondo. Ma sei contenta, Jane? Ti piacerà avere un cognato simile?»

«Molto, moltissimo. Niente potrebbe dare tanta gioia a Bingley e a me. Ci pensavamo, ma lo credevamo impossibile. E gli vuoi veramente bene? Oh, Lizzy, fa' qualunque cosa, ma non sposarti senza amore. Sei sicura di quello che provi per lui?»

«Oh, sì! Quando ti dirò tutto, forse troverai che sento di più di quello che dovrei.»

«Che vuoi dire?»

«Ecco, devo confessarti che gli voglio più bene che tu a Bingley. Temo che andrai in collera...»

«Via, cara, cerca di essere seria. Vorrei potere parlarti sul serio. Raccontami tutto quello che devo sapere, senza altri indugi. Mi vuoi dire da quanto tempo lo ami?»

«È accaduto così gradatamente, che non so quando è cominciato. Ma credo che sia stato quando vidi la magnifica tenuta di Pemberley.»

Jane tornò a chiederle di parlare seriamente, ottenendo finalmente l'effetto desiderato, e ben presto, attraverso le parole di Elizabeth, si convinse che era realmente innamorata. Rassicurata su questo punto, non le restava altro da desiderare.

«Ora sono proprio contenta», disse, «perché sarai felice come me. Ho sempre apprezzato Darcy. Non fosse che per il suo amore per te lo avrei sempre stimato, ma ora come amico di Bingley e tuo marito, nessuno, tranne Bingley e te, può essermi tanto caro. Ma Lizzy, come sei stata segreta! Quanto riserbo con me! Come mi hai detto poco di quanto è avvenuto a Pemberley e a Lambdon! Tutto quello che so, lo devo ad altri, non a te!»

Elizabeth le spiegò le ragioni del suo silenzio. Non voleva nominare Bingley, e l'incertezza sui propri sentimenti le aveva fatto ugualmente evitare di parlare del suo amico. Ma ora non volle nascondere più la parte da lui avuta nel matrimonio di Lydia. Raccontò ogni cosa, e metà della notte trascorse discorrendo.

«Buon Dio!», esclamò Mrs Bennet il mattino seguente dalla finestra dov'era affacciata. «Quel noioso Mr Darcy viene ancora qui col nostro caro Bingley! Che cosa gli viene in mente di stare sempre da noi? Credevo che fosse venuto per la caccia o per qualche altro motivo, ma speravo che non ci avrebbe tanto ripetutamente afflitte con la sua compagnia. Che cosa ne faremo? Lizzy, dovresti andare ancora a passeggio con lui, perché non secchi Bingley.»

Elizabeth si trattenne a stento dal ridere a una proposta così opportuna, benché fosse veramente annoiata che sua madre parlasse sempre di lui con tanta antipatia.

Appena entrati, Bingley la guardò con grande espressione di affetto e le strinse la mano con calore: non rimasero a Elizabeth più dubbi che fosse informato di tutto, e poco dopo egli disse ad alta voce: «Mrs Bennet, non avete altri viali qui intorno, dove Lizzy possa perdersi anche quest'oggi?».

«Consiglierei a Mr Darcy, Lizzy e Kitty», disse Mrs Bennet, «di andare a Oakham Mount, questa mattina. È una bella passeggiata e Mr Darcy non conosce quel posto.»

«Per gli altri può andare», rispose Bingley, «ma credo sia troppo lunga per Kitty, non è vero, Kitty?»

Kitty riconobbe che preferiva stare a casa.

Darcy invece mostrò un gran desiderio di vedere il panorama da Oakham Mount, ed Elizabeth acconsentì silenziosamente. Mentre saliva in camera per prepararsi, Mrs Bennet la seguì dicendole:

«Mi rincresce proprio, Lizzy, che sia costretta ad occuparti da sola di quell'essere antipatico. Ma spero che non ci farai caso; è tutto per amore di Jane, e poi con lui non occorre parlare molto, basta una parola ogni tanto. Non te la prendere troppo».

Durante la passeggiata decisero che egli avrebbe chiesto il consenso di Mr Bennet quella sera stessa. Elizabeth si riservò di parlare con la madre. Non sapeva come costei avrebbe preso la cosa, dubitando che tutta la ricchezza e la posizione di Darcy sarebbero bastate a superare la sua antipatia per l'uomo. Ad ogni modo, sia che fosse decisamente contraria a quell'unione, o violentemente entusiasta, era così certa che il contegno di lei non avrebbe fatto onore al suo buonsenso, e non sopportava l'idea che Mr Darcy dovesse subire i primi trasporti della sua gioia o le prime manifestazioni della sua disapprovazione.

Nella serata, appena Mr Bennet si ritirò nella sua biblioteca, Elizabeth vide che Mr Darcy si alzava per seguirlo, e fu presa da una profondissima agitazione. Non che temesse l'opposizione di suo padre, ma sapeva che avrebbe sofferto per causa sua; e che proprio lei, la sua figlia favorita, dovesse addolorarlo con la sua scelta, procurandogli timore e rammarico per questo matrimonio, era un pensiero ben triste che la rese infelice finché Mr Darcy riapparve; ma, guardandolo, fu alquanto sollevata dal sorriso di lui.

Un momento dopo egli si avvicinò alla tavola dove era seduta con Kitty, e facendo finta di ammirare il suo lavoro, le mormorò:

«Andate da vostro padre; vi desidera in biblioteca».

Ella vi andò immediatamente. Suo padre passeggiava su e giù per la camera con aria grave e preoccupata: «Lizzy», disse, «che cosa mi combini? Hai perso la testa, per accettare quell'uomo? Non lo hai sempre odiato?».

Come rimpianse allora che i suoi giudizi passati non fossero stati più ragionevoli, le sue espressioni più moderate! Quante noiose spiegazioni le sarebbero state evitate, che ora era invece necessario dare! Così, con una certa confusione, lo assicurò del suo affetto per Mr Darcy.

«Vuol dire, insomma, che sei decisa a sposarlo. Certamente è ricco e potrai avere più abiti e più carrozze di Jane; ma credi che questo ti renderà felice?»

«Non avete altre obiezioni», chiese Elizabeth, «oltre quella di credere che mi sia indifferente?»

«Nessuna. Sappiamo tutti che è orgoglioso e non troppo amabile; ma questo non vorrebbe dir nulla, se tu gli volessi bene davvero.»

«Ma gliene voglio», rispose lei con le lacrime agli occhi. «Lo amo veramente. Vi assicuro che il suo orgoglio non è sbagliato. Ed è più che amabile. Voi non lo conoscete bene; vi prego quindi di non affliggermi parlandomi di lui in tal modo.»

«Lizzy», disse suo padre, «gli ho dato il mio consenso. A un tipo simile non oserei rifiutare nulla che si degnasse di chiedermi. Per me te lo concedo, se tu sei decisa a volerlo. Ma lascia che ti consigli di riflettere ancora. Ti conosco, Lizzy, so che non potresti essere felice se tu non potessi stimare e apprezzare sinceramente tuo marito, se non lo considerassi superiore a te. Le tue brillanti qualità ti esporrebbero a dei grandi pericoli se facessi un matrimonio non adatto alla tua intelligenza. Non potresti evitare umiliazioni e dolori. Bimba mia, non darmi la pena di vederti incapace di rispettare il compagno della tua vita. Tu non sai quello che stai per fare.»

Elizabeth, sempre più contristata, rispose con la maggiore serietà che Mr Darcy era proprio l'oggetto della sua scelta, spiegandogli come fossero mutati i suoi giudizi su di lui, e la sua assoluta certezza che tale affetto non era cosa di un giorno, ma che aveva subìto la prova di molti mesi; e ricapitolando con grande convinzione tutte le buone qualità di Darcy, riuscì a vincere l'incredulità di suo padre e a riconciliarlo con questo matrimonio.

«Ebbene, cara», egli disse quando Lizzy ebbe finito di parlare: «non ho più nulla da dire. Se le cose stanno così, ti merita. Non avrei potuto separarmi da te, Lizzy mia, per qualcuno di meno degno».

Allora, per completare questa opinione favorevole, Elizabeth gli raccontò quello che Darcy aveva fatto spontaneamente per Lydia. Egli l'ascoltò meravigliato.

«È proprio la serata delle sorprese! E così Darcy ha fatto tutto; combinato il matrimonio, dato il denaro, pagato i debiti del giovanotto e procurato il suo brevetto di ufficiale. Tanto meglio. Mi eviterò un monte di guai e di spese. Se lo avesse fatto lo zio, avrei dovuto e voluto ripagarlo, ma questi ardenti innamorati fanno tutto a modo loro. Domani gli offrirò immediatamente di rimborsarlo, lui protesterà, pago del suo amore per te, e non se ne parlerà più.»

Allora si ricordò del turbamento che Elizabeth aveva mostrato leggendo la lettera di Mr Collins, e, dopo averla canzonata un pochino, la lasciò finalmente andare, dicendo mentre usciva:

«Se ci sono dei pretendenti per Mary o per Kitty, mandameli pure: sono a loro disposizione».

Il cuore di Elizabeth era sollevato da un gran peso, e dopo mezz'ora di calma riflessione in camera sua, poté raggiungere gli altri con sufficiente serenità. Tutto era ancora troppo recente per dar adito alla gioia, ma la serata trascorse tranquillamente; non c'era più nulla da temere, e il conforto dell'intimità e della familiarità sarebbe venuto col tempo.

Quando la madre salì più tardi nel suo spogliatoio, Elizabeth la seguì e le comunicò la grande notizia. L'effetto fu sorprendente; Mrs Bennet rimase immobile ad ascoltare la figlia, incapace di profferire una sillaba. Ci vollero parecchi minuti prima che riuscisse a rendersi conto di quello che aveva sentito, benché, generalmente, non fosse tanto lenta nell'afferrare tutto quello che poteva essere di vantaggio alla famiglia, o che apparisse sotto l'aspetto di un pretendente per le sue ragazze. Finalmente si riebbe, si agitò sulla sua sedia, si alzò, si risedette, meravigliandosi e abbandonandosi alle più strane esclamazioni:

«Buon Dio! Dio mi benedica! chi avrebbe pensato una cosa simile! Povera me! Mr Darcy! Chi l'avrebbe detto! Ed è proprio vero? Oh, mia diletta Lizzy! Che gran dama, che signora sarai! Che rendita, che gioielli, che vetture avrai! Jane non sarà niente in confronto a te, niente davvero! Sono così contenta, così felice! Un uomo così seducente! Così bello, così alto! Oh, cara Lizzy! Ti prego, scusami se mi era tanto antipatico. Spero che lui ci passerà sopra. Cara, cara Lizzy! Una casa a Londra! Tutta la felicità! Tre ragazze sposate! Diecimila sterline l'anno! Oh, Dio! Che ne sarà di me? Mi pare di impazzire!».

Ce n'era abbastanza per non dubitare della sua approvazione, ed

Elizabeth rallegrandosi che questa effusione fosse stata udita solamente da lei, se ne andò al più presto. Ma era appena arrivata in camera sua che la mamma la raggiunse.

«Bambina mia», esclamò, «non riesco a pensare ad altro! Diecimila sterline l'anno e forse anche più. È quasi come se tu sposassi un lord! Avrete una licenza speciale per il matrimonio! Dovete certo sposarvi con una licenza speciale! Ma, amor mio, dimmi qual è la pietanza preferita da Mr Darcy perché la possa ordinare per domani.»

Questo era un brutto indizio di quello che sarebbe stato il contegno di sua madre verso Darcy, ed Elizabeth pensò che, benché sicura dell'affetto di lui e certa del consenso dei suoi genitori, le rimaneva ancora qualcosa da desiderare. Ma l'indomani le cose andarono molto meglio di quanto si aspettava, perché fortunatamente Mrs Bennet era così intimidita dal suo futuro genero che non osava quasi parlargli, se non per mostrare la più grande deferenza verso le sue opinioni.

Elizabeth ebbe la gioia di vedere che suo padre cercava di conoscerlo meglio, e infatti Mr Bennet presto le disse che Darcy saliva rapidamente nella sua stima.

«Ammiro moltissimo tutti i miei generi», disse, «forse il mio preferito è Wickham, ma credo che vorrò bene a *tuo* marito come a quello di Jane.»

Capitolo sessantesimo

Elizabeth, tornata di ottimo umore, volle che Mr Darcy le spiegasse come si era innamorato di lei. «Come è cominciato?», chiese. «Posso capire che una volta nata, la cosa abbia preso piede, ma che cosa ti ha fatto innamorare all'inizio?»

«Non posso fissare né l'ora né il posto, o lo sguardo o le parole che furono il principio del mio amore. È passato troppo tempo. Ero già innamorato prima di accorgermene.»

«Quanto alla mia bellezza l'avevi disprezzata, e quanto ai miei modi, il mio contegno verso di te rasentava quasi la sgarberia, e non ti ho mai parlato senza un vago desiderio di ferirti. Sii dunque sincero: mi hai ammirato per la mia impertinenza?»

«Diciamo per la vivacità del tuo spirito.»

«Chiamala pure impertinenza. Era poco meno; il fatto è che eri stanco di cortesie, di deferenza, di attenzioni ossequiose. Eri disgustato delle donne che parlavano e agivano solo per ottenere la tua approvazione. Ho destato la tua attenzione solo perché ero così diversa da loro. Se tu non fossi profondamente buono mi avresti odiata, ma, nonostante la pena che ti dai per apparire diverso, i tuoi sentimenti sono sempre stati nobili e giusti, e in cuor tuo disprezzavi le persone che ti facevano la corte. Ecco, ti ho risparmiato il disturbo di spiegarmelo, e, tutto considerato, comincio a trovarlo perfettamente ragionevole. In realtà non conosci di me nessuna buona qualità, ma nessuno pensa a questo quando s'innamora.»

«Non era dunque bontà la tua affettuosa premura per Jane, quando era ammalata a Netherfield?»

«Cara Jane! Chi avrebbe fatto di meno per lei? Ma se ti piace, stimala pure una virtù. Le mie buone qualità sono sotto la tua protezione e puoi esagerarle quanto ti è possibile, mentre in compenso io cercherò ogni occasione per tormentarti e per litigare con te. Comincio subito chiedendoti: "Che cosa ti ha fatto tanto esitare prima di dichiararti? Che cosa ti ha reso così timido durante la tua prima visita, e poi quando sei venuto a pranzo? Perché, soprattutto, sembrava che non ti curassi affatto di me?".»

«Perché eri seria e silenziosa, e non mi incoraggiavi in nessun modo.»

«Ma ero confusa!»

«E lo ero anch'io.»

«Quando sei venuto a pranzo, però, avresti potuto parlare un po' di più con me, no?»

«Lo avrebbe potuto uno meno innamorato di me.»

«Che peccato che tu abbia sempre una risposta così sensata e che io sia così ragionevole da accettarla! Ma mi chiedo quanto tempo sarebbe durata la cosa se ti avessi lasciato a te stesso! Mi chiedo quando avresti parlato se non te l'avessi chiesto io! La mia decisione di ringraziarti per la tua bontà verso Lydia ebbe certo un grande effetto. Troppo, temo, perché dove va a finire la morale se la nostra felicità deriva dalla rottura di una promessa? Infatti io non avrei mai dovuto parlarti di quell'argomento. No, questo non va.»

«Non ti crucciare. La morale è salva. L'ingiustificato tentativo di Lady Catherine per separarci servì a togliermi ogni dubbio. Non devo dunque la mia felicità al tuo ansioso desiderio di mostrarmi la tua gratitudine. Il mio stato d'animo non mi consentiva di aspettare un tuo incoraggiamento. Le parole di mia zia mi avevano fatto sperare, ed ero deciso a sapere subito ogni cosa.»

«Lady Catherine è stata veramente preziosa, cosa che la dovrebbe rendere felice, perché muore sempre dalla voglia di rendersi utile. Ma dimmi, perché eri venuto a Netherfield? Solo per cavalcare fino a Longbourn con quell'aria imbarazzata, o avevi dei propositi più seri?»

«Il mio vero recondito scopo era quello di vederti, e di capire se avrei mai potuto sperare di farmi amare da te. Quello confessato, o per lo meno che confessavo a me stesso, era di vedere se tua sorella voleva ancora bene a Bingley, e, in questo caso, di confessargli tutto come ho fatto.»

«Avrai mai il coraggio di annunciare a Lady Catherine quello che le sta per capitare?»

«È più facile che mi manchi il tempo che il coraggio, Elizabeth. Ma bisogna farlo; e se mi dai un foglio lo farò subito.»

«Se non dovessi scrivere una lettera io stessa mi metterei a sedere accanto a te ammirando la regolarità della tua calligrafia, come faceva un tempo un'altra signorina. Ma anch'io ho una zia che non deve essere trascurata più a lungo.»

Non desiderando confessare alla zia come la sua intimità con Darcy fosse stata da loro sopravvalutata, Elizabeth non aveva mai risposto alla lunga lettera della signora Gardiner, ma ora che doveva comunicare una cosa che sapeva le avrebbe fatto tanto piacere, si vergognò quasi al pensiero che i suoi zii avessero perso tre giorni di felicità, e scrisse come segue:

Avrei voluto ringraziarti prima, cara zia, come era mio dovere, per la tua lunga, cara, evasiva lettera, ma a dire la verità, ero troppo di cattivo umore per scrivere. Infatti tu supponevi molto di più di quanto non fosse in realtà. Ma ormai pensa tutto quello che vuoi: abbandona le redini della tua fantasia, sbriglia la tua immaginazione in qualunque direzione, e, a meno che tu mi creda addirittura sposata, non potrai sbagliarti di molto. Scrivimi presto, e fa' pure le sue lodi più ancora di quanto non abbia fatto nella tua ultima. Vi ringrazio ancora e ancora che non siamo andati ai Laghi! Come potevo essere così sciocca da desiderarlo? La tua idea dei *ponies* è deliziosa. Faremo il giro di Pemberley tutti i giorni. Sono la creatura più felice del mondo. Forse altri lo hanno detto prima di me ma nessuno con tanta ragione. Sono perfino più felice di Jane; lei sorride soltanto, io rido. Mr Darcy vi manda tutto l'affetto che gli avanza. Dovete venire tutti a Pemberley per Natale.

Vostra, ecc.

La lettera di Darcy per Lady Catherine era di uno stile diverso, ma ancora più diversa era quella che Mr Bennet mandò a Mr Collins, rispondendo all'ultima sua:

Caro signore,

devo disturbarvi ancora per chiedervi nuovi rallegramenti. Elizabeth sarà la moglie di Mr Darcy. Consolate Lady Catherine come potete. Ma, se fossi in voi, terrei dalla parte del nipote: si può cavarci di più. Vostro sinceramente, ecc.

Le congratulazioni di Miss Bingley a suo fratello furono tutto quello che ci poteva essere di più affettuoso, e di meno sincero. Scrisse anche a Jane per dirle tutta la sua gioia e ripeté tutte le sue antiche espressioni di affetto. Jane non si lasciò ingannare, ma ne fu commossa, e, pur non fidandosi più di lei, non poté fare a meno di risponderle molto più gentilmente di quanto meritasse.

La gioia di Georgiana Darcy, ricevendo la notizia, fu altrettanto sincera di quella del fratello nel mandargliela. Quattro pagine non bastarono a contenere tutta la sua contentezza e il profondo desiderio di ottenere l'affetto della cognata.

Prima che arrivasse la risposta di Mr Collins insieme alle congratulazioni di sua moglie per Elizabeth, la famiglia di Longbourn apprese che i Collins stessi dovevano arrivare a Lucas Lodge. La ragione di questa partenza improvvisa fu presto palese. Lady Catherine si era talmente irritata per la lettera di suo nipote, che Charlotte, che si rallegrava invece sinceramente di quell'unione, desiderava stare lontana finché durava la burrasca. In questo momento l'arrivo della sua amica fu un grande piacere per Elizabeth, quantunque poi, nei loro incontri, le venne spesso da pensare che questo piacere era pagato veramente a caro prezzo. Mr Darcy dovette infatti sopportare le ossequiose cortesie del marito di lei. Ma Darcy le sopportava con ammirevole calma. Fu perfino capace di ascoltare con bastante pazienza Sir William Lucas, quando questi si rallegrò con lui per essersi preso il più brillante gioiello della contea ed espresse la speranza di incontrarli spesso a corte. Egli si limitò ad alzare sprezzantemente le spalle quando Sir William non poteva vederlo. La volgarità di Mrs Philips fu un'altra dura prova per la sua sopportazione, e benché anch'essa, come sua sorella, fosse troppo intimidita di fronte a lui per parlare con quella familiarità che la bonomia di Bingley incoraggiava, bastava che aprisse bocca per mostrare la sua volgarità. E tutto il rispetto che aveva per lui, anche se la rendeva più riservata, non riusciva davvero a renderla più distinta.

Elizabeth faceva quanto poteva per preservarlo dalle importune premure di ambedue, e cercava di tenerlo tutto per sé, o per quelli della sua famiglia con i quali poteva stare senza fastidio. In compenso, anche se tutte queste piccole miserie toglievano molte gioie al periodo del fidanzamento, aumentavano le speranze per l'avvenire, e Lizzy pensava alla felicità di quando avrebbero potuto lasciare un ambiente così spiacevole per tutti e due, e sistemarsi nella confortevole eleganza della dimora di Pemberley.

Capitolo sessantunesimo

Beato, per i sentimenti materni di Mrs Bennet, fu il giorno in cui essa si privò delle più care fra le sue figlie. Si può facilmente immaginare con quanto orgoglio da allora in poi si recasse a trovare Mrs Bingley o parlasse di Mrs Darcy. Vorrei poter dire, per amore della sua famiglia, che il compimento del suo massimo desiderio, quello di vedere sistemate tante delle sue figlie, avesse conseguito il felice effetto di renderla una donna ragionevole, simpatica e colta per il resto della sua vita, ma forse fu una fortuna per suo marito che ella continuasse a essere sovente nervosa e sempre sciocca, perché egli ormai non avrebbe più saputo apprezzare una così insolita forma di domestica felicità.

Mr Bennet sentì moltissimo la mancanza della sua seconda figlia. Il suo affetto per lei riuscì a fargli lasciare la casa più spesso di quanto non avesse mai fatto per nessun'altra ragione. Era felice di arrivare a Pemberley, soprattutto quando era meno aspettato.

Mr Bingley e Jane rimasero a Netherfield per un anno soltanto. La vicinanza alla madre di lei e ai suoi parenti di Meryton non era sopportabile neppure per un carattere bonario e semplice come quello di Bingley o per un cuore affettuoso come quello di Jane. Il più caro desiderio delle sue sorelle fu così appagato: egli comprò una tenuta nella contea confinante col Derbyshire, e Jane ed Elizabeth poterono aggiungere a tutte le altre ragioni di felicità quella di essere soltanto a trenta miglia di distanza l'una dall'altra.

Kitty, con suo grande vantaggio, passava la maggior parte del tempo con le due sorelle maggiori. In una compagnia così superiore a quella fino allora frequentata, migliorò moltissimo. Non aveva il carattere sfrenato di Lydia e, lontana dalla sua influenza e ben guidata, divenne meno irritabile, meno ignorante e meno scioccherella. Fu tenuta con ogni cura lontano dalla compagnia di Lydia, e benché questa la invitasse spesso a recarsi da lei promettendole balli e corteggiatori, suo padre non acconsentì mai a lasciarla andare.

Mary era ormai l'unica figlia rimasta in casa, e dovendo far compagnia a Mrs Bennet, incapace di star sola, fu distolta dalla sua mania di istruirsi. Fu così obbligata a frequentare di più la gente, anche se si abbandonava lo stesso a fare della morale su ogni cosa che le capitava a tiro. E siccome non era più mortificata dal confronto con la bellezza delle sorelle, sembrò accettare il nuovo modo di vivere senza troppa riluttanza.

Quanto a Wickham e a Lydia, i loro caratteri non si modificarono certo con il matrimonio delle due sorelle. Egli sopportò con filosofia la convinzione che Elizabeth sarebbe stata ora edotta di tutta la sua ingratitudine e di tutte le sue menzogne ancora ignorate; e nonostante tutto, non desistette dal confidare che Darcy lo avrebbe ancora aiutato a far fortuna. La lettera di congratulazioni che Elizabeth ricevette le fece capire che, almeno da Lydia, accarezzava ancora questa speranza. La lettera infatti diceva:

Cara Lizzy,

mi congratulo con te. Se vuoi bene a Mr Darcy anche solo la metà di quanto ne voglio al mio caro Wickham, devi essere ben felice. È un grande conforto saperti così ricca, e spero che se non avrai altro da fare, penserai a noi. Sono sicura che a Wickham piacerebbe molto un posto a corte; non credo che i nostri mezzi ci bastino senza qualche aiuto. Qualunque posto andrebbe bene, purché rendesse tre o quattrocento sterline all'anno, però non parlarne con Darcy se non credi sia il caso.

Tua, ecc.

Siccome Elizabeth non credette proprio che fosse il caso di farlo, cercò nella sua risposta di troncare ogni speranza a richieste del genere. Tuttavia, con le sue economie, aiutò sua sorella più spesso che poté. Era sempre stata persuasa che le loro entrate, soprattutto per la gente così stravagante nei propri bisogni e così spensierata circa l'avvenire, non sarebbero mai potute bastare, e tutte le volte che i due cambiavano di residenza, tanto lei che Jane sapevano che si sarebbero rivolti a loro per essere aiutati a pagare qualche debito. Il loro modo di vivere, anche quando la pace li rimandò a casa, era sempre assai precario. Vagavano continuamente da un posto all'altro, in cerca di una residenza più a buon mercato, spendendo sempre più di quello che avrebbero dovuto. L'affetto di lui si mutò presto in indifferenza; quello di lei durò un po' più a lungo, e, nonostante la sua gioventù e il suo contegno, conservò tutto il diritto alla buona reputazione che il matrimonio le aveva dato.

Benché Darcy non volesse mai ricevere Wickham a Pemberley, per amore di Elizabeth lo aiutò ancora nella sua carriera. Lydia fu loro ospite qualche volta, quando il marito andava a divertirsi a Londra o a Bath; e dai Bingley si fermavano tutti e due così a lungo e così di frequente che perfino il buon carattere di Bingley era messo a dura prova, tanto che arrivò al punto di dire che avrebbe fatto loro capire di andarsene.

Miss Bingley rimase molto male per il matrimonio di Mr Darcy, ma ritenendo opportuno conservare il diritto di essere ospite a Pemberley, nascose il suo risentimento, si mostrò sempre più entusiasta di Georgiana, rimase ugualmente devota a Darcy come per il passato, e saldò tutti gli arretrati di cortesia che doveva a Elizabeth.

Pemberley divenne la dimora anche di Georgiana, e l'affetto delle due cognate fu proprio quale Darcy l'aveva sperato. Si volevano bene come si erano proposto di volersene. Georgiana teneva in gran conto Elizabeth, anche se da principio aveva giudicato con uno stupore che rasentava lo spavento la sua vivace, disinvolta maniera di parlare col marito. Vedeva suo fratello, da lei trattato con un rispetto che superava quasi l'affetto, preso in giro con affettuosa allegria. Imparava, dall'esempio di Elizabeth, quello che non avrebbe mai creduto prima, e cioè che una donna può prendersi col marito delle libertà che un fratello non può permettere a una sorella più giovane di lui di ben dieci anni.

Lady Catherine fu indignatissima per il matrimonio del nipote, e siccome nel rispondere alla lettera che glielo annunciava, si era abbandonata a tutta la naturale franchezza del suo carattere in termini molto scortesi specialmente verso Elizabeth, ogni rapporto tra loro fu rotto per qualche tempo. Ma infine, cedendo alle insistenze di Elizabeth, Darcy cercò una riconciliazione, e dopo un po' di resistenza da parte della zia, la collera di questa si placò, e sia per affetto verso il nipote, sia per la curiosità di vedere come si comportava la moglie, ella acconsentì ad andarli a trovare a Pemberley nonostante la profanazione che i vecchi boschi avevano subito, non soltanto per la presenza di una simile padrona, ma anche per le visite dei suoi zii commercianti.

Con i Gardiner i rapporti furono sempre più affettuosi e cordiali: Darcy, come Elizabeth, aveva per loro un sincero attaccamento, e tutti e due conservarono la più calda gratitudine verso coloro che, avendola condotta nel Derbyshire, avevano contribuito alla loro unione.

Indice

Opere di Jane Austen pubblicate in questa collana: